라스트 플라이트

라스트 플라이트

초판 1쇄 인쇄일 2024년 7월 30일 | **초판 1쇄 발행일** 2024년 8월 20일

지은이 줄리 클라크 | **옮긴이** 김지선 | **펴낸이** 김석원 | **펴낸곳** 도서출판 밝은세상

출판등록 1990. 10. 5 (제 10 - 427호) | **주 소** (10881) 경기도 파주시 문발로 119, 202호

전 화 031-955-8101 | **팩 스** 031-955-8110 | **메일** wsesang@hanmail.net

블로그 blog.naver.com/balgunsesang8101 | **인스타그램** www.instagram.com/wsesang

ISBN 978-89-8437-490-4 (03840) | **값** 18,000원 | 잘못된 책은 구입한 곳에서 교환해 드립니다.

일러두기 각주는 모두 옮긴이 주입니다.

라스트 플라이트

THE
LAST
FLIGHT

줄리 클라크 장편소설 Julie Clark
/
김지선 옮김

밝은세상

앞으로 나서서 용기 있는 목소리를 들려준

모든 여성에게 이 책을 바칩니다.

우리는 당신의 목소리를 듣고 싶습니다.

네 절망을 들려주렴. 그러면 내 절망도 들려줄게.

그러는 동안에도 세상은 계속 돌아간단다.

_메리 올리버, 〈기러기〉

뉴욕 존 F. 케네디 국제공항

2월 22일 화요일

추락 당일

4번 터미널은 사람들로 끓어 넘친다. 제트 연료의 매캐한 냄새가 사방에 자욱하다. 나는 유리문 바로 안쪽에서 여자가 오기를 기다린다. 문이 열려 얼음장 같은 겨울바람이 몸속 깊이 파고들 때마다 푸에르토리코의 훈훈한 바람을 애써 떠올린다. 바람에 실려 오는 히비스커스와 바다 소금 냄새도.

항공기가 이륙하면서 동체가 부르르 떨리고, 실내 확성기에서 알아듣기 힘든 안내 방송이 울려 퍼진다. 뒤쪽 어딘가에서 중년 여성이 날카롭고 뚝뚝 끊기는 이탈리어로 말하고 있다. 내 눈은 줄곧 터미널 밖 보도를 뚫어지게 응시하며 여자를 찾는다. 나는 여자가 나타날 거라고 확신한다. 내 미래가 걸린 확신이다.

　내가 여자에 대해 아는 건 세 가지뿐이다. 이름, 생김새 그리고 오늘 아침에 푸에르토리코행 항공편을 예약했다는 것이다. 여자는 나에 대해 전혀 모른다. 어쩌면 이미 길이 엇갈렸을지도 모른다. 여자가 이미 항공기에 탑승해 새 삶을 찾을 수 있는 기회를 날려버렸을지도.

　스타벅스 앞에 서 있는 남자는 차에 올라 새로운 삶을 향해 떠나기 전 마지막으로 한잔의 커피를 마시려고 한다. 세상에 남겨진 가족들은 무슨 일이 벌어졌는지 궁금해하겠지만 남자는 선택의 여지없이 떠나야 한다.

　그레이하운드 버스 맨 뒷줄에 앉은 여자는 어떤가? 기다란 머리카락이 창밖을 내다보는 여자의 얼굴을 덮는다. 여자는 계속 살아가기에는 너무나 무거운 짐을 짊어지고 있다. 방금 나와 어깨를 스친 남자는 이 세상에서의 마지막 순간을 앞두고 있다는 사실을 꿈에도 모른다.

　이 세상에서 아주 작은 흔적 하나조차 남기지 않고 사라지려면 얼마나 세심한 노력을 기울여야 하는지 모른다. 아무리 노력해도 뭔가 흔적이 남기 마련이다. 사라지기 직전 전화 한 통, 가벼운 접촉 사고, 취소된 항공편, 마지막 순간의 행선지 변경 등등. 아주 작은 실마리, 이를테면 송곳이 겨우 들어갈 만한 틈새 하나면 모든 비밀을 풀기에 충분하다.

수증기로 뿌옇게 흐려진 유리창 너머로 검은색 타운카가 눈에 들어온다. 여자는 뒷좌석에 함께 앉아 있던 누군가에게 인사도 하지 않고 차에서 내리더니 종종걸음을 치며 공항으로 들어선다. 바로 그 순간 나와 몸이 밀착되며 여자가 입은 분홍색 캐시미어 스웨터가 내 팔에 스친다. 여자는 마치 어디선가 주먹이 날아올 거라 예견한 사람처럼 어깨를 잔뜩 움츠리고 있다. 나는 여자가 멀찌감치 지나가도록 내버려두고, 긴장을 풀기 위해 숨을 길게 내쉰다.

이제 시작이다. 나는 가방 어깨끈을 당겨 메고 여자가 줄을 서려고 걸어가는 보안 검색대를 향해 간다. 도망자들은 늘 앞쪽이 아니라 뒤쪽에 신경 쓰기 마련이다. 여자는 전혀 예상하지 못하겠지만 이제 곧 사라진 사람들 가운데 하나가 될 것이다. 하늘로 올라가는 한 줄기 연기처럼 차츰 옅어지다가 끝내 사라질 것이다.

<u>2월 21일 월요일</u>

<u>추락 하루 전</u>

"다니엘?" 나는 거실과 붙은 작은 사무실로 들어서며 다니엘에게 말한다. "사장님에게 체육관에 간다고 전해줘요."

다니엘이 컴퓨터 모니터를 보다가 고개를 든다. 다니엘의 시선이 얇은 화장으로 감춘 내 목 아래쪽 멍 자국에 머무는 게 느껴진다. 나도 모르게 손이 위로 올라가 스카프를 만지작거린다. 다니엘은 멍 자국을 보고도 별다른 표정을 짓지 않는다. 늘 그랬듯이.

"오후 4시에 센터 스트리트 리터러시에서 미팅이 있습니다." 다니엘이 말한다. "시간을 꼭 지켜주셔야 합니다." 다니엘은 내가 사전에 공지된 일정을 펑크 내거나 소홀히 여기면 결코 그냥 넘어가지 않는다. 내가 혹시라도 미팅 시간에 늦거나 특별한 이유 없이 취소하면 남편에게 반드시 보고한다.

'클레어, 내가 상원의원 출마를 앞두고 있다는 걸 명심해. 아주 자그마한 실수가 선거에 치명적인 악영향을 미칠 수도 있어.'

"나도 시간을 볼 줄 알아요. 마지막 미팅 때 기록한 회의록을 업로드해놓아요. 나중에 미팅 현장에서 봐요." 나는 사무실을 나서다가 다니엘이 어디론가 전화하는 모습을 보는 순간 다리가 후들거린다.

사람들은 나에게 로리 쿡의 아내로 살아가는 게 어떤지 묻는다. 미국 정계에서 쿡 가문은 케네디가 다음으로 유명하다. 나는 질문에 답하는 대신 요즘 〈쿡재단〉에서 벌이는 여러 가지 사업에 관한 이야기를 꺼내 사람들의 호기심을 차단한다. 〈쿡재단〉은 제3세계 문맹 퇴치, 아프리카 식수 조달 사업, 도심지 멘토링 프로그램, 암 연구 사업을 펼치고 있다.

내 주변에는 늘 사람들의 눈길이 머문다. 심지어 집 안에서도 비서들, 요리사들, 가사도우미들의 눈길이 나를 자유롭게 내버려두지 않는다. 그나마 내 사무실을 갖게 된 건 치열한 노력의 결과다. 내가 쿡 가문에서 일하는 사람들의 눈길을 따돌리고 혼자 시낼 수 있는 장소는 존재하지 않는다. 다들 로리에게 충성스러운 사람들이다. 결혼한 지 10년이 지났지만 나는 아직 로리의 감시 대상이다.

나는 잠시나마 사람들의 눈길을 피할 수 있는 장소를 갖게 되었다. 체육관은 어디든지 나를 졸졸 따라다니는 다니엘이 동행하지 않는 유일한 장소다. 체육관에서 나는 페트라를 만난다. 로리는 내가 만나는 사람들 가운데 유일하게 페트라의 정보를 갖고 있지 않다. 내가 페트라를 만난다는 사실을 아예 모르니까.

∞

체육관 탈의실에서 옷을 갈아입고, 트레드밀이 있는 곳으로 가려고 계단을 오를 때 페트라가 수건 한 장을 집어 드는 모습이 눈에 들어온다. 우리의 눈이 마주친 순간 페트라는 즉시 눈을 내리깐다. 나 역시 아는 체를 하지 않는다.

"마음이 불안해?" 페트라가 시선을 마주치지 않은 상태로 속삭인다.

"불안하고 무서워." 나는 그렇게 대답하고 자리를 뜬다.

나는 한 시간 동안 트레드밀에 올라 달리기를 한 다음 오후 2시 30분에 사우나에 간다. 수증기로 뿌옇게 흐려진 사우나에서 페트라를 발견하고 비로소 활짝 웃는다. 뜨거운 열기를 받은 페트라의 얼굴이 발갛게 달아올라 있다.

"모리스 선생님이 누군지 기억하지?" 내가 옆에 다가가 앉자 페트라가 묻는다.

나는 그 시절 기억을 떠올려본다. 모리스 선생님은 12학년 때 우리에게 정치를 가르친 교사다.

"넌 한 달 내내 나랑 공부해주었어." 페트라가 말을 잇는다. "대부분의 아이들은 니코와 나를 멀리했지. 우리 아빠 때문이었어. 하지만 넌 나에게 먼저 다가와주었고, 내가 무사히 학교를 마칠 수 있도록 도왔어."

나는 몸을 돌려 페트라를 바라본다. "그렇다고 너랑 니코가 불가촉천민은 아니었잖아. 넌 나 말고도 친구들이 있었던 것으로 아는데?"

페트라가 고개를 젓는다. "엄밀하게 말해 그 아이들은 내 친구가 아니었어. 우리 아빠가 러시아 출신 마피아라는 걸 알아서 겁을 집어먹고 내 앞에서 고분고분했을 뿐이지."

우리는 펜실베이니아의 귀족학교에 다녔다. 조상 대대로 귀족 가문이었던 아이들만 다니는 학교라 러시아 이민자 출신인 페트라와 니코는 태생적으로 다른 아이들과 달랐다. 페트라의 아빠가 마피아라서 겁을 집어먹고 곁에 머무는 아이들이 있긴 했지만 끝내 절친한 사이로 발전하지는 않았다.

페트라와 니코 그리고 나는 언제나 셋이 뭉쳐 다니는 트리오가 되었다. 내가 입은 허름한 교복이나 엄마가 학교로 나를 데리러 올 때 타고 오는 낡은 혼다를 볼 때마다 아이들은 나를 놀려대려고 했다. 그럴 때마다 페트라와 니코가 나서서 아이들을 제지했다. 엄마가 덜컹거리는 차를 끌고 학교 앞까지 올 때마다 배기가스 냄새가 진동했다.

내가 혼자 밥을 먹을 때면 페트라와 니코가 조용히 다가와 옆자리에 앉았고, 학교에서 행사가 열리면 함께 동행했다. 페트라와 니코는 언제나 내 곁에 버티고 서서 나를 보호해주었다. 나는 사실 귀족학교에 다니기에는 너무나 가난한 집안 출신이었으나 전액 장학금을 받아 겨우 학비를 충당했다.

페트라와 니코는 나를 멸시하는 아이들의 말들이 내 귀에 들어오지 않도록 사전에 차단시켜주었다. 내가 고교 시절을 무사히 넘길 수 있었던 건 오로지 페트라와 니코 덕분이었다.

∞

2년 전, 체육관에 갔다가 우연히 페트라와 재회했다. 그때 나는 이미 페트라가 기억하는 고교 시절의 나와는 전혀 다른 사람이 되어 있었다. 내 삶에 많은 변화가 있었다. 페트라를 본 순간 나는 당혹스러워 눈길을 피했다. 페트라는 마치 고교 시절처럼 전혀 거리낌 없이 나를 다정스럽게 바라보았다.

운동을 마친 나는 페트라를 피해 사우나로 향했다. 하필이면 사우나 탈의실에 들어서는 순간 페트라와 눈이 마주쳤다. 우리가 마치 탈의실에서 만나기로 약속이라도 한 듯이.

"클레어 테일러." 페트라가 내 이름을 불렀다.

예전 내 이름을 듣자 무심결에 웃음이 흘러나왔다. 여전히 페트라 특유의 러시아어 억양과 리듬이 남아 있는 목소리였다. 그동안 잊고 지낸 추억이 파노라마처럼 밀려들었다. 로리와 결혼한 이후 얼굴에 쓰고 있던 가면이 한순간에 벗겨진 느낌이 들었다.

우리는 조금씩 말문을 트기 시작했고, 나중에는 그동안 어떻게 살아왔는지 이야기하며 회포를 풀었다. 페트라는 한 번도 결혼하지 않았고, 지금껏 혼자 살고 있다고 했다. 아빠의 대를 이어 조직의 보스가 된 니코가 페트라를 부양하고 있는 셈이었다.

"넌 결혼했어?"

페트라가 내가 결혼한 사실을 아직 모르고 있어 놀랐다. "로리 쿡이 내 남편이야."

"정말이야? 대단하네." 페트라가 말했다.

나는 고개를 돌리고 다음 질문이 이어지길 기다렸다.

매기 모레티는 어쩌다가 그렇게 된 거래?

내 남편 로리 이야기가 나올 때마다 따라붙는 이름이 바로 매기 모레티다. 그녀는 로리와 사랑을 나눈 여성이라는 이유로 누구나 다 아는 유명 인사가 되었다. 하지만 페트라는 매기 모레티에 대해 한 마디도 묻지 않았다. 그 대신 의자 등받이에 몸을 기대며 물었다. "《CNN》에서 케이트 레인이 로리 쿡을 인터뷰하는 걸 봤어. 〈쿡재단〉이 벌이는 사업이 어마어마하더군."

"로리는 언제나 열정적으로 일하는 사람이야." 세상 사람들 모두가 다 아는 대답이었다.

"네 엄마와 동생은 어떻게 지내? 바이올렛은 지금쯤 대학을 졸업했겠네."

내가 몹시 두려워한 질문이었다. 오랜 세월이 흘렀지만 엄마와 바이올렛을 잃은 상실감은 여전히 나를 서글프게 했다.

"교통사고로 목숨을 잃었어. 14년 전이었고, 바이올렛이 열한 살 때였지."

비 오는 날 밤에 만취한 운전자가 신호를 무시하고 과속했고, 충돌하는 순간 엄마와 바이올렛은 현장에서 즉사했다.

"네가 많이 힘들었겠구나." 페트라가 말했다. 그녀는 위로의 말을 덧붙이거나 사고에 대해 설명해주길 바라지도 않았다. 그저 눈빛만으로 내 슬픔을 어루만져주었다. 그 어떤 말도 나에게 위로가 되어줄 수 없다는 걸 알기에.

∞

매일 운동이 끝나면 사우나에서 페트라를 만나는 게 일과처럼 되었다. 페트라는 내가 로리와 비서들의 시선을 따돌릴 필요가 있다는 걸 이해해주었다. 내 탈출 계획을 공모하기 전부터 우리는 타인들의 눈에 띄지 않도록 조심했고, 휴대폰 통화나 이메일을 주고받지 않았다. 사우나가 우리들이 만나 긴밀한 이야기를 나누는 유일한 장소였다.

페트라는 우리가 만나기 시작한 지 얼마 지나지 않아 내가 남편과 행복하지 않다는 걸 알아차렸다.

"헤어져." 어느 날 오후에 페트라가 넌지시 말했다. 페트라는 내 왼쪽 상박에 생긴 멍 자국을 주시하고 있었다. 이틀 전 로리가 주먹으로 때린 흔적이었다. 수건으로 애써 가리려고 했지만 페트라는 멍 자국을 놓치지 않고 발견했다.

"이번이 처음은 아니지?"

"그래, 네 말대로 5년 전에 남편과 이혼하려고 했어."

나는 이혼이 가능할 거라고 믿었고, 소송을 준비했다. 남편의 폭력이 나에게 유리한 환경을 만들어줄 거라 믿어 의심치 않았다.

'당신이 이혼에 합의해주면 나도 입을 다물어줄게.'

내 이혼 계획은 엉뚱한 방향으로 흘러갔다.

"남편에게 이혼 제의를 하고 나서 대학 시절 친구 집에 도피해 있었는데 알고 보니 그 친구 남편이 로리와 대학 시절 친구 사이였어. 로리가 그 집에 왔고, 그 친구 남편이 내 의사는 물어보지도 않고 문을 활짝 열어주었지. 로리는 그들 부부에게 내가 우울증이 심해 정신과 치료를 받고 있고 당장 병원에 보내야 한다면서 나를 끌고 갔어."

"실제로 너를 정신병원에 강제 입원시켰어?"

"말을 듣지 않으면 정신병원에 넣어버리겠다고 위협했어. 하긴 로리라면 그러고도 남을 사람이지."

그날 집으로 끌려간 나는 갈비뼈 두 대가 부러질 정도로 맞았다. '부부 사이에 말다툼 좀 했다고 이혼하자고? 쿡 집안의 전통과 명예를 존중한다면 감히 그런 말을 입 밖에 내서는 안 되지. 당신은 정말 이기적이야.' 로리는 집 안에 있는 최고급 가전제품들, 비싼 가구들, 유명한 골동품 따위를 몸짓으로 가리키며 말했다. '이렇게 호사를 누리며 사는데 과연 당신이 하는 말을 믿어줄 사람이 있을까?'

로리의 말은 틀림없는 사실이었다. 사람들은 로리가 유명한 상원의원 마조리 쿡의 아들답게 진보적이고 모범적인 사람이라고 믿어 의심치 않았다.

나는 남편에게 수시로 맞고 산다는 걸 그 누구에게도 털어놓지 못했다. 내가 아무리 하소연해도 마조리 쿡 상원의원의 외동아들에 대한 사람들의 무조건적 신뢰와 사랑에 묻혀버렸다.

"사람들은 내 말을 믿어주지 않았어."

"왜 그럴까?"

"가령 캐롤린 베셋이 존 F. 케네디 주니어에게 맞았다고 폭로하면 미국인들 대다수가 누구 말을 믿어줄 거라고 생각해?"

"미리부터 비관적으로 생각하지 마. 지금은 미투 시대야. 미국사람들 대다수가 네 말을 믿어주고 적극 지지해줄 거야. 《폭스》

나 《CNN》에서 인터뷰 요청이 쇄도할 거야. 그 기회를 이용해 수시로 구타를 당하면서 살아온 결혼 생활을 청산하려 한다고 털어놓는 거야. 여론이 들끓으면 아무리 막강한 로리라도 속수무책이 될 수밖에 없어."

나는 김빠지는 웃음소리를 냈다. "나도 한때 공개 석상에서 로리의 폭력 행위를 알려 비등해진 여론을 등에 업고 이혼을 밀어 붙여볼까 생각해본 적이 있어. 하지만 과연 내가 쿡 가문 사람들과 맞서 싸워 이길 수 있을 것 같지 않았지. 소송만으로도 최소한 몇 년은 걸릴 테고, 온갖 구설수가 난무하겠지. 아마 소송이 끝나기도 전에 나는 스트레스에 시달리다가 미쳐버릴지도 몰라. 설령 승소한다고 해도 내 인생은 결국 파멸의 길을 걷게 되겠지. 나는 그저 자유를 원할 뿐이야. 남편으로부터의 자유."

로리와 친해질 수 있다면 내가 절벽에서 뛰어내려도 눈 하나 깜짝하지 않고 지켜볼 사람들을 너무 많이 보아왔다. 쿡 가문에 들어와 사는 동안 유전무죄 무전유죄의 법칙이 여전히 진리라는 걸 절실히 느꼈다.

"자유로워지려면 로리가 나를 찾아내지 못하는 곳으로 숨는 수밖에 없어. 매기 모레티가 어떻게 되었는지 알지?"

수증기에 가려 페트라의 얼굴 윤곽이 희미하게 보였지만 눈빛만큼은 날카로워지는 걸 느낄 수 있었다.

"매기 모레티 사건에 네 남편이 연루되었어?"

"아마도."

∞

　그 후로 몇 년에 걸쳐 페트라와 나는 실종 계획을 세운다. 마치 발레 공연을 하듯이 치밀하고 정교한 안무가 필요하다. 단계별로 완벽한 타이밍에 계획대로 정확하게 진행되어야 한다. 자그마한 실수도 용납되지 않는다.

　이제 몇 시간 후면 나는 그동안 준비한 계획을 실행으로 옮기게 된다. 뿌연 수증기가 시야를 가려 옆자리에 앉은 페트라가 그저 희미한 실루엣으로 보인다.

　"아침에 우편으로 부쳤어?"

　"페덱스로 보냈어. '본인 전달'이라고 적어서. 내일 아침 이른 시간에 호텔에 도착할 거야."

　계획에 필요한 준비물을 집에 두는 건 위험천만한 일이다. 가사도우미의 눈에 띌 수도 있고, 까딱 잘못했다가는 다니엘에게 발각될 수도 있다. 페트라에게 도주 자금 4만 달러와 니코가 마련해준 새 신분증을 모두 맡겨두었다.

　"정부의 검증 시스템이 날로 발전하고 있어서 가짜 신분증을 만들기가 점점 더 힘드네요." 니코가 말했다.

　나는 롱아일랜드에 위치한 니코의 대저택까지 직접 차를 운전해 찾아갔고, 우리는 거실 탁자에 마주 앉아 이야기를 나누었다. 니코는 결혼해 세 아이를 둔 아빠였다. 경호원이 네 명이었고, 둘은 진입로 철문, 나머지 둘은 현관문 앞을 지켰다. 새삼 로리와 니코의 처지가 크게 다르지 않다는 생각이 들었다. 그들은 각기 분야는 달라도 사회적 영향력이 막강한 가문의 자산을 상속받았다. 니코는 마피아 조직을 이끌어가고 있는 상속자였고, 21세기의 새로운 질서와 규율을 마피아 세계에도 접목시켜 과거의 영광을 계속 이어가려 하고 있었다. 니코는 선대 때보다 더 큰 짐을 등에 지고 있었다.

니코가 두툼한 봉투 하나를 나에게 건넸다. 봉투에 내 얼굴 사진과 '어맨다 번스'라는 이름이 박힌 미시건주 운전면허증과 여권, 사회보장카드, 출생증명서 그리고 신용카드 한 장이 들어 있었다.

"이 정도면 어디를 가든 전혀 문제없이 통용될 겁니다." 니코가 조명 아래에서 운전면허증을 비스듬히 기울이더니 표면에 새겨진 홀로그램을 내게 보여주며 말했다. "투표도 할 수 있고, W-2 양식*으로 미국에서 사용하는 급여 및 세금 신고서도 작성할 수 있을 겁니다. 미국에서 이 정도로 완벽하게 가짜 신분증을 만들어줄 수 있는 사람이 딱 한 명 더 있는데 현재 마이애미에 살고 있죠." 니코는 내 이름이 새겨진 시티은행 신용카드를 건네며 말했다. "지난주에 페트라 누나가 신용카드를 개설했어요.

*미국에서 사용하는 급여 및 세금 신고서

신용카드 청구서는 페트라 누나 앞으로 갈 겁니다. 안정적으로 자리를 잡고 나서 카드를 바꾸면 됩니다. 이 신용카드는 폐기 처분하고, 새 계좌를 개설해도 상관없습니다. 단, 신분을 도용 당하지 않도록 각별히 조심할 필요가 있죠."

니코가 미소 짓는 모습이 고교 시절 점심시간에 페트라와 함께 내 옆에 앉아 샌드위치를 먹으며 수학 문제를 풀던 모습과 겹쳐 보였다. 니코는 그 당시에도 이미 어른이 되면 떠맡아야 할 가문의 상속자로 무거운 짐을 짊어지고 있었다.

"고마워, 니코." 나는 1만 달러가 든 봉투를 니코에게 건넸다. 지난 6개월 동안 돈을 조금씩 빼돌려 도주 자금을 모아두었다. 가능하면 항상 캐시백을 받아 페트라의 사물함에 넣어두었다. 내가 모든 준비를 마칠 때까지 페트라가 돈을 맡아주기로 했다.

니코의 표정이 자못 진지해졌다. "일이 잘못되더라도 나랑 페트라 누나는 도와줄 수 없습니다. 누나의 남편 로리는 나랑 페트라 누나까지 위험에 빠뜨릴 수 있을 만큼 막강한 권력과 재력이 있는 인물이더군요."

"그래, 나도 알아. 이미 너에게 도움을 받은 것만으로도 난 이미 평생 갚기 힘들 만큼 큰 빚을 졌어."

"새로운 삶과 이전 삶을 연결해주는 가느다란 끈 하나만 남아 있어도 발각될 위험이 있어요." 니코의 검은 눈동자가 내 시선을 붙잡고 놓아주지 않는다. "이제 과거로 돌아갈 방법이 없으니까 차라리 모든 걸 깊이 묻어버려야 해요."

∞

"로리가 오전 10시 항공기를 예약했어." 나는 페트라에게 말한다. "내 편지도 같이 보냈지? 출발하기 10분 전에 호텔 프런트에서 종이를 빌려 편지를 다시 써야 할 상황이 되는 건 아니겠지?"

페트라가 고개를 끄덕인다. "편지도 같이 넣었어. 주소도 쓰고 우표도 붙였으니까 걱정하지 마. 디트로이트에 도착해 곧바로 보내면 돼. 편지에 뭐라고 썼는데?"

편지를 다 쓰느라 족히 서너 시간이 걸렸다. 쓰다가 편지 내용이 마음에 들지 않아 몇 번이나 찢어버렸다. 로리가 나를 찾아내려는 생각을 즉각 포기하도록 만드는 내용이어야 했다.

"절대로 나를 찾아내지 못할 곳으로 영원히 떠난다고 썼어. 언론에 우리가 결별한 사실을 공식적으로 발표하는 게 좋을 거라고도 했지. 난 공개 성명을 발표하거나 언론과 인터뷰할 형편이 못 되니까 혼자 알아서 처리하라고 했어."

"로리는 상원의원 출마 선언을 일주일 앞두고 이혼 발표를 해야 하겠네."

나의 입꼬리가 삐딱하게 올라간다. "그렇다고 선거가 끝나길 기다렸다가 할 수는 없잖아."

새로운 인생을 시작할 자금은 충분히 마련해두었다. 이제는 떠나기에 적절한 타이밍을 잡을 차례였다. 나는 〈쿡재단〉의 행사 일정을 정리해놓은 캘린더를 살펴보다가 단독 출장 일정이 잡힌 행사 하나를 찾아냈다. 캐나다나 멕시코 국경이었으면 더욱 좋았겠지만 디트로이트 단독 출장이었다. 〈쿡재단〉이 운영기금을 내는 대안학교 〈시티즌스 오브 더 월드〉를 방문하는 일정이었다. 오후에 학교 견학을 마치고 나서 후원자들과 저녁 만찬이 예정되어 있었다.

벤치에 비스듬히 몸을 기대고 수증기로 뿌연 천장을 올려다보며 내가 세워둔 계획을 머릿속으로 짚어보았다. "정오쯤에 디트로이트 공항에 도착하게 될 거야. 행사가 오후 2시에 시작되니까 일단 학교로 이동해 소포를 받아 챙긴 다음 안전한 곳으로 옮겨야겠지."

"렌터카회사에 전화해 어맨다 번스라는 이름으로 소형차를 빌려두었어. 자정에 차를 가지러 가기로 했으니까 렌터카회사까지 택시를 타고 가면 될 거야."

"내가 묵기로 한 숙소 근처에 힐튼 호텔이 있으니까 거기서 택시를 타면 돼."

"자정에 캐리어를 끌고 이동하면 괜한 의심을 살 수도 있고, 만약 누군가 미행하고 있다가 로리에게 전화 한 통 해주면 끝장이야."

"캐리어 대신 가져갈 배낭을 사두었어. 갈아입을 옷 몇 벌만 챙기고 나머지는 두고 갈 거야. 핸드백이랑 지갑까지도."

페트라가 그제야 고개를 끄덕인다. "혹시 필요할지 몰라서 네 신용카드로 토론토 W호텔에 방을 예약해두었어."

나는 지그시 눈을 감는다. 뜨거운 수증기가 머리를 어지럽힌다. 지극히 사소한 실수도 용납되지 않는 계획이기에 방심은 금물이다.

이제 돌이킬 수 없는 길을 가야 한다. 도주 계획을 접고 이제 껏 누려온 일상으로 돌아가고 싶다는 생각이 들기도 한다. 디트로이트의 대안학교를 방문했다가 아무 일도 없었다는 듯이 집으로 돌아오면 그만이다.

"이제 떠날 시간이야." 페트라의 나지막한 목소리가 들려온다.

"아무리 감사를 표해도 부족하겠지만 정말 고마워."

"고교 시절에 넌 내 유일한 친구였어. 친구로서 마땅히 할 수 있는 일을 해주었을 뿐이야." 페트라가 말한다. "넌 이제부터 행복하게 살아야 해." 뿌연 수증기 사이로 페트라의 얼굴에 깃든 미소가 보인다. 이제 사우나에서 페트라를 만나 대화를 나눌 시간이 더는 주어지지 않으리라.

우리가 사우나에서 만나 이야기를 나눌 수 없게 되다니?

그동안 내 탈출 계획을 세우느라 둘이서 속닥거리던 이 자그마한 공간은 내가 유일하게 자유를 누릴 수 있게 해준 보호구역이었다.

　이제 다시는 돌아올 수 없는 길을 가야 한다는 사실이 가슴을 무겁게 한다.

　과연 지금까지의 삶을 모두 포기할 만큼 가치 있는 도주일까?

　이 세상에 클레어 쿡은 더 이상 존재하지 않게 되었다. 겉모습만 보자면 누구나 동경하던 내 삶은 이제 곧 폐기된다.

　과거의 삶을 포기하는 대가로 나는 과연 무엇을 얻게 될까?

내가 사라지기 33시간 전.

클레어

2월 21일 월요일
충돌 하루 전

다니엘은 센터 스트리트 리터러시 사무실 앞에서 15분 늦게 도착한 나를 기다리고 있다.

"한마디도 하지 말아요." 나는 그렇게 경고했지만 벌써 로리에게 문자를 세 번쯤 보냈겠지?

다니엘은 수많은 문을 지나 북토크와 작문 워크숍이 열리는 공동구역으로 나를 데려간다. 학생들과 교사들로 붐비는 공간이다. 로리가 왔더라면 상황이 얼마나 달랐을지 그림이 그려진다. 그가 사람들을 헤집고 앞으로 걸어가면 다들 얼굴을 보려고 고개를 길게 내민다. 하지만 내 얼굴을 보려는 사람은 없다. 로리가 없으면 나는 그저 아무도 주목하지 않는 존재가 된다. 그 자리에 있어도 아무도 관심을 보이지 않는 존재, 눈에 띄지 않는 존재다. 하지만 지금 상황에서는 내가 유명 인사가 아니라는 사실이 절대적으로 유리하다.

다니엘은 계단을 올라 센터 스트리트 행정사무실이 있는 2층으로 향한다. 회의실로 들어서자 먼저 와서 기다리고 있는 사람들의 얼굴이 눈에 들어온다.

"쿡 부인, 만나 뵙게 되어 반갑습니다." 이사장이 온화한 미소를 지으며 인사를 건넨다.

"저도 반가워요, 애니타. 이제 회의를 시작할까요?"

내가 자리에 앉고 나서 다니엘도 내 바로 뒷자리에 와서 앉는다. 오늘 회의에서 첫 번째 안건은 8개월 후 열릴 기금 마련 연례 파티다. 내가 사라지고 나서 한참 뒤에 열릴 행사라 열의를 갖기 힘들다. 나는 다음에 열릴 회의 분위기는 어떨지 상상하며 쓴웃음을 삼킨다.

내가 어떻게 로리를 속이고 떠났는지, 부부 사이에 그리 심각한 문제가 있었으면서 어찌 그리 감쪽같이 숨겼는지, 회의장에서는 만면에 온화한 미소를 드리우고 앉아 있었으면서 어디로 갑자기 사라졌는지 제대로 알지도 못하면서 사람들은 경쟁적으로 입방아를 찧어 댈 것이다.

'쿡 부인이 어디로 사라졌대요? 그동안 살아온 인생을 내팽개치고 사라져버린 이유가 뭐래요? 말이 안 되잖아요. 쿡 부인이

어디로 사라졌는지 왜 아무도 모르죠?'

　누가 매기 모레티 이야기를 가장 먼저 꺼낼까? 모두가 궁금해할 그 질문을 입 밖으로 꺼내는 사람은 누굴까?

　'쿡 부인이 어디론가 떠났거나 심각한 일을 당한 걸까요?'

∞

　우리가 세 번째 데이트를 할 때 로리는 처음으로 매기 모레티 얘기를 꺼냈다.

　"다들 매기 이야기를 꺼내면서 어떻게 된 일인지 묻더군요." 로리는 의자에 등을 기대고 다리를 꼬고 앉아 있는 자세였다. "너무나 끔찍한 비극이었고, 나는 아직 그때의 충격에서 완전히 벗어나지 못하고 있습니다." 로리는 와인 잔을 살짝 돌리며 한 모금 마셨다. "그 당시 매기와 나는 툭하면 다투었습니다. 매기가 주말에 우리 둘만 있는 곳으로 떠나 조용히 대화를 나누었으면 좋겠다고 하더군요. 반복되는 일상에서 벗어나 우리 관계를 회복시킬 수 있는 자리를 만들어보자면서요. 그래서 함께 주말여행을 떠났는데 장소가 바뀌었다고 문제가 저절로 해결되지는 않습니다. 우린 여행지에서도 집에서처럼 계속 말다툼을 벌였죠." 로리의 목소리가 더욱 나직해졌다. 로리의 말투와 목소리는 전혀 꾸밈이 없었기에 나는 철석같이 그 말을 진실이라고 믿었다. "나는 답답한 상황을 견딜 수 없어 집을 나온 즉시 차를 몰고 맨해튼으로 향했습니다. 몇 시간 후, 사람들이 우리 집에서 화재가 발생했다고 나에게 전화해 알려주었죠. 매기는 계단 아래에서 숨진 채 발견되었습니다. 이튿날 아침 경찰의 연락을 받기 전까지 나는 그 사실을 까마득히 몰랐어요. 부검 결과 폐에서 연기를 흡입한 흔적이 나왔다고 하더군요. 화재 발생 당시만 해도 매기가 살아 있었다는 증거였습니다. 하필이면 그날 집을 나온 나 자신을 평생 용서할 수 없을 겁니다. 내가 집에 있었더라면 매기를 구할 수 있었을 테니까요."

"그 당시 많은 사람들이 당신을 의심한 이유가 있었나요?"

로리가 어깨를 으쓱했다. "그 비극적인 이야기에 나를 포함시켜야 내용이 더욱 드라마틱해질 테니까요. 언론은 대중의 호기심을 부추겨 특종을 만들어내려는 속성이 있습니다. 다수의 언론과 대중들이 그 사건에 나를 끌어들인 이유를 이해할뿐더러 조금도 원망하지 않습니다. 비록 저의 부친은 《뉴욕타임스》를 끝내 용서하지 않았지만요. 어머니가 살아서 그 험한 꼴을 보지 않아서 다행이었습니다. 그 일이 선거에 영향을 미칠까봐 걱정이 컸을 테니까요." 로리는 씁쓸한 표정으로 말을 이었다. "정말 안타까운 일은 그 사건이 매기에 대한 사람들의 기억을 완전히 바꿔버린 겁니다. 세상 사람들은 매기를 화재 사고로 죽은 여자로 기억하게 되었죠. 매기가 살아생전에 어떤 일을 했고, 어떤 매력이 있었는지 전혀 관심이 없더군요." 로리는 회한에 잠긴 표정으로 한참 동안 창밖을 내다보았다. 뉴욕 거리가 빗줄기에 젖어 반짝였다. 빌딩에서 쏟아져 나온 조명들이 마치 화려한 보석처럼 휘황찬란하게 빛났다.

로리는 다시 와인 잔을 비웠다. "경찰은 주어진 일을 했고, 그 결과 나는 모든 의혹을 깨끗이 털어버릴 수 있게 되었습니다. 그나마 경찰이 수사를 제대로 하는 바람에 온갖 구설수에서 벗어났으니 운이 좋았다고 해야겠네요. 하지만 그때 그 일이 내 인생을 크게 흔들어놓은 건 사실입니다."

대화가 잠시 멈춘 사이 웨이터가 다가오더니 청구서를 넣은 검은 슬리브를 로리 앞에 내려놓았다. 로리가 특유의 따뜻하고 매력적인 미소를 지었다. 로리가 전에 매기 모레티에게 느꼈던 감정을 내게서도 느꼈으면 얼마나 좋을지 생각했다.

∞

"부인께서 올해 열리는 입찰식 경매의 의장을 맡아주시겠습니까?" 센터 스트리트 리터러시의 애니타 레이놀즈 이사장이 나에게 묻는다.

"네, 그렇게 해야죠." 나는 스스럼없이 대답한다. "금요일에 다시 만나서 후원을 부탁할 인사들의 명단을 작성해보기로 해요.

저는 디트로이트에 출장을 갔다가 돌아올 거예요. 금요일 오후 2시 어때요?" 애니타는 고개를 끄덕이고 나서 구글 공유 캘린더에 일정을 표기한다. 내 바로 뒤에 있는 다니엘의 아이패드와 집에 있는 로리의 컴퓨터 화면에서도 즉시 내 일정이 공유된다. 내가 존재하지도 않을 미래에 대한 약속을 잡고, 행사에 사용할 화환을 주문하고, 무엇을 할지 계획을 세우는 건 나름 중요한 의미가 있다. 내가 남긴 사소한 흔적들이 내가 헌신적인 아내였고, 〈쿡재단〉이 하는 일에 그 누구보다 열정적으로 임했다고 믿게 해줄 테니까.

31시간 전.

∞

집으로 돌아와 옷을 갈아입으러 위층으로 가보니 내가 체육관에 간 사이 다니엘이 내 가방을 다시 꾸려놓은 걸 알 수 있다. 요즘 유행하는 옷들 대신 로리가 선호하는 보수적인 정장들이 가방에 들어 있고, 그 옆에 7센티미터 힐이 놓여 있다.

나는 침실 문을 잠그고 벽장으로 가서 롱부츠에 손을 집어넣어 지난주 스포츠용품점에서 구입한 나일론 배낭을 꺼낸다. 나는 배낭을 납작하게 편 다음 여행 가방의 지퍼 달린 공간에 넣어둔다. 그다음 내가 가져갈 옷들을 꾸린다. 몸에 달라붙는 오리

털 재킷, 긴소매 티셔츠 몇 벌, 호텔 로비의 감시 카메라에 찍힐 걸 대비해 산 NYU 야구모자, 내가 가장 좋아하는 청바지를 여행 가방에 넣는다. 내일과 모레 입을 최소한의 옷들이다. 누군가 혹시 내 옷장을 뒤지더라도 이상하게 생각하지 않아야 하니까. 나는 여행 가방의 지퍼를 닫고 침대에 앉아 잠시 침묵을 즐긴다.

내가 여기까지 왔다는 사실이 믿기지 않는다. 예전의 나와는 전혀 딴판이다. 나는 바사르 대학을 우등으로 졸업한 이후 모두 부러워하는 크리스티 경매 회사에 취직했지만 힘들고 외로운 시간을 견뎌야 했다. 엄마와 바이올렛이 교통사고로 목숨을 잃은 이후 나는 그저 쓰러지지 않기 위해 안간힘을 다했다.

로리와 사랑에 빠지면서 오랜 잠에서 깨어난 기분이었다. 로리는 가족을 잃은 내 상실감을 이해해주었다. 그 역시 슬픔을 등에 짊어지고 있었으니까. 그는 몹쓸 기억이 어떻게 슬금슬금 몸을 타고 기어 올라와 숨을 못 쉬게 짓누르는지 잘 아는 사람이었다. 고통이 썰물처럼 물러가고 나서 내가 다시 움직일 수 있게 되기까지 그저 기다림의 연속일 뿐 할 수 있는 일이 아무것도 없었다.

∞

사람들이 침실 밖 복도를 오가는 소리가 들린다. 내가 알아들을 수 없는 말을 낮게 웅얼거리는 소리가 들려올 때마다 몸이 저절로 긴장한다.

　문을 잠그면 안 된다는 잔소리를 또 들어야 하는 걸까?

　"클레어, 방에 들어갈 때마다 문을 잠그면 사람들이 일을 할 수가 없잖아."

　아래층에서 문이 닫히는 소리에 이어 로리의 목소리가 들려온다. 나는 머리를 매만지고 나서 열까지 숫자를 세면서 불안하고 초조한 표정을 얼굴에서 사라지게 하려고 애쓴다. 이제 하룻밤 남은 내 역할을 완벽하게 해내야만 한다.

　"클레어!" 로리가 복도에서 나를 부른다. "당신, 집에 있어?"

　나는 숨을 깊이 들이쉬고 나서 침실 문을 연다.

　"있어."

28시간 전.

∞

　"조슈아는 잘하고 있답니까?" 로리가 저녁 식사 때마다 옆에서 와인을 따라주는 노마에게 묻는다.

　노마는 미소를 지으며 와인병을 탁자에 내려놓는다. "연락이 뜸해 아쉽긴 하지만 아주 잘하고 있습니다."

　로리는 와인을 홀짝이며 만족스러운 듯 고개를 끄덕인다. "조슈아에게 이번 학기에도 장학생 명단에 오르길 기대한다고 전해주세요.”

“꼭 그렇게 전하겠습니다. 이 모든 게 사장님 덕분입니다.”

로리는 당치않다는 뜻으로 손을 내젓는다.

“내가 좋아서 하는 일입니다.”

로리는 집에서 일하는 사람들의 아이들에게 대학 등록금을 지급하고 있다. 그들이 로리에게 목숨 걸고 충성하는 이유다. 그들은 우리가 싸우다가 언성이 높아지거나 내가 침실에서 우는 소리를 들어도 얼마든지 못 들은 척할 준비가 되어 있다.

“클레어, 이리 와서 와인 한잔 마셔봐. 맛이 기가 막혀.”

로리의 말을 부정하는 건 어리석다. 결혼 초기만 해도 로리의 질문에 부정적으로 대꾸한 적이 있다. “내 입맛에는 그냥 평범해.”

그때 로리의 얼굴에서는 아무런 감정변화가 없었다. 다만 테이블에 내려놓은 내 와인 잔을 들어 올리더니 단단한 목재 바닥에 던져버렸다. 와인 잔은 박살 났고, 쏟아진 와인이 식탁 아래에 깔린 러그를 향해 흘러갔다. 잔이 깨지는 소리에 놀란 노마가 주방에서 달려 나왔다.

“클레어가 덜렁대다가 또 사고를 쳤어요.” 로리가 식탁 위로 손을 뻗어 내 손을 쥐며 말했다. “그래서 내가 더 각별히 사랑하죠.”

바닥에 나뒹구는 유리 파편을 치우던 노마가 고개를 들더니 어리둥절한 표정으로 나를 힐끔 쳐다보았다. 내 와인 잔이 어쩌다가 식탁에서 1미터나 떨어진 바닥에 박살 나 있는지 도무지 이해하기 힘든 표정이다. 난 진실을 말해줄 수 없었고, 로리는 식사를 다시 시작했다.

노마는 주방에서 와인 잔 하나를 가져와 내게 와인을 따라주었다. 노마가 돌아가자 로리는 포크를 내려놓으며 말했다. "한 병에 400달러인 와인이야. 맛이 어떤지 다시 한번 더 음미해봐."

로리는 내가 와인을 마시고 맛을 평가해주길 기다리고 있다. 나는 잔을 들어 한 모금 맛을 보고 나서 로리가 말한 떡갈나무 향인지 바닐라 향인지를 감지하려고 애쓴다.

"기막힌 맛이야." 나는 내일부터 줄곧 맥주만 마셔야겠다고 마음먹으면서 마음에도 없는 말을 한다.

∞

마조리 쿡은 협상력이 탁월한 인물로 유명했다. 그녀가 협상에 나서면 완고하고 보수적인 상원의원들도 마음을 바꾸고 협조하기 일쑤였다. 힐러리 클린턴이나 제럴딘 페라로보다 훨씬 앞서 대통령 출마설이 나돌기도 했다. 하지만 마조리 쿡은 로리가 대학 1학년 생일 때 대장암으로 세상을 떠났다. 어머니의 죽음은 로리의 마음에 커다란 구멍을 뚫어놓았다. 그 구멍은 불안한 심리와 딱히 대상이 불분명한 원망으로 채워졌다.

"기자회견과 관련된 내용을 나에게 전혀 안 알려줬잖아." 나는 퇴근을 앞두고 책상 정리에 열중하는 브루스에게 말한다. 브루스는 펜은 서랍에, 노트북은 가방에 넣어 집으로 가져가며 일언반구 대꾸가 없다.

브루스가 퇴근하자 로리는 의자에 기대앉으며 다리를 꼰다. "오늘 하루는 어땠어?"

"좋았어." 나는 왼발을 까딱거린다. 내 불안한 심리가 은연중 드러나는 행동이다. 그 모습을 본 로리의 눈썹이 슬며시 치켜 올라간다. 나는 왼발 뒤꿈치에 힘을 주어 가까스로 다리가 까딱거리지 않도록 한다.

"센터 스트리트 리터러시에 갔었어?" 로리가 묻는다. 타이가 그의 목에 느슨하게 걸쳐져 있다. 나는 한때 사랑했던 남자를 바라본다. 로리의 눈가 주름은 우리가 한때 행복한 웃음을 나눈 흔적이다. 하지만 로리의 눈은 자주 분노를 담은 눈이 되고 있다. 로리의 음험하고 폭력적인 모습은 내가 한때 그에게서 느꼈던 호감을 지워버렸다.

"8개월 후에 기금 마련 파티를 열기로 했어. 다니엘이 녹취록을 작성해 내일 당신에게 보여줄 거야. 난 올해 열리는 입찰식 경매의 진행을 맡기로 했어."

"또 다른 건 없어?" 로리가 묻는다. 얼핏 무심해 보이는 목소리지만 로리의 굳은 어깨가 내 눈길을 끈다. 지난 수년 동안 로리의 말투와 행위에 숨겨진 진의를 알아내도록 특화된 내 감각이 지극히 조심해야 한다고 위험신호를 보내고 있다. "딱히 다른 일은 없었어."

"그렇군." 로리는 그렇게 말한 후 깊은 생각에 잠긴 얼굴로 숨을 깊이 들이쉰다. 정신을 집중하려 할 때마다 드러내는 자세다.

"문 좀 닫아줄래?"

나는 문으로 천천히 걸어가는 동안 극심한 공포로 다리가 후들거린다. 로리가 내 계획을 알아냈을 리 없다. 나는 서두르지 않고 자로 잰 듯 정확하게 걸음을 옮기며 침착하기 위해 애쓴다. 문을 닫고 다시 자리에 앉은 나는 얼굴에 떠오른 공포를 지우고, 그 위에 무심한 호기심의 가면을 쓴다. 로리는 끝내 입을 열지 않고 생각에 잠겨 있다.

어쩔 수 없이 내가 먼저 입을 뗀다. "무슨 일 있어?"

로리가 얼음장 같은 시선으로 나를 본다. "나를 바보로 알지?"

나는 입을 뗄 수도, 눈을 깜빡일 수도 없다. 미처 무슨 일인지 알기도 전에 패배감이 밀려든다. 낭떠러지로 추락하는 느낌이다.

로리는 뭘 발견했을까? 조금씩 몰래 빼돌린 돈? 페트라와의 만남?

나는 문을 박차고 나가 도망치고 싶은 욕구와 맞서 싸우며 평정심을 유지하려고 안간힘을 쓴다. 겨우 마음을 진정시킨 나는 집 안 풍경을 그대로 반사하는 창문을 무심코 바라보며 겨우 입을 뗀다. "무슨 말이야?"

"오늘 또 지각했다며? 지각한 이유가 뭔지 말해봐."

나는 천천히 숨을 내쉰다. 잔뜩 긴장했던 근육이 느슨해진다. "체육관에 갔었어."

"체육관은 센터 스트리트 사무실에서 불과 1.5킬로미터밖에 안 되는 거리야." 로리가 안경을 벗고 책상 앞 의자에 기대앉는다. 그의 얼굴이 스탠드 불빛에서 벗어나 어둠 속에 잠긴다. "나에게 숨기는 게 있지?"

나는 무지막지한 폭력성이 로리를 장악하기 전에 그의 마음을 누그러뜨리려고 최대한 부드러운 목소리로 말한다. "숨기는 거 없어. 체육관에서 오후 2시 30분에 시작하는 스핀 수업을 듣기 시작했어."

"누구랑?"

"스핀 수업 강사가 누군지 묻는 거야?"

"왜 자꾸 멍청한 척하지? 당신은 요즘 매일 체육관에 드나들잖아. 당신이 오늘 지각하게 만든 사람이 누군지 물었잖아? 담당 트레이너야?"

"난 담당 트레이너가 없어." 갑자기 입술이 바짝 타들어간다. "체육관에 가면 웨이트리프트를 하거나 트레드밀에 올라 달리기를 하거나 스핀 수업을 들을 뿐이야. 운동하고 나면 근육이 욱신거려 사우나에서 몸을 풀어야 해. 사우나에 있다 보면 자주 시간 가는 걸 깜빡하게 돼." 난 침착한 표정을 유지하려고 하지만 손이 나를 배신한다. 내 양손이 이제 곧 날아올 로리의 주먹에 대비해 의자 팔걸이를 꽉 움켜쥐고 있다. 로리의 눈길이 내 손에 머문다. 나는 긴장을 풀고 평정심을 유지하려고 안간힘을 쓴다. 로리가 자리에서 일어나 책상을 한 바퀴 돌아 내 옆자리 의자에 앉는다.

"우리 앞에 힘든 일이 산적해 있어." 로리가 위스키를 한 모금 들이켜고 나서 말을 잇는다. "다음 주부터 나에게 표를 줄 유권자들의 눈길이 우리에게 쏠리게 될 거야. 티끌만큼의 실수나 오점이 있어서는 안 돼."

나는 내 말을 설득력 있게 전달하려고 힘을 끌어모은다. 이번 한 번만 잘 넘기면 된다. "앞으로 잘할 테니까 너무 걱정하지 마."

로리가 몸을 숙여 내 입술에 키스하고 나서 속삭인다. "그래, 당신을 믿어. 당신은 틀림없이 잘 해낼 수 있을 테니까."

∞

로리는 밤 11시쯤 침대로 올라온다. 나는 잠든 척하며 귀를 쫑긋 세우고 로리가 고른 숨소리를 내길 기다린다.

나는 새벽 1시에 살금살금 침대를 내려온다. 떠나기 전 로리의 휴대폰을 손에 넣어야 한다. 보조 탁자에 놓인 로리의 휴대폰이 눈에 들어온다. 나는 휴대폰을 집어 들고 불 꺼진 복도로 나간다. 혹시라도 전화나 문자가 와 로리를 깨우면 곤란하니까.

우리 집은 오래된 돈 냄새를 풍긴다. 짙은 색 원목, 발에 푹신하게 밟히는 러그. 우리 집이 내 집처럼 느껴지는 유일한 시간이다. 감시의 눈길을 의식하지 않고 이 방 저 방 돌아다니려니 갑자기 서글픔이 밀려든다. 호화로운 감옥에 불과한 이 집 때문이 아니라 내가 받아들여야 하는 운명 때문이다.

나는 이제 내 이름과 신분은 물론 한때 그토록 원했던 삶을 포기해야 한다. 문득 다니엘의 사무실 문이 눈에 들어온다. 내가 사라지면 다니엘은 나를 제대로 감시하지 못했다고 추궁당할 가능성이 농후하다. 다니엘은 나를 돕기는커녕 수시로 감시하고 사사건건 로리에게 고자질한 것에 대해 후회할지도 모른다.

어느새 나는 내 사무실로 이어지는 좁은 복도로 접어든다. 마호가니 책상과 엄마가 살던 펜실베이니아의 집보다 더 비싼 튀르키예산 러그가 깔린 방이다. 앞으로 나는 여섯 자리 숫자 가격표가 붙지 않은 가구로 집을 꾸밀 작정이다. 만약 깨지더라도 복잡한 과정을 거쳐 재주문할 필요가 없는 접시와 유리잔을 원한다.

누군가 한밤중에 내 사무실에 와 있는 나를 덮치기라도 할까 봐 기분이 으스스하다. 혹시 내가 무엇을 하려는지 알아차린 사람이 있을지도 모른다는 생각에 귀를 쫑긋 세운다. 아무런 소리도 들리지 않는다. 지금 내 귀에 들리는 유일한 소리는 내 심장이 뛰는 소리뿐이다.

나는 맨 위 책상 서랍에서 USB를 꺼낸다. 벽에 걸린 엄마와 바이올렛의 사진이 내 눈길을 끈다. 내가 대학에 입학해 집을 떠나기 전에 찍은 사진이다.

어느 토요일 오후에 엄마는 선포하듯 말했다.

"우리 소풍 가자."

그때 바이올렛과 나는 소파에 앉아 텔레비전을 보고 있었다. 우리는 그 당시 〈트와일라잇 존〉 시리즈에 푹 빠져 지냈다.

"이제 몇 주만 지나면 클레어는 떠나야 하잖아." 엄마가 말했다. 바이올렛이 불만 어린 눈으로 나를 노려보았다. 바이올렛은 내가 가까운 주립대에 가지 않고 하필이면 집에서 멀리 떨어진 바사르 대학에 입학한 걸 못마땅해했다. "우리, 모처럼 야외에 나가 즐거운 시간을 보내고 오자."

3년 후, 엄마와 바이올렛은 영원히 돌아오지 못할 길을 떠났다. 내가 엄마와 통화하고 나서 미처 한 시간도 지나지 않아 비극이 발생했다. 비록 잠깐 동안의 통화였지만 그날 들었던 엄마의 목소리가 여전히 귀에 선하다. 엄마는 바이올렛이랑 피자를 사러 가는 길이라며 집에 돌아오면 다시 전화하겠다고 했다. 내가 엄마와 좀 더 오래 통화하자고 고집을 부렸더라면 엄마와 바이올렛은 아직 살아 있을지도 모른다. 아예 내가 엄마에게 전화하지 않았더라면 두 사람은 음주 운전자의 차에 치이기 전에 교차로를 건넜을지도 모른다. 지난 몇 년 동안 내 선택이 조금만 달랐더라도 엄마와 바이올렛이 살았을지도 모른다는 생각이 나를 더욱 괴롭혔다.

꿈속에서 나는 자주 엄마와 바이올렛을 본다. 와이퍼가 부지런히 움직이며 차창에 떨어지는 빗물을 좌우로 밀어낸다. 엄마는 라디오에서 흘러나오는 노래를 따라 부르고, 바이올렛은 제발 그만하라고 소리친다. 그다음 갑자기 들려오는 타이어 마찰음, 달리는 차가 심하게 충돌하는 소리, 유리창이 깨지는 소리가 연속적으로 들려온다. 그리고 긴 침묵.

∞

바이올렛의 웃는 얼굴에 눈길이 머문다. 엄마는 뒤쪽에서 흐릿한 형체로 찍혀 있다. 액자를 여행 가방에 넣어가고 싶지만 불가능한 일이다. 간절한 바람이지만 그럴 수 없다.

나는 바이올렛의 웃는 얼굴에서 억지로 눈길을 거두고 로리의 사무실로 향한다. 나무 패널로 벽면을 두르고, 사방에 책장을 세워놓은 방에서 가장 시선을 끄는 물건은 거대한 책상이다. 책상 위에 놓인 컴퓨터가 깊은 어둠에 잠겨 있다. 나는 로리의 사무실을 가로질러 책장으로 향한다. 붉은 표지의 책을 꺼낸 다음 빈 공간에 손을 집어넣고 작은 버튼을 찾아 누른다. 책장 안쪽

패널이 딸깍 소리와 함께 열린다.

패널 안쪽에서 로리의 두 번째 노트북을 꺼낸다. 로리는 서류나 문서의 원본을 남겨두지 않는다. 영수증이나 개인적으로 사용하던 노트, 심지어 사진도 죄다 불살라버린다.

'서류나 문서는 관리하기가 어려워서 잃어버리기 일쑤야.' 언젠가 로리는 그렇게 말했다. '그래서 귀중한 자료는 노트북에 넣어두지.'

나는 로리의 노트북에 어떤 자료가 들어 있는지 모른다. 다만 중요한 자료가 들어 있다는 걸 알고 있다. 어쩌면 〈쿡재단〉의 회계 서류나 해외로 빼돌린 비자금 내역이 들어 있을지도 모른다. 만약 하드디스크를 복사할 수만 있다면 로리가 추격해왔을 때 협상용으로 제시할 수 있다. 로리는 의심할 여지없이 나를 추격할 테니까.

내가 이미 사망한 것으로 위장하면 어떨지 페트라와 상의한 적이 있다. 시신을 수습할 수 없는 사고는 많다. 니코가 그 계획을 포기하게 만들었다.

"그 정도 사고라면 모든 언론이 앞다투어 보도할 가능성이 큽니다. 언론 보도를 통해 누나의 얼굴이 널리 알려지게 되면 몸을 숨기기가 더욱 어렵게 됩니다. 누나가 조용히 남편을 떠날 경우 타블로이드판 신문들이 잠시 다루고 지나갈 겁니다."

노트북을 열자 패스워드를 묻는 창이 뜬다. 나는 로리가 사용하는 암호를 모른다. 로리는 암호를 외우기 싫어해 비서인 브루스에게 맡겨놓았다. 몇 주 전부터 브루스를 유심히 지켜보면서 로리가 요구할 때마다 그가 수첩을 넘겨 암호를 찾아 입력하는 걸 본 적이 있다. 나는 로리의 사무실에 꽃병을 놓아주는 척하며 들러 브루스가 수첩을 어디에 두는지 보아두었다.

브루스의 책상으로 가 반대편을 손으로 훑자 레버가 손에 걸린다. 레버를 누르자 작은 서랍이 열린다. 익히 보아온 브루스의 수첩이 그 안에 들어 있다. 재빨리 수첩을 넘기자 넷플릭스, HBO, 아마존의 다양한 서비스 계정이 적혀 있다.

드디어 내가 찾던 암호가 눈에 띈다. 로리의 노트북에 일련의 숫자와 기호들을 입력하자 창이 열린다. 노트북 화면에 표시된 시간을 보니 새벽 1시 30분이다. 나는 USB를 포트에 넣고 파일들을 모두 쓸어 담는다. 파일을 담는 동안 나는 자주 출입문 쪽을 흘끔거린다. 파자마 차림으로 로리의 하드를 복사하고 있다가 들키면 무슨 짓을 당할지 상상하고 싶지 않다. 분노로 이글거리는 로리의 눈빛이 눈에 선하다.

몹시 긴장해 식은땀이 이마를 촉촉이 적시는 동안 나는 쓴 침을 삼킨다. 위쪽 어딘가에서 삐걱거리는 소리가 들린다.

발소리일까? 어긋났던 판자가 제자리로 돌아가는 소리일까?

나는 복도로 살금살금 걸어나가 감히 숨조차 쉬지 못하고 귀를 쫑긋 세운다. 두근거리는 마음을 추스르며 나는 어디서 울린

소리인지 들으려고 애쓴다. 하지만 온통 조용하다. 나는 다시 컴퓨터 앞으로 돌아와 화면을 확인한다. 아직 백업이 끝나지 않은 상태다.

그때 다시 브루스의 수첩이 내 눈길을 끈다. 브루스의 수첩은 로리의 삶을 구석구석 들여다보게 해줄 암호들로 가득하다. 로리의 일정표, 이메일, 구글독스에 접속할 수만 있다면 집에서 도망친 이후로도 한동안 그의 일거수일투족을 들여다볼 수 있다. 로리와 브루스가 어떤 대화를 나누는지, 그들이 어디에 있는지에 대해서도 쉽게 알 수 있게 된다. 만약 그렇게 된다면 그들보다 늘 한 발 앞서 몸을 숨길 수 있다.

수첩을 몇 장 더 넘기자 로리의 이메일 비번이 나온다. 브루스의 책상에 놓인 포스트잇을 떼어내 암호를 베껴 쓴다. 아래층 현관 입구의 시계가 새벽 2시를 알릴 때 나는 자료를 백업한 USB를 포트에서 꺼내고, 노트북을 비밀 장소로 다시 밀어 넣는다. 달칵 소리와 함께 서랍을 닫고, 붉은 책을 책장에 다시 꽂아놓는다. 브루스의 수첩을 숨겨두었던 원래의 장소에 돌려놓고 나서 혹시 뭔가 흔적을 남기지는 않았는지 확인하려고 방 안을 둘러본다.

아무런 이상이 없다는 사실을 확인한 나는 다시 내 사무실로 돌아온다. 이제 남은 일은 하나뿐이다. 나는 의자에 앉아 노트북을 연다. 디트로이트에서 내가 할 연설문이 아직 화면에 떠 있다. 창을 닫으면 내 아이콘이 다른 모두의 컴퓨터에서 사라질 것이다. 나는 이메일을 로그아웃한다. 이메일 홈페이지로 돌아가 잠시 그대로 앉아 있는데, 긴 침묵과 시계에서 울리는 똑딱똑딱 소리가 으스스한 느낌을 준다. 나는 숨을 깊이 들이쉬고 내쉬며 몇 번 심호흡한다.

지금은 새벽 2시고, 깨어 있는 사람은 없다. 브루스, 다니엘, 로리는 지금 꿈나라에 가 있을 시간이다. 로리는 위층에서 잠들어 있고, 나는 어서 일을 마쳐야 한다.

로리의 이메일 주소를 입력하고 나서 포스트잇을 보며 비번을 조심스레 입력한 다음 엔터를 누른다. 책상 위에 놓인 로리의 휴대폰에서 윙윙거리는 알림음이 울리는 동시에 화면에 불이 들어온다.

'귀하의 계정이 새로운 디바이스에서 로그인되었습니다.'

메일함을 열자 로리의 받은 편지함이 눈에 들어온다. 맨 위에 경고 메일이 보여 재빨리 삭제한다. 메일함 첫 페이지의 다양한 폴더들을 둘러보다가 구글독스로 넘어간다. '회의 노트'라는 제목이 붙은 파일이 눈에 들어온다. 잠시 숨이 멎을 만큼 기대감이 커졌지만 막상 열어보니 파일이 비어 있다.

캐나다 어딘가에 굴을 파고 숨어 있는 내 모습을 그려본다. 어떻게 된 일인지 알아내려고 신경을 곤두세우는 로리와 브루스의 모습이 눈에 선하다. 이메일과 구글독스의 패스워드를 확보한 만큼 앞으로 로리와 브루스가 어떤 대화를 나누는지 사전에 알 수 있게 된다.

화면 맨 위에 '브루스 코코란이 5시간 전 수정했습니다'라는 알림이 떠 있다. 편집 이력을 클릭하자 화면 오른쪽에 긴 목록이 뜬다.

3시 53분에 로리 쿡이 댓글을 추가했습니다.
3시 55분에 브루스 코코란이 댓글을 추가했습니다.

편집 이력만으로는 그들이 무슨 대화를 나누었는지 내용을 알 수 없다.

어차피 로그인에 성공했다는 사실이 중요하다. 나는 컴퓨터 세팅을 클릭한 다음 내 비번을 바꾼다. 컴퓨터를 끄고 계단을 올라가 침실로 향한다. 로리는 깊이 잠들어 있다. 남편의 휴대폰을 충전기에 연결하고, USB와 남편의 비번을 적어둔 포스트 잇을 들고 욕실로 간다. 위생용품이 든 상자에서 비닐 튜브를 꺼내 포스트잇으로 감싼 USB를 넣고 나서 로션과 화장품 밑에 숨긴다.

여행 가방 지퍼를 올리고 나서 거울 속에 비친 내 모습을 본다. 로리가 선호하는 사치스러운 설비들이 나를 에워싸고 있다. 대리석 카운터와 소형차 크기의 이동식 욕조와 샤워실이 눈에 들어온다. 내가 자란 집의 자그마한 욕실과는 완전히 딴판이다. 바이올렛과 나는 아침마다 누가 먼저 욕실을 사용할지를 두고 자주 다투었고, 화가 잔뜩 난 엄마는 욕실 자물쇠를 망가뜨리기도 했다.

"우린 혼자서 오래도록 욕실을 사용할 시간이 없어."

나는 욕실 문을 잠그고 원하는 만큼 사용할 수 있게 될 날이 오길 꿈꾸었다. 하지만 지금은 그 시절로 돌아갈 수만 있다면 현재 내가 누리고 있는 호사를 얼마든지 포기하고 떠날 수 있다. 엄마와 바이올렛, 내가 비좁은 욕실에 들어가 이를 닦고, 헤어드라이어로 머리를 말리던 그 시절로 돌아갈 수만 있다면 현재 누리고 있는 호사쯤은 포기할 용의가 있다.

나는 침실로 간 다음 침대에 올라 로리의 옆자리에 눕는다. 로리의 옆에서 자는 마지막 날이다.

22시간 전.

클레어

나는 까무룩 잠이 들었다가 알람 소리에 놀라 잠을 깬다. 눈을 깜빡여 잠기운을 떨쳐버리고 방 안을 둘러본다. 시계는 오전 7시 30분을 가리키고 있고, 로리가 누웠던 자리는 비어 있다.

나는 침대에서 일어나 앉아 긴장을 가라앉힌 뒤 욕실로 향한다. 샤워기를 틀자 뜨거운 수중기가 거울 속에 비친 내 얼굴을 가린다. USB가 그대로 있는지 확인해보고 나서 뜨거운 물로 등을 마사지한다. 자칫 사소한 실수로 내 계획이 발각될 수도 있기에 지난 일 년 동안 끊임없는 긴장과 공포 속에서 살아왔다. 마침내 내가 그토록 기다리던 순간이 왔다. 로리가 어디로 갔는지 알 수 없지만 상관없다. 이제 나는 옷을 입고 마지막으로 이 집 현관을 걸어나갈 작정이다.

샤워를 마치고 내가 가장 좋아하는 로브를 두른다. 일단 디트로이트로 이동해 학교를 견학하고 나면 나를 바쁘게 할 연회가 기다리고 있다. 주어진 일들을 하나씩 해나가다 보면 결국 난 자유의 몸이 되어 있을 것이다.

방으로 들어온 순간 나는 깜짝 놀라 멈춰 선다. 가사도우미 콘스탄스가 내 여행 가방을 침대에 올려놓고 속옷 위에 얹힌 겨울옷들을 꺼내고 있다.

나는 로브를 단단히 여미며 말한다. "지금 뭐 해요?" 나는 눈으로는 여행 가방에서 옷을 꺼내는 콘스탄스의 손길을 주시하며 혹시라도 가방 밑바닥에 숨겨둔 물건들이 발각될까봐 몸에 잔뜩 힘을 주고 있다. 여행 가방의 안감 아래에 넣어둔 나일론 배낭, 어느 누가 보더라도 디트로이트 행사와는 전혀 관련 없어 보이는 청바지, 긴소매 셔츠와 오리털 재킷 따위를 들키면 큰일이다.

콘스탄스는 두터운 겨울옷들을 꺼내 옷장으로 가져가고, 리넨 드레스, 정장 바지, 추운 날씨에 입기에는 지나치게 얇은 핑크색 캐시미어 스웨터는 침대 위에 그대로 둔다. 콘스탄스가 침대에 놓인 옷가지들을 다시 여행 가방에 넣으며 말한다. "코코라 씨께서 전할 말이 있답니다."

콘스탄스가 그 말을 하기 무섭게 문으로 들어와 선 걸 보면 브루스는 복도에서 줄곧 어슬렁거리고 있었다는 뜻이다. 방금 샤워를 마치고 나온 나를 바라보는 그의 눈에 불편한 기색이 역력하다.

"갑자기 출장 계획이 변경됐습니다." 브루스가 말한다. "디트로이트 행사는 사장님이 직접 가신답니다. 그 대신 사모님은 푸에르토리코에 가서 허리케인 피해를 최소화하기 위해 애쓰는 인도주의 단체 대표를 접견해야 합니다."

방금 세상을 지탱하는 중심축이 기우뚱해진 느낌이 든다.

"갑자기 출장을 떠날 장소가 바뀐 이유가 뭐죠?"

"저는 사장님의 지시 사항을 전달하고 있을 뿐입니다. 사장님은 다니엘과 함께 이미 디트로이트로 떠나셨습니다."

콘스탄스가 가방 지퍼를 다시 채우고 나서 브루스를 지나쳐 복도로 사라진다.

"사모님은 오전 11시에 존 F. 케네디 공항에서 출발하는 항공편을 이용해 푸에르토리코로 가시면 됩니다."

나는 도무지 현재 벌어지는 상황을 납득하기 힘들어 낮게 속삭인다. "존 F. 케네디 공항으로 가라고요?"

"비스타 항공사를 통해 이미 항공권을 예약해두었습니다. 카리브해에 악천후가 예상되어 곧 항공기 운항이 끊길 수도 있습니다. 현재 예약 가능한 마지막 항공편입니다." 브루스가 시계를 보고 나서 말을 잇는다. "저는 밖에서 대기하고 있을 테니까 서둘러 복장을 갖추고 나오십시오. 오전 9시까지 존 F. 케네디 공항에 가야 합니다."

브루스가 문을 닫고 나가자마자 나는 침대에 털썩 주저앉는다. 위태로운 생각들이 머릿속에서 사방팔방으로 날아다닌다. 내가 그토록 기다려온 계획이 좌초될 위기에 놓였다. 내가 어렵사리 준비한 4만 달러, 니코가 만들어준 가짜 신분증, 페트라의 지원이 무용지물이 될 수도 있는 상황이다. 디트로이트에서 로리가 소포를 열어 모든 걸 알게 되기만을 기다리고 있다.

∞

　우리는 임대한 타운카를 타고 공항으로 향하고 있다. 로리와 동행하지 않고 나랑 둘이 있을 때면 브루스는 지나치게 정중한 태도를 버리고 조금은 편한 말투가 된다. 브루스가 나에게 여행 일정을 읽어주고 있지만 나는 거의 듣고 있지 않다. 내 머릿속은 지금 어떻게 해서든 상황을 바꿔야 한다는 생각으로 가득 차 있다.

　로리가 보낸 문자가 휴대폰 화면에 뜬다.

　계획을 갑자기 변경해서 미안해. 난 5분 후면 디트로이트의 호텔에 도착해. 푸에르토리코에 도착하면 즉시 전화해줘. 카리브해의 따뜻한 날씨를 맘껏 즐기다가 오길 바랄게. 디트로이트는 현재 영상 2도로 제법 쌀쌀한 편이야.

아직 바로잡을 기회가 남아 있을지도 모른다. 나는 휴대폰을 손에 꼭 쥐고 마음속으로 차가 더 빨리 달리기를 재촉한다. 존 F. 케네디 공항에 도착하는 즉시 대책을 세워야 한다.

　"사모님은 푸에르토리코 산후안에 머물 겁니다." 브루스가 휴대폰 문자메시지를 읽으며 말한다. "일단 이틀 동안 머물 호텔을 예약해두었습니다. 다니엘의 말에 따르면 일정이 사흘로 늘어날 수도 있답니다."

　브루스의 말에 나는 고개를 끄덕인다. 말로 대답하기에는 내 목소리 상태를 믿을 수 없다. 당장 페트라에게 전화해 해결 방법을 찾고 싶어 미칠 지경이지만 공항에 도착할 때까지 기다려야 한다.

∞

　브루스가 차에서 나를 내려주고 나서 마지막 지침을 준다. "비스타 항공사 477편 항공기입니다. 항공권은 휴대폰에 있고, 산후안에 도착하면 그쪽에서 누가 마중 나올 겁니다. 궁금한 점이 있으면 다니엘에게 전화해 물어보시면 되고요."

　나는 비스타 항공사의 터미널로 이어지는 문을 향해 걸어간다. 아직 공회전하고 있는 브루스의 차가 신경 쓰인다. 나는 마음속으로 나 자신에게 지침을 내린다.

'태연하게 계속 걸어가서 보안 검색대 앞에 서 있는 여행객들 사이에 합류해. 그런 다음 휴대폰 화면을 열고, 메일함에서 다니엘이 이전에 보내준 디트로이트 일정표에 나와 있는 호텔로 전화해.'

"엑셀시오르 호텔입니다." 호텔 직원이 전화를 받는다.

"안녕하세요." 나는 침착해지려고 애쓰며 말한다. "오늘, 그 호텔에서 묵으려고 예약했는데 계획이 갑자기 변경됐습니다. 친구가 그 호텔로 보내주기로 한 소포가 하나 있는데 전달받을 수 있을까요?"

"물론이죠." 호텔 직원이 말한다. "성함이 어떻게 되시죠?"

난 깊은숨을 들이쉰다.

아직 상황을 바로잡을 기회가 있어. 소포를 푸에르토리코로 보내라고 하고 거기서 사라지면 돼. "클레어 쿡입니다."

"아, 그 소포는 오늘 아침에 우리 호텔로 분명하게 배달됐습니다. 다만 10분 전에 남편분께서 직접 오셔서 소포를 찾아가셨는데요." 직원이 여전히 밝은 목소리로 말한다.

나는 휴대폰을 꽉 움켜쥔다. 어찌나 힘이 빠지는지 몸을 가누기조차 힘들다. 호텔에 도착해 곧장 방으로 향하는 로리를 그려 본다. 방에서 밀린 이메일과 수신 통화를 확인하고 나서 연설문을 검토하겠지. 그러다가 문득 소포를 떠올리겠지. 내 앞으로 온 소포지만 로리는 주저 없이 풀어볼 가능성이 크다. 로리가 소포를 풀고 안에 든 현금 뭉치를 보는 모습이 머릿속에 그려진다. 내 운전면허증, 여권, 신용카드 그리고 여러 위조 문서들이 든 봉투를 꺼내 드는 모습도 눈에 선하다. 로리의 눈길이 신분증에 적힌 어맨다 번스라는 이름과 내 사진을 뚫어지게 바라보는 모습도 그려진다. 수취인이 뉴욕의 로리 앞으로 되어있는 편지를 보는 순간 모든 상황을 알게 되리라.

"쿡 부인?" 직원의 목소리가 나를 다시 현재로 데려온다. "제가 뭘 더 도와드릴까요?"

"아니 없어요." 난 멍한 눈길로 나지막이 속삭인다.

전화를 끊고 머릿속으로 또 다른 가능성이 있는지 체크해본다. 당장 마이애미나 내슈빌로 가는 항공권을 산다. 하지만 항공권을 구입할 경우 전산에 흔적이 남게 된다. 내가 흔적을 지우는 데 쓸 계획이었던 현금은 디트로이트에 있는 로리에게 있다.

나는 페트라에게 전화한다. 세 번째 신호가 갈 때 페트라가 전화를 받는다.

"나야, 클레어." 나는 최대한 목소리를 낮추고 상황을 설명한다. "로리가 갑자기 계획을 바꿨어. 나에게 디트로이트가 아니라 푸에르토리코의 산후안으로 가래." 난 겨우 말을 잇는다. "로리가 나 대신 디트로이트에 갔어." 나는 냉정을 유지하려고 안간힘을 쓰지만 뜻대로 되지 않는다.

"맙소사!" 페트라가 한숨을 내쉰다.

"방금 호텔에 전화해봤는데 이미 로리에게 소포를 전해주었대." 나는 억지로 침을 삼킨다. "이제 어쩌지?"

보안 검색대 앞에 선 줄이 앞으로 이동하기 시작한다. 페트라는 큰 충격을 받은 듯 침묵에 잠겨 있다. "당장 공항 밖으로 나가서 택시를 타고 여기로 와. 좋은 계획이 떠오를 때까지 나랑 지내면 돼."

늘어선 줄이 점점 줄어들고 있다. 로리와 내가 집에서 얼굴을 마주하고 있는 상황이 떠오른다. 내가 어떤 시도를 하려고 했는지 입증할 증거물들이 우리 앞에 펼쳐져 있다. 그다음에 어떤 일이 벌어질지 충분히 예측 가능하다. 로리는 내가 편지에서 당부한 내용을 그대로 실행에 옮길지도 모른다. 우리의 결별을 알리는 성명서를 발표하고, 내 사생활을 존중해주길 바란다는 말로 점잖게 마무리 지을 것이다. 내가 세운 계획을 역으로 이용하는 것이다. 어쩌면 난 로리에게 보내는 편지를 쓴 게 아니라 유서를 썼을 수도 있다.

"누군가가 나를 발견하면 즉시 남편에게 알릴 거야."

"나는 다코타에 살고, 내가 원하지 않을 경우 어느 누구도 내 주변에 얼씬거리지 못해."

"로리의 친구 가운데 다코타에 사는 사람이 적어도 세 명은 돼." 나는 페트라에게 말한다. "남편은 내 현금카드, 신용카드 그리고 휴대폰 통화기록을 낱낱이 훑어볼 거야. 그 기록들이 남편을 곧장 니코와 너에게로 데려가겠지." 나는 잠시 말을 끊고 X선 기계 좌우로 사람들을 보내는 제복 차림의 NTSB(미국연방교통안전위원회) 요원들을 둘러본다. 내 앞에 선 사람은 이제 겨우 세 명이 전부다.

"내 생각에는 차라리 푸에르토리코에 가서 자취를 감추는 편이 나을 것 같아." 나는 말한다. "푸에르토리코는 허리케인 피해가 심해 아직 어수선하고 정신없을 거야. 거기서는 현금 거래가 가능할 테니까 이것저것 캐묻지도 않을 테고." 하지만 나는 땡전 한 푼 없고, 빠져나갈 출구도 한정된 산후안에서 몸을 숨긴다는 게 얼마나 어려운지 말하지 않는다. 현지인의 도움을 받지 못한다면 쉽게 발각될 수밖에 없다. 페트라에게 뭔가 더 부탁한다는 건 염치없는 짓이었지만 지금은 어쩔 수 없는 상황이다. "혹시 푸에르토리코 현지에도 니코와 친하게 지내는 사람이 있을까?"

페트라가 잠시 생각에 잠겼다가 대답한다. "나도 잘 몰라. 니코는 내가 자기랑 사업하는 사람들과 접촉하길 원하지 않아. 니코가 상대하는 사람들은 대체로 신뢰감이 떨어져. 그들이 너를 억류하고 있으면서 니코를 상대할 때 지렛대로 사용하려고 들 수도 있어."

푸에르토리코의 범죄 조직원을 상상하자 갈비뼈 아래로 예리한 칼날이 들어와 박히는 느낌이다. 사슬에 묶인 여자들로 가득한 방, 콘크리트 바닥에 아무렇게나 놓인 매트리스들.

그다음은 로리의 얼굴에 떠오르게 될 분노를 상상한다. 로리가 어떤 일이 일어날 뻔했는지 알게 되었을 때 느낄 분노.

　나는 말한다. "알아보고 나서 전화해 줘."

　"어디에서 묵을 거야?"

　나는 내가 잠시 가 있을 곳을 말해둔다.

　페트라가 서랍에서 펜을 찾는 소리가 들린다.

　"내 전화를 받는 즉시 떠날 수 있게 만반의 준비를 해둬."

　과연 니코가 나를 도울 수 있을지 의문이다. 내가 정말 니코의 도움을 받길 원하는지 생각하다보니 섬뜩한 공포감이 온몸을 훑고 지나간다.

　페트라는 조언을 아끼지 않는다. "우선 현금인출기를 찾아내서 현금을 최대한도로 많이 뽑아두는 게 좋아."

　이제 보안 검색대로 들어가야 할 차례가 왔다. 사람들은 내가 어서 통화를 마치고 소지품을 컨베이어 벨트에 올려놓기를 기다린다.

　"이만 끊을게." 나는 페트라에게 말한다.

　"냉정을 유지하는 게 중요해." 페트라가 말한다. "가능한 한 빨리 연락할게."

　나는 전화를 끊는다. 방금 나는 악몽 속으로 들어왔다. 천장이 빙글빙글 돌고, 거꾸로 뒤집히는 느낌이다.

이바

뉴욕 존 F. 케네디 국제공항

2월 22일 화요일

추락 당일

여자의 목소리에서 절박함이 느껴졌다.

'나야, 클레어.'

그 말을 내뱉을 때 눈물을 억눌러 참느라 갈라지던 목소리. 목전으로 다가선 위험에 평정심을 잃고 히스테릭해진 게 분명했다. 이바는 눈과 귀를 여자에게 고정시킨 상태로 자리에서 일어섰다. 어디론가 도피해야만 하는 여자, 그녀와 비슷한 처지의 여자였다.

주변을 오가는 여행객들을 둘러보았다. 사방에서 다가온 사람들이 보안 검색대를 향해 밀어닥쳤다. 커다란 여행 가방을 몇 개나 캐리어에 실어 나르는 사람도 보이고, 공항에 너무 늦게 도착했다며 낮은 목소리로 말다툼을 벌이는 커플도 눈에 들어왔다. 이바는 혹시 다른 누군가가 자신을 눈여겨보고 있지는 않은지 확인하려고 주위를 둘러보았다. 방금 전 누군가와 통화하며 몹시 괴로워하던 여자가 떠올랐다.

'클레어.' 여자의 이름이 이바의 머릿속에서 메아리쳤다. 이바는 구입한 지 24시간도 안 된 선불 폰을 꺼내 들고 통화에 열중하는 척하며 여자에게 가까이 다가갔다. 고가의 버킨 백, 맞춤 정장 바지와 너무나 잘 어울리는 스니커즈, 가느다란 골격 위로 우아하게 흘러내린 연분홍색 스웨터, 어깨까지 내려온 검은 머리가 눈에 들어왔다.

"내 생각에는 차라리 푸에르토리코에 가서 자취를 감추는 편이 나을 것 같아." 클레어가 말했다. 이바는 그녀의 말을 단 한 마디도 놓치지 않고 들으려고 좀 더 가까이 다가갔다. "푸에르토리코는 허리케인 피해가 심각해 아직 어수선하고 정신없을 거야. 거기서는 현금 거래가 가능할 테니까 이것저것 캐묻지도 않을 테고."

이바의 맥박이 빨라졌다. 이바에게는 푸에르토리코가 도피처로 적합했고, 클레어를 잘만 이용하면 그곳으로 날아갈 방법을 찾아낼 수도 있을 듯했다. 보안 검색대 앞에 당도하자 공항 안전 요원이 이바를 왼편 엑스선 기계로 안내하는 한편 뒤에 선 클레어를 오른쪽 기계로 보냈다. 이바는 재빨리 클레어를 따라가려고 했지만 안전 요원이 제지했다. 이바는 그 와중에도 클레어에게서 눈을 떼지 않았다. 오른쪽 엑스선 기계를 통과한 클레어는 소지품을 챙겨 들고 여행객들 속으로 사라졌다. 이바는 연분홍색 스웨터를 입은 클레어를 계속 주시했다.

오전 내내 기다린 클레어를 놓칠 수는 없었다. 한시가 급한데 바로 앞 노인네가 엑스선 기계에 들어갈 때마다 빨간불이 들어오는 바람에 시간이 점점 지체되고 있었다. 이바는 어서 보안 검색대 반대편으로 나가고 싶은 생각에 조바심이 일었다. 노인네가 주머니에서 동전 한 줌을 꺼내 쟁반에 떨어뜨리고 나서야 비로소 엑스선 기계를 통과했다.

보안 검색대를 빠져나온 이바는 연분홍 스웨터를 입은 클레어가 어디에 있는지 찾아보려고 눈을 두리번거렸다. 어느새 시야에서 사라져버린 상태라 허탈감이 일었다. 이바는 아직 포기하기에는 이르다고 판단하며 사람들이 모여선 곳을 살피고, 식당과 커피숍 안쪽을 일일이 들여다보았지만 클레어는 어디로 갔는지 눈에 보이지 않았다. 이바는 푸에르토리코 산후안행 항공편 게이트 쪽으로 걸어가기 시작했다. 바 앞을 지나던 이바는 회색 창문과 극명하게 대비되는 연분홍 스웨터를 발견했다. 클레어는 술잔을 앞에 두고 혼자 앉아 있었다. 잔뜩 긴장한 눈빛으로 여행객들로 붐비는 터미널을 응시하는 모습이 마치 포식자를 피해 몸을 숨긴 어린 사슴을 떠올리게 했다.

이바는 눈길을 돌리고 계속 걸음을 옮겼다. 클레어는 낯선 사람이 다가가면 잔뜩 경계심을 품고 몸을 사릴 수도 있었다. 이바는 일단 바의 맞은편에 위치한 서점으로 들어가 잡지를 집어 들고, 클레어가 조금이나마 경계심을 풀기를 기다리며 책장을 뒤적였다.

클레어가 술잔을 들어 올리는 모습이 눈에 들어왔다. 이바는 잡지를 내려놓고 서점을 나와 클레어가 있는 쪽으로 걸어갔다. 클레어와의 거리가 가까워진 이바는 누군가와 통화하는 척하며 휴대폰을 귀에 갖다 댔다.

"그 작자들이 왜 나랑 얘기하고 싶어 할까요?" 이바가 큰 소리로 통화하자 바의 옆자리에 앉은 클레어가 짜증 섞인 얼굴로 몸을 살짝 옆으로 틀었다.

"나는 그저 시키는 대로 했을 뿐이에요." 이바는 손으로 눈을 가리고 지난 여섯 달 동안 벌어진 일들을 떠올려보았다. 불과 몇 달 만에 수많은 위험을 겪었고, 많은 걸 잃었다.

"그 사람은 내 남편이었고, 나는 그이를 사랑했어요." 이바는 냅킨을 쥐고 눈물을 닦는 시늉을 했다. "그 누구라도 나처럼 했을 거예요." 이바는 말을 멈추고 마치 상대의 이야기를 듣고 있다는 듯이 고개를 끄덕이다가 다시 말했다. "그 사람들에게 나는 이제 할 말이 전혀 없다고 전해줘요." 이바는 휴대폰을 귀에서 떼고 몸을 부르르 떨며 깊은 한숨을 들이쉬었다.

이바는 바텐더를 손짓으로 불러 말했다. "보드카 토닉 한 잔 주세요." 그다음은 혼잣말인 척 내뱉었다. "그 일이 내 발목을 잡을 줄 누가 알았겠어. 일이 이렇게 빨리 벌어지게 될 줄은 미처 몰랐어."

이바는 바텐더가 앞에 내려놓은 술을 한 모금 마셨다. 그때 옆 자리의 클레어가 반대편으로 어깨를 돌렸다. 그 누구도 말을 붙일 엄두를 낼 수 없을 만큼 어깨가 잔뜩 경직되어 보였다. 이바는 손이 겨우 닿을 정도의 위치에 놓인 냅킨을 한 장 더 빼내려다가 클레어와 어깨를 살짝 부딪쳤다. 클레어가 마지못해 냅킨을 한 장 빼내 이바에게 건넸다.

"고마워요." 이바가 말했다. "혼자 조용히 계시는데 목소리를 높여 미안해요. 최근에 남편이 암으로 세상을 떠난 뒤로 마음이 계속 싱숭생숭하네요."

클레어가 힘겹게 말을 받아주었다. "마음이 많이 아프시겠어요."

"고교 시절부터 지금까지 18년 동안 남편과 함께했어요." 이바는 휴지로 코를 풀고 나서 술잔을 바라보았다. 자연스럽게 이야기를 풀어갈 필요가 있었다. 거짓말로 상대를 설득해야 할 때는 마지막 카드를 제시하기 전에 앞서 뿌려놓은 떡밥이 흥미를 유지할 수 있어야 한다. "남편은 지난 몇 달 동안 도저히 눈을 뜨고 지켜볼 수 없을 만큼 끔찍한 고통에 시달렸죠." 이바는 암으로 고통받다가 숨을 거둔 남자의 비극적인 이미지가 클레어의 머릿속에 새겨지게 만든 후 말을 이었다. "남편을 간호하려고 일을 그만두었어요. 밤이 되면 남편의 병상을 내가 직접 지켰죠. 그리 바람직한 선택이 아니었어요. 지난 18년 동안 인생을 함께한 남자가 몹시 괴로워하는 모습을 지켜보는 건 그야말로 악몽이었죠." 이바는 텅 빈 눈으로 공항 터미널을 내다보았다.

이바는 왜 자신이 집으로 돌아가지 않고 아무도 모르는 곳으로 떠나려고 하는지 클레어가 납득할 수 있는 근거를 제시할 필요가 있었다. 클레어가 반대편으로 어깨를 돌려 외면하고 있다가 자세를 바로 한 것만으로도 이야기가 먹히고 있다는 반증이었다.

"남편의 죽음과 관련해 그들이 나를 의심하나봐요."

"그들이 누군데요?" 클레어가 궁금하다는 듯 물었다.

"남편의 시신을 부검한 경찰이 사망 원인과 관련해 의문을 제기했답니다. 방금 남편의 담당 의사와 통화했는데 그렇게 말하더군요."

이바는 창밖으로 넓게 펼쳐진 활주로를 내다보았다.

"뉴욕에 사세요?"

이바는 고개를 저었다. "캘리포니아에 살아요." 이바가 짧은 침묵에 이어 한숨을 푹 쉬었다. "남편이 떠난 지 21일이 지났어요. 난 매일 아침 몹시 괴로워하며 눈을 뜨죠. 뉴욕 여행이 우울한 기분을 추스르는 데 도움이 될까 해서 왔는데 딱히 그렇지도 않네요."

"이제 캘리포니아로 돌아가려고요?"

"나는 인생에서 가장 중요한 사람을 잃었어요. 남편을 보살피는 게 내 일이었는데 갑자기 혼자가 되다보니 너무 허망해요. 우린 둘 다 가족이 없었거든요."

이바는 숨을 깊이 들이쉬고 나서 클레어에게 처음으로 진실을 말했다. "내가 탑승하기로 한 항공기는 한 시간 후면 캘리포니아로 떠나는데 그다지 타고 싶지 않네요."

이바는 핸드백을 뒤적이더니 오클랜드행 항공권을 꺼내 바에 올려놓았다. "캘리포니아가 아니라 전혀 다른 곳으로 가고 싶어요. 다시 항공권을 구입하더라도 한 번도 가본 적 없는 낯선 곳으로 떠났으면 좋겠어요." 이바는 마치 방금 내린 결정이 가슴을 짓누르던 짐을 내려놓기라도 한 듯 허리를 꼿꼿이 폈다. "인생을 다시 시작하려면 어디가 좋을까요? 아무도 모르게 사라지는 게 가능할까요?"

클레어가 말했다. "어딜 가든 금세 꼬리가 잡힐 거예요. 정말이지 나도 그런 곳이 있었으면 좋겠어요."

그들은 잠시 침묵을 유지한 상태로 게이트를 향해 바삐 걸어가거나 짐을 찾으러 가는 사람들을 멀뚱히 지켜보았다. 바삐 걸어가는 여행객들은 바에 나란히 앉아 있는 두 여자를 쳐다볼 겨

를이 없어 보였다.

어디선가 아이 울음소리가 들려오더니 잔뜩 지친 표정의 아이 엄마가 바 앞을 지나갔다. 아이 엄마가 훌쩍이는 딸의 볼을 가볍게 잡아당기며 말했다. "〈페어런트 트랩〉을 백 번째로 보려면 먼저 허친스 선생님이 내준 읽기 숙제부터 끝내야 해."

이바와 클레어는 엄마와 아이가 눈에서 멀어질 때까지 지켜보았다.

이바가 말했다. "요즘 아이들도 여전히 린제이 로한의 영화를 좋아한다니 왠지 마음이 뿌듯하네요." 그런 다음 술잔을 홀짝였다. "린제이 로한이 나오는 영화 가운데 정말 재미있게 본 작품이 하나 더 있는데 혹시 알아요? 엄마와 딸이 서로 몸이 바뀐 상태로 하루를 사는 내용이죠."

클레어가 술잔을 내려다보며 말했다. "〈기묘한 금요일〉 말인가요? 내 동생이 무척 좋아했던 영화죠."

이바는 머릿속으로 열을 셌다. 이제 대화의 최종 목적지에 다다르기 직전이었다.

"당신은 누가 되고 싶어요? 엄마, 아니면 딸?"

클레어가 천천히 고개를 돌려 이바를 보았다. 두 사람의 눈이 허공에서 마주쳤다. 클레어는 대답하지 않았다.

"〈기묘한 금요일〉이라면 지금 상황에 큰 도움이 될 것 같지 않아요?" 이바가 말을 이었다. "다른 사람의 몸에 들어가 완전히 다른 삶을 사는 거예요. 서로 삶이 뒤바뀌었지만 아무도 그 사실을 알아볼 수 없는 상태가 되면 기분이 어떨까요?"

술잔을 들어 한 모금 마시는 클레어의 얼굴에서 미묘한 떨림이 느껴졌다.

"나는 이미 푸에르토리코에 가기로 결정했어요." 클레어가 말했다.

이바는 알코올이 몸 안 가득 퍼지면서 지난 48시간 동안 팽팽하게 부풀어 올랐던 긴장감이 느슨하게 풀어지는 느낌이었다. "푸에르토리코에 가기 딱 좋은 계절이긴 하네요."

클레어가 고개를 저으며 말했다. "푸에르토리코로 가는 항공기를 타지 않을 수만 있다면 나는 뭐든지 하고 싶어요."

이바는 그 말이 아무런 대답 없이 허공을 맴돌도록 내버려둔 상태로 클레어가 스스로 더 많은 이야기를 꺼내길 기다렸다. 이바가 머릿속에 품고 있는 생각들은 모험을 필요로 하기에 클레어가 얼마나 절박한 상황인지 정확하게 알아둘 필요가 있었다. 이바는 잔에 든 얼음 조각들이 액체로 녹아드는 모습을 지켜보았다.

"우리 둘 다 〈기묘한 금요일〉의 미션이 필요할 것 같지 않아요?"

이바는 자신이 설득한 게 아니라 클레어가 스스로 떠올린 생각이라고 믿게 해주고 싶었다. 이제 더는 클레어를 속이고 싶지 않기도 했다.

클레어는 바에 놓인 이바의 항공권을 집어 들고 찬찬히 살펴본 다음 물었다. "오클랜드는 어떤 곳이죠?"

이바는 어깨를 으쓱하고 나서 대답했다. "그다지 특별한 곳은 아니죠. 하지만 난 오클랜드가 아니라 버클리에 살아요. 버클리 사람들은 확실히 특이해요. 외발자전거를 타고 트럼펫을 불면서 텔레그래프 애비뉴를 달려도 쳐다보는 사람이 아무도 없을 정도죠. 버클리 사람들은 다들 나보다 더 이상해서 오히려 쉽게 섞여들 수 있었어요."

바텐더가 말했다. "숙녀 분들 혹시 더 필요하신 게 있나요?"

클레어가 처음으로 웃음을 보였다. "우린 이제 일어나야 해요. 고마워요." 그런 다음 이바에게 말했다. "나를 따라오세요."

∞

두 사람은 바를 나와 어깨를 나란히 하고 걸었다. 그들은 여자 화장실 앞에 늘어선 대기 줄에 합류했다. 몇몇 사람들이 용변을 마치고 나와 두 사람의 차례가 되었지만 그들은 뒤에 선 사람들을 먼저 들여보냈다. 마침내 내부가 넓은 장애인 화장실이 비자 두 사람은 안으로 들어가 문을 잠갔다.

클레어가 낮은 목소리로 말했다. "당신이 바에서 아무도 몰래 사라지는 게 가능한지 물었잖아요. 나에게 좋은 방법이 있어요."

변기 물 내리는 소리에 이어 수돗물 트는 소리가 이어졌다. 확성기에서 안내 방송이 흘러나왔다. 클레어는 핸드백에서 휴대폰을 꺼낸 다음 전자 항공권을 화면에 띄워 이바에게 건넸다. "우리가 항공기를 바꿔 타더라도 비행 기록에는 원래대로 남을 거예요." 클레어가 말했다. "그 대신 당신이 푸에르토리코에 도착하면 내 흔적은 완전히 사라지겠죠. 오클랜드에서는 당신 흔적이 완전히 사라질 테고요."

이바는 짐짓 미심쩍은 표정을 지었다. 클레어의 말에 너무 쉽게 동의했다가 혹시 의심받게 되면 일이 틀어질 수도 있으니까. "당신, 미쳤어요? 왜 당신이 나를 위해 이런 짓을 하려는 건데요?"

"오해하지 말아요. 내가 아니라 당신이 나를 위해 좋은 일을 해주는 거예요." 클레어가 말했다. "푸에르토리코에 가더라도 나는 아무도 모르게 사라질 자신이 없어요."

이바가 물었다. "그게 무슨 뜻이죠?"

클레어가 대답했다. "당신은 내가 아니니까 걱정하지 않아도 된다는 뜻이죠."

이바는 고개를 저었다. "최소한 내가 어떤 일에 연루된 건지 알아야 당신 말을 흔쾌히 받아들일 수 있잖아요."

클레어는 화장실 문을 무심코 바라보며 말했다. "남편과 영원히 결별할 계획을 짰어요. 일이 잘못되는 바람에 남편이 내가 세운 계획을 알아낸 것 같아요. 나는 이제 아무도 모르는 곳으로 사라져야 해요."

"남편이 위험한 사람인가요?"

"나에게는 대단히 위험한 사람이죠."

이바는 휴대폰 화면에 떠 있는 항공권을 들여다보았다. "우린 전혀 닮지 않았는데 항공권을 어떻게 바꾸죠?"

"우린 이미 보안 검색대를 통과했잖아요. 항공권이 내장된 내 휴대폰을 당신에게 줄게요."

이바를 바라보는 클레어의 눈동자가 절박하게 반짝이고 있었다. "제발 그렇게 해요." 클레어가 속삭였다. "내게 주어진 유일한 기회니까요."

이바는 뭔가를 거의 손에 넣었다가 빼앗긴 클레어의 심정이 어떨지 이해할 수 있을 듯했다. 그런 일은 사람의 마음을 갈급하게 만든다. 그 맹렬한 허기는 일이 잘못될 가능성이 아무리 많아도 차분하게 둘러보지 못하게 한다.

∞

두 사람은 가방에 든 내용물까지 모두 바꿔치기했다. 클레어는 가방에서 찾아낸 NYU 모자를 써서 머리카락을 숨겼다. 그런 다음 스웨터를 벗어 이바에게 건넸다. "남편은 아주 작은 흔적도 놓치지 않고 반드시 추적할 거예요. 오늘 있었던 일들은 일

초 단위로 끊어 검증할 테고요. 아마 나의 행방을 알아내려고 공항의 모든 감시 카메라를 보려고 할 거예요. 우린 단순히 항공권만 교환해서는 쉽게 발각될 수 있어요."

이바는 외투를 벗어 클레어에게 건네려다가 잠시 망설였다. 후드 달린 카키색 외투는 그녀가 가장 좋아하는 옷이었다. 지퍼와 안주머니가 잔뜩 달려있어 지난 몇 년 동안 즐겨 입었다.

클레어는 외투를 받아 걸치며 말을 이었다. "푸에르토리코의 산후안 공항에 착륙하는 즉시 내 신용카드로 현금을 뽑아 다른 곳으로 떠나는 항공권을 구입해요. 뭐든 당신이 하고 싶은 대로 하면 돼요. 내 남편이 추적하거나 말거나 신경 쓸 필요 없어요." 클레어는 발치에 놓인 이바의 더플백에 노트북을 집어넣었다. 그다음 욕실용품이 든 가방에서 여행 칫솔을 꺼내 외투 주머니에 집어넣었다.

이바는 이렇게 시급한 때에 클레어가 칫솔부터 챙기는 게 의아했다. 클레어는 지갑에 든 현금 뭉치를 꺼낸 다음 지갑을 다시 핸드백에 넣고 나서 이바에게 말했다. "남편이 신용카드를 정지시킬 수도 있으니까 서둘러 돈을 인출해야 할 거예요. 카드 비밀번호는 3710이에요."

비록 돈이 필요하지 않았지만 이바는 클레어가 내미는 지폐를 순순히 받았다. 그런 다음 클레어에게 자신의 핸드백을 건넸다. 이바는 굳이 자신의 핸드백 안을 들여다보려고도 하지 않았다.

당장 필요한 현금은 파우치에 넣어두었고, 나머지 자금은 먼 곳에서 그녀를 기다리고 있었다.

이바는 연분홍 스웨터에 양팔을 집어넣었다.

90분 후면 우린 각자 다른 항공기에 올라 하늘을 날고 있겠지?

이바는 일단 푸에르토리코에 내리기만 하면 감쪽같이 사라질 방법을 일백 가지 이상 알고 있었다. 우선 변장을 한 다음 가능한 한 먼 곳으로 떠난다. 그런 다음 항공기와 요트를 빌린다. 돈이 넉넉하게 준비되어있는 만큼 필요한 건 뭐든지 구할 수 있다.

머릿속에서 일주일 전 덱스와 나눈 대화가 떠올랐다. 그와 농구 경기를 보면서 나눈 대화였다.

"당신을 닮은 여자를 찾아내 신분증을 바꾸자고 하는 게 그나마 가장 가능성이 높을 거야."

존 F. 케네디 공항 4번 터미널의 장애인 화장실에서 덱스의 말은 현실이 되었다. 이바는 너무나 신기한 일이라 하마터면 실소를 터뜨릴 뻔했다.

이바는 외투의 지퍼를 만지작거리는 클레어를 보면서 오클랜드에 착륙했을 때 누가 그녀를 기다리고 있을지 떠올려보았다. 그들은 눈에 익은 외투를 입고 공항을 나서는 클레어를 발견할 경우 잠시 멈칫할 수도 있다. 하지만 외투가 같을 뿐 다른 사람이라는 걸 즉시 알 수 있을 것이다.

이바가 선불 폰을 흔들어 보이며 말했다. "휴대폰에 내 사진이 모두 들어 있어요. 남편이 보낸 음성 메시지도 들어 있고요."

사실은 선불 폰에 연락처도 없고, 사진도 없고, 통화 내역도 달랑 하나밖에 없었다. "항공권을 스캔하려면 암호가 필요해요. 혹시 휴대폰을 계속 갖고 있길 원한다면 당장 항공권을 인쇄해야 하겠죠."

"휴대폰을 가지고 있으면 남편에게 추적당할 위험이 커요." 클레어는 휴대폰을 받아 들고 비번을 풀어주었다. "그 대신 당신 휴대폰 번호를 적어갈게요."

클레어는 핸드백에서 펜을 꺼내 영수증 뒷면에 휴대폰 번호를 적었다. 바로 그때 오클랜드행 항공기에 탑승하라는 안내 방송이 흘러나왔다. 두 사람은 두려움과 흥분이 뒤섞인 상태로 서로의 얼굴을 마주 보았다.

"이제 모든 절차가 마무리되었네요." 클레어가 말했다.

이바는 캘리포니아행 항공기에 탑승한 클레어가 공항에 내리는 모습을 상상했다. 무슨 일을 겪게 될지 전혀 모르는 상태로 밝은 햇살 속으로 걸어나가는 그녀의 모습이 떠올랐다. 이바는 죄의식을 갖지 않으려고 애썼다. 클레어가 그나마 용감하고 영리해 보여서 좋았다. 클레어라면 반드시 좋은 방법을 찾아낼 거라 기대하며 위안 삼을 수밖에 없었다.

"나의 새 출발을 도와줘서 고마워요." 이바가 말했다. 두 사람은 서로 포옹했다. "오히려 당신이 나를 구해준걸요. 영원히 잊지 못할 거예요."

클레어는 화장실을 나가 번잡한 공항으로 사라졌다. 공항의 보안 카메라들이 녹색 외투 차림에 NYU 야구 모자를 푹 눌러쓰고 새로운 삶을 향해 걸어가는 여자를 녹화했다.

이바는 화장실 문을 다시 잠그고 차가운 타일 벽에 기대 아침 내내 치솟던 아드레날린이 몸에서 모두 빠져나가기를 기다렸다. 긴장이 풀리면서 몸이 어질어질했지만 기분은 좋았다. 그 어느 때보다 자유가 가까이 있었다.

∞

이바는 화장실 안에서 가능한 한 최대한 시간을 끌면서 클레어가 항공기에 올라 캘리포니아로 날아가는 모습을 떠올려보았다.

"푸에르토리코행 477편 항공기 탑승이 시작됐습니다." 이바는 안내 방송을 듣자마자 연분홍 스웨터 소매를 걷어 올리고 양손을 재빨리 씻었다. 곁눈질로 본 거울 속 자신의 모습이 놀라울 만큼 편안해 보였다. 마음속으로는 춤이라도 추고 싶은 심정이었다. 중앙홀로 나온 그녀는 산후안행 항공편 게이트 앞에 앉이 탑승 절차기 시작되길 기다렸다. 앞으로는 사람들을 둘러보며 혹시 위험신호가 감지되는 인물이 있는지 살피는 습관을 버려야 할 수도 있었다. 다른 사람들도 역시 모두 자기만의 생각에 잠겨 있었다. 한시바삐 날씨가 쌀쌀한 뉴욕을 벗어나 따뜻한 카리브해로 가길 바라는 눈치였다.

탑승 수속을 진행하는 항공사 직원이 확성기를 입에 대고 말했다. "저희 항공편은 만석이 아니라서 공석 대기를 원하시는 여행객들께서는 카운터에서 체크해주시길 바랍니다."

푸에르토리코로 떠나는 여행객들이 줄을 서려고 몰려들었다. 항공사 직원이 한 명뿐이라 탑승 절차가 너무 느리게 진행되었다. 이바는 모두 합해 여섯 명이라 지극히 소란스러운 가족 뒤에 줄을 섰다. 그때 클레어의 휴대폰이 울렸다. 이바는 주머니에서 휴대폰을 꺼내 귀에 대었다.

"씨발, 무슨 짓을 저지른 거야?"

욕설보다는 목소리에 깃든 악의가 이바를 멈칫하게 만들었다. 독기 서린 악의. 그때 또 다른 휴대폰이 울리는 바람에 하마터면 손에 들고 있던 클레어의 휴대폰을 떨어뜨릴 뻔했다. 음성 사서함으로 돌려놓았는데도 휴대폰이 계속 울렸다. 앞에 선 사람들의 머릿수를 셌다. 어서 항공기에 올라 푸에르토리코로 떠나고 싶었다.

"왜 탑승 수속을 멈춘 건가요?" 앞의 여자가 물었다.

"탑승 게이트가 아직 열리지 않았나봐요."

마침내 차례가 된 이바는 항공사 직원에게 항공권이 화면에 나와 있는 휴대폰을 건넸다. 항공사 직원은 제대로 확인도 하지 않고 항공권을 스캔했다. 휴대폰을 다시 건네받은 이바는 재빨리 전원을 끄고 클레어의 핸드백에 집어넣었다. 길게 늘어선 줄이 서서히 앞쪽으로 움직이기 시작했다. 이동식 탑승교 문턱에서 조바심치는 여행객들 사이에 끼어 있던 이바는 누군가 뒤에서 가방으로 치는 바람에 핸드백을 바닥에 떨어뜨렸다. 핸드백에서 쏟아진 클레어의 물건들이 사방으로 흩어졌다. 물건들을 주우려고 몸을 숙인 순간 뒤편 중앙홀이 시야에 들어왔다. 뒤쪽에서 줄 선 사람들이 점점 다가와 항공사 직원의 시야에서 그녀를 가려주었다. 이바는 지금 같은 상태라면 공항을 몰래 빠져나가기 어렵지 않다는 걸 깨달았다.

클레어는 이미 항공권 스캔을 마쳤고, 오클랜드를 향해 날아가고 있었다. 이바는 방금 떠올린 계획을 머릿속으로 정리해보았다. 일단 줄 옆으로 물러나 휴대폰을 들고 누군가와 통화를 하는 척한다. 항공사 직원의 눈을 피해 공항을 빠져나와 브루클린으로 간 다음 미용실을 찾아가 머리를 갈색으로 염색한다. 그다음 클레어의 신분증을 이용해 다음에 떠나는 항공권을 구입한다. 전혀 다른 목적지로 여행하는 클레어가 두 명 있는 건 조금도 이상할 게 없다. 공항에 내리자마자 사라지면 항공사에 남은 기록은 무의미해질 것이다.

2월 22일 화요일

비행이 시작된 지 한 시간이 지나서야 비로소 쿵쿵거리며 뛰던 심장이 진정된다. 내가 타기로 했던 푸에르토리코행 항공기는 지금쯤 대서양 위를 날고 있을 것이다. 항공기가 푸에르토리코 산후안에 도착해 휴양객들을 내려놓는 모습을 상상해본다. 이바가 스쳐가는 사람들 속으로 사라지는 모습이 떠오른다. 지금쯤 로리가 페덱스 소포에 무엇이 들어있는지 알아내고 나를 찾기 시작했을 가능성이 컸다. 로리는 우선 클레어 쿡이나 어맨다 번스를 추적할 것이다. 이바 제임스라는 이름은 전혀 알 수 없을 테니까.

일이 이렇게 쉽게 마무리될 수 있을까?

열세 살 때 어느 날 밤 엄마와 함께 현관에 앉아 있었다. 몇 주 전부터 아이들이 나를 과녁으로 삼아 괴롭혔다. 내 뒤를 졸졸 따라다니며 시비를 걸거나 내가 복도나 화장실에 혼자 있을 때를 노렸다가 악담을 쏟아부었다. 엄마가 나서서 해결해주고 싶어 했지만 나는 반대했다. 오히려 상황이 더 나빠질 테니까.

"그 아이들이 없는 곳으로 사라졌으면 좋겠어요." 나는 그렇게 속삭였다. 엄마와 나는 세 살짜리 바이올렛이 작은 뜰에서 폴짝폴짝 뛰어다니며 노는 모습을 지켜보았다. 살랑살랑 부는 저녁 바람에 장미 꽃잎이 하늘거렸다.

"무슨 일이든지 자세히 들여다보면 해법이 저절로 떠오르게 되어 있어. 하지만 문제를 제대로 볼 수 있으려면 용기가 필요하지." 엄마가 내 손을 꼭 쥐며 말했다. 그 당시만 해도 그 말이 무슨 뜻인지 이해하지 못했다. 내가 훗날을 생각해 잘 버텨내길 바라는 마음에서 해준 말이라는 걸 한참 후에야 깨닫게 되었다. 나는 두 가지 위험에 노출되어 있었다. 극도로 분노한 로리가 나를 추적하고 있었고, 니코가 보낸 사람들이 산후안 공항에 나타나 나를 데려가려고 대기하고 있었다. 이바가 나타나는 바람에 나는 갑자기 다른 선택을 하게 되었다.

이바가 해안가의 외진 마을로 도피해 은신처를 찾아가는 모습을 그려본다. 이바의 어깨로 쏟아져 내리는 햇빛, 금발과 대비를 이루는 검게 탄 피부가 떠오른다. 이바는 원하던 새 출발을 할 수 있을 것이다.

우리의 만남은 그야말로 특별했다. 웃음이 거품처럼 몽글몽글 피어오른다. 나도 모르게 큰 소리로 웃자 옆자리 남자가 놀란 눈치다. 난 재빨리 사과하고 나서 창밖으로 눈길을 돌려 항공기가 뉴욕으로부터 점점 멀어지고 있는 모습을 지켜본다. 나와 로리의 거리는 점점 더 멀어지고 있다.

∞

6시간 후, 항공기는 오클랜드 공항에 착륙한다. 항공기가 착륙을 앞두고 샌프란시스코 상공을 선회하고 있는 동안 승무원이 베이 브리지와 트랜스아메리카 건물에 대해 설명한다. 나는 마음이 잔뜩 들떠 있어 승무원의 설명이 귀에 들어오지 않는다. 바이올렛과 눈을 감고 하던 밸런스 게임이 떠오른다. 우리는 말도 안 되는 질문들을 만들어내며 몇 시간이고 게임을 즐겼다.

'바퀴벌레 열 마리를 먹을래, 아니면 일 년 동안 저녁마다 동물의 간을 먹을래?'

나는 슬며시 미소를 머금고 바이올렛과 내가 지금 밸런스 게임을 한다면 어떤 질문을 만들어낼지 생각한다.

'돈은 많지만 아내를 학대하는 남자와 결혼할래, 아니면 돈이나 신분에 구애받지 않는 곳에서 새로운 삶을 시작할래?'

내게 그 질문에 대한 답은 너무 쉽다.

마침내 항공기의 문이 열리고 여행객들이 줄지어 내리기 시작한다. 나는 모자를 푹 눌러쓰고 사람들 틈에 섞여든다. 공항은 보안 카메라가 많은 곳이라 결코 안심할 수 없다. 내가 가장 먼저 할 일은 페트라에게 전화해 오클랜드에 왔다고 알려주는 것이다. 그다음은 일단 싸구려 모텔을 찾아 하룻밤 머물 생각이다. 지갑에 400달러밖에 없으니 최대한 돈을 아껴야 한다.

공항 대합실로 나와 공중전화를 찾느라 두리번거리는 동안 뭔가 수상한 분위기가 감지된다. 바와 식당의 텔레비전 앞에 사람들이 무리 지어 모여 있다. 나는 사람들의 어깨너머로 텔레비전 화면을 주시한다. 케이블 뉴스 채널에 맞춰져 있는 텔레비전의 볼륨이 낮아 앵커가 말하는 소리가 희미하게 들린다. 방금 심각한 표정의 여성이 나와 뭔가 말하고 있고, 화면에 이름이 깜빡거린다. 힐러리 스탠튼은 NTSB의 상임위원이다. 화면 아래쪽에 자막이 떠 있다.

아직 사고 원인을 조사 중이라 현 단계에서는 드릴 말씀이 없습니다.

화면은 다시 앵커 쪽으로 넘어갔고, 자막에 가려져 있던 배너의 기사 제목이 눈에 들어온다.

푸에르토리코행 477편 항공기 추락.

나는 배너의 글씨를 한 번 더 읽는다. 477편 항공기는 내가 탑승하려고 했던 바로 그 항공기다. 나는 사람들을 헤집고 텔레비전 가까이 다가간다. 그제야 앵커가 하는 말이 귀에 들어온다.

"NTSB는 현재 항공기 추락 원인을 조사 중이라 섣부른 예단은 금물이라는 입장을 견지하고 있습니다. 477편 항공기는 96명의 탑승객을 태우고 푸에르토리코의 산후안으로 가는 중이었습니다. 아직 탑승객들의 생존 여부는 확인되지 않고 있습니다."

플로리다 인근 대서양 해수면에 추락한 항공기의 파편들이 떠 있는 모습이 눈에 들어온다. 그 순간 나는 마치 지진이 난 듯 땅이 흔들리는 느낌을 받으며 비틀거리다가 옆으로 쓰러진다. 다행히 내 옆에 서 있던 남자가 나의 몸이 균형을 찾을 때까지 부축해준다.

"괜찮으세요?" 남자가 묻는다.

나는 괜찮다는 뜻으로 고개를 끄덕이고 나서 여전히 사람들이 몰려선 텔레비전 화면 앞을 벗어난다. 아직도 화장실 문을 닫으면서 본 이바의 모습이 눈에 선하다. 그녀의 얼굴에 걸려 있던 미소와 목소리도.

고개를 숙이고 중앙 홀을 지나는 동안 텔레비전 화면을 보니 하나같이 항공기 추락 소식을 전하는 뉴스 채널에 맞춰져 있다.

나는 목을 타고 올라오는 쓴 물을 삼키며 화장실 옆 공중전화 부스로 간다.

페트라의 휴대폰 번호를 적어놓은 영수증을 꺼내 번호를 누른다. 신호가 가는 동안 심장이 요란하게 뛴다. 좀처럼 전화가 연결되지 않더니 익히 들은 안내 음성이 흘러나온다.

'지금 거신 전화번호는 없는 번호입니다.'

급히 통화하고 싶은 마음에 번호를 잘못 눌렀거니 생각하며 이번에는 좀 더 차분하게 번호를 누른다.

이전과 똑같은 안내 음성이 흘러나온다.

나는 머리가 멍한 상태로 수화기를 내려놓으며 현실과 괴리된 기분을 느낀다. 마치 유체 이탈을 경험하고 있는 기분이다. 나는 공항의 대기석 의자로 휘적휘적 걸어가 무너지듯 그 자리에 주저앉는다.

여행 가방을 끌고 어디론가 가는 사람, 아이를 캐리어에 태우고 이동하는 사람, 휴대폰으로 통화 중인 사람이 차례로 시야에 들어온다. 페트라의 휴대폰 번호를 잘못 적었을 수도 있다. 휴대폰 번호를 받아 적던 때가 기억난다. 몹시 긴장되고 흥분되어 있던 상태라 주의력이 산탄 총알처럼 흩어져 있었다.

이제 나는 세상과 완전히 단절되었다.

건너편 텔레비전 화면이 내 눈길을 다시 잡아끈다.

"477편 항공기에 탑승하고 있던 승객 명단은 아직 발표되지 않았지만 NTSB는 오늘 저녁 기자회견을 열 예정입니다."

나는 몹시 위험한 상황에 처하게 된 걸 깨닫는다. 전 국민의 관심이 집중될 만큼 중대한 사건에 연루되었으니까. 우선 추락 원인이 밝혀지면 자잘한 디테일까지 면밀한 조사가 이루어지게 된다. 로리가 유명 인사라 내 이야기는 초미의 관심사로 부상할 가능성이 크다. 내가 익명으로 지낼 수 있는 시간은 이제 얼마 남지 않았다. 내 사진이 언론에 배포될 경우 누구나 쉽게 나를 알아보게 될 테니까. 모르긴 해도 내 이름이 매기 모레티만큼 널리 알려질 가능성이 크다. 돈도 없고, 신분증도 없고, 몸을 숨길 곳도 없는 나는 이제 꼼짝달싹 못 하는 신세가 되기 직전이다.

문득 이바의 핸드백이 눈에 들어온다. 이바의 핸드백에서 열쇠 꾸러미와 지갑을 꺼낸다. 열쇠를 주머니에 다시 넣고, 지갑을 열어 면허증에 있는 주소를 머리에 입력한다.

'543 리로이.'

더는 망설일 시간이 없다. 공항을 나온 나는 캘리포니아의 눈부신 햇살 속에서 손을 흔들어 택시를 잡는다.

∞

차는 고속도로를 질주한다. 높이 솟은 빌딩들 틈새로 가끔씩 샌프란시스코의 화려한 스카이라인이 눈에 들어온다. 지금 내게는 그저 무의미한 풍경일 뿐이다. 내 머릿속은 지금 공항 화장실에서 헤어진 이바의 모습으로 가득 채워져 있다. 새 출발에 대한 기대감을 품고 푸에르토리코로 떠났지만 항공기가 추락하게 될 줄은 꿈에도 몰랐을 이바의 모습이 떠올라 마음이 애잔해진다. 차창에 얼굴을 기대자 차가운 유리의 촉감이 살갗에 닿는다.

'조금만 더. 아무도 없는 곳으로 가서 문을 닫고 혼자가 되기 전까지는 촉각을 곤두세우고 상황을 면밀히 살펴야 해.'

차는 대학생들로 붐비는 거리로 들어선다. 로리는 지금 이 순간 무엇을 하고 있을지 가늠해본다. 디트로이트 행사를 취소하고 뉴욕으로 돌아오고 있을 가능성이 크다. 내가 현금으로 마련한 4만 달러를 다시 계좌에 입금하고, 나머지 자료들은 전부 비밀 서랍에 숨길 게 뻔했다.

대학가를 지나는 동안 나는 창밖을 내다본다. 학생들이 무질서하게 길을 건넌다. 주위 시선에 신경 쓰지 않는 대학생 특유의 자유분방한 모습들이다. 차는 대학 캠퍼스 동쪽 가장자리를 지나 언덕과 굽이지는 거리들로 이루어진 북쪽의 근린 지구로 들어선다. 다양한 형태의 단독주택들, 땅콩집 그리고 아파트들이 높이 자란 미국삼나무들 사이에 빼곡하게 들어차 있다. 이바의 집 문을 열면 무엇이 기다리고 있을지 상상해본다. 나는 이바가 떠나면서 남겨둔 그대로 고착화되어버린 집에 들어서는 최초의 침입자가 된 기분이다. 그들 부부의 사진을 보고, 그들이 사용하던 욕실을 쓰고, 그들의 침대에서 잠을 자는 침입자. 그런 생각을 하자 몸이 부르르 떨려온다. 아직 현실이 된 생각은 아니지만 이제 곧 경험하게 될 일인지도 모른다.

택시 기사는 포치가 길고 양쪽 끝에 똑같은 문 두 개가 달린 하얀 땅콩집 앞에 나를 내려준다. 오른쪽 문은 커튼을 쳐놓아 안을 들여다볼 수 없다. 포치의 일부분이 커다란 소나무 그림자에 가려져 있고, 그 아래는 맨땅이다. 왼쪽 유리창 너머로 반곡 쇠시리에 붉은 포인트 벽 그리고 경재 바닥으로 된 빈방들이 보인다. 이웃 사람들이 내가 누군지, 이바는 어디로 사라졌는지 묻는 질문에 굳이 대답할 필요가 없어 보여서 그나마 안심이 된다.

열쇠를 찾아 문에 꽂자 쉽사리 열린다. 문득 경보장치가 있을지도 모른다고 생각했지만 온통 고요할 뿐이다. 문을 잠그고 나서 누가 아무렇게나 벗어 던진 신발 한 켤레를 피해 안으로 들어선다. 혹시 이상한 소리나 인기척이 들리지는 않는지 귀를 쫑긋 세우고 주위를 둘러본다. 집 안이 어수선하긴 해도 고요한 걸 보면 누군가 다른 사람이 있을 것 같지는 않다.

만약의 경우 재빨리 달아나야 하는 만큼 가방을 출입문 옆에 놓아두고 살금살금 주방을 향해 다가간다. 조리대에 마시다 만 콜라캔이 있고, 개수대에 접시 몇 개가 있다. 주방에서 곧장 뒤뜰로 나가는 문은 사슬로 채워져 있다.

나는 귀를 쫑긋 세우고 천천히 계단을 올라가 욕실, 서재, 침실을 차례로 둘러본다. 마치 이바가 급히 떠나기라도 한 듯 침대와 바닥에 옷가지가 나뒹굴고 있다. 하지만 지금 이 집에는 나밖에 없다. 나는 그제야 긴장을 풀고 안도의 한숨을 내쉰다.

아래층으로 다시 내려온 나는 소파에 무너지듯 주저앉아 양손으로 머리를 감싼다. 오늘 하루 벌어진 일들을 냉정하게 되짚어봐야 할 시간이다.

이미 숨이 끊어진 상태로 대서양을 표류하고 있을 이바의 시신을 생각한다. 항공기가 추락하는 동안 얼마나 극심한 공포에 시달렸을지 생각하면 마음이 아프다.

나는 깊은숨을 몰아쉬고 나서 중얼거린다.

"이바, 부디 좋은 곳으로 가길 바랄게."

바깥에서 차가 지나가는 소리에 이어 멀리에서 교회 종소리가 들려온다. 나는 벽에 걸린 추상화와 소파, 안락의자를 둘러본다. 방은 작지만 아늑하고, 가구들은 고급스러우면서도 사치스러운 느낌을 주지 않는다. 내가 떠나온 집과는 정반대 취향이다.

이 집의 뭔가가 자꾸만 내 신경을 건드리는 느낌이 드는데 뭔지 모르겠다.

마치 누군가가 집에 있다가 몇 분 전에 나간 듯이 어수선해서일까?

나는 집 안을 둘러보며 이바의 남편이 누워 지내던 침대가 어디에 있었을지 가늠해본다. 호스피스들은 주로 어디에서 알약을 세고, 복용량을 측정하고, 손을 씻었을지도 추측해본다. 이바의 남편이 머물렀던 방이 어딘지 도무지 알 수 없다.

벽 가까이 다가가 책들이 가득 꽂힌 책장을 살펴본다. 대부분 생물학과 화학 관련 책들이고, 맨 아래 선반에는 교과서가 몇 권 있다.

'남편을 간호하려고 일을 그만뒀어요.'

혹시 이바가 버클리 대학교수였나? 아니면 남편이?

주방에서 윙윙거리는 소리가 들린다. 고요하기 그지없던 집 안 분위기를 갑자기 스산하게 만드는 소리다. 조리대 위에 놓인 휴대폰이 눈에 들어온다.

'이 휴대폰은 뭐지?'

존 F. 케네디 공항에서 나는 분명 이바가 사용하던 휴대폰을 보았기에 어리둥절한 기분이다. 휴대폰 화면을 보니 푸시 알림이 들어와 있다. 몇 초 후면 저절로 지워지는 문자다. 푸시 알림을 보낸 사람은 D로 되어 있다.

왜 안 왔어? 무슨 일 있어?

그때 내가 손에 들고 있는 휴대폰이 진동한다. 새로운 메시지가 눈에 들어온다.

당장 전화해.

휴대폰을 조리대에 다시 놓아두고 멍하니 쳐다본다. 새로운 메시지가 들어올 거라 예상했는데 휴대폰은 계속 침묵을 지킨다. D가 누군지 몰라도 추가로 메시지를 보내는 걸 단념한 눈치다.

나는 주방의 자그마한 창으로 뒤뜰을 내다본다. 키 작은 나무들과 식물들이 자라는 정원과 담장까지 이어진 길이 보인다. 이바가 지금 이 자리에 서서 땅거미가 내린 뒤뜰을 바라보는 모습을 연상한다. 남편이 죽어가는 동안 어둠이 짙어지는 하늘과 점점 구분이 모호해지는 정원의 식물들을 바라보는 이바의 모습이 떠오른다.

다시 휴대폰 소리가 텅 빈 집에 울려 퍼진다. 문득 불길한 예감이 든다. 텅 빈 집은 문을 열어 나의 방문을 허용했지만 아무것도 보여주지 않는다.

이바

캘리포니아 버클리

8월

추락 6개월 전

이바는 남자가 사는 기숙사 앞에서 그를 기다렸다. 오래전 일이지만 이바가 살았던 기숙사와는 다른 곳이다. 이 기숙사 건물은 이바가 학교를 그만두고 나서 지었고, 모서리를 둥글둥글하게 마감하고 검은색 나무로 테두리를 두른 게 특징이었다. 학생들에게 기숙사가 아니라 이탈리아 빌라에 살고 있다는 느낌을 주려고 한 것 같다. 이바의 눈길이 건물 위쪽으로 향했다. 신선한 아침 공기로 환기를 시키려고 문을 열어놓은 창문들이 보였다. 한 번도 이름을 들어본 적 없는 밴드들의 공연 포스터들이 창문에 붙어 있었다. 대학 캠퍼스 중심부에 비치된 종탑이 시간을 알리는 종을 울렸고, 아침 수업이 있는 학생들이 차에 기대어 있는 이바 옆을 지나쳐갔다. 늘 그랬듯이 학생들 중 어느 누구도 이바를 관심 있게 쳐다보지 않았다.

마침내 기다리던 남자가 나왔다. 어깨에 배낭을 짊어진 남자는 휴대폰 화면에 코를 처박고 뭔가 열심히 보고 있었다. 이바가 옆으로 다가서며 아는 체를 했다.

"안녕, 브렛."

남자가 놀란 얼굴로 고개를 들었다. 이바를 알아본 순간 남자의 얼굴에 문득 수심이 어렸다. 남자가 짐짓 활달한 미소를 지어 보이며 인사했다. "안녕, 이바."

길 건너편에 세워진 차에서 남자 둘이 나와 그들이 있는 쪽으로 다가오는 모습이 보였다.

이바가 입을 열었다. "내가 왜 여기에 왔는지 알지?"

길을 건넌 두 사람은 여러 커피숍과 서점들을 지나쳐 캠퍼스 남쪽을 향해 걸었다. 남자들 둘이 적당한 간격을 두고 그들을 뒤따라왔다. 이바는 작은 화랑이 위치한 좁다란 벽돌 길 입구에서 브렛의 앞길을 막아섰다. 그들을 뒤따라오던 남자들도 그 자리에 멈춰 섰다.

"정말 미안해요." 브렛이 말했다. "아직 돈을 준비하지 못했어요." 브렛은 그렇게 말하면서 이른 시간에 거리에 나온 행인들을 무심코 쳐다보았다.

"지난번에도 똑같이 말했잖아." 이바가 말했다. "그 이전에도 그랬고."

"사실은 부모님이 갚아줄 거라고 생각했는데 요즘 일이 잘 안 풀려 나에게 신경 써줄 여력이 없나봐요." 브렛이 변명 삼아 말했다. "부모님들이 지금 이혼 소송 중이거든요. 이혼하려면 돈이 얼마나 많이 드는지 잘 아실 거예요. 내 용돈이 절반으로 팍 줄었죠. 난 이제 맥주도 마음 놓고 못 마셔요."

이바는 짐짓 안됐다는 듯 고개를 절레절레 흔들었다. 버클리에서 보낸 지난 3년 동안 이바는 용돈을 최대한 아껴 쓰며 버텼다. 주말에 굶지 않고 보내려고 식당에서 남은 음식을 몰래 싸온 적도 많았다. 이바에게 용돈을 주는 사람은 아무도 없었다. 기껏 맥주를 마실 돈이 없다고 푸념하는 건 이바의 입장에서 보자면 배부른 소리였다. 맥주는 안 마시면 그만이니까.

이바가 한심하다는 듯이 말했다. "눈물겨운 사연이네. 유감이지만 넌 나에게 600달러를 빌렸고, 몇 달 동안 갚지 않고 질질 끌고 있어. 난 이제 기다리다가 지칠 지경이야."

브렛은 어깨에 멘 배낭을 위로 끌어올리고 나서 지나가는 버스를 눈으로 뒤따랐다. "꼭 갚을게요. 맹세해도 좋아요. 다만 시간이 좀 필요하니까 조금만 더 기다려줘요."

이바는 주머니에서 껌을 하나 꺼내 천천히 씹었다. 뒤따라오던 남자들이 이바가 보낸 신호를 보고 가까이 다가왔다.

브렛은 그제야 남자들을 발견했다. 그들이 다가온 목적이 뭔지 눈치채고 한 걸음 뒤로 물러섰다. 하지만 남자들은 순식간에 거리를 좁혀 브렛을 가두었다.

브렛이 겁에 질린 목소리로 속삭였다. "꼭 갚을게요. 맹세해요." 브렛이 슬금슬금 뒷걸음치기 시작했다. 두 남자 중에서 덩치가 큰 사울이 브렛의 어깨에 손을 올려놓았다. 이바는 사울의 커다란 손가락에 힘이 들어가는 걸 보았다. 브렛이 갑자기 울음을 터뜨렸다.

이바는 이제 자신의 역할은 끝났다고 생각하며 뒤로 물러섰다. 하지만 브렛의 간절한 눈빛을 본 이바는 잠시 그 자리에 멈춰 섰다. 아침의 청량한 햇살과 선선한 가을바람이 이제 곧 새학기가 시작된다는 걸 알려주고 있었다.

이마의 선홍색 여드름, 팔을 덮은 가녀린 솜털을 보자니 브렛은 아직 어린아이처럼 보였다. 이바의 머릿속에서 브렛처럼 학생이었던 시절이 떠올랐다. 실수를 저질렀고, 한 번만 더 기회를 달라고 애원했지만 학장은 단호하게 퇴교 처리를 해버렸다.

이바는 남자들이 브렛을 끌고 가는 모습을 물끄러미 지켜보았다.

그 순간, 등 뒤에서 들리는 목소리가 이바를 움찔 놀라게 했다. "어차피 손을 봐야 해결될 문제였어."

덱스가 상점 문을 닫고 나와 담뱃불을 붙였다. 그가 이바에게 잠시 같이 걷자는 몸짓을 했다. 등 뒤에서 두 남자가 브렛을 때리는 소리와 울음소리, 도와달라고 애걸하는 소리가 들려왔다. 그 순간 이제껏 들은 소리보다 훨씬 더 큰 소리가 들려왔다. 반면 브렛은 아무런 소리도 발하지 않고 잠잠해졌다. 누군가 브렛의 배를 힘껏 걷어찼거나 주먹으로 때려 일시적으로 숨이 멎게 한 듯했다.

덱스가 미행하고 있다는 걸 진작부터 알고 있었지만 이바는 전혀 눈빛이 흔들리지 않았다.

"여긴 웬일이야?"

덱스는 어깨를 으쓱하고 나서 담배를 한 모금 깊이 빨아들였다.

"네가 잘 지내는지 보려고 왔어."

덱스가 하는 말은 거짓인지 진실인지 판별하기 힘들었다. 다만 이바는 지난 몇 년 동안 보스인 피시의 지시가 없는 한 덱스가 이렇게 이른 시간에 잠자리를 벗어나지 않는다는 걸 잘 알고 있었다.

"보다시피 난 괜찮아." 이바가 말했다.

두 사람은 메모리얼 스타디움을 향해 걸어갔다. 흰색 어닝을 펼쳐놓은 커피숍 파티오의 구석에는 아직 주인을 찾지 못한 테이블과 의자들이 눈에 띄었다. 파티오는 모닝커피를 마시러 온 교수들과 대학 직원들로 붐볐고, 바깥에서는 걸인 하나가 휠체어에 앉아 하모니카를 불고 있었다.

이바는 걸인에게 5달러 지폐를 주었다.

"축복받으실 겁니다." 걸인이 말했다.

텍스가 눈을 희번덕거리며 말했다. "넌 너무 착해빠졌다니까."

"업보를 덜려는 거야." 이바가 텍스의 말을 바로잡았다.

그들은 언덕 아래 인터내셔널 하우스 앞에서 멈춰 섰다. 텍스
는 짐짓 경치를 감상하려는 듯이 이바의 등 뒤에 펼쳐진 샌프란시
스코만을 둘러보았다. 텍스의 눈길이 가 있는 지점을 따라가보니
두 남자가 벽돌 길에서 나와 텔레그래프 애비뉴 쪽으로 걸어가고
있었다. 브렛은 어디에 있는지 시야에 들어오지 않았다. 어딘가
에 곤죽이 되어 쓰러져 있을 게 뻔했다. 두 시간쯤 후에 화랑 주인
이 쓰러져 있는 브렛을 발견하고 경찰을 부를 수도 있고, 그가 스
스로 비척거리며 일어나 다시 기숙사로 돌아갈 수도 있었다.

텍스가 남자들이 시야에서 사라지자 이바를 돌아보며 작은 쪽
지 하나를 건넸다. "새로운 고객이야."

브리태니, 오후 4시 30분, 틸던.

이바는 눈을 희번덕거렸다. "브리태니라는 이름은 스스로 90년
대 생이라고 써 붙이고 다니는 거나 다름없어. 어떻게 알게 된
사람이야?"

"로스앤젤레스에 있을 때 알고 지내던 친구가 소개해주었어.

남편이 이 학교로 전근왔나봐."

이바가 멈칫했다. "그럼 학생이 아니야?"

"학생은 아니지만 걱정할 필요 없어." 덱스가 이바를 안심시켰다. "믿을 만한 여자니까." 덱스는 담배꽁초를 바닥에 떨어뜨리고 나서 신발로 짓이겨 껐다. "이따 오후 3시에 봐."

덱스는 대답을 기다리지도 않고 다시 언덕을 내려갔다. 하긴 대답을 들을 필요가 없었다. 그들이 함께 일한 지난 12년 동안 이바는 단 한 번도 덱스를 바람맞힌 적이 없었다. 덱스가 길을 벗어나 사라지는 동안 이바는 줄곧 눈을 떼지 않고 지켜보았다. 여전히 브렛의 모습은 눈에 들어오지 않았다.

이바는 버클리 캠퍼스를 가로질러 걸어가는 동안 지나간 기억을 더듬어보았다. 그녀는 자신의 생체리듬이 대학 생활에 맞춰져 있다고 느꼈다. 덱스를 만난 이후 그 이전까지 반복되던 생활은 급격히 달라졌다. 이바는 늘 그날 아침 자신을 찾아온 덱스의 진짜 목적이 무엇인지 의문이었다.

등 뒤에서 누군가 부르는 소리가 들려왔다.

"물어볼 말이 있는데 잠시 시간 좀 내줄래요?"

이바는 그 말을 무시하고 캠퍼스 중심부를 휘감아도는 개울 위의 작은 다리를 건넜다.

"잠깐이면 됩니다."

1학년쯤으로 보이는 여학생이 숨을 거칠게 몰아쉬며 이바의 앞을 막아섰다. 스키니진 차림에 부츠를 신고 있었고, 등에는 배낭을 메고 있었다.

"캠벨관이 어디 있는지 아세요? 등교 첫날인데 늦잠을 자다가 그만 지각을 했어요." 이바의 쏘아보는 눈길에 여학생은 금세 풀이 죽은 듯했지만 눈빛은 여전히 반짝였다.

버클리가 이 순진한 여학생의 열정을 꺾어버리기까지 몇 달이 걸릴까? 낙제를 받거나 리포트 점수로 C를 받기까지 얼마나 시간이 걸릴까?

이바는 누군가 덱스의 이름과 휴대폰 번호가 적힌 종이쪽지를 도서관 열람실 나무 칸막이 너머로 밀어 넣는 모습을 상상했다.

캠벨관 앞에서 이 여학생을 고객으로 만나게 되기까지 얼마나 많은 시간이 필요할까?

"캠벨관이 어디 있는지 모르세요?" 여학생이 다시 물었다.

이바는 현재 벌어지고 있는 이 모든 일들이 지긋지긋했다. 그녀는 영어를 못 알아듣는 척하며 "노 아블로 잉글레스"라고 대꾸했다.

여학생의 놀란 표정이 눈에 들어왔지만 이바는 모른 체하며 그대로 걸음을 옮겨놓았다.

내가 아니더라도 누군가 저 순진한 여학생에게 캠벨관이 어디에 있는지 알려줄 거야.

∞

    그날 아침, 덱스의 예기치 않은 방문은 몇 시간 후 주방에서 설거지를 하고 있을 때까지 신경을 곤두서게 했다. 이바는 주방 세제 거품이 묻어 미끄럽기 그지없는 유리잔을 헹구다가 그만 실수로 떨어뜨렸다. 유리잔이 깨지면서 파편이 개수대로 튀었다.

    "빌어먹을!" 이바는 욕설을 내뱉고 나서 타월로 손을 닦았다. 그런 다음 날카로운 유리 조각들을 일일이 손으로 집어 쓰레기통에 넣었다. 동물들이 작은 진동을 통해 지진을 감지할 수 있듯이 이바는 덱스가 몰고 온 변화를 실감할 수 있었다. 이바는 본능적으로 정신을 집중했다. 안전보다 중요한 건 없으니까. 그녀는 유리 조각들을 모두 수거해 휴지통에 버리고 나서 지하 실험실에서 가져온 타이머를 확인했다.

    이제 5분 남았다.

    이바는 빈 콜라 캔을 재활용 쓰레기통에 던져 넣고 나서 창밖으로 뒤뜰을 내다보았다. 웃자란 관목과 장미들은 당장 전지작업이 필요해 보였다. 고양이 한 마리가 관목 아래에 웅크리고 앉아 있는 모습이 눈에 들어왔다. 고양이의 날카로운 눈은 스프링클러가 남긴 물웅덩이에 앉아 물을 튀기고 있는 새에게 고정돼 있었다. 이바는 숨을 참고 그 모습을 지켜보면서 새에게 위험하니까 어서 자리를 피하라고 텔레파시를 보냈다.

이바의 바람이 무색하게도 고양이가 날개와 깃털을 퍼덕거리는 새를 단단하게 움켜쥐고 몇 번의 강하고 빠른 타격으로 기절시켰다. 고양이는 새를 입에 물고 조용히 사라졌다. 그 모습을 본 이바는 마치 우주가 자신에게 일종의 경고 메시지를 보내고 있는 것 같은 느낌이 들었다. 다만 그녀는 자신이 고양이인지 새인지 알 수 없었다.

타이머가 울리는 바람에 이바는 몽상에서 벗어나 현실로 돌아왔다. 그녀는 스토브 위의 시계를 보고 나서 다시 뒤뜰을 내다보았다. 벽돌 통로 위에 새의 깃털이 흩어져 있었다.

이바는 회전식 선반을 지나 지하 실험실로 살금살금 걸어 내려갔다. 한 번도 사용한 적 없는 물품들로 가득 찬 선반은 그 뒤쪽에 위치한 비밀의 문을 감추기 위한 소품에 불과했다. 이제는 일을 마무리할 시간이었다.

클레어

2월 22일 화요일

이바의 집은 너무 적막해 마치 나를 지켜보면서 내가 누구이고 왜 여기에 왔는지 스스로 밝히길 기다리고 있는 듯이 느껴진다. 냉장고 문을 열자 맨 위 선반을 가득 채우고 있는 다이어트 콜라 캔들이 눈에 들어온다. 냉장고에 콜라 캔을 빼면 표면이 찌그러진 포장 식품 용기 하나가 들어 있을 뿐이다.

"다이어트 콜라 마실 사람?" 나는 실없이 혼잣말을 하고 나서 냉장고 문을 닫는다. 이번에는 요리책과 믹싱 볼로 가득한 선반들과 조리대 왼쪽의 찬장들을 둘러보며 하나하나 열어보기 시작한다. 유리잔과 접시 그리고 우묵한 그릇들을 보관하는 찬장에서 마침내 이바가 건조식품들을 보관해두는 곳을 발견한다. 오늘 밤은 리츠 크래커와 다이어트 콜라로 저녁 식사를 대신할 수밖에 없다.

나는 리츠 크래커로 배를 채우고 나서 거실로 돌아간다. 벽시계를 보니 오후 6시다. 담요를 두르고 영화를 보거나 다정한 침묵 속에서 나란히 함께 앉아 휴대폰을 들여다보았을 이바 부부의 모습이 눈에 보이는 듯하다.

나는 리모컨을 집어 들고 방 안을 훑어본다. 행복한 결혼 생활의 흔적을 찾아보았지만 좀처럼 눈에 띄지 않는다. 부부가 함께 휴가를 떠나 다정한 포즈를 취하며 찍은 사진들, 각종 기념일에 주고받은 선물들이 어딘가에 있을 법했지만 눈을 씻고 찾아봐도 없다.

텔레비전을 켜고 채널을 이리저리 돌리다가 《CNN》에 고정시킨다. 텔레비전 화면은 뉴욕 존 F. 케네디 공항을 클로즈업한 장면을 보여준다. 현장에 수색팀과 피해복구팀이 투입됐고, 투광 조명등을 밝힌 경비선이 검은 바닷물 한복판에서 항공기 잔해를 수색하고 있다.

나는 텔레비전 볼륨을 높인다. 정치 해설가이자 〈폴리틱스 투데이〉의 진행자인 케이트 레인이 낮고 우울한 목소리로 사고 관련 소식을 전하고 있다. 배경으로는 작년 갈라 행사 때 찍은 나와 로리의 사진이 화면을 가득 채우고 있다. 프랑스풍으로 머리를 꼬아 올린 나는 카메라를 향해 방긋 웃고 있다.

케이트 레인이 말한다. "존 F. 케네디 공항 대변인은 저명한 상원의원인 마조리 쿡의 아들이자 〈쿡재단〉 전무이사인 로리 쿡의 아내 클레어 쿡이 자선행사에 참가하려고 푸에르토리코 산후안으로 향하는 477편 항공기에 탑승한 것으로 확인했다고 발표했습니다."

텔레비전 화면은 이제 공항 외부의 현장을 비춘다. 카메라가 커다란 판유리 창 뒤로 보이는 제한구역을 줌인한다.

"비스타 항공사 대표들이 탑승객 가족들과 만날 예정입니다. 한편 플로리다 해안에서는 수색팀과 피해복구팀이 밤늦게까지 작업을 진행하기로 했습니다. NTSB는 4개월 전에도 477편 항공기가 이륙에 실패한 적이 있다는 사실을 근거로 테러 가능성을 배제했습니다."

텔레비전 화면이 껴안고 울며 서로 위로해주는 사람들을 비춘다. 나는 텔레비전 앞으로 다가가 어딘가에 혹시 로리가 있는지 보려고 눈에 불을 켠다. 하지만 굳이 그럴 필요가 없다. 마치 내가 보내는 신호를 받은 듯 로리가 겹겹이 쌓인 마이크들 앞에 선다.

"로리 쿡 씨가 유족 대표로 짧은 성명을 발표할 예정입니다."

나는 텔레비전 화면에 나온 로리의 얼굴을 유심히 뜯어본다. 고가의 청바지에 카메라발을 잘 받는 파란색 버튼다운 셔츠를 입고 있다. 내가 익히 아는 옷들이다. 로리의 얼굴에는 슬픔이 깃들어 있고, 눈은 붉게 충혈돼 있고, 퀭한 눈빛은 고통과 절망을 가득 담고 있다. 로리가 정말 참기 힘든 슬픔에 젖어 있는지 아니면 연기인지 가늠해본다. 로리가 표면적으로 내비치는 슬픔의 이면에는 분노가 활화산처럼 타오르고 있을지도 모른다. 로리는 진실이 무엇인지 알아냈을 테니까.

나는 노트북을 꺼내 이바의 사무실로 향하는 계단을 뛰어오른다. 녹색 불을 깜빡이는 인터넷 라우터를 뒤집자 비번이 눈에 들어온다.

인터넷을 연결한 다음 로리의 이메일을 열고 어젯밤 그가 받은 이메일 수신함을 재빨리 훑어본다. 로리가 생방송에 출연하고 있는 걸 확인했으니 최소한 몇 분 동안은 안심할 수 있다. 다니엘이 보낸 메일이 몇 통 있다. 디트로이트 호텔과 학교에 로리가 대신 가게 된 걸 알리는 내용이다.

항공기 추락 소식이 전해진 직후 로리가 브루스와 주고받은 메시지도 있다.

발표를 연기해야 할 것 같아요.

로리의 대답은 짧다.

절대로 안 돼.

브루스는 단념하지 않는다.

사람들에게 어떻게 비칠지 생각해보세요. 사모님이 항공기 사고로

목숨을 잃은 만큼 다음 주 출마 발표는 너무 이릅니다. NTSB가 시신을 회수할 때까지 기다는 게 좋을 듯합니다. 먼저 사모님 장례식을 치르고 나서 발표해도 늦지 않습니다. 사모님이 생전에 적극적으로 출마를 권했다고 둘러대세요.

그리 놀랍지도 않지만 지금 이 순간 그들이 내 죽음보다는 언제 상원의원 출마 선언을 할지 걱정하고 있는 모습이 나를 서글프게 한다. 비록 문제가 많은 부부였지만 로리가 나름의 방식으로 나를 사랑한 건 분명한 사실이다. 물론 로리가 상원의원 자리와 나를 두고 한 가지만 선택하라고 한다면 어떤 결과가 나올지 자명하다. 로리는 결코 야심을 포기할 사람이 아니다.

나는 구글을 열어 '페트라 페데로토프'를 검색한다. 몇 페이지나 되는 긴 목록이 밝은 색상의 그래픽과 내가 발음하기 힘든 이름들과 함께 뜬다. 검색어를 '페트라 페데로토프 전화번호'로 바꾸자 그나마 목록이 짧아진다. 보스턴의 피자집, 30달러를 지불하면 사람을 찾아주는 소프트웨어를 제공하는 사이트들이 보인다. 하지만 니코는 분명 그런 종류의 데이터베이스에 자신의 개인정보가 남지 않도록 조치하고, 필시 웹에서도 지워버렸을 게 뻔하다.

나는 컴퓨터 화면을 그대로 열어둔 상태로 다시 아래층으로 내려간다. 텔레비전 화면 속에서 로리는 이마로 흘러내린 머리카락을 손으로 쓸어 올리고 있다. 내가 그 자리에 있었다면 애정 어린 손길로 로리의 머리카락을 뒤로 넘겨주었으리라. 텔레비전 화면에 등장한 로리의 얼굴을 바라보는 동안 한때 그를 진심으로 사랑했던 시절의 기억이 떠오른다. 로리가 경매장으로 나를 데리러 와주고, 나를 기쁘게 해줄 이벤트로 르 베르나르댕 만찬이나 공원에서의 여름 소풍을 계획하던 시절의 기억이다. 클럽 뒷문을 몰래 열어주면서 짓궂은 미소를 짓던 로리의 얼굴, 내게 키스하기 전 엄지로 내 입술을 부드럽게 쓸던 손길이 떠오른다.

내가 로리의 곁을 영원히 떠나기로 결심한 건 오래전 일이지만 그런 기억들은 사라지지 않고 여전히 남아 있다. 간혹 깊이 묻어둔 그 기억이 부지불식간에 떠올라 씁쓸한 웃음을 머금게 한다. 기분 좋은 추억은 오래도록 간직하고, 어둡고 우울한 기억은 멀리 떨쳐버렸으면 좋겠지만 뜻대로 되지 않는다.

로리가 큼큼 헛기침을 하고 나서 말한다. "오늘 아침, 저는 클레어와 키스를 하고 작별 인사를 나누었습니다. 설마 우리의 마지막 키스가 될 줄은 미처 몰랐습니다." 로리는 잠시 말을 멈추고 몸을 부르르 떨며 숨을 깊이 들이쉬고 나서 다시 연설을 계속한다. 로리의 목소리가 갈라지고 떨린다. "클레어가 자선 활동을 떠나려고 탑승한 푸에르토리코 산후안행 477편 항공기가 저와 유가족들을 악몽으로 밀어 넣었습니다. 저희 유가족들은 사고 발생 원인이 한 치의 오차도 없이 명쾌하게 밝혀질 때까지 상황을 주시할 겁니다."

텔레비전 카메라를 응시하는 로리의 눈이 번들거리는 눈물로 가득하다. 한 방울의 눈물이 그의 뺨을 타고 흘러내린다.

"그 어떤 위로의 말도 유가족들이 받은 충격과 슬픔을 가시게 해줄 수는 없겠지만 많은 분들이 저희들과 함께 희생자들의 죽음에 애도를 표하고 계신다는 걸 잘 알고 있습니다. 저 역시 슬픔이 눈을 가리고, 심신이 몹시 피폐해 있지만 유가족들과 함께 슬픔을 나누고자 하는 여러분들의 마음, 진심으로 고통을 함께 하고자 하는 여러분들의 마음만은 결코 잊지 않겠습니다."

기자들이 질문을 쏟아냈지만 로리는 등을 돌리고 퇴장한다. 나는 로리의 천연덕스러운 거짓말이 그저 놀라울 따름이다. 우리는 오늘 아침에 키스로 작별 인사를 하지 않았다. 아니, 아예 작별 인사를 나눈 적이 없다. 이제 내가 죽었으니 로리는 나와 우리의 결혼 생활에 대해 뭐든지 원하는 대로 이야기를 각색할 수 있게 되었다.

케이트 레인이 다시 화면에 등장한다. 회색 머리카락과 검은 테 안경이 화면을 가득 채운다. 나는 몇 년 전《CNN》에서 로리를 인터뷰했을 당시 케이트를 만난 적이 있다. 그때 로리를 대하는 케이트의 태도가 인상적이었다. 케이트는 인터뷰를 하는 동안 늘 적절한 시점에 미소 띤 얼굴로 로리를 편안하게 해주었다. 다만 나는 로리가 천연덕스러운 얼굴로 거짓말을 할 때마다 케이트가 이미 진실을 다 알고 있다는 듯이 의심스러운 눈길로 바라보고 있다는 느낌을 받았다.

케이트의 눈빛은 슬픔을 담고 있지만 목소리만큼은 조금도 흔들리지 않고 차분하다. "로리 쿡 씨는 우리 프로의 초대 손님으로 자주 출연하셨던 분이고, 저는 〈폴리틱스 투데이〉의 관계자 모두와 함께 오늘 발생한 항공기 추락 사고로 큰 고통을 겪고 있는 유가족 여러분께 심심한 조의를 표합니다. 저는 탑승자 명단에 있는 쿡 부인을 만난 적이 있습니다. 기억하기로 굉장히 아름답고 지혜로운 분이었습니다. 〈쿡재단〉에서 맡은 일을 헌신적으로 해낸 분이기도 합니다. 많은 사람들이 쿡 부인을 그리워할 겁니다." 로리가 방금 전 떠난 자리에 누군가 대신 나와 선다. 케이트가 말한다. "그럼 지금부터 NTSB의 위원님과 질의응답 시간을 갖겠습니다."

기자들이 큰 소리로 질문하는 모습을 보면서 나는 텔레비전을 끈다. 텔레비전의 검은 화면에 어렴풋이 내 모습이 비친다.

앞으로 무슨 일이 벌어질 것인가?

∞

여행 가방을 다시 위층으로 들고 올라가 안방에 둔다. 나는 침대 위에 나뒹구는 운동복 바지와 티셔츠를 옆으로 치우고 그 자리에 앉는다. 문이 살짝 열려 있는 벽장이 눈에 들어온다. 벽장에 걸린 이바의 옷을 보면서 나는 비로소 실감한다. 이바는 두 번 다시 소리 내어 웃거나 울거나 놀랄 일이 없다. 어디가 아프거나 고민할 일도 없다. 열쇠를 잃어버리거나 아침에 새들이 지저귀는 소리를 들을 일도 없다. 분명 어제까지만 해도 이바는 지금 이 자리에 있었다. 심장은 활기 넘치게 뛰고 있었고, 자기만의 욕망과 비밀을 마음 깊이 간직하고 있었다. 하지만 오늘 이바는 영원히 사라졌다.

나는 어떤가?

클레어 쿡도 사라졌다. 나는 이제부터 클레어 쿡을 기억하는 사람들과 함께 살아갈 수 없다. 그럼에도 나는 아직 내가 간직하고 있는 기억들을 모두 날려버릴 수는 없다. 내 기쁨, 가슴앓이, 사랑했던 사람들에 대한 기억들이 내 머릿속에 각인돼 있다. 내가 앞으로 누리게 될 특권이 주는 부담감도 크다. 비록 의도하지 않았지만 이바가 가지고 있던 모든 게 내 차지가 되었다.

나는 차분한 마음을 유지하려고 애썼지만 여러 가지 생각이 자꾸만 동시다발적으로 떠올라 머리를 어지럽힌다. 내 여행 가방을 풀던 가사도우미, 디트로이트 호텔 직원과의 전화 통화, 존 F. 케네디 공항에서 들은 페트라의 목소리, 화장실에서 내게 자기 가방을 건네던 이바의 모습이 꼬리를 물고 이어진다. 그때 우리는 서로 역할을 바꾸는 게 가장 적절한 해법이라고 믿었다.

이제 자야 할 시간이지만 이바의 침대에 누워 편안하게 잠을 청할 수 있을지 의문이다. 나는 담요와 베개를 들고 다시 아래층 소파로 내려온다. 신발을 벗고 자리에 누운 후 지나친 적막감이 싫어 텔레비전을 켠다. 가급적 뉴스를 피해 채널을 이리저리 돌리다가 〈아이 러브 루시〉 재방송을 본다. 나는 루시의 웃음소리를 자장가 삼아 잠을 청한다.

∞

내 귓가에 대고 나직이 속삭이는 로리의 목소리가 나를 소스라치게 놀라게 하며 잠을 깨운다. 나는 소파에서 화들짝 놀라 일어난다. 어두운 방 안에서 텔레비전 화면이 일렁이고 있다. 잠시 얼빠진 상태가 된 나는 지금 여기가 어딘지 무슨 일이 벌어지고 있는지 좀처럼 떠오르지 않는다.

그때 텔레비전 화면에 로리가 등장한다. 비록 실물은 아니지만 여전히 대단히 위압적으로 느껴진다. 아까 보았던 기자회견 재방송이다. 나는 텔레비전을 끄려고 리모컨을 두리번거리며 찾는다. 이바의 집에서 나는 소리들이 그나마 불안감을 가시게 해준다. 낮게 윙윙거리는 냉장고 소리, 수도꼭지에서 조금씩 떨어지는 물소리. 로리는 내가 어디에 있는지 알아낼 방법이 전혀 없다.

천장을 올려다보며 가로등 불빛에 어린 그림자를 응시한다. 예기치 못한 실망감이 가슴을 짓누른다. 내가 이름을 바꾸고 어디에 숨든 중요하지 않을 수도 있다. 텔레비전을 켜거나 신문을 펼치거나 잡지 페이지를 넘길 때마다 언제나 로리가 등장하니까. 로리는 결코 내 머릿속에서 떨쳐버릴 수 없는 존재다.

이바

캘리포니아 버클리

8월

추락 6개월 전

이바의 손이 밝은 조명 아래에서 기계처럼 재빨리 움직였다. 지하 실험실의 공기를 정화시켜주는 환풍기 소리가 귀를 거슬리게 했다. 이바는 아까 본 고양이의 이미지를 머릿속에서 지울 수 없었다. 고양이는 새를 잡기 위해 숨죽이며 기회를 노렸다. 새의 입장에서 보자면 너무나 쉽고 허망하게 끝나버린 결말이었다.

이바는 잡념을 떨쳐버리려고 고개를 젓고 나서 일에 집중했다. 정오가 되기 전에 일을 마저 끝내고, 오후 3시에 텍스를 만나 피시 몫을 넘기기로 했다. 그다음에는 새로운 고객과 약속이 잡혀 있었다.

이바는 준비된 원료들을 계량했다. 신경을 집중해 원료의 무게를 달고 양을 조절하다보니 차츰 긴장이 풀렸다. 오랜 세월이 흐르고 그토록 많은 일을 진행했지만 전혀 다른 물질을 결합시키고 열을 가하면 새로운 뭔가가 만들어진다는 게 여전히 놀라울 따름이었다.

혼합물을 스토브로 가열한 다음 걸쭉한 농도로 만들었다. 일을 마치고 나서도 한동안 콧구멍을 따갑게 하고, 머리카락과 옷에 지독한 화학약품 냄새가 배었다. 약을 제조할 때 나는 특유의 냄새를 제거하려면 늘 고급 로션과 샴푸가 필요했다.

이바는 액체를 틀에 붓고 타이머를 설정했다. 그녀가 감기약들을 가정상비약과 결합해 만든 결과물은 애더럴과 효과가 비슷했다. 무엇보다 제조하기 편하다는 게 장점이었다. 대다수 메타암페타민은 폭발성이 있기 마련인데 이 제품은 그럴 위험이 없었다. 이바가 만드는 작은 알약은 브렛처럼 성적이 뒤처진 학생들이 몇 시간 동안 집중력을 높여 공부할 수 있도록 맑은 정신상태를 유지하게 해주었다.

이바는 개수대에서 혼합물을 만드는 장비를 세척하고 나서 휴대용 식기세척기에 집어넣었다. 지난 몇 년 동안 화학 교수의 목소리가 이바의 머릿속에서 맴돌았다.

'깨끗한 실험실은 진정한 프로의 징표라고 할 수 있지.'

지하 실험실을 방문할 사람은 없었다. 오래전 이바는 지하 실험실로 통하는 문을 숨기려고 아이디어를 짜내다가 문 앞에 회전식 선반을 놓아두기로 했다. 바깥에서 보자면 지하 실험실로 통하는 문이 거기 있는지 도저히 알 수 없었다. 선반은 높이 180센티미터에 뒤판이 튼튼했고, 주방에서 사용하는 각종 도구들이 놓여 있었다. 요리책, 믹싱 볼, 밀가루와 설탕이 담긴 용기들, 한 번도 사용하지 않은 주걱, 수저 보관함 등등.

그동안 이바는 식당 서빙 일을 해서 겨우 먹고사는 삼십 대 여성을 연기해왔다. 노스 버클리의 땅콩집에 살고, 15년 된 혼다를 끌고 다니는 여성. 현실의 이바는 버클리 학생들이 맑은 머리를 유지해 4년 만에 졸업하게 해주는 마약을 제조해 팔고 있었다.

이바는 조리대에 놓인 타이머를 들고 지하 실험실 계단을 올라간 다음 조명과 환풍기를 껐다. 집 안이 온통 고요했다. 옆집의 백발 여성이 현관문을 여는 소리가 들려왔다. 이사 온 지 불과 몇 주밖에 안 된 초로의 여성인데 친하게 지내고 싶어 한다는 느낌을 받았다. 백발 여성의 눈에는 늘 호의가 담겨 있었고, 이바가 인사를 건넬 때마다 더욱 가까이 교감하길 원한다는 텔레파시가 전달되었다. 이바의 입장에서 보자면 선사시대 때부터 그 집에 살아온 듯이 보였던 전주인 코사티노 영감이 훨씬 상대하기 쉬웠다. 코사티노와는 딱 한 번 짧게 대화를 나눈 게 전부였다. 이바가 땅콩집의 절반을 사려고 대금을 지불하던 날이었다. 이바는 현재 코사티노 영감이 몸이 아파 병원에 입원했는지 이미 저세상 사람이 되었는지 알지 못했다. 그 전날까지만 해도 분명 집에 있는 걸 보았는데 그다음 날 갑자기 어디론가 떠나고 없었다. 이제 코사티노 영감 대신 친근한 미소와 호감을 담은 눈길을 보내는 백발의 여성이 가장 가까운 이웃이 되었다.

이바는 한 번에 계단을 두 칸씩 뛰어 올라 위층으로 갔다. 앞뜰이 내려다보이는 작은 방으로 겨울 외투를 넣어두는 용도로 사용해왔다. 그 방도 다른 공간과 인테리어를 통일했다. 이바는 어린 시절을 보낸 세인트 조지프 수녀원의 칙칙한 회색 빛깔 벽과 대비되는 노란색과 붉은색 계통으로 집을 꾸몄다. 이바가 고른 소나무 책상, 진홍색 러그, 창문 아래 자리 잡은 테이블과 전등은 어린 시절 가슴을 시리게 했던 냉기를 떨쳐버리기 위해 의도적으로 비치했다.

이바는 노트북을 연 다음 싱가포르 은행 로그인 페이지를 띄우고 계좌정보를 입력했다. 지난 12년 동안 꾸준히 잔고가 늘어나는 걸 볼 때마다 마음이 뿌듯했다. 다섯 자리였던 숫자는 금세 여섯 자리로 늘어나더니 지금은 일곱 자리가 되었다. 샌프란시스코의 금융가에는 필요에 따라 법을 우회하는 방법을 잘 아는 세무사들이 많았다. 페이퍼컴퍼니를 차려줄 세무사를 찾아내는 건 일도 아니었다. 세무사들은 일일이 따져 묻지 않고 거래를 터주는 해외 은행들을 잘 알고 있었고, 이바가 벌어들인 돈을 안전한 조세 피난처로 보낼 수 있게 해주었다.

이바는 목표한 만큼 돈을 모으면 이 일을 그만둘 생각이었다. 불법적인 일을 평생 지속할 수는 없으니까. 때가 되면 조용한 곳으로 홀연히 사라질 작정이었다. 집, 소유물, 옷, 피시와 덱스를 남겨두고. 이제까지의 삶은 허물 벗듯이 벗어던지고, 새로운 삶을 찾아 떠날 결심이었다.

∞

이바는 알약들을 틀에서 꺼내 각기 다른 봉투에 나눠 담았다. 덱스에게 건넬 알약을 파란 종이에 싼 다음 리본으로 묶고 나서 약속 장소인 공원으로 차를 몰았다. 몇 년 동안 일을 해오다 보니 사람들의 눈에 띄지 않게 일 처리하는 방법을 잘 알게 되었다. 이바는 공원에서 산책 중이거나 예쁘게 포장한 선물을 들고 연인을 기다리는 여성을 연기했다. 그다지 난이도가 높지 않은 연기였다.

공원의 피크닉 테이블에 앉아 있는 덱스가 눈에 들어왔다. 그의 주변에서 어린아이들이 뛰어놀고 있었다. 아이들의 부모나 육아도우미도 눈에 들어왔다. 이바는 걸음을 멈추고 잠시 아이들이 뛰어노는 모습을 지켜보았다.

나에게도 엄마가 있었다면 학교를 마치고 공원으로 나를 데려와 맘껏 뛰어놀게 했을까?

이바가 기억을 되살려 찾으려고 애쓰는 이미지가 있었다. 가족들과 함께했던 시간이 무척이나 짧았지만 어렴풋이 남아 있는 기억이 있었다. 두 살 때의 기억이라 너무 희미하긴 해도 다양한 방식으로 상상하다보니 마치 그 이미지들이 마치 사실처럼 느껴졌다.

금발의 엄마가 깔깔 웃으며 이바를 바라보고 있다. 조부모는 마약중독자가 된 망나니 딸을 다시 재활원에 보내려고 돈을 모으고 있다. 문제가 심각한 가족이다. 이바는 가족들과 교감해보려고 애쓰지만 꽉 막힌 기분이다. 마치 코드를 뽑아버린 전등처럼 불이 들어오지 않는다. 엄마와 자매들은 날카로운 손톱으로 오래전에 치유되었어야 마땅한 상처를 할퀴었다. 이바가 엄마에 대해 아는 건 두 가지가 전부였다. 레이철 앤 제임스라는 엄마의 이름과 마약중독자라는 것이었다. 이바는 대학 2학년 때 버나뎃 수녀님으로부터 예기치 않은 편지를 받았다. 단아한 글씨로 쓴 편지였다.

마치 기습 공격을 당한 기분이었다. 이미 오래전에 포기한 질문인데 그 대답이 편지에 담겨 있었다. 하필이면 이바가 늘 매여 있던 암울한 현실에서 벗어나 더 나은 삶을 찾을 수 잊지 않을까 하는 기대감을 갖기 시작한 바로 이때에.

이바는 지금 그 편지가 어디에 있는지 모른다. 상자에 던져 넣었거나 서랍 깊숙이 쑤셔 박았을 가능성이 컸다. 불과 몇 킬로미터 떨어진 샌프란시스코에서의 그 어두운 시간들은 아예 존재하지 않았고, 그냥 버클리에 등교한 첫날 세상에 등장했다고 믿는 편이 더 좋았다.

∞

이바는 아이들에게서 눈길을 거두고 덱스가 앉아 있는 벤치로 걸어갔다.

"생일 축하해." 이바가 알약이 든 봉투를 덱스에게 건네며 말했다. 덱스는 미소를 흘리며 알약을 받아 외투에 집어넣었다.

두 사람은 벤치에 나란히 앉아 아이들이 뛰어노는 모습을 지켜보았다. 미끄럼틀을 타거나 그네 주위를 돌며 술래잡기를 하는 아이들이 눈에 들어왔다. 두 사람은 물건을 거래하고 나서 곧장 돌아가지 않고 늘 공원에 머물러 이야기를 나누었다. 마치 따뜻한 햇살을 즐기러 나온 연인들 같았다.

오래전 덱스는 말했다. '마약 거래상처럼 보이지 않으려면 마약 거래상처럼 행동하지 않으면 돼.'

이바가 주차장을 가리키며 말했다. "나는 이 공원에서 처음으로 단독 거래를 했어. 이 공원에 처음 왔을 때 경찰차 두 대가 서 있었지. 그 주변에 마치 나를 기다렸다는 듯이 경찰들이 쫙 깔려 있었어."

덱스가 물었다. "그래서 어떻게 했어?"

이바는 그날을 돌이켜보았다. 총과 곤봉으로 무장한 정복 경찰을 보았을 때 맥박이 빠르게 뛰고 숨이 가빠 왔다. "언젠가 네가 해준 말이 떠올랐어. 눈을 똑바로 뜨고 당당하게 걸어야 한다고."

이바는 경관들과 눈이 마주칠 때마다 최대한 자연스럽게 웃음을 지어 보이고 나서 결코 서두르지 않고 놀이터를 향해 걸어갔다. 법대 3학년생과 만나기로 약속한 장소였다. "나는 점심시간을 이용해 햇볕을 쬐고, 신선한 공기를 마시고자 공원을 거니는 직장인 분위기를 풍기려고 했지."

"여자들만이 누릴 수 있는 이점이야."

이바는 그 말이 무슨 뜻인지 알았다. 사람들은 이바처럼 생긴 여성이 마약을 제조해 팔 리 없다고 생각했다. 이바가 교사나 은행 직원, 회사원이라고 하면 누구나 의심하지 않고 믿어주었다. 이바는 처음 마약을 제조해 건네고 받은 200달러를 주머니에 집어넣던 순간이 떠올랐다. 이바는 그런 방면에 수완이 전혀 없었고, 거래는 어색한 침묵 속에서 부자연스럽게 이루어졌다. 그 자리를 뜨면서 이바는 생각했다.

'마약을 만들어 파는 사람이 되었으니 내 인생도 이제 막장인 건가?'

이바는 새로운 삶을 받아들였고, 오히려 해방감을 느꼈다. 그때껏 무엇이든 열심히 하면 삶이 보답해줄 거라고 믿어왔지만 전혀 그렇지 않았다. 삶은 열심히 굴리면 목적지에 도달하는 굴렁쇠가 아니라 어디로 튈지 모르는 핀볼에 가까웠다. 마약을 만들어 파는 동안 삶은 불확실성을 띄게 되었지만 이바는 개의치 않았다. 그녀에게 삶은 언제나 불확실했으니까.

덱스의 목소리가 생각을 멈추게 했다. "너를 이 일에 끌어들인 걸 후회해. 널 도와주고 싶었지만……." 덱스는 말끝을 흐렸다.

이바는 테이블에서 지저깨비 하나를 집어 들고 잠시 뜯어보다가 바닥에 던져버리며 말했다. "난 내 삶에 만족해. 전혀 불만 없어."

이바의 말은 대체로 사실이었다. 난파선처럼 표류하던 이바의 삶에 들어와 그녀가 또 다른 삶을 시작할 수 있도록 길을 터준 사람이 바로 덱스였다. 이바가 버클리 대학 3학년일 때 남자 친구인 웨이드 로버트가 화학 실험실에서 마약을 만들어달라고 졸라댔다. 그때 단호하게 거절했어야 마땅한데 한 번만이라는 걸 전제로 마약을 만들어준 게 실수였다. 그 일 때문에 이바는 결국 모든 희망을 걸었던 학교에서 쫓겨나게 되었다. 그때 일을 떠올릴 때마다 이바는 참담한 슬픔을 느꼈다.

이바는 기숙사에 열쇠를 반납하고 밖으로 나왔을 때 온몸을 마비시킬 만큼 강한 좌절감에 휩싸였다. 의지할 사람도 없었고, 갈 곳도 없었다. 마침 그때 덱스가 나타나더니 기숙사 앞 보도에 서 있는 이바를 향해 다가왔다.

이바는 검은 머리카락에 회색 눈인 덱스를 웨이드의 친구쯤으로 생각했다.

"너에게 무슨 일이 있었는지 얘길 들어서 알고 있어." 덱스가 말했다.

이바는 고개를 돌렸다. 웨이드의 부탁을 단호하게 뿌리치지 못하고 마약을 만들어준 게 잘못이었다. 정작 이바를 이용해먹은 웨이드는 빠져나가고, 그녀만이 퇴교 조치를 당했다.

이바의 어깨 너머 어딘가에 시선을 고정시킨 덱스가 무겁게 입을 열었다. "지금 너의 처지가 얼마나 곤혹스러운지 잘 알아. 울화통이 치밀어 미칠 지경이겠지. 지난 일을 돌이켜봐야 마음만 아플 테니까 가급적 빨리 잊는 게 좋아. 이제부터 너는 새로운 삶에 적응해야 하니까 내가 빨리 새 일을 찾을 수 있도록 도와줄게."

제법 쌀쌀한 가을밤이었고, 이바는 손을 주머니에 찔러 넣으며 되물었다. "네가 나를 어떻게 도울 수 있다는 거야?"

"넌 기술을 발휘해 물건을 만들기만 하면 돼. 나머지는 내가 다 알아서 할게. 아마도 우린 멋진 파트너가 될 수 있을 거야."

이바는 고개를 저으며 물었다. "도무지 무슨 말인지 못 알아듣겠어. 내가 알아듣도록 설명해봐."

"내가 알고 지내는 사람이 있는데 너에게 약을 제조할 장비를 마련해주고, 지속적으로 일할 수 있도록 원료를 공급해줄 거야. 그 사람과 함께 일하던 기술자가 조만간 그만두기로 했나봐. 당장 새로운 기술자가 필요한 실정인데 너 정도면 최고라고 할 수 있지. 오히려 좋은 기회가 될 수도 있어. 약을 만들면 절반은 그 사람에게 제공하고, 절반은 네가 직접 파는 거야. 적어도 일주일에 5천 달러 이상 벌 수 있어." 덱스가 쓴웃음을 지으며 말을 이었다. "버클리 학생들은 각성제를 필요로 하지. 약을 먹고 공부하면 절대로 낙제를 받지 않거든."

아직 이른 밤인데 벌써부터 술에 취한 학생들이 왁자지껄 떠들어대며 바를 향해 가고 있었다. 덱스가 학생들을 몸짓으로 가리키며 말했다. "저 아이들은 너랑 달라. 학비와 용돈을 제공해주는 부모나 후원자가 있으니까."

덱스는 갈 곳 없는 이바에게 구명 밧줄을 던져주었고, 거절할 입장이 아니었다.

"지금부터 내가 어떻게 하면 되지?" 이바가 물었다.

"이 근처에 내가 사는 집이 있어." 덱스가 말했다. "방이 하나 남으니까 당분간 나랑 같이 지내면 돼. 우린 이제부터 동업자 관계니까."

"나를 도와주는 건 고마운데, 내가 정말 그 일을 잘 해낼 수 있을까?"

"너는 우리 보스가 찾고 있는 적임자야. 머리도 좋고, 화학과를 다녀서 약을 제조하는 기술이 뛰어나잖아. 게다가 이 분야에서 일한 경력이 없어 경찰의 레이더망에서 멀리 벗어나 있으니까."

이바는 빈털터리에 당장 들어가 살 집도 없었고, 대학 중퇴라 일자리를 구할 형편도 못 되었다. 그녀는 어깨에 가방을 메고 텔레그래프 애비뉴를 향해 걸어가는 자신의 모습을 떠올려보았다. 걸인들 사이에 끼어 앉아 구걸하는 모습, 처량한 몰골로 세인트 조지프 수녀원으로 되돌아가는 모습이 차례로 떠올랐다. 버나뎃 수녀님이 몹시 실망하는 모습이 눈에 선했다. 캐서린 수녀는 그럴 줄 알았다는 듯이 고개를 절레절레 저을 게 뻔했다.

이바는 모든 걸 잃었기에 선택의 여지가 없었다.

"앞으로 내가 어떤 일을 해야 하는지 알려줘."

∞

덱스의 목소리가 이바를 다시 현실로 데려왔다. "오늘 밤은 밴드 연주를 들으러 시내에 나갈 건데 같이 갈래?"

이바는 덱스를 곁눈질하며 대꾸했다. "난 패스할게."

"재밌을 거야. 내가 밤새 다이어트 콜라를 살게. 넌 집에 틀어박혀 있지 말고 밖으로 나다닐 필요가 있어."

이바는 회색으로 변하기 시작하는 덱스의 짧은 턱수염과 목깃 바로 위에서 말리는 머리카락 끝을 무심코 쳐다보았다. 엄밀히 말해 덱스는 친구라기보다 관리자였다. 그가 밤 나들이를 다녀오자고 제안한 건 같이 즐기려는 의도보다는 감시하기 위해서일 수도 있었다.

"나, 시내에 자주 나가." 이바가 말했다.

"넌 사교 생활이 필요해. 이 바닥 일을 오래 해봤으니 굳이 세상을 멀리할 필요가 없다는 걸 잘 알 거야. 친구를 사귀어도 되고."

이바는 나무 그늘 아래 앉아 아이와 함께 책을 읽고 있는 엄마를 바라보았다. "친구를 사귀면 비밀을 감추기 급급할 거야. 난 그냥 이대로 사는 편이 좋아."

이바는 혼자 조용히 지내는 걸 선호했다. 혼자 살다보니 뭔가 설명하거나 신상 조사에 응할 필요가 없었다.

'어디서 자랐어요? 어느 대학 출신이죠? 지금은 무슨 일을 해요?'

덱스는 납득이 안 된다는 표정을 지었다. "혼자 지내는 게 더 좋다고? 정말이야?" 덱스는 여전히 납득하기 힘든 기색이었다. "일이 어쩌고 하는 속담이 뭐였더라?"

"일만 하고 놀지 않으면 이바가 부자가 된다." 덱스가 더는 웃지 않자 이바는 말했다. "내 걱정 해줘서 고마워. 하지만 난 정말 괜찮아." 이바는 외투를 단단히 여미며 말했다. "자, 이제 난 실례할게. 30분 후에 또 다른 고객을 만나기로 약속했거든."

몇 년 전부터 이바는 일주일에 두 번씩 〈듀프리〉에 출근했다. 버클리에 있는 스테이크 전문점이었다. 팁을 모은 돈으로 세금을 낼 수 있었다. 덕분에 국세청의 레이더망을 피할 수 있었다.

"너는 왜 굳이 연극을 하는지 모르겠어." 텍스가 말했다. "당장 돈이 필요하지도 않은데."

"악마는 디테일에 있다잖아." 이바가 벤치에서 일어서며 말했다. "오늘 밤 즐겁게 놀아. 약은 하지 말고."

이바는 놀이터를 떠나면서 다시 한번 뒤를 돌아보았다. 여자아이가 미끄럼틀 꼭대기에서 공포에 질린 얼굴로 얼어붙어 있었다. 여자아이는 입을 삐죽거리다가 요란하게 울음을 터뜨렸다. 엄마가 즉시 여자아이에게로 달려갔다. 엄마가 아이를 번쩍 안아 들고 미끄럼틀을 내려왔다. 엄마는 벤치로 걸어가면서 여자아이의 정수리에 입을 맞췄다. 여자아이의 울음소리가 이바의 머릿속에서 오랫동안 메아리쳤다.

클레어

<u>2월 23일 수요일</u>

일찍 눈을 떴지만 잠시 그대로 누워 몸과 마음이 새로운 환경에 적응하기를 기다렸다. 머릿속에 뿌연 안개가 낀 느낌이다. 카페인이 절박하게 필요하다. 이바의 집 주방을 아무리 뒤져봐도 커피는 없다. 배 속에서 꼬르륵 소리를 내며 크래커 말고 다른 먹을거리가 필요하다는 신호를 보낸다. 욕실로 이동해 간단히 씻고 나서 핸드백을 들고 머리카락을 NYU 야구모자 속에 숨긴다.

아래층으로 내려와 거실 벽에 걸린 거울 앞에 선다. 거울 속의 내가 나를 바라보고 있다. 밤새 잠을 못 이루고 뒤척인 탓에 낯빛이 초췌하다. 나는 여전히 이전의 나처럼 보인다. 나를 찾고 있는 사람이 본다면 즉시 알아볼 가능성이 크다.

'이제 나를 찾는 사람은 없어.'

번쩍 머릿속을 스친 생각과 함께 절호의 기회를 맞은 느낌이 든다. 거리는 어둡고 고요하다. 버클리 캠퍼스 가장자리까지 걸어가는 동안 내 발소리가 귓전에 울린다. 드디어 커피숍이 눈에 들어온다. 젊은 여자가 커피를 끓이면서 페이스트리를 진열함에 넣고 있다. 나는 보도를 뒤덮은 그림자에 숨어 여자를 지켜본다. 뉴스를 본 누군가가 혹시라도 내 얼굴을 알아본다면 낭패가 아닐수 없다.

배가 더 이상 참을 수 없다는 듯이 꼬르륵 소리를 내며 나를 문으로 밀어붙인다. 홀에서 음악 소리가 흘러나온다. 나는 코로흠씬 날아드는 커피 냄새를 들이마신다.

"안녕하세요." 길게 자란 드레드록스 머리를 다채로운 색상의 스카프로 묶은 바리스타가 환한 웃음을 지으며 인사를 건넨다. "무얼 드릴까요?"

"드립커피 한 잔이랑 햄 앤 치즈 크루아상을 하나 주세요. 테이크아웃으로."

"알겠습니다."

바리스타가 커피와 크루아상을 준비하는 동안 나는 주위를 둘러본다. 계산대 앞에 진열해놓은 신문이 내 눈길을 끈다. 《샌프란시스코 크로니클》과 《오클랜드 트리뷴》의 헤드라인이 눈에 들어와 두 신문을 집어 든다.

477편 항공기의 운명

《오클랜드 트리뷴》의 헤드라인이다.

생존자가 단 한 명도 없는 477번 항공기 추락 사고

《샌프란시스코 크로니클》의 헤드라인이다. 대서양에 떠 있는 항공기의 파편 사진이 기사와 함께 실려 있다. 내 얼굴이 1면에 실리지 않아 다행이다. 나는 두 신문을 20달러 지폐와 함께 계산대에 내려놓는다.

바리스타가 내게 커피와 크루아상이 든 봉투와 잔돈을 건넨다.

"너무나 안타까운 사고죠."

나는 바리스타 여자와 시선을 마주칠 수 없어 모자 아래로 눈을 내리깔고 고개를 끄덕인다. 잔돈을 주머니에 넣고 신문을 겨드랑이에 낀 나는 다시 거리로 나온다.

나는 버클리 캠퍼스 중심부로 이어지는 보도를 따라 걷는다. 머리 위에서 나를 내려다보는 미국삼나무들 사이로 거리를 비추는 가로등이 띄엄띄엄 눈에 들어온다. 나무들이 빽빽이 늘어선 오솔길을 따라가자 거대한 석조 건물과 넓은 잔디밭이 나타난다. 나는 벤치에 앉아 커피를 홀짝이며 따뜻한 온기를 느낀다. 지금은 인적이 뜸하지만 앞으로 몇 시간 후에는 수업을 듣거나 도서관으로 향하는 학생들의 발길이 이어질 것이다. 크루아상을 한 입 베어 물자 입 안 가득 고소한 맛이 번진다. 24시간 만에 처음 먹는 음식이고, 햄 앤 치즈 크루아상처럼 기분 좋은 포만감을 느끼게 해주는 음식을 맛본 지는 더 오래되었다.

새들이 잠에서 깨어나 지저귄다. 처음에는 나지막이 울리던 새소리가 햇빛이 언덕을 차차 뒤덮으며 넓게 번져가는 동안 점점 커진다. 청소차가 차도를 따라 올라오고, 하늘에서는 항공기가 빛을 깜박이며 날고 있다. 나는 477편 항공기에 탄 사람들을 생각한다. 그들은 마치 지하철을 타듯이 가벼운 마음으로 항공기에 탑승했으리라. 조금 불편한 자리지만 몇 시간 앉아 있다 보면 목적지에 무사히 도착할 수 있을 거라 믿으며.

나는 버클리 캠퍼스의 건물들을 둘러보는 동안 바사르 대학 시절이 떠오른다. 엄마는 우리 가족들 중에서 처음 대학에 진학한 나를 무척이나 자랑스러워했다. 내가 떠나는 날 바이올렛이 훌쩍거리며 내 허리를 꽉 잡고 놓아주지 않는 바람에 엄마가 억지로 떼어내야 했다.

내가 열 살 때 바이올렛이 태어났다. 엄마가 마을을 떠난 남자와 짧고 격렬한 사랑을 나눈 결과물이었다. 엄마는 형편없는 남자들을 찾아내는 재능이 탁월했다. 내가 네 살 때 사라진 내 아빠도 마찬가지였다.

'그들이 형편없는 남자인지 몰라도 이득을 본 사람은 나야.' 엄마는 늘 그렇게 말했다. 나와 바이올렛은 엄마에게 그만큼 소중한 존재였다. 하지만 나는 늘 엄마가 생활고를 나눠질 수 있는 남자를 만났으면 좋겠다고 생각했다. 우리 가족을 책이나 텔레비전에서 본 보통의 가족들과 비슷하게 만들어줄 남자. 엄마는 늘 돈 걱정에 치여 살았다. 두 가지 일을 병행하며 혼자 경제적인 문제를 해결하려니 이만저만 힘든 게 아니었으리라. 나는 어릴 때부터 엄마가 힘들게 살아가는 모습을 보다보니 우리 집 상황을 조금이나마 낫게 만들기 위해 나름 애썼다. 열 살 때부터 바이올렛에게 분유를 먹이고, 기저귀를 갈아주고, 떼를 쓰고 울면 몇 시간이고 안아주었다. 엄마가 일하러 나가 있는 동안 바이올렛을 어르고 달래가며 하루 종일 봐주었다. 내가 대학에 가기 위해 집을 떠나기로 한 건 가장 힘든 선택이었다. 나는 착하고 믿음직한 딸과 헌신적인 언니로 살아가기보다는 우리 가족을 근본적으로 바꾸어놓을 수 있는 사람이 되고 싶었다. 나는 고교 시절부터 나를 다른 사람으로 만드는 데 열심이었다. 내가 늘 꿈꾸어왔던 삶을 반드시 내 힘으로 이루어내고 싶었다. 이제 내가 꿈꾸던 삶은 완전히 사라져버렸다. 집을 떠나 너무 오래 헤매고 다닌 탓인지, 지나치게 욕심을 부린 탓인지 원인을 모르겠다.

차라리 바이올렛이 간절히 바란 대로 집 근처의 주립대학교에 갔더라면 일어나지 않았을 비극이었다. 엄마와 바이올렛과 함께 삐거덕거리는 식탁을 마주하고 앉아 식사를 하고 이야기를 나누며 오순도순 살았다면 일어나지 않았을 비극이었다.

나는 집을 떠난 이후 돌아갈 기회를 영원히 잃고 말았다.

∞

하늘에 분홍 구름이 떠 있고, 가로등이 깜박인다. 지금 한가롭게 앉아 지난날을 아쉬워하는 건 사치다. 나는 정신을 집중하고 뭔가 결정을 내려야 한다.

내게 뭐가 필요하지? 돈과 숨을 장소?

두 가지 중 하나는 그럭저럭 마련되었다. 이바의 집에 오래 머물 수는 없다. 이바가 다음 주까지 나타나지 않으면 이웃 사람들이 수상하게 여길 게 뻔했고, 나는 그 이전에 떠나야 한다. 하지만 당장은 이바의 집만큼 숨어 지내기에 적합한 곳은 없다. 게다가 돈을 내지 않아도 된다.

커피를 마시고 난 빈 컵은 쓰레기통에, 신문은 핸드백에 집어넣고 이바의 집으로 향한다. 등 뒤에서 종소리가 울려 퍼지는 바람에 나는 잠시 멈춰 서서 귀를 기울인다. 종소리가 내 몸을 관통해 울리는 듯하다.

버클리에서 살면 어떨까? 버클리에서라면 로리를 떠나기로 결심하면서 늘 상상해오던 삶을 누릴 수 있을까? 나는 온갖 시나리오를 구상하고, 미처 생각지 못한 오류를 찾아내고, 내가 혹시라도 저지를 수도 있는 실수를 무마할 대비책을 찾았지만 현재 내가 처한 상황은 전혀 예견하지 못했다. 이 세상에서 내게 벌어진 일을 아는 사람은 아무도 없고, 나는 내가 가진 모든 능력을 총동원해 이 기회를 유리한 국면으로 만들어야 한다. 믿을 수 없고 가슴 아픈 비극이 발생했지만 나는 그동안 상상해온 삶을 가능하게 해줄 기회로 만들어내야 한다.

∞

캠퍼스에서 서쪽으로 몇 블록쯤 떨어진 곳에 24시간 문을 여는 약국이 있다. 약국 안으로 들어서자 눈부신 조명이 어둠에 익숙해진 내 눈을 공격한다. 나는 모자를 눌러 쓰고 염색약이 놓인 진열대를 찾는다. 적색에서 검은색까지 다양한 제품이 있다. 이바의 짧은 금발을 떠올리며 얼티미트 플래티넘을 고른다. 아래쪽 선반에는 머리를 자르는 헤어클리퍼와 다양한 보조제품들이 놓여 있다.

'사용하기 편리한 헤어클리퍼! 색깔별로 구분된 빗! 가장 인기 있는 헤어스타일을 위한 단계별 가이드!'

나는 20달러에 세일 판매 중인 헤어클리퍼를 집어 든다. 계산대에는 종업원이 한 명밖에 없다. 몹시 졸려 눈을 게슴츠레하게 뜨고, 귀에 이어버드를 낀 아르바이트 학생이다. 나는 내가 고른 제품들을 계산대에 내려놓으면서 얼마 남지 않은 돈을 얼마나 축낼지 머릿속으로 계산해본다.

잠시 망설이던 나는 이바의 지갑에서 신용카드를 꺼낸다. 과연 결제가 가능한 카드인지 잔뜩 의심하면서 단말기에 꽂는다. 심장이 미친 듯 뛴다. 아르바이트생은 쿵쿵 울리는 음악을 듣느라 내 심장이 뛰는 소리에는 전혀 관심이 없어 보인다.

"신용카드를 사용하려면 신분증이 필요한데요."

나는 마치 빠르게 달리는 차의 전조등 앞에 선 듯 몸이 얼어붙는다.

30초, 1분.

"괜찮으세요, 손님?" 학생이 묻는다.

그 순간 나는 정신을 가다듬으며 대답한다. "괜찮아요." 나는 지갑을 뒤져 신분증을 찾는 척하다가 말한다. "신분증을 집에 두고 왔나봐요." 나는 신용카드를 다시 지갑에 넣고 재빨리 현금을 계산대에 내려놓는다. 아르바이트 학생이 건네는 영수증을 받아 들고 나는 가능한 한 빨리 약국을 나선다.

∞

이바의 집까지 걸어가는 동안 나는 애써 마음을 진정시킨다. 집에 도착하자마자 헤어클리퍼와 염색약을 들고 위층 욕실로 올라간다. 옷을 벗고 헤어클리퍼 사용 설명서를 읽는다. 선반에 놓인 핸드 크림 제품들이 눈에 들어온다. 그중 하나를 집어 든 다음 뚜껑을 열고 냄새를 맡아본다. 장미 향에 라벤더 향이 살짝 가미된 향기가 콧속으로 스며든다. 그다음은 상비약 캐비닛을 열어본다. 이바가 남편을 간병하고 남은 처방 약들이 잔뜩 들어 있을 거라고 생각했는데 진통제와 수면제, 탐폰 한 상자, 오래된 면도날이 들어 있을 뿐이다. 마치 양말 속에 감촉이 까끌까끌한 이물질이 들어 있어 신경 쓰이듯이 기분을 꺼림칙하게 만드는 뭔가가 있다. 내 머릿속에서 순간적으로 경고의 메시지가 떠올랐다가 사라진다. 너무 짧은 순간이라 나는 무엇에 대한 경고인지 깨닫지 못한다.

거울 속의 나를 본다. 심호흡을 한번 하고 나서 중간 크기 빗을 헤어클리퍼에 끼우고 전원을 켠다. 머리를 예쁘게 자를 수 있을지 의구심이 느껴지지만 그깟 헤어스타일이야 어찌 되든 상관없다고 생각하며 나 자신을 다독인다. 이바가 버클리에 대해 했던 말이 떠오른다.

'버클리 사람들은 다들 나보다 더 이상해서 오히려 쉽게 섞여 들 수 있었어요.'

그렇다면 아무리 헤어스타일이 엉망이라도 버클리 사람들이 이상하게 여기지는 않을 것이다. 헤어클리퍼를 사용해 두피에 4센티미터 길이의 머리카락을 남기고 자르는 건 생각보다 어렵지 않다. 머리를 자르자 내 눈은 더 커 보이고, 광대뼈는 더욱 도드라져 보이고, 목은 길어 보인다. 고개를 이리저리 돌려보며 달라진 내 모습을 확인하고 나서 염색약을 집어 든다.

∞

사용 설명서에는 염색을 하고 나서 45분 동안 기다려야 한다고 나와 있어 나는 신문을 펼쳐 든다. 두피가 따갑고, 화학약품 냄새가 코로 스며들어 속이 울렁거린다. 푸에르토리코 산후안행 477편 항공기 추락 관련 기사가 지면을 도배하고 있다. 긴급 상황에서 항공기 기장과 관제사가 주고받은 무선 통신을 바탕으로 사고 원인을 추적한 내용을 읽다보니 기분이 오싹해진다. 내가 추락한 항공기에 탑승하기로 되어 있었다는 게 놀라울 따름이다. 존 F. 케네디 공항을 출발한 항공기는 이륙한 지 두 시간이 되었을 때 플로리다를 지나 대서양 상공 위를 날고 있었고, 최초로 엔진 이상이 감지되었다. 기장은 마이애미 공항 관제사와 교신하며 비상 착륙을 요청했다. 마이애미로 회항을 시도하던 항공기는 갑자기 대서양 상공에서 해수면으로 추락했다.

신문에는 NTSB 위원들과 유족 대표 로리가 발표한 성명서 전문이 실려 있다. 항공기 잔해를 수거하고 있다는 소식과 사고 원인에 대해서는 아직 정확한 조사가 끝나지 않았다는 NTSB

위원의 답변이 나와 있다.

　이바가 지참하고 탑승한 내 가방과 휴대폰, 분홍 스웨터가 바다에서 표류하고 있는 모습을 상상한다. 항공기 잔해를 수거하기 위해 투입된 해안경비대 요원들이 바다에 떠다니는 내 물건들을 발견하고 신분 확인을 할 수 있을지 상상해본다. 어쩌면 내 물건들 전부가 바다에 가라앉아 영영 확인이 불가할 수도 있다. 탑승객 어느 누구와도 유전자가 일치하지 않는 유해를 발견하게 된다면 어떤 일이 일어날지에 대해서도 생각해본다. 하지만 대부분의 항공기 추락 사고는 탑승자 전원의 유해를 발굴하는 데 실패한 전례가 있다.

　'난 기적적으로 살아남았어.'

∞

　45분 후, 나는 거울에 비친 내 모습에 놀란다. 여전히 내 눈, 내 입, 내 코가 분명하지만 전혀 다른 느낌이다. 머리를 짧게 자르고 염색을 했을 뿐인데 완전히 다른 사람이 되어 있다. 혹시 나를 아는 누군가가 나를 보고 어디선가 본 듯하다는 느낌을 받고 고개를 갸웃거릴 수는 있겠지만 끝내 나를 떠올리긴 힘들 수도 있겠다는 생각이 든다. 대학이나 회사에서 알고 지냈던 누군가를 떠올리거나 오래전 옆집에 살던 누군가로 치부할 공산이 커 보인다. 항공기 추락 사고로 죽은 클레어 쿡은 그들의 뇌리에서 아예 제외시켰을 테니까.

새로운 헤어스타일이 내게 잘 어울릴뿐더러 자유로운 기분을 갖게 한다. 로리는 긴 머리를 자르지 못하게 했다. 공식 석상에서는 틀어 올리고, 평소에는 내리게 했다. 갑자기 엄마와 바이올렛의 웃는 얼굴이 떠올라 나를 흠칫 놀라게 한다.

∞

침대 옆 보조 탁자에 놓인 시계가 오전 7시를 가리킨다. 내가 지금도 뉴욕에 있었다면 무엇을 하고 있었을지 떠올려본다. 아마 사무실에서 다니엘과 함께 오늘의 스케줄을 점검하고 있었으리라. 우리는 오늘 열릴 회의, 점심 식사, 저녁 행사 일정을 논의했고, 주요 담당 업무를 다니엘과 나누었다.

계획대로 일이 진행되어 내가 지금 캐나다 어딘가에 있었다면 항공기 추락 사고는 잠시 내 관심을 끌다가 이내 희미한 기억의 저편에 묻혀버렸을 것이다. 하지만 477편 항공기는 원래 내가 탑승하려고 했고, 나와 표를 바꿔치기하고 탑승한 이바가 나를 대신해 희생되었다.

나는 컴퓨터를 켜고 《CNN》 홈페이지에 접속해 '로리 쿡의 두 번째 사별'이라는 제목의 기사를 클릭한다. 내 사진이 매기 모레티의 사진과 나란히 실려 있다. 기사는 25년 전 발생한 매기의 죽음과 로리의 개입 여부를 조사한 결과를 다시 소환해 들려준다. 나는 처음으로 매기와 내가 얼마나 비슷한 일을 겪었는지 깨닫는다. 매기를 다룬 기사의 일부는 이미 알고 있던 내용들이다. 매기는 예일대 육상 선수였고, 로리를 만나 캠퍼스 커플이되었다. 매기가 나처럼 소도시 출신이고, 나보다 더 어렸을 때양친을 여의었다는 사실은 처음 알게 되었다. 신문 지면에 나란히 실린 우리의 사진을 보니 로리가 특정한 취향을 가진 사람은아닌지 의구심이 든다. 로리가 애초부터 쿡 가문의 일원이 되고싶어 하는 여자들을 노렸을지도 모른다는 생각은 분명 설득력이있어 보인다. 나는 로리를 만나기 전 삶을 바꾸고 싶다는 분명한 목표를 갖고 있었다.

∞

대학을 졸업하고 2년 후 브로드웨이 극장에서 로리를 처음 만났다. 로리는 우연히 내 옆자리에 앉게 되었고, 우린 막이 올라가기 전 대화를 나누기 시작했다. 로리는 유명 인사라 나도 잘알고 있었다. 직접 만나보니 생각보다 훨씬 카리스마 넘치고 재미있는 사람이었다. 나보다 나이가 열세 살 더 많고, 키가 180센티미터가 넘는 로리는 금색 줄이 간 갈색 머리에 상대를 꿰뚫어

보는 파란 눈의 소유자였다. 로리의 시선이 나에게 머물 때마다 사진에서 배경을 뿌옇게 처리하듯 그를 제외한 나머지 세상 모두가 희미하게 변했다.

로리는 공연을 잠시 멈춘 인터미션 때 내게 술을 사면서 〈쿡 재단〉이 여러 학교에 제공하는 예술 프로그램에 대해 말해주었다. 로리가 잡지에서 흔히 보던 유명 인사 이상의 존재로 보이기 시작한 순간이었다. 내가 본 로리는 교육개혁을 통해 세상을 더 나은 곳으로 만들고자 열정을 불태우는 인물이었다. 연극이 끝나갈 무렵 로리는 내 전화번호를 물었다.

처음에는 나이 차도 많이 나고, 사회적으로 이름이 널리 알려진 유명 인사라 나와 어울리지 않는다고 생각했다. 나는 로리가 누리는 상류사회의 격식이나 돈 많은 사람들이 즐기는 문화에 대해 알지 못했다. 매일 명품 옷을 걸치고 다니는 그들과 달리 패션에 대해서도 무지했다.

로리는 우리 사이에 극복해야 할 문제가 산재해 있었지만 섬세하고 끈기 있게 나에 대한 관심을 유지했고, 〈쿡재단〉이 의욕적으로 추진하고 있는 예술 교육 프로젝트가 원활하게 풀리지 않을 때마다 나에게 전화해 조언을 구하거나 관련 행사에 직접 초대해 의사를 물었다. 나는 로리가 박애주의에 입각해 타인의 삶을 향상시키려는 행사를 열고, 아낌없이 후원하는 모습에 진심으로 감동했다.

로리가 왕성하게 활동하는 모습이 나에게 깊은 인상을 심어준 건 분명하지만 정작 내가 그와 사랑에 빠지게 된 이유는 따로 있었다. 나는 간혹 드러나는 로리의 약한 모습에 마음이 끌렸다. 로리는 어머니인 마조리 쿡 여사에게 사랑받길 갈망했지만 끝내 뜻을 이루지 못한 아픔이 있었다.

　"어렸을 때 어머니가 늘 곁에 있길 바랐지만 오히려 멀리 떨어져 지내는 날들이 많아 힘들었어요. 어머니는 상원의원이었고, 주어진 일정을 소화하느라 워싱턴DC에서 주로 머물렀으니까요." 로리가 말을 이었다. "어머니는 선거 때만 되면 유세를 다니느라 집에 오지 않았죠. 지금은 어머니가 그 당시 얼마나 중요한 일을 했는지 이해해요. 어머니는 사회적으로 큰 영향을 미쳤어요. 길을 걷다보면 사람들이 나를 멈춰 세우고 어머니를 얼마나 사랑하는지 이야기해요. 어머니가 이루어놓은 일들이 지금껏 그들의 삶에 엄청난 영향을 미치고 있다고 말하죠."

　유명 인사 부모를 둔 자식들은 늘 나름의 대가를 치러야 한다. 로리는 자신의 이름으로 불리기보다는 마조리 쿡 상원의원의 아들로 소개되었다. 어머니의 사회적 명성은 로리의 삶을 규정했다. 구글에서 로리 쿡을 검색하면 어머니인 마조리 쿡 상원의원의 사진이 함께 떴다. 어린 시절의 로리와 함께한 마조리 쿡 상원의원, 휴가 중이거나 유세 중인 마조리 쿡 상원의원을 찍은 사진들도 있다. 열세 살이 된 로리가 뒤쪽에 서서 어머니의 정치

적 동지인 누군가를 적개심을 품은 눈길로 노려보는 사진도 있다. 몸이 비쩍 마르고, 얼굴에 여드름이 덕지덕지 난 로리가 한쪽 눈을 잔뜩 찡그리고 있는 사진도 있다.

구글에는 〈쿡재단〉 업무를 총괄하는 로리의 사진이 수백 장 있다. 마조리 쿡 상원의원이 남긴 선물이었다. 사람들은 교육개혁 사업에 매진하는 로리를 존경하고 사랑했다. 로리의 삶은 마조리 쿡 상원의원의 그림자에서 벗어나려고 발버둥치는 과정이라고 해도 무방했다.

∞

나는 메일함을 열고 로리가 받아본 메일을 본다. 아직 로리가 보지 않은 메일을 열지 않도록 각별히 조심할 필요가 있다. 메일함에 폴더가 오십 개쯤 되는데, 〈쿡재단〉이 관여하는 조직들에 배정되어 있다. '클레어'라는 제목의 폴더가 시선을 끈다. 폴더를 클릭해 클레어 쿡을 애도하는 메일들을 훑어본다. 수백 통의 메일이 있다. 대부분 〈쿡재단〉과 연관된 일을 하는 사람들과 마조리 쿡의 동료 의원들이 보내온 위로 차원의 메일이다. 하나같이 로리의 신뢰를 얻고 싶어 안달하는 사람들이다.

'제가 도울 일이 있으면 언제든 연락 주세요.'

477편 항공기가 추락했다는 보도가 나오긴 했지만 탑승자 명단에 내가 있다는 사실이 공식적으로 확인되기 전 브루스가 다니엘에게 보낸 메일을 연다. 로리는 참조 대상이고, 메일 제목은 '세부 사항'이라고 되어 있다.

　성명서 초안을 작성해두었습니다. 이제 곧 기자회견 일정이 잡힐 텐데 그 전에 성명서 문안을 미리 마련해두어야 합니다. 다니엘이나 뉴욕의 직원들을 철저하게 단속해야 한다는 걸 명심하세요. 직원들이 외부의 어느 누구와도 대화하지 못하도록 철저히 단속해야 합니다. 다들 비밀 유지 각서에 서명했다는 사실을 잊지 않도록 수시로 주지시킬 필요가 있습니다.

　'구글 알림' 폴더는 대체로 읽지 않은 알림들로 채워져 있다. 로리는 자신의 이름이 온라인에 뜰 때마다 이메일 알림을 받도록 설정해두었다. 다니엘에게도 전달되는 알림이다. 로리가 중요한 알림을 놓쳤을 경우 다니엘이 보고하도록 되어 있다.

　나는 지난 일주일 동안 벌어진 일들을 머릿속으로 되짚어본다. 다니엘과 내가 도서관 행사를 마치고 집으로 돌아가고 있을 때 차에서 있었던 일이 떠오른다. 다니엘이 그날 받은 구글 알림을 훑어보는 동안 나는 차창 밖으로 진창이 된 맨해튼 거리를 내다보고 있었다.

　"《허핑턴 포스트》의 지면 채우기용 쓰레기 기사네요." 다니엘이 혼잣말하듯 말했다.

돌아보니 다니엘이 주요 미디어에서 보낸 알림들을 일일이 열어보고 나서 나머지 알림들은 하나씩 지우는 모습이 보였다.

다니엘이 나를 보며 말했다. "선거유세가 시작되면 이 일을 할 사람을 따로 고용해야 할 겁니다. 지금은 하루에 수백 통의 알림이 들어오지만 선거철이 되면 수천 통 넘게 접수될 테니까요."

나는 추락 이후 읽지 않은 긴 알림 목록을 보며 씩 웃는다.

고생해요, 다니엘.

그다음은 구글독스로 넘어간다. 구글독스 페이지는 비어 있고, 맨 위에 '36시간 전에 브루스 코코란이 마지막으로 수정했습니다'라고 나와 있다.

나는 다이어트 콜라를 한 모금 마시면서 생각한다.

'내가 477편 항공기에 타지 않았다는 건 어느 누구도 상상할 수 없을 거야.'

어느새 날이 밝아 방 안을 둘러본다. 바닥에 깔린 진빨강 융단은 노란색 벽과 대조를 이룬다. 나는 마치 겨울잠을 자는 곰처럼 보호받는 기분을 느낀다. 세상은 나 없이도 아무런 문제 없이 잘 돌아가고 있다. 나는 이바의 집에 틀어박혀 다시 세상에 나가도 안전한 때가 오기를 기다리고 있다.

문득 이바에 대한 호기심이 일어 맨 위 책상 서랍을 연다. 나는 당분간 이바의 집에서 살고, 그녀의 옷과 이름을 사용할 작정이다. 그러려면 그녀가 어떤 인물인지 어느 정도는 알아둘 필요가 있다.

잉크가 날아가 읽을 수조차 없는 영수증들, 잉크가 말라붙어 글씨가 써지지 않는 펜 몇 개, 부동산 중개소에서 받은 메모지 두어 개가 눈에 들어온다. 서랍 안쪽에는 압정, 종이 클립, 파란 손전등이 들어 있다.

∞

두 시간 후, 나는 집 안의 모든 서랍에 무엇이 들어 있는지 확인했다. 은행 입출금 내역서, 전기요금 영수증, 케이블 방송 청구서를 확인해보니 전부 이바의 이름으로 되어 있다. 벽장에서 중요한 서류가 든 상자를 하나 찾아냈다. 그 안에 자동차등록증과 사회보장카드가 들어 있다. 하지만 혼인신고서는 그 어디에도 없다. 남편이 장기적인 투병 생활을 하다가 사망했다면 당연히 따라와야 할 보험 관련 서류도 없다. 어제 내가 잠시 신경이 거슬린 이유를 이제야 알겠다. 이바의 남편이 이 집에 살았다는 흔적이 없다. 남편의 사진이나 그가 개인적으로 사용했음직한 물품이 없다. 적어도 최근에 이바 말고 이 집에 존재한 사람은 없어 보인다.

이바가 남편이 사용하던 물품을 다 버렸을까? 남편이 사용하던 물품을 볼 때마다 번번이 기분이 우울해질 수도 있으니까.

나는 남편을 떠올리는 물품이 부재하는 이유를 찾아내려고 머리를 쥐어짠다. 남편의 신용 상태가 좋지 않아 모든 청구서를 이바 명의로 돌려놓았을 수도 있다. 남편과 연관 있는 물건들을 죄다 박스에 담아 어딘가로 옮겨 놓았을 수도 있다. 하지만 그런 이유들은 변명거리를 찾다가 겨우 떠올린 말처럼 궁색해 보인다.

상자에 든 서류들을 바닥에 펼친다. 땅콩집의 절반을 현찰로 매입하면서 작성한 서류로 날짜는 2년 전으로 되어 있다. 서류에 있는 이름은 하나뿐이다.

'이바 마리 제임스.'

그 아래 '독신'이라고 적힌 네모 칸에 체크가 되어 있다.

나는 남편 이야기를 하던 이바의 목소리를 여전히 생생하게 기억한다. 고교 시절부터 사귀기 시작해 18년 동안 함께한 남편의 고통스러운 투병 생활과 생을 마감할 수 있도록 도울 수밖에 없었다고 말할 때 갈라지던 목소리, 서글픈 감정, 눈물이 그렁그렁하던 눈을 기억한다.

이바의 말은 모두 거짓이었다.

이바

캘리포니아 버클리
8월
추락 6개월 전

　브리태니와 만나기로 약속한 시간을 10분 남기고 이바는 틸던 파크 가장자리 주차장에 차를 세웠다. 공원 안까지 차를 몰고 들어가지 않은 이유는 걷는 게 더 유리해서였다. 이바는 포장한 알약을 외투 주머니에 집어넣고, 오래전 혼자 조용히 공부할 때 자주 이용한 공터로 향하는 오솔길로 접어들었다.

　빽빽이 늘어선 나무들이 도로에 얼룩덜룩한 그림자를 드리웠다. 아직 여름이었지만 샌프란시스코만에서 선선한 바람이 불어왔다. 이바는 카키색 외투 주머니에 양손을 집어넣고 포장지 안에 든 알약들을 더듬어보았다. 그녀가 가장 좋아하는 외투로 지퍼로 잠그는 주머니가 여러 개 달려 있어 여러모로 편리했다.

공원의 나무들은 이바의 오랜 친구들이었다. 이바는 잠시 지난날을 떠올려보았다. 학교 수업을 마치고 공원에 와 테이블이나 잔디 위에 책을 펼쳐놓고 공부하던 모습이 눈에 선했다. 마치 달리는 기차 안에서 내다본 풍경처럼 그 시절 일들이 언뜻언뜻 뇌리를 스쳐 지나갔다.

아직 공터에는 아무도 나와 있지 않았다. 커다란 오크나무 아래에 흠집이 듬성듬성 보이는 목재 테이블이 놓여 있었다. 그 옆에는 콘크리트로 만든 쓰레기통이 있었다. 이바는 목재 테이블 앞 벤치에 앉아 시간을 확인했다.

∞

피시는 버클리와 오클랜드에 마약을 공급하는 조직의 보스였고, 덱스는 그 밑에서 일했다.

"대다수 마약업자들은 금세 덜미를 잡힐 수밖에 없어. 하지만 우리는 그들과 다른 방식으로 일하기 때문에 훨씬 안전하지."

덱스는 소살리토의 해안가 식당에서 이바와 점심 식사를 하며 앞으로 어떤 일을 해야 하는지 설명해주다가 그 말을 했다. 소살리토 만 건너편의 샌프란시스코는 짙은 안개에 휩싸여 고층 빌딩의 꼭대기만 살짝 드러내 보이고 있었다. 이바는 짙은 안개 아래에 파묻혀 있는 세인트 조지프 수녀원과 수녀님들을 생각했다. 그분들은 여전히 이바가 버클리 대학 화학과에 다니고 있고, 우수한 성적으로 졸업해 탄탄대로를 걷게 될 거라고 철석같이 믿고 있을 것이다. 이바가 사흘 전에 퇴학당해 덱스의 집에서 지내며 마약 판매 관련 특강을 받고 있다는 사실은 꿈에도 생각지 못할 것이다.

이바는 시선을 옮겨 덱스를 마주 보았다.

"앞으로 네가 만들 물건을 누구에게 팔지는 정해져 있어." 덱스가 말을 이었다. "신원이 확실한 단골 고객들과 거래를 해야 사고를 미연에 방지할 수 있으니까."

"난 약을 만들기만 하는 거야, 아니면 팔기도 하는 거야?"

덱스는 테이블 위에 양손을 포개 올려놓았다. 식당 직원이 테이블에 청구서를 내려놓고 돌아갔다. "피시는 오래전부터 기술이 뛰어난 제조업자들을 안정적으로 확보하려고 공을 들여왔어. 제조업자들이 피시에게 알약을 공급하는 대신 독자적으로 팔려고 하는 경우가 있는데 그러면 상황이 매우 복잡해지지. 그런 일을 미연에 방지하기 위해 우린 너에게 새로운 방식을 제안할 생각이야. 넌 일주일에 알약 삼백 개를 만드는 거야. 절반은 우리에게 넘기고, 나머지는 너에게 줄게. 피시는 네가 확보한 절반의 알약을 팔 수 있도록 해주겠다고 약속했어. 수익은 일백 퍼센트 네 차지가 될 거야."

"난 판매 루트가 없는데 누구한테 알약을 팔 수 있을까?" 이바는 마약 판매에 대한 압박감을 느끼면서 그렇게 물었다. 이바는 몸을 흐느적거리는 마약중독자들을 직접 상대하고 있는 자신의 모습이 떠올랐다. 상대가 갑자기 난폭하게 굴 수도 있는 위험이 있었다.

덱스가 웃으며 대답했다. "너는 신원이 확실하고 구체적인 의뢰인들에게 알약을 공급하게 될 거야. 네가 상대할 고객들은 대부분 학생이나 교수, 운동선수들이지. 알약의 가격은 다섯 알에 200달러야." 덱스가 말했다. "넌 일 년에 약 30만 달러를 벌 수 있어." 이바가 놀란 표정을 짓자 덱스가 웃음을 머금은 얼굴로 말을 이었다. "한 가지 명심할 게 있어. 우리가 정한 규칙을 철저하게 따라야 해. 만약 네가 가지를 쳐 독립하거나 직접 소비자들을 모아 알약을 판다는 소리가 들려올 경우 결코 무사하지 못할 거야. 내 말이 무슨 뜻인지 알아들었지?"

이바는 고개를 끄덕이고 나서 입구를 향해 불안한 눈길을 던졌다. "피시는 안 왔어? 오늘 여기에 나올 줄 알았는데."

덱스가 고개를 저었다. "넌 아직 초짜라서 이 분야 일이 어떻게 돌아가는지 잘 모를 거야. 넌 앞으로도 피시를 직접 만날 일은 없어. 네가 사고를 치면 이야기가 달라지겠지만." 이바가 이해하기 힘들다는 표정을 짓자 덱스는 다시 쉽게 풀어서 설명했다.

"피시는 각자 잘하는 분야가 따로 있는 만큼 분업을 선호하지.

피시가 사업을 관리하는 방식이야. 가령 어떤 사람이 알약 유통 체계에 대해 많은 걸 알고 있을 경우 쉽게 과녁이 되지. 나는 너의 관리자가 될 거고, 네 안전은 내가 책임질 거야." 텍스는 20달러 지폐 몇 장을 테이블에 내려놓고 자리에서 일어섰다. "내가 말한 대로만 하면 넌 앞으로 잘 살 수 있어. 우리의 규칙을 따르면 넌 안전해."

"피시나 넌 잡힐 우려가 전혀 없어?"

"네가 텔레비전 드라마나 영화에서 보는 것과 달리 경찰은 오로지 자기들이 잡는 사람들만 알아. 게다가 멍청한 사람들만 잡히지. 하지만 피시는 멍청하지 않아. 일확천금을 노리고 하는 일이 아니거든. 피시는 안정적인 장기 수익을 목표로 하는 사업가야. 피시는 같이 일할 사람들이나 고객들을 극도로 조심스럽게 선택하려고 해. 매출은 줄어들지언정 안정적으로 사업을 관리하고 싶어 한다는 뜻이지."

텍스의 제안을 들은 이바는 당장이라도 일에 착수하고 싶었다. 일은 예상대로 별문제 없이 순탄하게 잘 돌아갔다. 어려운 점이 있다면 버클리 캠퍼스에서 또래 학생들을 지켜보며 살아야 한다는 점이었다. 이바는 엊그제까지 버클리 학생이었다. 빼앗긴 삶을 너무 가까이에서 지켜보며 살자니 속이 쓰렸다. 얼마 전까지 지냈던 기숙사 건물 앞을 지날 때면 씁쓸한 마음을 금할 수 없었다. 수업이 진행되고 있는 화학과 건물 앞을 지날 때도 마찬가지였다.

내가 떠났어도 수업이 잘 진행되고 있네.

일 년만 잘 견뎠으면 무사히 졸업했을 텐데 영영 기회를 놓쳐 버려 끝내 아쉬운 마음을 금할 길이 없었다. 하지만 몇 년이 흐르자 학생들은 완전히 물갈이되었고, 캠퍼스는 낯모르는 사람들로 채워졌다. 이바의 상실감도 점차 흐려진 대신 그 자리에 더욱 단단한 목표가 자리 잡았다. 그러자 예전에는 미처 보지 못한 길이 보였다. 모든 선택에는 결과가 따른다. 중요한 건 그 결과를 스스로 선택했다는 사실이다.

∞

이바는 공터로 이어지는 도로를 주시했다. 브리태니와는 처음 만나기로 했는데 왠지 찜찜한 구석이 있었고, 오랜 시간 동안 섬세하게 조율된 본능이 수상한 경보음을 울리고 있었다. 앞으로 딱 20분만 더 기다려도 나타나지 않을 경우 자리를 뜰 생각이었다. 차를 몰고 집으로 돌아가 현관문을 닫고, 브리태니라는 이름을 뇌리에서 아예 지워버릴 작정이었다. 이바는 현실에 안주해 부주의해질 경우 사고가 발생할 수도 있기에 언제나 긴장을 풀지 않고 정확하게 일 처리를 하려고 애써 왔다. 지하 실험실에서 많은 시간을 보내고, 덱스나 고객들을 만나는 일을 지속해오다보니 마치 평범한 회사원의 일상과 별 차이가 없다는 안일한 생각이 들기도 했지만 알고 보면 대단히 위험한 일이었다.

일을 시작한 지 일 년도 안 된 어느 날 텍스가 꼭두새벽에 찾아와 이바의 잠을 깨웠다.

"너에게 보여줄 게 있으니까 당장 나를 따라와."

이바는 외투를 집어 들고 텍스를 따라 인적 없는 버클리 캠퍼스로 근처로 갔다. 노변에는 여전히 가로등이 빛나고 있었다. 아직 동이 트지 않은 새벽 시간이라 주변 식당들과 바들은 문이 닫힌 상태였다. 그때 한 블록 떨어진 거리에서 경광등을 번쩍이는 경찰차와 구급차들이 눈에 들어왔다. 우중충한 모텔 앞에 폴리스라인이 설치되어 있었다. 텍스는 마치 새벽까지 파티를 즐기다가 새벽에 귀가하는 커플처럼 이바의 허리에 팔을 둘러 바짝 끌어당겼다. 그때 이바는 모텔 앞 길바닥에 널브러져 있는 한 남자의 시신을 보았다. 시신에서 흘러나온 피로 주변이 온통 피 웅덩이를 이루고 있었고, 신발이 벗겨져나간 발에 신고 있는 흰 양말도 피로 물들어가고 있었다.

"왜 나를 여기에 데려왔어? 누군지 아는 사람이야?"

"피시에게 코카인과 헤로인을 공급하던 대니야."

두 사람은 이야기를 나누며 모퉁이를 돌았다. 경찰차의 경광등 불빛이 시야를 어지럽혔다. "그런데 왜 죽은 거야?"

"나도 몰라." 텍스가 말했다. "추측일 뿐이지만 대니는 몰래 이중 거래를 하다가 피시에게 발각되었나봐. 그러니까 피시 말고 다른 업자에게도 물건을 공급하다가 덜미를 잡힌 거야." 덱스는 잠시 말을 멈췄다가 이었다. "피시의 스타일이야. 무슨 일이 생기면 일일이 묻고 확인하느라 시간을 허비하지 않아. 문제의 원인을 즉시 제거해버리지."

덱스가 그 말을 하는 동안 이바의 뇌리에서 참혹한 시신과 피웅덩이의 잔상이 어른거렸다.

덱스가 이바의 허리에 두르고 있던 팔을 내렸다. 차가운 아침 공기가 좀 전까지 덱스의 팔이 감고 있던 허리로 차갑게 밀려들었다.

"피시는 동업자일 때는 든든한 방패가 되어주지만 배신한 경우 무자비하게 응징해. 피시를 배신하면 무슨 일이 벌어지는지 직접 보여줄 필요가 있다고 생각해서 데려왔어."

이바는 씁쓸한 기분이 들었다. 지금껏 남들과 별반 다르지 않은 일을 하고 있다고 자신을 애써 속이며 살아왔다. 실제로 그다지 어려운 상황을 겪은 적이 없기에 얼마나 위험한 일인지 실감하지 못했다. 하지만 그동안 순탄하게 지낼 수 있었던 건 덱스가 단단히 보호막을 쳐준 덕분이었다.

"투명한 일 처리가 필요해. 뒤에서 몰래 일을 꾸몄다가는 가차 없이 응징을 당하게 될 테니까." 덱스가 집으로 돌아가는 길에 경고했다. 새벽하늘이 차츰 연회색으로 바뀌고 있었다. 덱스는 현관 앞까지 이바를 데려다주고 돌아갔다.

∞

이바가 의자에서 일어나 돌아가려는 순간 메르세데스 벤츠 SUV 한 대가 다가오더니 바로 앞에서 멈춰 섰다. 운전석에 세련된 스타일의 여자가 앉아 있었다. 뒷좌석에 아이를 태우는 카시트가 있었다. 불편한 느낌이 더욱 강해졌고, 이바는 깊이 심호흡을 하고 나서 여차하면 그냥 자리를 뜨면 그만이라고 자신을 다독였다.

차에서 내린 여자가 이바에게 말했다. "이렇게 나와 줘서 고마워요." 브리태니는 무릎까지 오는 어그 부츠를 신은 데다 빈티지 청바지에 캐주얼 외투를 걸치고 있었고, 샤넬 선글라스가 머리에 얹혀 있었다. 이바의 전형적인 고객들인 가난한 대학생들과는 거리가 멀었다.

브리태니를 가까이에서 보니 충혈된 눈과 지치고 늘어져 보이는 피부가 눈에 들어왔다.

"정말 죄송해요. 베이비시터가 오길 기다리느라 늦었어요." 여자가 손을 내밀어 악수를 청했다. "브리태니입니다."

이바는 손을 주머니에 넣은 상태로 브리태니의 악수 요청을 외면했다. 브리태니는 엉거주춤 손을 내리더니 방금 생각났다는 듯이 핸드백을 뒤지기 시작했다. "혹시 부탁한 양보다 약을 더 살 수 있을까요? 다섯 알을 사기로 했었는데 열 알이 필요해서 요." 브리태니는 핸드백에서 돈을 꺼내 이바에게 건넸다. "200달러가 아니라 400달러입니다."

"난 다섯 알밖에 없어요." 이바는 돈을 받지 않고 말했다.

브리태니는 별일 아니라는 듯이 고개를 끄덕였다. "그럼 내일 이 자리에서 다시 만나면 되겠네요."

바람이 쌀쌀해 이바는 외투를 여몄다. 주변에 다른 사람이 아무도 없는데 브리태니가 목소리를 한껏 낮춰 말했다. "우린 토요일에 여행을 떠날 거예요." 그녀가 말을 이었다. "다음 달에 돌아올 거라서 혹시 약이 부족할 수도 있으니까 넉넉히 가져가려고요."

벤츠를 몰고, 명품 브랜드 옷을 입고, 손가락에 큼지막한 다이아 반지를 끼고 있는 걸 보면 어려운 과제를 풀기 위해 알약이 필요한 경우는 아닌 듯했다. 그저 유흥을 즐기는 데 필요해 보였다. 이바는 거부감이 느껴졌고, 그 이면에는 개인적인 감정이 작용하고 있다는 걸 깨달았다.

내 엄마처럼 무책임한 여자야.

"어쩌죠? 도움이 되지 못해 죄송해요." 이바가 말했다.

"그럼 지금 가져오신 알약이라도 주세요." 브리태니의 목소리가 텅 빈 공터에 메아리쳤다. 그녀의 손등에 딱지가 내려앉은 상처가 보였다. 그녀가 딱지를 손가락으로 잡아 뜯는 바람에 아직 아물지 않은 생살이 드러났다. 브리태니의 행위에서 이질감이 느껴져 이바는 얼른 자리를 뜨고 싶었다.

"난 이만 가봐야겠어요." 이바가 말했다.

"잠깐!" 브리태니가 이바의 팔을 잡으며 말했다. "내가 어떻게 해야 당신 마음을 풀 수 있을까요?"

이바는 팔을 거칠게 잡아 빼고 그 자리를 벗어났다.

"도대체 왜 그래요?" 브리태니가 뒤따라오며 소리쳤다. "당신은 알약을 팔고 나는 사면 서로 좋은 일인데 왜 그냥 가려고 해요?"

"알약이라니요? 난 도무지 무슨 말을 하는지 모르겠네요. 사람을 잘못 본 것 같아요. 다른 사람과 내가 헷갈렸나봐요."

이바는 차를 세워둔 언덕 아래 주차장으로 빠르게 걸어가기 시작했다. 브리태니가 욕설을 내뱉는 소리에 이어 차 문이 쾅 닫히는 소리와 요란한 타이어 마찰음이 연이어 들려왔다. 옆을 지나는 벤츠 SUV 안을 들여다보니 뒷좌석에 시리얼, 빈 컵, 머리 리본 따위가 어지럽게 나뒹굴고 있었다. 이바는 잠시 걸음을 늦추고 알약을 달라고 구걸하는 엄마와 함께 사는 아이의 삶이 어떨지 생각해보았다. 그녀의 엄마도 브리태니 같은 부류였을지도 모른다. 아이를 베이비시터에게 맡기고 공원으로 마약을 사러 가는 여자. 그나마 브리태니는 아이를 버리고 떠나지는 않았다.

브리태니의 차는 구부러진 길을 위태롭게 돌면서 서서히 멀어져갔다. 혹시 차가 바위에 충돌할 수도 있다고 생각해 숨을 참고 몸에 힘을 주었지만 아무런 소리도 들리지 않았다. 이바는 차를 세워둔 곳으로 서둘러 돌아갔다.

∞

이바는 공원 출입구 앞길에서 신호가 떨어지길 기다리다가 오른쪽 주유소에 세워져 있는 브리태니의 벤츠 SUV를 보았다. 브리태니는 차창을 열고 정부 번호판이 붙어 있는 차 옆에 서 있는 낯선 남자와 이야기를 나누고 있었다. 브리태니가 뭔가 적힌 메모지를 건네자 남자가 받아 코트 주머니에 집어넣었다.

신호등이 녹색으로 바뀌었지만 이바는 계속 그들을 응시했다. 이바는 뒤차에서 요란한 경적이 울리는 바람에 어쩔 수 없이 차를 출발시켰다. 이바는 방금 전 본 상황에서 이상 징후를 포착하려고 생각을 집중했다. 브리태니를 상대하던 짧은 갈색 머리 남자가 쓰고 있던 선글라스, 외투 아래로 드러나 있던 권총집이 떠올랐다. 이바는 운전을 하는 동안 브리태니가 무슨 짓을 저질렀는지 곰곰이 생각해보았다.

∞

차고에 차를 세운 이바는 당장 덱스에게 전화하고 싶은 마음이 간절했지만 이웃집 여자가 마치 기다리고 있었다는 듯이 집 앞 계단에 앉아 있었다.

"젠장맞을!" 이바는 들리지 않게 낮은 소리로 불만을 토로했다.

이바를 보는 순간 이웃집 여자의 얼굴에 안도감이 번졌다. "계단을 내려오다가 그만 넘어졌지 뭐예요." 이웃집 여자가 말했다. "계단을 헛디디는 바람에 중심을 잃고 굴렀어요. 발목이 골절된 것 같아요. 내가 집 안으로 들어갈 수 있게 좀 도와줄래요?"

이바는 아무리 급해도 다친 여자를 내버려두고 집으로 들어갈 수는 없었다. "당연히 모셔드려야죠." 이바가 대답했다.

나이는 육십 대로 보이고, 키는 150센티미터 정도로 보이는 마른 체형의 여자였다. 이바는 여자를 맨 위 계단까지 부축해 올라간 다음 잠시 숨을 돌리고 나서 이웃집 현관문을 열고 안으로 들어갔다.

바닥에 깔린 따뜻한 색상의 러그가 크림색 소파와 대비되었다. 식당의 한쪽 벽은 진빨강으로 칠해져 있었고, 반쯤 빈 택배 상자들이 구석에 흩어져 있었다. 여자는 이바의 도움을 받아 의자에 앉았다.

이바가 이웃집 여자에게 물었다. "얼음찜질을 해드릴까요?"

이바는 어서 이 집에서 벗어나 덱스에게 오늘 공원에서 벌어진 일에 대해 말하고 어떻게 대처해야 할지 물어봐야 한다는 생각에 마음이 바빴다. 한가하게 이웃집 여자 간호나 하고 있을 계제가 아니었다.

"우리 아직 서로 이름을 모르는데 통성명부터 할까요?" 이웃집 여자가 말했다. "난 리즈예요."

이바는 억지로 웃음을 지으며 말했다. "저는 이바입니다."

"반가워요, 이바. 그럼 얼음을 좀 갖다 줄래요?"

이바는 냉동고에서 얼음 트레이를 꺼낸 다음 얼음을 행주에 쏟고 나서 윗부분을 돌려 꼬았다. 그런 다음 리즈가 마실 물을 컵에 따랐다. 얼음과 물을 거실로 가져와 리즈에게 건넬 때 손이 떨렸다. 이바가 집으로 돌아가려는 순간 리즈가 말했다. "잠시 같이 있어주면 안 될까요?"

이바는 차마 거절하지 못하고 바깥 상황을 지켜볼 수 있는 의자에 자리를 잡고 앉았다.

리즈의 얼굴에 미소가 번졌다. "나는 아직 이 동네에서 알고 지내는 사람이 별로 없어요." 리즈가 말했다. "줄곧 프린스턴에 있었는데 버클리에 초빙교수로 왔거든요. 이번 학기에 버클리에서 두 과목의 수업을 맡게 되었죠."

이바는 시종 잔잔한 웃음을 지어 보였지만 리즈의 말을 반은 듣고 반은 흘려보냈다. 그녀는 공원에서 브리태니와 만나고 헤어질 때까지의 모든 과정을 돌이켜보며 어떤 문제가 있었는지 되뇌어보고 있었다. 약속 시간을 지키지 않은 브리태니, 늦어서 죄송하다며 베이비시터가 늦게 왔다는 핑계를 대고 나서 약속과 달리 알약을 다섯 개 더 구할 수 있는지 물었던 그녀의 모습이 차례로 떠올랐다.

이바는 지금 거리가 한눈에 내려다보이는 리즈의 거실에 앉아 있었다. 리즈는 학교에서 제공하는 교직원 관사보다는 아파트를 빌려 사는 걸 선호한다며 이 집을 택한 이유를 말했다. 교직원들끼리 모여 사는 동네에 가게 되면 학교 정치에 휩쓸릴 수도 있어 꺼려한다고 했다.

"이바는 무슨 일을 해요?"

이바는 정해진 답변을 했다. "샌프란시스코에서 자랐고, 버클리 시내의 〈듀프리〉에서 서빙 일을 하고 있어요." 그런 다음 화제를 다시 리즈에게로 돌렸다. "교수님은 어떤 과목을 가르치세요?"

리즈는 물을 한 모금 마시고 나서 대답했다. "정치경제학을 가르쳐요. 좀 더 구체적으로 말하자면 경제이론에 동반하는 정치적, 경제적 제도에 대한 수업을 하고 있죠." 리즈가 소리 내어 웃으며 덧붙였다. "대단히 중요하고 매혹적인 과목이죠."

리즈가 얼음주머니를 내려놓고 조심스레 발목을 돌려보더니 밝게 웃었다. "다행히 골절이 되진 않았나봐요. 만약 골절돼 목발을 짚고 다니려면 크게 고생했을 텐데 한시름 놓았어요."

비록 작은 체구지만 리즈의 목소리에서 마음을 차분하게 가라앉혀주는 힘이 느껴졌다. 이바는 대형 강의실 앞에 서서 열정적으로 강의하는 리즈의 모습을 상상했다. 강의실 구석구석까지 울려 퍼지는 리즈의 힘 있는 목소리, 펜이나 노트북으로 리즈의 입에서 흘러나오는 말을 열심히 기록하는 학생들의 모습이 눈에 선했다.

리즈의 집 거실 소파에 앉아 있는 이바의 눈에 주유소에 세워져 있던 정부의 세단이 다가와 멈춰 서는 모습이 들어왔다. 주유소에서 브리태니와 이야기하던 남자가 차에서 내려 이바의 집 공동현관을 향해 걸어오는 모습이 보였다.

저 남자는 어떻게 내가 사는 집을 찾아냈을까? 틀림없이 나를 미행한 누군가가 있다는 뜻이야.

이바는 의자에서 벌떡 일어나 리즈에게로 다가갔다. "병원에 안 가보셔도 되겠어요?"

리즈는 얼음주머니를 다시 발목에 대고 마사지하며 말했다. "내가 당장 필요한 게 뭔지 말해줄게요. 빈 잔에 보드카를 가득 채워줘요. 이바가 마실 보드카도 한 잔 가득 따라요. 냉장고에 보드카가 있을 거예요."

옆집 문을 두드리는 소리가 리즈의 주의를 끌었다. "당신 집에 손님이 왔나봐요. 문을 두드리는 소리가 들려요." 리즈가 말했다.

이바는 블라인드 틈새로 어떤 남자가 우편물 투입구에 뭐가를 집어넣는 모습을 보았다. 온몸의 신경이 곤두서며 어서 도망쳐야 한다는 생각이 들었다. 하지만 이바는 심호흡하고 나서 자신은 공원에서 브리태니를 만나 잠시 이야기를 나누었을 뿐 아무런 잘못도 저지르지 않았다는 사실이 떠올랐다. 그녀는 브리태니에게 약을 건네지 않았고, 사라고 권한 적도 없었다.

'갈 데까지 가보는 거야.'

덱스가 자주 했던 말이었다.

'죄를 짓지 않았는데 도망칠 필요는 없어. 도망치면 죄를 스스로 인정한다는 뜻이니까. 그러니까 그들의 뜻대로 도망쳐줄 필요는 없어.'

"전에도 언젠가 만나본 적 있는 남자가 또다시 찾아왔네요." 이바는 거짓말을 했다. "어느 경비회사 영업사원인데 보안 설비를 해달라고 끈질기게 매달리는 바람에 곤혹스러웠죠."

"나도 방문판매원은 질색이에요." 리즈가 말했다. 남자가 리즈의 집 문을 두드리지 않고 그냥 돌아간 걸 이상하게 여길 수도 있는데, 대수롭지 않게 생각하는 기색이어서 다행이었다.

이바가 의자에서 일어서며 말했다. "제가 보드카를 가져올게요."

클레어

<u>2월 23일 수요일</u>

나는 각종 서류들이 사방에 펼쳐져 있는 이바의 사무실을 그대로 내버려두고 복도로 나온다. 의구심을 풀어줄 해답이 필요했다. 이바가 남편에 대해 털어놓은 말이나 반드시 도주해야 하는 이유는 거짓으로 드러났다. 나는 옷장 문을 활짝 열고 이바가 그토록 사랑했다는 남편의 증거를 찾아본다. 남편의 옷을 모두 처분했더라도 이전에 걸려 있었던 빈 공간이 남아 있어야 한다. 하지만 눈에 띄는 옷이라고는 몇 가지 여자 옷에 정장 드레스 두어 벌이 전부이다. 부츠와 플랫슈즈도 모두 여성용이다. 서랍장의 첫 번째 서랍을 빼자 여성용 셔츠, 청바지, 속옷 그리고 양말이 눈에 띈다. 거울에 언뜻언뜻 비치는 내 옆모습이 나를 깜짝 놀라게 한다. 내가 보기에도 이바와 너무 비슷하다. 어찌

나 비슷한지 이바가 돌아온 줄 알았다.

나는 여전히 해답을 찾아내지 못한 질문들을 되뇌며 침대에 풀썩 주저앉는다. 이바가 이 집을 떠나야 하는 이유로 들었던 모든 말들이 거짓이었다는 증거물들이 내 눈앞에 펼쳐져 있다. 애초 이바의 남편이 존재하지 않았다면 경찰이 남편의 죽음에 대해 의문을 제기하며 수사에 착수한다는 건 말이 안 된다. 남편의 죽음에 대해 의구심을 품은 경찰이 전격 수사에 착수하지 않았다면 이바가 나와 모든 걸 바꿔가며 자취를 감추길 바랐던 진짜 이유가 있었다는 뜻이다.

나는 실소를 터뜨리지 않을 수 없다. 이바가 그토록 진지한 얼굴로 나에게 쏟아놓았던 거짓말이 떠오른다. 아직 기억이 너무 생생해 절로 쓴웃음이 흘러나온다. 완벽하게 재구성할 수 있을 만큼 기억이 뚜렷하다.

이바와 나는 항공기 추락 사고가 벌어질지 전혀 예상하지 못하고 항공권을 바꾸었다. 내가 이바의 집으로 와서 그녀의 지난 삶에 발을 들여놓는 일은 우리의 예정에 없었다. 내가 당분간 이 집에 머물기로 한 건 스스로 선택한 일이었다.

∞

이바의 사무실로 돌아와 컴퓨터 화면에 구글독스를 열어놓은 상태로 이바의 은행 입출금 내역을 들여다보며 매달 지출한 돈이 얼마나 되는지 체크한다. 현재 2천 달러의 잔고가 있고, 〈듀프리〉 식당 명의로 된 입금 내역이 있는데 900달러다. 집을 사기에는 터무니없이 부족한 수입이다.

의료 청구서를 보니 본인부담금 내역은 없고, 약값 청구서도 마찬가지다. 나는 이바의 놀라운 사기술에 감탄하지 않을 수 없다. 우리가 나란히 앉아 있던 바에서 이바가 항공권을 내려놓던 방식이 그저 놀라울 따름이다. 그 당시 나는 너무 정신이 없어 거짓 유혹이란 걸 미처 알아차리지 못했다. 이바가 버클리에서 사람들 사이에 섞여들기가 얼마나 쉬운 일인지 이야기하고 나서 내가 보조를 맞출 수 있게 나 자신의 욕망과 공포를 내게 투영하던 그 섬세한 작업에 나는 그저 혀를 내두를 수밖에 없다.

이바의 자동차등록증을 보니 낡은 혼다를 몰고 있다. 그 차는 아직 차고에 있을 가능성이 크다. 영리하기 그지없는 이바가 공항이나 기차역에 차를 세워두고 떠나지는 않았을 테니까. 나는 이바의 혼다를 사용할 마음이 전혀 없다. 누군가가 이바를 추적하고 있다면 차량 조회부터 할 테니까. 혼다가 차고에 있다는 사실을 알게 된 것만으로도 마음이 든든하다. 혹시 차가 필요한 일이 생길지도 모르니까.

이번에는 이바의 책상을 뒤진다. 종이 클립, 빈 봉투, 코드 없는 충전기 따위가 들어 있지만 다른 물품은 전혀 들어 있지 않다.

생일 축하 카드, 초대장, 사진, 쪽지, 기념품도 좋은 단서가 될 수 있을 텐데 전혀 없다.

이바가 나에게 한 말 중에 남편에 관한 부분만 거짓이었을까?

나는 이제 이바라는 인물 자체가 날조였을지도 모른다는 의심이 들기 시작한다. 책상 왼쪽에 빈 쓰레기통이 놓여 있고, 책상 뒤로 반쯤 가려진 작은 종이쪽지가 내 시선을 끈다. 쓰레기통에 던져 넣으려다가 빗나간 듯하다. 바닥에서 종이쪽지를 집어 들고 매끈하게 편다. 깔끔한 글씨로 쓴 글이 적혀 있다. 초등학생들이 즐겨 쓰는 동글동글한 글씨다.

당신이 원하는 모든 건 두려움의 뒷면에 있어요.

나는 이바가 이 글을 카드에 쓰고 나서 버린 상황을 상상해보려 애쓴다. 더는 자신이 적어놓은 글이 필요 없어졌을까? 아니면 그 말이 진실이라고 믿지 않게 되었을까?

나는 카드를 들고 이바의 침실로 간다. 카드를 거울 가장자리에 끼우고 난장판이 된 방을 정리하기 시작한다. 셔츠를 다시 개는 동안 이바의 몸에서 나던 화학약품 냄새가 섞인 꽃향기가 스멀스멀 퍼져나간다. 바닥에 떨어져 있는 레드 핫 칠리 페퍼스 밴드 티셔츠를 내 가슴에 대본다. 오버사이즈 셔츠로 캘리포니케이션 투어 기념품이다. 바이올렛이 가장 좋아하는 밴드 가운데 하나였고, 난 내 동생에게 열여섯 살이 되면 레드 핫 칠리 페퍼스 콘서트에 꼭 데려가 주겠다고 약속했다. 바이올렛에게 꼭 해주겠다고 하고 지키지 못한 약속 가운데 하나다. 나는 셔츠를 어깨에 늘어뜨리고 서랍을 닫는다. 셔츠가 탐난다.

서랍장을 구석구석 뒤져보았지만 이바가 숨겨놓은 일기나 연애편지 따위는 없다. 아무리 남편이 없었다고 해도 이토록 공허한 삶을 사는 사람이 과연 또 있을지 의문이다. 로리의 집에 살던 시절의 나를 빼면 그런 삶을 사는 사람은 없으리라.

이바의 침대 가장자리에 앉아 침대 옆 보조 탁자의 맨 위 서랍을 연다. 튜브형 핸드 크림이 들어있다. 팔에 문지르니 장미 향이 난다. 서랍 안쪽에 사진 한 장이 들어 있다. 이 집에서 발견한 유일한 사진이다. 이바가 샌프란시스코 자이언츠의 홈구장인 오라클 파크 앞에서 나이 든 여자와 포즈를 취하고 있다. 샌프란시스코 자이언츠 팀의 현수막이 뒤에 매달려 있고, 두 사람은 그 앞에 서 있다. 이바와 나이 든 여자는 서로를 향해 고개를 돌리고 활짝 웃고 있다. 나이 든 여자의 어깨에 팔을 두른 이바의 표정은 그 어느 때보다 행복해 보인다. 이바를 추적하는 어둠의 그림자가 아직 나타나기 전이었을 수도 있다. 이바와 사진을 찍은 여자의 정체가 궁금해진다. 나이 차를 극복하고 친구로 지낸 사이인지 나처럼 홀딱 속아 넘어간 사람인지.

이바가 나에게 한 말들은 오로지 위기를 모면하기 위한 궁여

지책이었을까?

이바가 거짓말로 이 여자에게 자신의 도움이 필요하다고 믿게 만드는 모습을 상상해본다. 여자의 얼굴을 자세히 살펴보노라니 지금은 어디에 있을지, 혹시 이바를 찾아오지는 않을지, 나를 보면 뭐라고 할지 궁금하다.

내가 이바와 비슷한 헤어스타일을 하고, 이바의 집에 살고, 이바의 옷을 입고 있는 모습을 보면 어떻게 생각할까? 나를 사기꾼이라고 생각하지 않을까?

서랍 안쪽에 가위 하나와 테이프 몇 개가 들어 있고, 그 아래에 봉투 한 장이 깔려 있다. 봉투 안에는 13년 전 날짜에 보내온 편지들이 클립에 끼워져 있다. 나는 클립을 빼고 편지들을 한 장씩 넘겨본다. 샌프란시스코의 세인트 조지프라는 곳에서 온 편지들이다. 나는 세월이 흐르면서 흐려진 손 글씨를 좀 더 자세히 보려고 창을 향해 비스듬히 들어 올린다.

친애하는 이바

이 편지가 열심히 공부하고 있을 너에게 무사히 전해지길 바란다. 80년 전통의 세인트 조지프 수녀원이 드디어 군 위탁 시스템에 흡수된다는 소식을 전해주려고 너에게 편지를 보낸다. 매우 잘된 일이다. 이제 우린 나이가 많아 수녀원 운영에 여러모로 어려운 점이 많았다. 심지어 캐서린 수녀도 이제 젊다고 할 수 없는 나이란다.

예전에 넌 수녀원에 너를 맡긴 부모에 대해 많이 물었지. 그 당시 네 질문에 답하는 건 금지 사항이었지만 지금은 너도 성인이 된 만큼 우리가 알고 있는 정보를 알려주어도 무방하게 되었다. 네가 세인트 조지프 수녀원에 입소할 당시 기록해둔 서류 사본과 네가 여기에 있을 당시 적어둔 생활기록부를 동봉한다. 우리가 보내는 서류에 포함되어 있지 않지만 수녀원 입소 당시의 구체적인 정보가 알고 싶다면 카운티 정부에 청원해 공식 기록을 받아보길 바란다. 참고로 그 당시 너를 담당한 사회복지사는 크레이그 헨더슨이라는 사람이었다.

마지막 위탁가정에서 일이 잘못되었을 때 나는 네 엄마와 가족들에게 전화해 너를 집으로 데려갈 수 있는지 타진했다. 혹시라도 그간 네 엄마의 마음이 바뀌었을 수도 있으니까. 하지만 네 엄마는 마약 중독으로 고생하고 있었고, 가족들은 네 엄마를 보살피는 것만으로도 무거운 짐이었다. 애초에 네 가족들이 너를 세인트 조지프 수녀원에 맡긴 가장 큰 이유였다.

넌 어렸을 때부터 견디기 힘든 고통과 좌절을 겪었지만 믿기 힘들 만큼 훌륭하게 자라주었다. 우린 아직도 네가 자랑스러운 성취를 이룬 것에 대해 마음 깊이 뿌듯해하고 있다. 캐서린 수녀는 네가 세상을 깜짝 놀라게 할 화학 분야의 연구 성과를 이루어냈다는 기사가 실리길 기대하며 매일 신문을 들여다본단다. 아직 네가 학생이라서 괄목할 만한 연구 성과를 내려면 최소한 몇 년은 더 기다려야 할 거라고 말해도 들으려고 하지 않는단다. 네가 버클리에서 어떻게 지내고 있는지 자세한 소식 전해주면 고맙겠다. 세인트 조지프 수녀원으로 직접 와준다면 더할 나위 없이 좋겠지만 과도한 부탁은 삼가야지. 넌 정말이지 대견한 일을 해냈고, 앞으로도 위대한 성취를 해내는 인물로 성장해주길 간곡히 바란다.

그리스도 안에서 넘치는 사랑으로
버나뎃 수녀가

나는 편지를 따로 내려놓고 클립에 끼워둔 나머지 서류들을 살펴본다. 손 글씨를 복사한 서류로 날짜는 13년 전으로 되어 있다. 두 살짜리 여자아이였던 이바가 세인트 조지프 수녀원에 들어오고 나서 적응해가는 과정을 담은 생활기록부이다.

'이바, 오후 7시 세인트 조지프 수녀원 도착. 엄마인 레이철 앤 제임스는 면담을 거부하고 친권 포기 각서에 서명함. 세인트 조지프 수녀원은 카운티 정부에 서류를 제출하고 답변을 기다리는 중.'

24년 전 날짜로 된 서류도 있다.

'어젯밤 세 번째 위탁가정에 갔던 이바가 돌아옴. 세인트 조지프 수녀원은 이바를 데리고 있을 예정. CH는 이번에 이바에게 새로 배정된 사회복지사인데, 앞으로 자주 볼 일은 없으리라 사료됨.'

버클리에 다녔다면 아래층에 있는 과학 교과서는 저절로 설명이 된다. 어쩌면 학교를 마치지 못했을 수도 있다. 학비를 내지 못했거나 생활비를 벌어야 해서 스테이크하우스의 서빙 직원으로 정착했을 수도 있다. 존 F. 케네디 공항에서 이바가 나에게 거짓말을 지어낸 건 무슨 이유 때문일까?

화목하고 단란한 가정의 추억이 담겨 있는 사진 앨범이 부재한 이유, 각종 축하 카드들이 한 장도 없는 이유를 이제야 알겠다. 가족도 없이 매일 혼자 잠에서 깨는 기분을 나는 안다. 이바에게는 안녕과 행복을 걱정해줄 가족이 없었다. 그나마 난 21년 동안 가족들과 함께했다.

죽음이란 아직 이루지 못한 수많은 일들을 두고 떠나는 것이다. 누군가 이 세상을 하직했더라도 그가 생전에 이루고자 했던 꿈들이 끊어지지 않은 인연의 실로 남아 살아남은 자들을 옭아맨다. '만약 그랬더라면'이라는 가정은 텅 빈 무대를 비추는 스포트라이트처럼 허망할 뿐이다.

편지와 서류를 봉투에 넣어 서랍장에 다시 넣어두고 나서 의미 있는 정보가 추가된 이바를 현실로 불러내려고 해본다. 하지만 이바는 뇌리에서 아른거리다가 금세 사라진다. 내가 자세히 바라볼 수 있도록 한 자리에 오래 머물지 않는다.

∞

짧은 머리카락이 목덜미에 들러붙어 간지럽다. 머리를 감고 샤워를 해야 할 시점이다. 내가 가진 옷이라고는 존 F. 케네디 공항 화장실에서 꺼낸 몇 벌이 전부다. 지금 몸에 걸치고 있는 옷을 빼면 청바지와 셔츠 한 장이 남아 있을 뿐 브라와 양말도 없다. 혹시나 하는 마음으로 이바의 서랍장을 열어본다. 바지와 셔츠뿐만 아니라 다양한 속옷이 들어 있다. 잠시 망설이다가 이바의 속옷을 꺼내 입어본다. 배가 꽉 조이는 느낌이지만 어쩔 수 없다. 다른 사람 속옷을 입는 기분이 아무리 끔찍해도 세상을 위해 온갖 어려운 일들을 하길 마다하지 않은 사람들을 떠올리며 나 자신을 타이른다.

'그냥 고무 밴드로 이루어진 생필품이야. 게다가 깨끗이 세탁을 해두어서 청결하잖아.'

욕실로 이동해 온수를 튼다. 수증기가 욕실 안을 가득 채우자 거울이 뿌옇게 흐려지면서 내 모습이 어렴풋이 보인다. 이바의 복제본인 나. 난 어느 누구든 될 수 있다.

∞

샤워를 마치고 옷을 갈아입고 이바의 방 거울 앞에 선다. 이바가 사용하던 보디 클렌저의 장미 향이 코끝에서 아른거린다. 짧게 자른 금발에 광대뼈가 도드라진 여자가 나를 마주 바라본다. 이바의 지갑을 놓아둔 서랍장으로 가서 운전면허증을 꺼내 내 얼굴과 이바의 얼굴을 비교해본다. 내 안에서 한 가닥 희망이 파닥이며 날개를 친다.

새로운 희망을 찾았을 때의 흥분이 내 몸을 감싼다. 로리를 처음 만났을 때와 비슷한 흥분이다. 지난날의 나와 되고 싶은 나 사이의 경계선에 서 있는 느낌이다.

이제 사람들이 나에게 누군지 물을 경우 둘러댈 말들이 생겼다.

'이바와 저는 세인트 조지프 수녀원에서 함께 자랐어요.'

'버나뎃 수녀님과 캐서린 수녀님이 우리를 보살펴주었죠.'

이바는 어디로 갔고, 내가 왜 이 집에 와 있는지 물으면 나는 현재 이혼 절차를 받고 있는데 이바가 여행을 떠나게 되어 내가 대신 집을 봐주고 있다고 둘러댈 생각이었다.

'이바는 어디에 갔어요?'

난 거울 속의 내 모습을 바라본다. 이바를 닮긴 했지만 일백 퍼센트는 아니다. 그러고 보니 일백 퍼센트 클레어도 아니다. 나는 시험하듯 대답해본다.

"뉴욕."

∞

이바의 사무실로 자리를 옮겨 다시 정리 작업을 시작한다. 이바의 서류 분류 작업을 마친 다음에 무얼 할지는 아직 정하지 않았다. 그때 컴퓨터 화면에 글자가 뜬다. 로리가 입력한 글자이다.

디트로이트 출장. 그 후, 컴퓨터 오른편에 로리가 댓글을 추가한다.

로리 쿡 : 페덱스 소포는 어떻게 했어?

답이 곧바로 뜬다.

브루스 코코란 : 돈은 서랍에 넣고, 신분증, 여권 그리고 나머지 서류들은 파지 분쇄기에 넣고 갈아버렸어요.
로리 : 편지는?
브루스 코코란 : 스캔해두고 나서 역시 갈아버렸죠.
로리 쿡 : 클레어가 가짜 여권과 신분증을 무슨 수로 만들었을까?

브루스가 답변을 입력하고 있다는 걸 알려주는 점 세 개가 깜빡이고 있다.

브루스 코코란 : 그동안 국무부에서 여권 위조를 엄격하게 단속해 왔는데 클레어의 여권은 마치 진짜처럼 보였어요. 클레어가 출장을 떠나기 전까지 휴대폰 통화 내역을 확인해보았는데 출장을 떠나기로 한 당일 아침에 우리가 모르는 수상한 번호의 상대와 통화한 내역이 있었습니다. 그날 아침, 클레어와 통화한 상대가 누군지 조사하고 있는데 아직 알아내진 못했어요.

나는 두 사람이 메신저 대화를 계속 주고받길 바라지만 한동안 새로운 문장이 뜨지 않는다. 이내 그들이 주고받은 문자들이 모두 사라진다. 오른쪽 구석에 위치해 있던 브루스의 아이콘이 사라지고, 로리의 아이콘만 남는다.

지금은 각별히 조심해야 한다. 내가 키보드를 누르기 시작하면 로리의 컴퓨터에 로리의 이름을 단 아이콘이 나타나게 된다. 나는 항상 말 없는 관찰자 신세가 되어야 한다. 로리가 누군가와 주고받은 대화를 확인하거나 질문하거나 답을 들을 수 없다. 내가 할 수 있는 일은 그저 컴퓨터 화면에서 펼쳐지는 대화를 엿보는 것뿐이다.

컴퓨터로 《CNN》 홈페이지에 접속해 477편 항공기 추락 사고 관련 뉴스를 검색해본다. 내 장례식이 준비되고 있고, 3주 후인 토요일에 열릴 예정이라는 기사가 있다. 그 정도면 로리가 행사를 준비하기에 충분한 시간이다. 수많은 의원과 고위직 관료들이 내 장례식에 조문객으로 참석할 게 뻔했다.

나는 케이트 레인의 사진을 클릭한다. 케이트 레인이 진행하는 지난 뉴스들을 다시 볼 수 있는 코너다. 스크롤을 내려 NTSB 위원장이 기자들의 질문에 답변하는 내용을 들을 수 있도록 간밤에 있었던 기자회견 장면을 클릭한다.

NTSB 위원장은 이미 발표된 사실을 되풀이해 발표하고 나서 기자회견을 마친다.

'우리는 항공기 잔해를 수색하고 회수하고 있습니다. 항공기 사고 원인을 추적해볼 수 있는 블랙박스를 며칠 내로 입수하게 될 겁니다. 부디 인내심을 갖고 지켜봐주시길 바랍니다. 그동안 비스타 항공사는 사고 원인 조사에 매우 협조적이었고, 연방 정부의 협조 요청에 적극적으로 화답하고 있습니다.'

내가 예상한 대로 NTSB 위원장의 답변보다 기자들의 질문이 더 길게 이어진다. 카메라가 스튜디오에 있는 케이트 레인에게로 돌아오기 직전 나는 군중 속에서 무언가를 포착한 느낌이 든다.

영상을 뒤로 돌려 기자회견 끝부분을 다시 본다. 화면 왼쪽 구석에 친숙한 인물이 보인다. 뉴욕의 2월 날씨에 전혀 어울리지 않는 옷차림을 한 백금발의 여자다.

캘리포니아주 버클리

8월

추락 6개월 전

　남자의 이름은 카스트로이고. 마약단속국 요원이다. 카스트로는 그날부터 이바를 미행하기 시작했다. 카스트로가 우편함에 밀어 넣은 명함은 쓰레기통에 버렸고, 그는 집까지 따라와 문을 두드리기도 했다. 마트 주차장, 커피숍, 뱅크로프트 애비뉴를 지나는 차 안에서도 마주쳤고, 심지어 서빙을 하는 〈듀프리〉에도 나타나 기네스를 마시며 식사를 하는 모습이 포착되었다.

　카스트로는 드러내놓고 이바를 미행했고, 그녀가 어디에 있든 불안하게 했다. 지금은 대놓고 따라다니고 있지만 그 이전까지 얼마나 오랫동안 몰래 지켜봤을지 생각만 해도 식은땀이 날 지경이다.

덱스에게 연락해 당장 만나자고 했다. "브리태니는 도대체 누구한테 추천받은 사람이야?" 덱스를 만나자마자 이바는 거칠게 따지고 들었다. 그들은 텔레그래프 애비뉴의 스포츠 바에서 생맥주를 앞에 두고 마주 앉아 있었다. 홀에는 당구대가 놓여 있었고, 다른 테이블에서는 학생들이 반쯤 취한 상태로 풋볼 경기를 보고 있었다.

"어렸을 때부터 알고 지낸 녀석이 로스앤젤레스로 이사 갔어. 브리태니는 그 녀석 때문에 알게 되었지. 그 여자가 언제나 꾸준한 고객이었는데 버클리로 이사한다고 해서 내 이름을 알려주었대. 무슨 문제라도 있어?"

이바는 맞은편에 앉은 덱스가 혹시 거짓말을 하는 건 아닌지 얼굴 표정을 자세히 살펴보았다. "그 여자가 나랑 거래하자고 연락한 직후 마약단속국 요원과 접촉하는 모습을 보았어. 이제 내가 어딜 가든지 마약단속국 요원이 따라다녀."

덱스가 마시던 맥주잔을 내려놓으며 심각한 표정을 지었다. "브리태니와 만난 이후로 벌어진 일들을 자세히 말해봐."

"공원에서 브리태니를 만났는데 첫눈에도 뭔가 수상해 보였어. 베이비시터가 늦게 왔다는 핑계를 둘러대긴 했지만 약속 시간을 어겼고, 왠지 초조해 보이는 말투였고, 아물지도 않은 손등의 딱지를 뜯어내는 걸 보니 뭔가 불안해 보였어. 브리태니는 애초에 통화할 때 약을 다섯 개 주문했는데 만난 자리에서 알약이 다섯 개 더 필요하다고 하는 거야. 그때 나는 브리태니를 상대해서는 안 되겠다고 결심했어. 약을 더 사야겠다고 하는 건 처음 겪는 일이라 내심 당혹스러웠지."

"그날 이후로는 브리태니를 만난 적 없어?"

"마약단속국 요원이 미행하고 있는 상황이라 브리태니뿐만 아니라 다른 고객들도 일절 만나지 않았어." 이바가 갑자기 덱스의 얼굴을 빤히 쳐다보았다. "나는 네가 직접 대면해보지 않은 사람을 나에게 보낸 이유를 모르겠어. 지금껏 우린 그런 식으로 일하지 않았잖아."

덱스의 눈빛이 어두워졌다. "무슨 뜻으로 하는 말이야?"

"네가 추천한 고객을 만난 직후 내가 마약단속국 요원의 미행을 당하고 있으니까 하는 말이야."

"빌어먹을!" 덱스가 냅킨을 집어던졌다. "이 시간 이후로 넌 모든 일을 중단해. 내가 별도의 지침을 내리기 전까지 아예 물건을 만들거나 거래하지 마."

"피시한테는 어떻게 설명하려고?" 이바가 물었다.

"내가 알아서 설명할게." 덱스가 말했다. "무엇보다 보안이 중요하니까."

이바는 방금 전 덱스가 한 말의 무게를 가늠해보았다. 앞으로 일이 어떻게 전개될지 짐작 가능했다.

감방과 친구 중에서 하나를 선택해야 한다면 결론은 누구나 비슷하지 않을까?

덱스는 다를 거라고 기대해서는 안 된다고 생각했다. 이바는 자신도 그런 상황에 처할 경우 다른 선택을 할 수 없을 거라고 생각했다.

이바에게 누가 약이 반드시 필요한 고객이고, 누가 위장 접근한 마약단속국 요원인지 판별하는 방법, 고객들 중에서 누가 여차하면 마약단속국에 고발할 수 있는 유형인지 알 수 있는 방법을 가르쳐 준 사람이 바로 덱스였다. 이바를 이 분야로 끌어들이고, 처음부터 지금까지 보조를 맞춰온 덱스가 갑자기 그녀를 배신하고 위험한 상황으로 끌어들인다는 건 상상하기 힘든 일이었다. 하지만 이바가 체포될 경우 가장 먼저 이름을 불어버릴 수도 있는 사람이 덱스였다.

∞

이바가 버클리에서 퇴학당한 지 몇 달이 지났을 때였다. 오갈 데 없는 이바는 덱스 집의 빈방을 사용하면서 그 집에 있는 낡은 장비로 마약을 만들었다. 그 당시 덱스가 어떤 남자를 지목하며 주시해 살펴보라고 했다. 머리를 덥수룩하게 기른 학생으로 나이는 이십 대 초반으로 보였고, 헤드폰을 끼고, 힙합 스타일 청바지를 입고 있었다.

"저 학생을 잘 살펴봐." 덱스가 말했다. 그들은 버스 정류장 가판대 뒤에 숨어서 버스 도착 시간을 확인하는 척하고 있었다. 학생은 왼쪽 어깨를 으쓱하고 나서 살짝 도리질을 했는데 마치 틱 장애가 있는 사람처럼 보였다.

덱스가 낮은 목소리로 말했다. "사람을 살필 때는 우선 정상적이지 않은 부분이 있는지 먼저 체크해봐. 날씨가 30도를 웃도는데 두터운 운동복을 입고 있다거나 비가 오는데 탱크톱 차림이거나. 그런 부분들이 일종의 실마리야. 저 학생이 머리에 끼고 있는 헤드폰을 봐. 코드가 그 어디에도 꽂혀 있지 않아. 코드는 앞주머니에 들어가 있고, 휴대폰은 정작 뒷주머니에서 들어 있는 게 보이지?" 이바는 고개를 끄덕이고 나서 덱스가 해준 말을 머릿속에 잘 정리해두었다. 생존과도 직결된 문제라 가볍게 여길 수 있었다. 덱스가 말을 이었다. "수상한 점이 보이면 대충 뭉개고 넘어가려고 하지 말고 더욱 집요하게 살펴봐야 해. 내가 보기에 저 머리 긴 학생은 중독자 아니면 경찰이야." 덱스는 심각한 표정으로 이바를 바라보았다. 그의 회색 눈동자가 이바의 시선을 잡았다. "우리의 최우선 과제는 안전이야. 피시가 이 사업을 오래도록 유지해올 수 있었던 비결이기도 하지." 덱스는 그렇게 말하고 나서 희미하게 웃었다. "버클리와 오클랜드경찰서에서 피시를 위해 일하고 있는 열 명의 비밀 조직원들 덕분이기도 하고."

가판대 뒤에 숨어 있다가 나온 두 사람은 머리가 덥수룩한 학생에게 알약을 건네지 않고 발길을 돌렸다. 그 학생이 버스 정류장에 서서 끝내 나타나지 않을 이바를 기다리도록 내버려둔 채.

∞

"브리태니에게 애초에 약속한 물건은 넘겼어?" 덱스가 이바에게 물었다.

"아니, 그냥 다른 사람이랑 헷갈린 것 같다고 말하고 나서 재빨리 그 자리를 떠났어."

덱스는 고개를 끄덕였다. "내가 무슨 상황인지 정확하게 알아낼 때까지 넌 당분간 푹 쉬고 있어."

"마약단속국 요원은 마치 내 눈에 띄길 바라는 사람처럼 행동해."

"사람들은 몹시 긴장되거나 마음이 불안할 때 어이없는 실수를 저지르기도 하지. 마약단속국 요원은 네가 불안한 심리상태가 되길 바랄 거야. 그 남자가 네 눈에 띄게 미행하는 건 아직 아무런 혐의점도 찾아내지 못했기 때문이기도 해. 점점 마음이 초조해지고 있다는 뜻이기도 하고."

"이제부터 난 어떻게 해야 할까?"

"그 작자가 계속 미행하도록 내버려둬. 결국 아무런 혐의점도 찾아내지 못하게 되면 다른 곳으로 방향을 틀 테니까."

덱스는 5달러 지폐 두 장을 팁으로 내려놓았다. 홀 안은 환호가 터져나오고 있었다. 누군가가 막 터치다운을 했고, 모두의 시선이 텔레비전에 쏠려 있었다.

이바가 자리에서 일어서려고 하자 덱스가 말했다. "넌 좀 더 있어야 해."

이바는 그대로 의자에 앉아 있는 상태로 덱스가 스포츠 바를 나가는 모습을 지켜보았다. 가라앉는 배에서 구명보트에 오를 순서를 기다리고 있고, 자신이 마지막 순번이라는 사실을 알게 된 기분이었다.

대학생들은 술을 진탕 마시며 와자지껄하게 떠들어댔다. 그 학생들의 최대 관심사는 이번 시즌에 캘리포니아 풋볼팀의 슈퍼볼 진출 여부라고 할 수 있었다. 이바는 지금까지 살아오는 동안 그 학생들처럼 태평하게 지낸 적이 단 한 번도 없었다. 버클리 대학 학생일 때조차 잠시도 긴장된 마음을 풀 수 없었다. 세인트 조지프 수녀원에서 자랄 때부터 주변 사람들과 요란한 웃음소리를 내며 활기 넘치는 대화를 하기보다는 조용히 관찰하길 선호했다. 어린 나이 때부터 조용히 티를 내지 않고 있어야 안전하다는 걸 배운 탓이었다. 세인트 조지프 수녀원의 수녀들은 아이들이 열심히 공부해 희망찬 미래를 만들어나갈 수 있도록 독려했다. 그 대신 언제 어디서나 공손하고 예의 바른 태도를 유지해야 한다고 가르쳤다. 이바는 수녀님들의 가르침을 따랐지만 마음속으로 규칙을 깰 방법을 부단히 연구했다.

세인트 조지프 수녀원은 일반 가정과 많은 차이가 있었다. 수녀들은 대부분 나이가 많았고, 엄격한 규율을 정해두고 반드시 지키길 바랐다.

이바는 수녀원의 오래된 건물과 열기라고는 없던 냉랭한 복도가 떠올랐다. 눅눅한 습기 냄새가 배어 있는 수녀원 방에서 함께 생활했던 아이들도 기억났다. 이제 그 아이들의 이름은 잊었지만 목소리는 아직 잊지 않았다. 거칠게 윽박지르던 아이의 목소리, 잔뜩 겁에 질려 눈물을 찔끔거리던 아이의 목소리는 지금도 선명한 대비를 이루며 머릿속에 남아 있었다. 매일 엄마를 그리워하며 훌쩍이던 아이의 목소리도.

이바는 남아 있는 맥주를 단숨에 들이켜고 나서 자리에서 일어섰다. 머릿속에서 경보음이 울렸지만 아직은 그리 절박한 상황은 아닐 거라고 자신을 다독였다.

∞

집 가까이 왔을 때 리즈가 차를 향해 걸어가는 모습이 보였다. 이바는 차의 속도를 늦추고 가급적 자연스럽게 행동하려고 애썼다.

"안녕하세요?" 리즈가 소리쳐 인사했다.

리즈의 집에서 우연히 함께 시간을 보낸 그날 이후 이바는 그녀가 어떻게 지내고 있는지 늘 궁금했다. 혹시 옆집에서 흘러나오는 리즈의 목소리를 듣길 바라며 귀를 쫑긋 세운 적도 있었다. 이바는 자신이 리즈에게 끌리고 있다는 걸 부정할 수 없었다.

이바는 웃음 띤 얼굴로 리즈를 바라보다가 차에 부착된 뉴저지 번호판을 손으로 가리켰다. "뉴저지까지 그 먼 길을 직접 운전해 가시게요?"

"재미있는 여행이 될 거라고 생각했는데 벌써부터 장시간 운전이 걱정되긴 하네요."

리즈는 운전석에 오르며 손을 흔들었고, 이바는 잠긴 문을 열고 집 안으로 들어섰다.

이바는 소파에 기대 심호흡을 몇 번 했지만 긴장이 풀리지 않았다. 어디선가 카스트로 요원이 자신을 지켜보고 있다는 느낌을 떨쳐버릴 수 없었다. 시장에 가거나 〈듀프리〉를 오가거나 방금 전처럼 이웃에 사는 리즈와 대화를 주고받은 것조차 카스트로의 현장 수첩에 꼼꼼하게 기록되고 있을 거라는 느낌을 지울 수 없었다.

오후 4시 56분 : 이바가 잔디밭에서 초로의 이웃 여자를 만나 짧은 대화를 나눔.

이바는 옆집과 맞닿은 벽을 바라보다가 리즈 같은 이웃이 있으면 외롭지 않을 거라는 생각이 들었다.

카스트로는 일일 보고서에 나를 어떤 인물로 기록할까?

이바는 지극히 단순하고 따분한 삶을 살아가는 여자로 기록되길 바랐다.

'이바가 옆집 여자와 저녁 시간을 보냄. 또는 이바가 옆집 여자와 버클리 로즈 가든을 방문함.'

이바는 두 가지 가운데 어느 쪽이 더 즐거울지 상상해보았다.

∞

그날, 밤늦게 문을 노크하는 소리가 들려왔다. 창문을 통해 재빨리 밖을 내다보니 현관문 앞에 캐서롤 접시를 든 리즈가 서 있었다.

"레시피에 적힌 재료량을 반만 사용해도 된다는 걸 언제쯤 깨닫게 될지 모르겠어요." 리즈는 그렇게 말했지만 처음부터 나눠 줄 생각으로 요리를 많이 했을 수도 있었다.

리즈는 캐서롤 접시를 이바에게 건네고 집 안으로 들어섰다. 이바는 잠시 엉거주춤 서 있다가 캐서롤을 주방으로 가져갔다. 리즈가 허리를 숙여 거실 책장에 꽂혀 있는 책을 둘러보고 있었다. 이바는 누군가 집에 들어와 물건들을 둘러보는 걸 그다지 좋아하지 않았다. 하지만 상대가 리즈라서 미소를 지었디.

오후 7시 45분 : 옆집 여성이 이바에게 음식을 가져옴. 두 사람

이 12분간 대화를 나눔.

　"화학에 관심이 많나봐요?" 리즈가 물었다.

　이바는 어깨를 으쓱했다. 지난 몇 년 동안 방치해둔 대학 교과서들인데 막상 처분하자니 중요한 자산의 일부를 버리는 것 같아 마음이 씁쓸해 그냥 내버려두었다. "학교 다닐 때 화학을 공부했어요."

　"대학 교과서네요." 표지 안쪽의 버클리 학생 서점 인장을 본 리즈가 놀란 얼굴로 물었다. "버클리에 다녔어요?"

　"네, 하지만 중도에 그만두었어요."

　"아니, 왜요?" 이바가 예상한 질문이었다.

　"개인적으로 그럴 만한 일이 있었어요." 이바는 그쯤에서 리즈가 흥미를 잃고 대화를 마무리해주길 바랐다.

　조리대에 놓아둔 이바의 휴대폰에서 소리가 울렸다. 화면을 보니 덱스가 보낸 문자가 들어와 있었다. 이바는 나중에 확인하기를 누르고 나서 휴대폰을 주머니에 집어넣었다.

　리즈가 조리대 위에 놓인 다이어트 콜라 캔을 가리키며 말했다.

　"콜라는 독극물이나 다름없어요."

　이바는 계속 어색한 상황이 이어지는 가면극을 더는 하고 싶지 않았다.

　"이제 샤워하고 나가볼 시간이 되었네요. 오늘 저녁 〈듀프리〉 식당에서 서빙을 해야 하거든요."

리즈가 한 박자 기다렸다가 알쏭달쏭한 말을 내뱉었다. "인생은 길어요. 설령 여러 가지 난제가 발생하더라도 결국 포기하지 않으면 해결 가능해요."

이바는 지하 실험실에 있는 마약 제조용 기계들이 지금 이 상황에 걸맞은 은유라고 생각했다. 리즈는 눈앞의 생을 보는 반면 이바는 지하 실험실에 숨겨둔 비밀을 걱정했다. 카스트로 요원은 그 비밀들이 수면 위로 부상하게 만들려고 수사를 펼치고 있었다.

"캐서롤 고마웠어요." 이바가 말했다.

리즈는 교과서를 책장에 다시 꽂아놓으며 말했다. "생각보다 많이 만들었으니 당연히 이웃과 나눠 먹어야죠."

리즈가 집을 나간 후 이바는 휴대폰을 꺼내 덱스가 보낸 문자를 읽었다.

카스트로가 미행하지 못하도록 피시가 조치를 취할 때까지 앞으로 2주쯤 집에서 쉬어.

그제야 안도감이 밀려들었다.

"이제 괜찮아질 거야." 이바는 혼잣말을 했다. 옆집에서 리즈가 틀어놓은 재즈 음악 소리가 어렴풋이 들려왔다.

∞

이바는 자신이 지각한 사실을 식당 매니저 게이브가 알아차리지 못했길 바라며 뒷문을 통해 〈듀프리〉로 들어섰다. 탈의실에서 옷을 갈아입고 나와보니 게이브가 종업원에게 손님이 방금 식사를 마치고 나간 테이블을 치우라고 지시하고 있었다.

이바를 본 게이브가 말했다. "이바는 5구역 서빙을 맡아."

이바는 주방의 수석 셰프로부터 오늘의 스페셜 메뉴에 대한 설명을 듣고 나서 메인 룸으로 향했다. 손님들이 오면 주문을 받고, 낯익은 단골들과는 농담을 주고받으며 나름 열심히 일했다. 일하는 동안 다들 알고 있는 그녀가 되었다. 〈듀프리〉에서 이바는 주말여행을 하거나 새 가죽 재킷을 사려고 팁을 저축하는 서빙 직원으로 인식되었다. 이바는 마치 여름방학을 맞아 학교를 벗어난 아이처럼 기대감과 활력이 차올랐다.

이바가 주방에서 셰프에게 손님이 주문한 채식 요리에 대해 설명하고 있을 때 게이브가 들어왔다. 사십 대 중반의 대머리인 게이브는 늘 가장자리가 꽉 끼는 셔츠를 입었다. 식당 일을 총괄하는 매니저라 바쁠 때면 직원들을 가차 없이 몰아붙였지만 손님이 뜸할 때는 적절한 휴식 시간을 보장해주는 편이라 딱히 불만은 없었다.

"나는 이바가 일주일에 두 번 이상 일을 해주었으면 정말 좋겠는데 딱 한 번이라서 아쉬워. 언제쯤 시간을 더 낼 수 있어?"

"일을 더 많이 하게 되면 취미 생활에 지장이 생겨서 곤란해요."

"무슨 취미 생활을 하는데?" 게이브가 어리둥절한 얼굴로 물었다.

이바는 주방 벽에 등을 기대고 서서 손가락을 꼽았다. "뜨개질, 도자기 만들기, 롤러 더비*."

설거지 담당이 피식 김빠지는 소리를 내며 웃었고, 게이브는 고개를 절레절레 저었다.

그때 주방 저편에서 누군가 이바를 불렀다. "이바, 4번 테이블 주문받아요."

이바는 다시 메인홀로 돌아갔다. 밤 9시가 넘으면서 식당은 한산해졌다. 4번 테이블로 향해 걸어가던 이바는 깜짝 놀라며 잠시 멈춰 섰다. 버클리 대학 통신학과 3학년생인 제러미가 부모와 함께 4번 테이블에 앉아 있었다.

제러미의 부모는 버클리 시내의 고층 아파트, 고급 BMW 자동차, 그리고 이바가 만드는 마약 구입 비용을 아들에게 제공해주고 있었다. 그 대신 제러미는 전 과목 A학점을 받기로 부모님과 약속했다. 브렛과 달리 제러미는 물건을 배달하는 즉시 돈을 지불했기에 거래하기 편한 고객이었다.

이바는 가끔 〈듀프리〉에서 서빙을 하다가 고객들과 마주쳤다. 그럴 때마다 고객들은 크게 놀란 표정을 지었다. 제러미 역시 이바를 보는 순간 낯빛이 창백해졌다. 제러미의 엄마는 메뉴판을 보고 있었고, 아버지는 휴대폰 화면을 들여다보고 있었다.

*롤러스케이트를 착용하고 벌이는 팀 격투 스포츠

이바는 제러미를 향해 눈을 찡긋하고 나서 말했다. "안녕하세요, 오늘 〈듀프리〉에서 준비한 스페셜 메뉴에 대해 설명해드릴게요." 이바가 착실히 외워둔 메뉴 내용을 설명하는 동안 제러미는 그녀의 얼굴을 제대로 쳐다보지도 못했다. 이바는 제러미의 심정을 이해할 수 있었다. 사람들은 이바가 굳이 식당에서 서빙을 하는 이유가 뭔지 알려고 하지 않았다. 이바가 공원이나 한적한 장소에서 누군가를 만날 때에도 사람들은 딱히 관심이 없었다. 세상은 어차피 비밀이 많은 사람들로 가득했다. 외모와 일치되는 일을 하는 사람은 그리 많지 않았다.

제러미가 화장실 옆 빈 공간으로 이바를 부르더니 따져 물었다.

"여기서 뭐 해요?"

"보다시피 난 이 식당에서 일해요."

제러미는 식당을 둘러보며 반신반의하는 표정을 지었다.

"내가 충고 하나 해줄까요? 사람들은 당신이 말하는 대로 믿어주게 되어 있어요. 당신이 몹시 당황해 머뭇거리지 않는 한 어느 누구도 의심하지 않아요. 우리가 서로 모르는 사이처럼 굴면 아무도 의심하지 않아요."

이바는 일이 끝나고 주차장에 서 있는 카스트로의 차 옆을 지나가면서 그와 눈이 마주치는 순간 곧장 시선을 돌렸다.

클레어

2월 23일 수요일

나는 정지된 컴퓨터 화면을 눈에 물기가 차오를 때까지 응시한다. 사진 픽셀 말고는 아무것도 안 보일 때까지. 핑크색, 검은 그림자, 백금발 머리.

핑크색 캐시미어 스웨터는 어느 해 크리스마스에 로리 아버지의 동생인 메리 고모가 나에게 준 선물이었다. "쿡 가문의 일원으로 사는 동안 이 옷이 널 따뜻하게 해줄 거야." 메리 고모가 유리잔에 든 얼음을 흔들면서 말했다. 차라리 누군가 끼어들어 메리 고모가 한 말이 무슨 뜻인지 나에게 납득할 수 있도록 설명해주길 바랐다. 하지만 다들 무관심한 얼굴로 지나쳐갔고, 로리 역시 내게 살짝 윙크했을 뿐 아무 말도 하지 않았다. 다들 이제부터 나도 쿡 가문의 비밀을 공유하는 사람이 되었다고 말하는 듯했다.

그날, 잔뜩 취한 메리 고모가 내게로 다가와 말했다. "세상 사람들은 모두들 로리 쿡을 사랑하지." 평생 독신으로 지낸 메리 고모는 가족들에게 골칫거리로 여겨졌다. 메리 고모가 진 냄새를 물씬 풍기며 나지막이 속삭였다. "로리의 기분을 거스르지 않도록 해. 매기 모레티의 전철을 밟지 않으려면 그러는 게 좋아."

"매기 모레티의 경우 화재 사고 아니었나요?" 나는 사촌들과 이야기를 나누는 로리에게 눈길을 던지며 되물었다. 크리스마스 휴가를 맞이해 한자리에 모인 쿡 가문 사람들 사이에서 나는 여전히 내가 원하던 삶을 얻었다고 믿고 싶었다. 그들이 원하는 가문의 전통을 기꺼이 따를 작정이었다. 아동병원에 가서 캐럴 부르기, 교회 예배를 마치고 나서 저녁 식사 함께하기. 내 어린 시절과 극명한 대조를 이루는 전통이었다. 메리 고모의 말은 내 마음을 스산하게 만들었다. 그 무렵 이미 로리에 대한 생각이 변하고 있었기 때문이다. 나에 대한 로리의 사랑은 점점 진실성이 의심스러워지기 시작했고, 내 선택에 따른 대가가 점차 구체적인 모습을 드러냈다. 내가 로리와 결혼하기 전 당연하게 누리던 자유가 그리워졌다. 친구들을 만날 자유, 비서에게 알리지 않고 마음 내키는 대로 드라이브할 자유.

메리 고모는 술을 한 모금 마시고 나서 말했다. "내 동생이 매기 모레티 사건과 관련된 모든 사람들에게 돈을 주었다는 건 쿡 가문 사람들 사이에서는 공공연한 비밀이야. 떳떳하다면 그런 짓을 할 이유가 없잖아." 메리 고모는 내게 의미심장한 미소를 지어 보였다. "쿡 가문 남자들은 네가 원하는 대로 따라주기만 한다면 예뻐할거야. 하지만 만약 반기를 들 경우 혹독한 대가를 치르게 하지."

방 건너편에서 사촌이 뭐라 말하자 로리가 고개를 뒤로 젖히고 호탕하게 웃는 모습이 보였다.

메리 고모는 내 시선을 따라가다 로리를 보고 나서 고개를 절레절레 저었다. "넌 매기 모레티를 닮았어. 매기도 너처럼 평범한 집안 출신이고, 진실한 아이였지. 쿡 집안에는 그런 사람이 없어. 로리와 매기는 사사건건 대립했어." 메리 고모가 나를 보았다. "매기는 로리를 통제할 수 없었어. 로리를 생각하면 너도 걱정이 많이 되는 게 사실이야."

"저에게 왜 그런 말을 들려주시는 거예요?" 나는 물었다.

메리 고모의 눈과 내 눈이 마주쳤다. "쿡 가문은 파리지옥 같아. 표면은 반짝이지만 그 안에 무서운 독을 숨긴 풀 말이야. 그들은 가문의 비밀을 알게 된 사람들을 그냥 떠나게 내버려두지 않아."

메리 고모가 해준 말은 쿡 가문에서 사는 동안 사실로 증명되었다. 나는 세상 사람들에게 알려진 로리 모습 그대로 믿고 싶었지만 심하게 맞아서 멍든 자국이 하나둘씩 늘어가고, 뼈가 부러질 때마다 그건 불가능한 일이란 걸 깨달았다.

메리 고모는 우리가 결혼 생활을 시작하고 나서 몇 년 후 세상을 떠났다. 핑크빛 스웨터를 입을 때마다 메리 고모가 해준 말이 떠올랐다. 메리 고모는 나 역시 매기 모레티처럼 될 거라고 했다.

∞

어딘가에서 들려오는 개 짖는 소리를 듣고 공상에서 벗어나 컴퓨터 앞으로 돌아온다. 영상을 처음부터 다시 재생해본다. 핑크빛 픽셀을 계속 응시하다보니 눈이 타버릴 것 같다. 여전히 뭉개진 픽셀 이외에 구체적인 형상을 포착할 수 없다. 긴지 짧은지 분간할 수 없는 금발, 잠깐 나타났다가 사라진 핑크빛이 전부다. 수많은 사람들이 날씨와 상관없이 핑크빛 스웨터를 입는다. 이바는 탑승 수속을 마쳤고, 그 사실은 변함이 없다.

∞

"드립 커피 한 잔 부탁해요." 목요일 아침에 나는 바리스타에게 말한다. 나는 여전히 NYU 야구 모자를 푹 눌러 쓰고 있다. 밤새 기자회견장에서 발견한 핑크색 픽셀이 머릿속에 떠오른다. 하지만 이바는 분명 탑승 수속을 마쳤고, 항공기는 대서양에 추락했다. 이바가 항공기가 이륙하기 전에 내렸다면 승무원이 미리 알아차리고 탑승 명단에서 제외시켰어야 마땅하다. 밤새 몸을 뒤척이다가 깬 아침에 기자회견장에서 내가 발견한 모습은 이바가 아니라 다른 누군가일 거라고 생각했다. 이바가 혹시 살아 있을지도 모른다고 생각하는 건 항공권을 맞바꾼 내 죄의식의 발로일 수도 있었다.

커피를 들고 바깥 거리를 내다볼 수 있는 자리를 찾아 앉는다. 간밤에 페트라에게 다시 전화해보고 싶어 구글에서 선불 폰 비밀번호를 재설정할 수 있는 방법을 검색해보았다. 결국 이바의 선불 폰 비밀번호를 풀 수 있었다. 예상대로 이바의 선불 폰에는 별 내용이 들어 있지 않았다. 혹시나 하며 기대한 사진이나 이메일도 없었다. 이바는 위스퍼라는 어플을 사용해 문자들을 자동으로 지웠다. 그 이후에 어떤 문자가 왔는지 몰라도 아무것도 남아 있지 않았다.

나는 이바의 선불 폰을 이용해 페트라에게 전화했다. 페트라가 내 전화를 받고 나서 얼마 안 있어 이바의 집 앞으로 걸어오는 모습을 그려 보았다. 나를 이 악몽에서 벗어나게 해줄 차도 떠올랐다. 우리가 샌프란시스코의 어느 고급 호텔에서 니코의 부하가 나에게 새로운 신분증을 만들어주길 기다리는 모습도 상상해보았다.

내 기대와 달리 없는 번호라는 안내 음성이 흘러나왔다. 휴대폰 번호의 순서를 바꾸거나 다른 숫자를 넣어가면서 다양하게 시도해보았지만 허사였다. 처음에는 전혀 모르는 식품점 주인이 전화를 받았고, 그 다음에는 스페인어밖에 모르는 나이 지긋한 여성이 전화를 받았다. 마지막으로 유치원과 연결되고 난 이후 나는 페트라와의 통화를 포기했다.

니코가 해준 말이 머릿속에서 아른거렸다.

'새로운 삶과 이전 삶을 연결해주는 가느다란 끈 하나만 남아 있어도 발각될 위험이 있어요. 이제 과거로 돌아갈 방법은 없으니까 모든 걸 묻어버려야 해요.'

창밖의 버클리가 잠에서 깨어나 기지개를 켜고 있다. 간혹 사람들이 커피숍에 들어와 테이크아웃으로 커피를 주문해 들고 나간다. 커피숍이 붐비는 시간과 거리에 활기가 도는 시간은 늘 일치한다. 오전 6시 반이 되자 커피숍은 다시 조용해진다.

바리스타가 카운터 뒤에서 나와 내 옆 테이블을 닦기 시작한다. "다른 곳에서 오셨나봐요?" 그가 내게 묻는다.

나는 뭐라고 대답해야 할지 몰라 망설인다. 여자는 계속 이야기를 이어간다. "이 커피숍에 오는 사람들은 거의 다 알거든요. 이름은 몰라도 얼굴은 모르는 사람이 없는데 손님은 처음 뵈어서 하는 말이에요."

"그냥 지나가는 길이었어요." 나는 소지품을 챙기고 떠날 준비를 하며 대답한다.

바리스타는 테이블을 닦고 나서 나를 쳐다본다. "급히 가실 필요 없어요." 그녀는 카운터 뒤로 가더니 커피를 내리기 시작한다.

나는 의자에 기대앉아 교차로의 신호등이 빨간불에서 초록불로 바뀌었다가 다시 빨간불이 되는 걸 지켜본다.

오전 7시 30분경, 커피숍이 붐비기 시작할 때 나는 밖으로 나온다. 바리스타 여자가 나를 향해 손을 흔들어 보인다. 나 역시 똑같이 손을 흔들어준다.

∞

어차피 계속 숨어 지낼 수는 없어 나는 산책을 하기로 결심한다. 이바의 집으로 돌아가는 대신 허스트 애비뉴에서 왼쪽으로 방향을 틀어 버클리 캠퍼스를 둘러보며 걷는다. 건물들과 잔디밭 사이에 울창하게 서 있는 미국삼나무들이 보면 볼수록 감탄을 자아내게 한다. 캠퍼스 가장자리까지 걸어갔다가 다시 방향을 틀어 돌아온다. 잡지나 텔레비전에서 많이 본 버클리인데 직접 와서보니 많이 다른 느낌이 든다. 학생회관 앞에서 타악기 동아리가 연주 준비를 하고 있고, 그 뒤로 사람들이 바삐 지나간다. 상쾌한 아침 공기를 마시며 강의실로 급히 걸어가는 학생들이 눈에 들어온다. 나는 메모리얼 스타디움을 향해 오르막길을 걷다가 몸을 돌려 서쪽을 바라본다. 찬바람이 얇은 옷소매를 파고든다. 골든게이트 브리지의 오렌지색 실루엣이 눈에 들어온다. 샌프란시스코 어딘가에 이바가 자란 세인트 조지프 수녀원이 있다.

버클리 캠퍼스를 가로지르며 이 학교 학생으로 지낸다면 어떤 기분일지 상상해본다. 서둘러 강의실로 향하는 학생이 되면 어떤 기분일지 그려본다. 학생들 가운데 섞여 있는 이바를 떠올려본다. 계속 걷다보니 작은 개울이 눈앞에 나타난다. 걸음을 늦추고 다리에 올라 난간에 몸을 기대고 바다를 향해 소용돌이치며 흘러가는 개울물을 내려다본다. 머리 위 미국삼나무들 사이를 지나는 미풍이 내 귀를 간질이며 지나간다.

이바는 도대체 무슨 이유로 이 평화로운 곳을 떠나고 싶어 했는지 상상하기 힘들다. 나는 난간에 기대 있던 몸을 떼어내고 이바의 집을 향해 걸어간다. 내가 아침 일찍 들렀던 커피숍과 아직 문을 열지 않은 가게 몇 군데를 지난다. 중고책 서점과 미용실을 지나 다시 이바의 집이 있는 동네로 들어선다. 언덕길을 걸어서 올라가자니 호흡이 가빠진다. 아파트 건물, 단독주택, 이바의 집과 비슷하게 생긴 땅콩집들을 지나치며 안쪽을 슬쩍 들여다본다. 문이 열린 어느 집 앞을 지나다보니 한 여자가 높은 의자에 앉은 아기에게 음식을 먹이고 있다. 눈이 붓고, 머리가 헝클어진 대학생이 무심코 창밖을 내다보는 모습도 시야에 들어온다.

모퉁이를 돌다가 낯선 남자와 실수로 몸을 부딪친다. 그가 내 팔을 붙잡고 넘어지지 않게 부축한다. "죄송합니다." 남자가 말한다. "괜찮으세요?"

남자는 검은 머리에 흰머리가 나기 시작한 중년이다. 선글라스를 착용하고 있고, 프렌치코트 차림이다. 아래는 검은 바지에 검은 구두를 신고 있다.

"괜찮아요." 나는 그렇게 대꾸하고 나서 이바의 집 앞길을 본다.

이 남자는 어디서 왔을까? 혹시 이바의 이웃 사람일까?

"커피를 마시고 나서 산책하기에 좋은 아침이네요." 남자가 말한다.

나는 미소를 지어 보이고 나서 길을 걸어간다. 등 뒤에 꽂히는 남자의 시선이 느껴진다.

남자는 내가 커피를 마시고 나서 산책하러 다녀온 걸 어떻게 알았을까?

걱정이 묵직하게 내려앉는 느낌이 들며 불안감이 온몸으로 번져간다.

∞

컴퓨터로 로리의 이메일을 확인하니 NTSB에서 보낸 메일이 들어 있다. 로리는 다니엘에게 이메일을 보내 내 DNA 표본과 치과 기록을 요청했다. 로리의 지시는 짧고 명료하다.

'서둘러 알아봐요.'

햇살이 쏟아져 들어오는 창을 바라본다. NTSB에서 탑승자 시신 회수를 시작할 경우 내가 항공기에 탑승하지 않은 사실이 밝혀지는 건 시간문제다. 나를 대신해 이바가 항공기를 탄 사실이 밝혀질 수도 있다.

구글독스로 넘어가보니 로리와 브루스가 대화를 마무리하고 있다. 나는 대화의 시작점을 찾으려고 위쪽으로 마우스를 스크롤한다. 내 예상과 달리 대화 주제는 시신 회수가 아니다. 찰리가 어젯밤에 보낸 이메일이 로리의 신경을 곤두서게 하고 있다.

로리가 화가 치밀어 브루스에게 지시를 내리는 모습을 보니 그의 목소리가 실제로 내 귀에 들리는 느낌이다.

로리 쿡 : 이미 수년 전에 현금을 풀어 무마시킨 일이야. 찰리가 계속 문제를 일으키면 어떤 대가를 치르게 되는지 일깨워줄 필요가 있어.

내가 아는 찰리는 '찰리 플래너건'이다. 2년 전 은퇴한 〈쿡재단〉의 상임 회계사다. 나는 나머지 대화를 읽으며 로리가 사용하는 단어가 점점 거칠어지고 있다는 느낌을 받는다. 이번에는 로리가 평소와 달리 나를 어리둥절하게 만든다. 브루스가 달래자 로리가 스스로 감정을 제어하는 모습을 보인다. 전에는 보지 못한 모습이다.

로리 쿡 : 그 일이 세상에 알려지면 우린 감당해내기 힘들어. 돈이 얼마나 들든지 찰리의 입을 틀어막아야 해.

나는 로리의 편지함에서 찰리가 보낸 이메일을 찾아본다. 이메일이 여러 개 있지만 정작 로리와 브루스가 긴급 대책을 갖게 만든 이메일은 보이지 않는다.

USB를 넣고 로리의 컴퓨터에서 복사한 수천 개의 파일이 들어 있는 폴더를 알파벳 순서로 정리하고 나서 C와 F를 중점적으로 살펴본다. 로리를 허둥거리게 만들 정도면 찰리가 선거를 망칠 재정 비리나 여타의 위법행위에 대해 알고 있다는 뜻이다. 찰리가 마조리 쿡 상원의원의 아들이 알고 보니 골든 차일드가 아니라 개망나니였다는 사실을 증명해줄 파일을 확보하고 있다면 로리의 입장에서는 몸이 움츠러들 수밖에 없다. 숲속에서 곰을 직접 본 적은 없어도 곰이 숲에 산다는 건 분명하게 알 수 있는 법이다.

수천 개의 파일을 일일이 클릭하자니 마치 쓰레기통을 뒤지는 기분이다. 나는 한 시간쯤 파일을 열어보다가 포기한다. 찰리가 확보하고 있는 정보가 무엇인지 찾아내기 쉽지 않다. 문서를 다 읽어보기에는 지나치게 방대한 양이다. 로리와 비서들이 이메일을 주고받는 과정에서 스스로 발설하길 기대할 수밖에 없다.

캘리포니아주 버클리

9월

추락 5개월 전

"어서 신발 신어요." 9월 말, 햇살이 눈부신 어느 토요일에 리즈가 말했다. "야구장에 가게."

"제가 야구장에 가야 한다고요?" 이바가 물었다.

"샌프란시스코 자이언츠의 홈구장 오라클 파크에 갈 거예요."

"우리는 이스트 베이에 사니까 차라리 오클랜드 어슬레틱스를 응원하러 가야 하지 않나요?"

리즈가 어깨를 으쓱했다. "우리 학과장이 샌프란시스코 자이언츠의 시즌 표를 가지고 있어요. 학과장이 야구를 보러 갈 사람들을 몇 명 초대한다기에 내가 친구를 데려가도 괜찮은지 물었죠."

이바는 생애 최초의 3주간 휴가를 보내고 있었다. 〈듀프리〉 일을 늘리고 리즈와 많은 시간을 함께했다. 오랫동안 휴가를 미루다가 비로소 장기 휴가를 맞은 회계사가 된 기분이었다. 스프레드시트나 재정 보고 따위는 잊고 바닷가에서 달콤한 휴식을 취하면서 스트레스를 훌쩍 날려버리는 기분이 어떨지 알 듯했다.

이바는 머릿속에서 카스트로의 위협을 떨쳐버릴 수 없었다. 그가 어찌나 집요하게 미행하는지 마치 모노드라마의 연기자가 된 기분이었다. 이바는 한자리에 계속 머물러 카스트로를 무료하게 만들거나 사람들이 득시글거리는 곳으로 데려가 진을 빼놓는 게임을 즐겼다. 리즈가 집으로 초대하면 무조건 응했다. 리즈와 함께 UC 보태니컬 정원 관람, 솔라노 애비뉴에서 영화 관람, 쇼핑, 재커리스에서 피자 먹기가 이어졌다. 리즈의 초대는 카스트로에게 그녀가 지극히 평범한 여성이라는 걸 보여줄 좋은 기회였다.

두 사람은 함께할 때마다 철학, 정치, 역사에 관한 이야기를 나누었다. 심지어 화학 분야까지 대화가 이어졌다. 이바는 꼭꼭 숨겨온 과거의 발자취 일부를 리즈에게 그대로 이야기해주었다. 어린 시절에 위탁가정에서 지내다가 결국 세인트 조지프 수녀원에서 성장기를 보내게 된 사연도 털어놓았다. 버클리를 중퇴한 이유는 사실대로 이야기할 수 없어 대충 지어낼 수밖에 없었다. 재정적 후원에 문제가 생기는 바람에 그만둘 수밖에 없었다고.

학교를 그만둔 이유를 지어내 리즈에게 말해준 이후로는 마음 편히 버클리 시절 이야기를 나눌 수 있게 되었다. 공통의 관심사인 버클리 이야기를 나누다보니 두 사람은 더욱 친밀해졌다. 버클리에만 있는 특징, 스탠퍼드와의 경쟁의식, 버클리 구성원이 되어본 적 없는 사람들은 도저히 이해하지 못할 전통들에 대한 이야기들을 나누었다.

"고향에 가족이 있으세요?" 어느 날 저녁 이바가 물었다.

"내 딸 엘리가 고향에 살아요." 리즈가 일렁이는 촛불을 바라보며 대답했다. "혼자서 엘리를 키웠죠. 그 아이가 일곱 살 때 남편이 집을 나갔거든요." 리즈는 한숨을 푹 쉬고 나서 와인 잔을 들여다보았다. "그 당시는 고생이 심했지만 돌이켜보면 오히려 잘된 일이었던 것 같아요." 리즈는 헤어진 남편의 까다로운 성격에 관해 이야기했다.

"스테이크는 반드시 일정하게 구워야 했고, 엘리에게 비현실적인 요구를 많이 했어요. 나는 엘리가 성장기에 아빠로부터 그런 압박을 받으며 자라지 않게 되어 다행이라고 생각해요."

"엘리는 고향에서 어떤 일을 하는데요?" 이바가 물었다. 리즈의 각별한 보살핌을 받고 성장한 엘리가 어떤 사람이 되어 있을지 궁금했다.

"비영리 재단에서 일하는데 근무 시간은 길고 휴가는 거의 없다시피 해요. 내가 캘리포니아에서 지내는 동안 내 집에 와서 지내려고 그 아이가 살던 아파트는 임대를 주었어요. 뉴저지에서 혼자 지내는 엘리가 외로울까봐 걱정이 많아요. 당분간 친하게 지내던 이웃 사람들과 떨어져 지내야 하니까요. 엄마라면 누구나 딸의 안부를 걱정하며 살게 되죠."

이바는 늘 안부를 걱정해주는 엄마를 둔 엘리가 부러웠다.

어느 날 이바는 리즈에게 어떤 강의를 하는지 질문했다. 복잡한 개념을 알기 쉽게 단순화시키는 재주를 가진 리즈의 이야기를 듣고 있다 보면 마치 대학에 다시 다니게 된 것 같은 기분이 들었다. 언제나 이바의 삶 가장 가까이에 있던 텍스는 이제 사라져버렸다. 대단히 지적이고 수다스러운 프린스턴 출신 버클리 초빙교수가 그 자리를 대신했다.

9월의 어느 토요일에 리즈가 갑자기 야구 관람 티켓 두 장을 들고 눈앞에 서 있었고, 이바는 함께 가겠다고 말할 준비가 되어 있었다. 어차피 다른 계획이 없었고, 리즈와 함께하면 늘 즐거웠으니까.

"당연히 가야죠." 이바가 말했다. "옷을 갈아입고 나올 동안 잠깐만 기다리세요."

이바는 옷을 갈아입으러 급히 위층으로 올라갔다. 외출 준비를 마치고 운동화를 신고 있는데 휴대폰이 울렸다. 텍스가 보낸 문자였다.

**문제가 잘 해결됐어. F가 일을 다시 시작하래. 물량은 전과 동일해.
월요일에 틸던에서 봐.**

　이바는 워스퍼가 문자를 자동으로 지울 때까지 화면을 응시
했다.

　덱스의 문자를 보는 순간 안도감이 느껴지기보다는 역정이 나
서 의외였다. 그동안 눈이 빠지도록 기다려온 소식이었다. 리즈
와 보낸 시간은 덤이었다. 카스트로는 사라지고, 다시 일을 시
작하게 되었는데 왠지 기쁘기보다는 공허했다. 이제부터 더는
함께 시간을 보낼 수 없게 되었다는 사실을 전혀 알지 못하는 리
즈가 아래층에서 기다리고 있었다. 물론 오라클 파크에는 함께
갈 생각이었고, 조만간 리즈에게 앞으로는 개인적인 사정이 생
겨 전처럼 많은 시간을 함께할 수 없게 되었다고 말하고 양해를
구할 작정이었다.

　이바는 휴대폰을 서랍장을 향해 던져버렸다. 휴대폰이 벽에
부딪쳐 박살 나는 소리가 그녀를 움찔 놀라게 했다.

∞

　이바는 오라클 파크를 향해 가는 동안 리즈와 나란히 서서 걸
었다. 출입구에서 줄을 서서 기다리는데 리즈가 옆구리를 쿡 찌

르더니 이바는 잘 알지 못하는 선수들의 등신대를 가리켰다. 등신대 옆에서 샌프란시스코 자이언츠를 빛낸 영웅들과 포즈를 취하고 사진을 찍을 수 있었다.

"우리 같이 사진 찍어요."

이바는 사진 찍는 걸 좋아하지 않았지만 리즈의 말을 따르기로 했다. 사진을 찍으면 기념품을 준다고 하니 더욱 마다할 수 없었다.

오라클 파크 안으로 입장해 좌석을 찾아가자 리즈의 동료 교수들이 먼저 와서 기다리고 있었다. 리즈와 절친한 에밀리와 파트너인 베스 그리고 학과장 베라가 두 사람을 열렬하게 환영해주었다. 이바는 끝자리에 앉아 그들이 나누는 대화를 흘려들었다. 이번 학기에 어느 학생이 장학금을 받고, 누가 못 받게 되었는지, 누가 논문을 책으로 출간하는지, 누가 학과사무실에 있는 전자레인지를 사용할 때 팝콘을 태우는지 등등.

이바가 한때 꿈꾸었던 삶을 엿보는 기분이었다. 일이 잘못되기 전에 이바는 버클리 대학교수가 되고 싶었다. 길먼 홀에서 수많은 학생들을 앞에 두고 강의하고, '안녕하세요, 제임스 박사님'하며 인사하는 학생들에게 웃음으로 화답하고, 대학원생들을 지도하거나 연구에 열중하고, 일을 마치고 캠퍼스를 활보하는 미래를 생각하면 저절로 미소가 지어졌다.

이바는 지난 시간을 깊이 후회하고 있는 자신을 돌아보며 깜짝 놀랐다. 오랜 시간이 흐르는 동안 현재의 처지를 받아들이고 마음의 평화를 얻었다고 철석같이 믿었는데 여전히 동요의 불씨가 꺼지지 않고 살아 있었다. 지난날을 후회하는 마음이 거의 눈에 보이지 않을 만큼 쪼그라들었다가 다시 소환되어 나오더니 처음 크기로 부풀어 오르기 시작했다.

좌중의 대화는 오늘의 야구 경기로 옮겨갔다. 베라는 샌프란시스코 자이언츠 선수들의 기록과 현재 논의되고 있는 트레이드 이야기를 꺼냈고, 나머지 사람들은 경기장에서 해바라기씨를 먹고 껍질을 함부로 뱉어버리는 행위를 과연 용인해주는 게 옳은지를 두고 토론을 벌였다. 이바는 샌프란시스코 자이언츠가 득점하면 환호성을 지르고, 맥주를 마시고, 안주로 핫도그를 먹었다. 오라클 파크의 파란 잔디, 눈이 부실 정도로 밝은 태양, 하얀 유니폼을 입은 선수들, 담장을 넘어 샌프란시스코 베이로 날아가는 홈런 공, 그 공을 잡으려고 카약에 올라 야구 장갑을 끼고 기다리는 사람들을 보고 있으려니 마치 별세계에 와 있는 것 같은 기분이었다.

6이닝이 끝나기 직전 에밀리가 몸을 숙여 말했다. "이바가 오늘 우리와 함께해서 너무 좋아요. 리즈가 지난 몇 주 동안 하루도 건너뛰지 않고 당신 얘기를 했었는데 직접 만나보니 정말 반갑네요."

이바는 조심스럽게 미소를 지어 보였다. 지금껏 은행 출납원들과 경관들 앞에서만 지어 보인 미소였다.

"초대해주셔서 감사합니다."

리즈가 재빨리 끼어들었다. "이바는 내가 알고 지낸 사람들 중에서 가장 지적이고 논리적이죠. 지난번에 이바가 나랑 토론할 때 케인스 경제학이 자유시장경제보다 더 낫다고 설득했는데 어찌나 논리정연한지 하마터면 감쪽같이 넘어갈 뻔했다니까요."

에밀리가 감탄한 표정을 지었다. "경제학에 대해 그 정도 식견을 갖고 있다면 정말 인정해줄 만하네요. 실례지만 어느 대학을 다녔어요?"

이바는 버클리라고 대답하면 추가로 이어지는 질문을 받게 될까봐 잠시 머뭇거렸다.

'전공은 뭐였어요? 담당 교수는 누구였어요? 몇 년도에 졸업했어요? 피츠제럴드 박사를 알아요?'

이야기가 길어지다 보면 누군가가 이바의 사건을 기억해낼 수 있을 듯했다. 화학 학부는 작고, 버클리 교수들은 웬만하면 다른 학교로 떠나지 않았다. 버클리에 오래 재직한 교수들인 만큼 이바의 사건을 기억하는 사람들이 더러 있을 가능성이 있었다.

다행히 리즈가 끼어들어 불편한 상황을 모면하게 해주었다. "이바는 스탠퍼드 대학에서 화학을 전공했어요." 리즈가 이바에게 살짝 윙크하며 말했다. "그렇다고 당장 적대시하지는 말아요."

"교수님들이 어느 학교 출신인지 자꾸만 캐물으면 분위기가 어색해질 수도 있었는데 때마침 나서주셔서 고마웠어요."

이바가 야구 관람을 모두 마치고 함께한 일행과 헤어져 엠바르카대로를 걸어 바트역으로 돌아가는 길에 말했다. 아직 오후 햇살을 머금은 저녁 공기가 피부를 부드럽게 간질였다.

"다들 말 많은 교수님들이죠. 만약 버클리를 다니다가 그만두었다고 하면 당장 재입학해 학교를 마치라고 잔소리를 늘어놓았을 게 뻔해요. 당신은 영리하니까 필요하면 얼마든지 학교로 돌아갈 수 있을 거라 생각해요. 그 교수님들은 꼭 자기가 나서서 잔소리를 늘어놓아야 한다고 생각하는 게 늘 문제거든요."

이바는 자신을 기다리는 미래를 생각했다. 대학으로 돌아갈 가능성은 전혀 없었다. 리즈가 나타나기 전까지만 해도 이바는 주어진 상황에 만족했는데 지금은 아니었다. 내면 깊은 곳에서 학교로 돌아가 리즈와 더 많은 시간을 함께하고 싶은 욕구가 허기처럼 밀려들었다. 잠깐 스쳐 지나가는 감정이 아니었다. 이바는 다시 버클리의 구성원이 되고 싶었다. 법원의 판사를 찾아가 왜 여자들은 남자들과 달리 사면 혜택을 누리지 못하는지 따져 묻고 싶었다. 이바는 자신이 쓴 논문이 세계 최고 권위의 학술지에 게재되었다는 뉴스를 보는 전율을 맛보고 싶었다. 학과사무실 전자레인지를 사용하다가 팝콘을 태우는 사람이 되고 싶었다.

이바는 무슨 일을 하는지 꼭꼭 숨겨야 하고, 집을 나설 때마다 주위를 경계해야 한다는 사실이 새삼 무겁게 가슴을 짓눌렀다. 버클리에서 퇴학당한 이후 처음으로 내면에서 슬픔이 소용돌이쳤다. 원료를 구입하고, 제조 장비를 청소하고, 리즈와 차츰 거리를 두기 위한 단계별 과정을 시작해야 할 시점이 되었다고 생각하자 마음이 답답했다. 〈듀프리〉 식당에서 스케줄을 더 많이 잡았다고 둘러대거나 남자 친구를 사귀게 되었다고 리즈를 속일 생각이었다.

땅거미가 내린 바다의 파도가 출렁일 때, 베이 브리지의 조명이 어둠 속에서 우아하게 반짝일 때 이바는 리즈 앞에서 자신을 더 많이 드러내고 싶은 욕구를 느꼈다. 한 가지라도 거짓이 섞이지 않은 진실을 말하고 싶었다.

"내가 살았던 마지막 위탁가정이 저 언덕에 있었어요." 이바가 노브 힐을 가리키며 말했다.

리즈가 진지한 눈빛으로 이바를 바라보았다. "위탁가정에서 무슨 일이 있었어요?"

카르멘과 마크 부부는 어린 여자아이를 입양할 생각으로 세인트 조지프 수녀원을 찾아왔다. 이바가 여덟 살 되던 해였다. 그들 부부를 안내해 데려온 사람은 성긴 머리에 창백한 낯빛을 한 헨더슨 씨로 직업이 사회복지사인 그는 늘 고아들에 대한 파일을 서류 가방에 넣어 다녔다. 카르멘은 한눈에 보기에도 에너지가 넘쳤다. 그 반면 내성적인 성격의 마크는 늘 눈을 아래로 내리깐 채 카르멘이 결정하는 대로 따랐다.

"카르멘과 마크 부부는 최선을 다해 저를 뒷바라지해 주었어요. 제가 공부를 잘하니까 학교의 영재 프로그램에 넣어주기도 했죠. 책과 옷을 풍족하게 사주고, 박물관과 과학센터에도 자주 데려갔어요."

"좋은 분들이었던 것 같은데 왜 그 집에서 나오게 되었죠?"

"제가 도둑질을 했어요. 처음에는 돈을 훔치다가 나중에는 귀중품에 손을 댔죠."

리즈가 의아한 눈길을 보냈다. "왜 그랬는데요?"

이바는 아주 어린 시절부터 연기에 익숙해져 있었다. 누구나 그녀를 있는 그대로 보려고 하지 않고, 색안경을 낀 눈으로 바라보았다.

"저는 저 자신에게 충실하고 싶었는데 깨닫고 보니 그들 부부의 기대에 부응하기 위해 살고 있었어요. 그들은 제가 고아가 아니라 완벽하게 그들의 일원이 되어주길 바랐죠. 그분들의 기대는 저에게 점점 무거운 짐이 되었어요." 이바가 나직이 말했다. "세상과의 관계 설정도 제가 스스로 해나가야 하는데 그분들이 바라는 대로 맞춰가는 저 자신을 발견하게 되었죠."

사람들이 무리 지어 걸어왔다. 뭐 그리 즐거운지 깔깔거리며 웃기도 하고, 와자지껄 떠들어대기도 했다. 그때 그 느낌을 어떻게 설명해야 할지 알 수 없었다. 카르멘과 마크 부부는 이바를 데려온 것에 만족해했다. 그들 부부는 이바가 양질의 교육을 받을 수 있는 환경을 제공하기 위해 애썼다. 이바는 점점 그들 부부의 기대에 부응하기 위해 살아가고 있었다. 그들 부부는 이바가 무얼 원하는지, 무엇이 되고 싶은지에 대해 별 관심이 없었다. 오로지 그들이 원하는 딸이 되어주길 바랐다. 이바의 진실은 늘 수면 아래에 숨겨두고, 그들이 원하는 모습만 밖으로 드러내게 되었다. 그러다보니 언제까지 그들 부부의 기대를 충족시키는 삶을 살아야 할지 두려웠다.

"견디다 못해 제가 그들을 먼저 밀어내기로 했죠. 일부러 도둑질을 해서라도 그들 부부의 눈 밖에 나야겠다고 생각했어요." 이바가 말했다. "그들은 언제나 저를 마약중독자의 딸로 봤고, 개조 대상으로 바라보았죠. 그들 부부가 저를 보면서 속삭이는 소리를 자주 들었어요. '이바는 마약중독자 딸이잖아요.', '마약중독자 딸인 이바가 짧은 시간에 많은 걸 극복해낸 건 정말이지 대단해요.', '이바를 완전히 바꿔놓으려면 앞으로도 많은 시간이 필요해요.' 그들이 저를 개조의 대상이 아니라 가족으로 바라봐 주길 기대했는데 아니었어요."

"당신은 스스로 당신 자신의 삶을 만들어가고 싶었군요." 리즈가 말했다.

리즈가 다정하게 팔짱을 끼었고, 이바는 그녀 쪽으로 몸을 살짝 기울였다. 맞닿은 어깨의 느낌이 좋았다. 이전 삶으로 돌아가지 말고, 그 느낌을 영원히 유지하고 싶었다.

"몇 살 때까지 세인트 조지프 수녀원에서 지냈어요?"

"열여덟 살이 되어 버클리로 떠나오기 전까지요."

바다에서 바람이 불어왔다. 바람은 샌프란시스코의 빌딩 숲을 지나면서 더욱 거세졌고, 이바는 힘든 일이 있을 때마다 서로 어깨를 내어줄 수 있는 가족이 있었으면 좋겠다고 생각했다. 이바는 지금껏 한 치의 틈도 없는 방어막을 치고 살아왔지만 리즈의 따스한 손길이 닿으면서 저절로 헐거워진 느낌이 들었다.

계단을 내려간 두 사람은 회전문을 지나 플랫폼으로 들어설 때까지 침묵을 지켰다.

"가족들을 찾아봐야겠다고 생각한 적은 없어요?"

이바는 고개를 저었다. "수녀님들이 저에게 가족들을 만나게 해주려고 몇 번 시도했는데 그때마다 그쪽에서 거절했다는 말을 들었어요." 이바는 지하철이 들어오는지 보려고 터널 안을 들여다보았지만 온통 캄캄했다.

"모르긴 해도 당신을 위한 결정이었을 거예요."

이바도 그럴 거라고 생각했다. 엄마는 마약중독자라 그 어떤 희망도 찾을 수 없었다. 하지만 그 당시 만남을 거부당한 건 지울 수 없는 상처로 남았다.

"내가 그들을 용서할 수 있을지 모르겠어요." 이바가 말했다.

리즈는 고개를 저었다. "먼저 그분들의 처지가 어떠했는지 알아볼 필요가 있어요. 마약중독자인 당신 엄마를 돌보자니 얼마나 힘이 들었을지 짐작이 가기도 해요." 플랫폼을 물끄러미 바라보던 리즈가 이바에게로 고개를 돌렸다. "가족들이 당신에게 아무런 의사도 묻지 않고 수녀원에 맡기기로 결정했다고 하더라도 뭔가 특별한 사정이 있었을 거라 믿어요. 설령 그분들이 당신을 포기하기로 결정했다고 하더라도."

지하철이 플랫폼으로 들어오고 있었고, 발밑에서 진동이 느껴졌다. 리즈가 다시 말했다. "내가 가족들을 찾아봤는지 물은 건 행복한 얘기를 듣고자 한 게 아니었어요. 나는 당신이 가족들을 찾는다고 해도 당장 행복해질 수 있을 거라고 기대하지 않아요. 다만 가족들이 어딘가에 있다는 사실을 알게 되면 그 시점부터 무엇을 해야 할지 결정할 수 있을 거라고 봐요. 내가 당신에게 바라는 건 그 결정권을 포기하지 말아야 한다는 거예요."

이바가 생각에 잠겨 있는 동안 리즈는 침묵을 지키며 기다렸다. 이바는 가족들이 어디에 있는지 알게 되면 어떤 느낌을 받을지 궁금했다. 이바는 자신의 얼굴에서 도드라져 보이는 뾰족한 콧날과 금빛을 누구로부터 물려받았는지 알지 못했다.

"그렇게 말해줘서 진심으로 고마워요. 하지만 가족들에게 그런 식으로 거부당할 경우 회복하기 힘든 상처를 받아요. 그런

일을 겪은 사람이라면 가족들 앞에서 약한 모습을 보이길 싫어
하죠. 누군가에게 마음을 열어 보이기도 힘들고요."

리즈는 흔들림 없는 눈빛으로 이바의 말에 지지를 보냈다. 그
순간 지하철이 도착했고, 뒤쪽에 선 사람들이 그들을 전동차 안
으로 밀어붙였다.

∞

버클리로 돌아오는 지하철에서 이바는 옆자리의 리즈를 찬찬
히 뜯어보며 자신을 버린 가족들을 상상해보았다. 조부모는 마
약중독자 딸을 보살피느라 손녀딸을 세인트 조지프 수녀원에 맡
겼다. 다 자란 손녀딸이 그들 앞에 나타나면 과연 어떤 표정을
지을지 궁금했다.

이바는 지금껏 자신이 어떤 일을 하면서 살아왔는지 돌이켜보
았다. 마약을 제조해 팔아넘기는 건 조부모와 엄마가 저지른 짓
보다 더 나빴다. 이바는 열아홉 살 학생이 피투성이가 되도록 얻
어맞는 모습을 보고도 눈 하나 깜짝하지 않는 자신의 현재 모습
을 돌이켜보았다. 이제 또다시 덱스의 휴대폰이 그녀의 목덜미를
낚아채 어디론가 끌고 가려고 대기하고 있었다. 리즈는 평소 이
바가 어떤 일을 하며 살고 있는지 전혀 몰랐다. 덱스는 일을 다시
시작하라는 지침을 내렸고, 그 일을 하려면 리즈를 멀리할 수밖

에 없었다. 내일 다시 일을 시작해야 한다고 생각하니 온몸이 덩굴손에 휘감긴 상태로 어디론가 강제로 끌려가는 기분이었다.

시간을 되돌리고 싶었다. 리즈가 이바의 집 문 앞에 서 있던 그날 아침으로, 아니면 틸던 파크에서 브리태니를 기다리던 그날 오후로. 그날 브리태니를 만나러가지 말고 〈듀프리〉에 출근해 서빙을 했어야 마땅했다. 아니, 더 멀리까지 시간을 되돌릴 수 있다면 기숙사 앞으로 돌아가 덱스가 같이 일하자고 제안했을 때 '아니, 사양할게'라고 거절하고 싶었다. 아니, 그 전에 웨이드에게 '아니, 사양할게'라고 말했더라면 얼마나 좋았을지 돌이켜보았다.

후회는 아무것도 해결해주지 않는다. 시간을 거슬러 올라가 풀어야 할 매듭들을 되짚어가다 보면 어느새 짙은 어둠 속으로 끌어내려지기 일쑤였다.

이바는 어두운 전동차의 차창에 비친 자신의 얼굴을 바라보다가 머릿속에서 너무나 명확하고 쉬운 결론이 떠올라 온몸에 소름이 돋았다.

'이제 더는 이 일을 하지 않을 거야.'

피시와 덱스는 이바가 일을 그만두고 떠나도록 내버려둘 리 없었다. 이바는 악을 세조하는 능력도 뛰어나지만 너무 많은 정보를 알고 있었다. 그들이 마약단속국의 추적을 따돌리기 위해 어렵사리 구축한 조직 체계가 와해될 수도 있는 위험을 감수할

리 없었다.

'내가 피시 조직의 비밀을 더 많이 알아낼 경우 큰 무기가 될 수 있지 않을까?'

카스트로가 위험한 존재이긴 하지만 잘만 활용하면 좋은 기회가 되어줄 수도 있을 듯했다. 리즈가 좋아하는 이바로 살아갈 수 있는 기회. 이바는 오라클 파크 입구에서 리즈와 함께 찍은 사진을 손끝으로 어루만졌다. 전동차가 터널을 벗어나 바깥으로 나오면서 빛이 차 안을 가득 채웠다. 이바는 빛이 어둠을 사르는 동안 짓눌려 있던 가슴이 벅찬 희망으로 채워지는 느낌이 들었다.

이바는 일단 피시와 덱스가 시키는 대로 마약을 제조해 원하는 사람에게 배달할 작정이었다. 그 일을 하는 동안 이바는 인내심을 갖고 기회를 노리기로 작정했다. 그들이 방심할 때 허를 찔러야 한다고 생각했다. 카스트로가 미행을 재개하리라는 건 의심의 여지가 없었다. 이바는 이미 카스트로를 상대할 마음의 준비가 되어 있었다.

클레어

<u>2월 25일 금요일</u>

금요일 아침, 나는 커피숍에서 주문한 커피가 나오길 기다리다가 구인 게시판 앞으로 걸어간다. 나는 이바의 사회보장카드와 출생증명서를 비롯한 각종 서류들을 이용해 다른 지역으로 떠날 계획이다. 다른 곳에 가서 집을 구하려면 수중에 있는 350달러로는 턱없이 부족했다.

최저임금을 주는 일자리들이 넘쳐난다. 데이터 입력, 식당 서빙, 심지어 커피숍에서도 일할 수 있다. 하지만 나는 구직을 했을 때 이해득실을 계속해서 저울질한다. 일자리를 구한다는 건 앞으로 이바로 살겠다는 선언이나 다름없었다. 단순히 이바의 이름을 대고 커피를 주문하는 것과 W-2 양식에 이바의 이름과 사회보장번호를 적어넣는 건 엄연히 다른 문제다.

내 머릿속은 이바가 신분을 바꿔치기하고 도망치려고 한 이유가 뭔지 알아내려고 분주하지만 풀리지 않는 의문들만 계속 쌓여간다. 신분 확인이 필요한 일자리는 회피해야 한다. 이바의 과거가 나를 언제 들이받을지 모르는 상황을 만들 수는 없으니까.

창밖으로 수업을 들으러 가는 버클리 학생들이 보인다. 테이크아웃 해온 커피 컵을 든 학생, 머리에 헤드폰을 낀 학생, 지치고 힘이 빠져 보이는 학생들도 있다.

어제 본 그 남자가 다시 눈에 띈다. 횡단보도에서 길을 건너려고 하고 있다. 어제처럼 프렌치코트 차림에 신문을 겨드랑이에 끼고 있다. 나는 그 남자가 왜 내 신경을 거슬리게 하는지 알아내려고 애쓴다. 그 남자는 그저 커피숍 앞을 지나 어딘가로 가고 있을 뿐이다.

신호등이 바뀌는 순간 프렌치코트 차림의 남자가 뒤돌아 나를 바라본다. 마치 내가 커피숍에서 창문을 통해 그를 훔쳐보리라는 걸 알고 있었다는 듯이. 남자가 나를 탐색하다가 말없이 한 손을 들어 올리고 나서 길을 건너 캠퍼스로 사라진다. 분명 나에게 아는 체를 한 느낌이 든다.

"이바?" 바리스타가 말한다.

나는 이바라는 이름을 듣고 새삼스럽게 놀라며 바리스타를 돌아본다. 바리스타가 이름을 알아도 그리 위험하지 않아 보인다.

"일자리가 필요해요?" 바리스타가 나에게 드립 커피를 건네며 묻는다.

"그런 편이죠." 나는 2달러를 건네며 대답한다.

바리스타가 눈썹을 치켜올리며 내게 잔돈을 건넨다. "필요한지 아닌지 분명하게 말해야 일자리를 알아봐 주든지 말든지 하죠."

나는 커피에 크림과 설탕을 넣고 휘휘 젓는다. 내가 일자리를 필요로 하고 있고 돈을 모아 여길 떠나려고 한다는 걸 바리스타에게 굳이 말할 필요는 없다.

"제가 파트 타임으로 출장 뷔페에서 일하거든요." 바리스타가 커피머신 옆 카운터를 닦으며 말한다. "출장 뷔페에서 서빙해줄 사람을 구하는데 혹시 관심 있어요?"

나는 받아들이지도 거절하지도 못하고 우물쭈물거린다.

"시간당 20달러이고, 세금은 떼지 않아요."

나는 뜨거운 커피를 한 모금 들이켠다. 뜨거운 액체가 식도를 타고 흘러내린다.

"출장 뷔페 사장님이 저처럼 낯선 사람을 쓰려고 할까요?"

"사장은 서빙해줄 사람이 절실히 필요한가봐요. 이번 주말에 큰 파티가 열리는데 서빙을 해주던 여학생이 그날 클럽 모임에 가야 한다면서 일을 할 수 없다고 했대요." 바리스타는 카운터를 닦고 나서 행주를 개수대로 던진다.

"원한다면 정기적으로 일하게 될 수도 있을 거예요."

출장 뷔페라면 수백 번은 불러 일을 시켜봤다. 그동안에는 줄

곧 일을 시키는 입장이었는데 직접 일하면 어떤 느낌일지 궁금하다. 내가 행사를 주최하고 출장 뷔페를 부를 때만 해도 익명의 서빙 직원을 눈여겨본 적이 없다.

"무슨 일을 하는 건데요?"

"테이블을 차리고, 음식을 나르고, 행사 참가자가 농담을 건네면 웃어주고, 행사가 끝나면 음식을 담았던 접시를 치우는 일을 합니다. 행사는 저녁 7시에 열리지만 우리는 오후 4시부터 일을 시작해요. 의향이 있으면 토요일 3시 30분에 여기로 와요. 검은 바지에 하얀 옷을 입고 오면 됩니다."

한 시간에 20달러면 하룻밤에 200달러 가까이 벌 수 있다.

"좋아요. 해볼게요."

"내 이름은 켈리입니다." 바리스타가 새삼 손을 내밀어 악수를 청한다. 단단하고 차가운 손이다.

"고마워요, 켈리."

켈리가 환하게 웃는다. "고맙긴요. 내가 보기에 당신은 휴식이 필요해 보여요. 휴식에 대해서라면 내가 좀 알아요."

켈리는 내가 미처 말할 틈을 주지 않고 문을 열고 안으로 들어간다. 나는 뜻밖의 행운에 놀라 그 자리에 얼어붙는다.

∞

아침 7시인데 이바의 집으로 돌아가 하루 종일 틀어박혀 있을 생각을 하니 몸이 근질거린다. 나는 산책이라도 하려고 버클리 캠퍼스를 가로질러 텔레그래프 애비뉴로 향한다. 학생회관 앞 교차로에서 신호등이 바뀌길 기다리는 동안 어딘지 모를 목적지를 향해 바삐 걸어가는 사람들을 지켜본다. 그들은 다른 사람과 마음 편히 대화를 나눌 수 있다는 게 얼마나 큰 행운인지 모를 것이다. 내 입장에서 보자면 서로 자유롭게 토론하고, 농담을 나누고, 다 함께 식사를 하고, 커피 타임을 갖는다는 건 매우 각별한 일이다. 나도 그들과 함께 어우러지고 싶다.

나는 고개를 숙이고 이바의 외투 주머니에 손을 깊이 찔러 넣고 길을 건넌다. 걸인들이 다가와 손을 벌리고, 사람들이 광고 전단지를 나누어주려고 하지만 나는 무표정한 얼굴로 계속 걸음을 옮긴다.

거리에 늘어선 가게들의 창문에 비치는 내 모습이 시선을 잡아끈다. 나는 잠시 가게 앞에 멈춰 서서 내 얼굴을 들여다본다. 모자 아래로 살짝 드러난 짧은 금발과 외투 주머니에 손을 깊이 찔러 넣은 모습이 마치 유령 같다. 내 주변은 온통 인파의 소용돌이다. 깔깔거리며 웃는 학생들, 나이 든 히피들. 하지만 다들 하나같이 낯선 얼굴들이다.

나는 내 엄마와 바이올렛에 대해 마음 편히 이야기할 상대가 없다. 내가 누구이고 어디서 왔는지 마음 편히 이야기할 수 있는 날은 영원히 오지 않을 수도 있다. 내 앞에 펼쳐진 생은 늘 주변을 살피고, 잔뜩 경계심을 품고 사람들을 대하고, 한시도 긴장을 풀지 말고 하루하루를 견뎌야 하는 날들의 연속일 수도 있다. 나에게서 가장 중요한 부분은 늘 감추어야 하는 삶이다.

나는 무리 지어 캠퍼스로 걸어가는 학생들 사이에 합류한다. 마치 나도 학창 시절로 돌아간 기분이 든다. 나는 학생들과 함께 버클리 캠퍼스에서 가장 붐비는 거리를 가로지르지만 학생회관 앞에서 서로 멀어진다. 나는 그들 사이를 걸을 수는 있어도 그들 가운데 한 사람은 될 수 없다.

∞

장을 보러 마트에 들른다. 바구니를 들고 엄마처럼 가장 싼 물건들을 찾아 헤맨다. 빵, 피넛 버터, 포도 젤리를 장바구니에 담는다. 엄마가 즐겨 구입하던 쌀, 양파, 마늘, 콩은 포기한다. 이바의 집을 떠나기 전에 구입한 음식을 다 먹어야 한다.

계산대 앞에서 줄을 서서 기다리는 동안 잡지꽂이가 눈길을 끈다. 《스타 라이크 어스》다. 《피플》과 《어스 위클리》의 중간 크기에 해당하는 타블로이드판이다.

'477편 항공기 추락, 슬픔에 휩싸여 파편을 회수하려 하는 가

족들.'

오른쪽 구석에 항공기 탑승자들의 사진이 있다. '탑승자 가운데 로리 쿡의 부인 클레어 쿡도 있다'라는 캡션이 딸려 있다.

2년 전 갈라 쇼에서 찍힌 사진이다. 나는 누군가가 한 농담을 듣고 소리 내어 웃고 있다. 분명 얼굴은 웃고 있는데 눈빛은 공허해 보인다. 나는 대부분의 비밀이 어떻게 탄로 나는지, 비밀을 숨기는 일이 얼마나 어려운지 잘 알고 있다. 반드시 캐내고자 한다면 진실은 드러나기 마련이다.

다른 잡지들의 표지에도 로리와 내 이름이 언급되어 있다. 매기 모레티 사건 이후 로리의 이름이 대대적으로 언론에 등장한 건 처음이다.

'슬픔에 휩사인 로리, 수수께끼 여성에게서 위안을 찾다'라는 제목이 눈에 들어온다. 내가 한 번도 본 적 없는 여자가 로리와 함께 사진에 찍혀 있다. 로리가 다시 사랑에 빠질 수도 있다는 사실이 나를 놀라게 한다. 내가 사라진 자리를 누군가가 대신할 거라 생각하니 죄의식이 느껴진다.

계산원이 내가 고른 물건들을 스캐닝하며 인사를 건넨다.

"안녕하세요?"

"네, 안녕하세요."

내 목소리는 나직하고 잔뜩 억눌려 있다. 계산원이 내가 구입한 잡지와 물건들을 봉투에 담기 시작한다. 계산원은 내 얼굴이 실린 잡지를 거들떠보지도 않고 물건들을 봉투에 담는다. 내가 보더라도 지금의 나는 잡지에 실린 여자처럼 보이지 않는다. 누군가 나를 알아보려면 이목구비를 자세히 뜯어볼 필요가 있다. 나는 이바의 옷을 입고 있고, 그녀의 핸드백을 들고 있고, 그녀의 집에 산다. 잡지 표지에 실린 내 얼굴은 이 세상 어디에도 존재하지 않는다.

∞

집으로 돌아와 구입한 물건을 주방 테이블에 내려놓고 잡지를 읽는다. 477편 항공기에 탑승했다가 숨을 거둔 사람들의 얼굴을 보자 마음이 몹시 불편해진다.

477편 항공기 추락 현장 사진이 실려 있고, 항공기에 탑승했다가 사망한 사람들의 가족과 지인들을 인터뷰한 기사가 주된 내용을 이룬다. 신혼여행을 떠났다가 사망한 신혼부부, 고향을 그리워하다가 마침내 돌아가기로 결정하고 항공기에 탑승했던 일가족 여섯 명의 사망 소식이 눈두덩을 뜨겁게 한다. 가족들 중 가장 어린아이는 네 살이었다. 봄방학을 맞아 카리브해로 휴가를 떠난 두 명의 교사 소식도 안타까움을 자아낸다. 대서양으로 추락하는 기체와 함께 유명을 달리 한 그들이 편안히 영면하길 빈다.

나와 로리에 관한 기사도 있다. 로리는 결혼식 때 찍은 사진을 잡지사에 보내주었다. 사진 속에서 우린 서로의 눈을 들여다보고 있다.

477편 항공기의 피해자들 중에는 마조리 쿡 상원의원의 아들인 로리 쿡의 부인 클레어 쿡도 있었다. 클레어는 허리케인 원조 프로젝트를 추진하기 위해 푸에르토리코를 방문하려다가 변을 당했다.

"저에게 클레어는 늘 반짝이는 빛이었습니다." 로리 쿡이 말했다. "클레어는 마음이 넓고 상냥한 사람이었고, 제가 이 사회의 어두운 곳에 한 줄기 빛을 전하는 인물이 될 수 있도록 늘 독려해주었습니다. 클레어를 잃은 저는 결코 이전으로 돌아갈 수 없을 겁니다."

나는 로리가 내뱉은 말과 평소 보여주던 그의 행실을 동일선상에 놓고 이해해보려고 애쓴다.

우리는 모두 우리가 말하는 그대로 살아가는 사람일까? 아니면 타인의 시선을 의식해 늘 거짓을 말하는 사람일까?

우리가 보여주고자 하는 모습과 실제로 살아가는 모습은 많이 다르다. 우리가 아무리 감추려고 애써도 결국 본질을 모두 감출 수는 없다.

결혼사진과 함께 실린 로리의 말은 일치되어 보이지만 이 잡지를 읽는 독자들은 우리의 결혼 생활이 어땠는지 아무도 모른다. 다만 우리의 결혼 생활이 그리 순탄하지 않았다는 실마리들은 있다. 로리가 고개를 숙인 각도, 몸을 앞으로 기울이고 내 몸을 뒤로 젖힌 모습.

나는 그 사진이 찍힌 순간을 기억한다. 나는 크리스티 경매소에서 함께 일한 예전 동료 짐과 할 말이 있어서 구석 자리로 갔다. 내가 짐의 팔에 손을 얹고 웃고 있는데 별안간 로리가 가까이 다가오더니 무서운 눈초리로 짐과 나를 번갈아 노려보았다.

나는 몹시 당황해하며 로리를 가볍게 책망했다. "로리, 이러기야? 오늘처럼 행복한 날에 밝게 웃어야지."

로리가 내 손목을 꽉 움켜쥐는 바람에 나는 하마터면 비명을 지를 뻔했다.

로리가 짐에게 말했다. "실례지만 사진을 찍어야 해서 클레어를 데려가겠습니다."

로리의 목소리가 부드러워 짐은 눈치채지 못했지만 나는 즉시 알아보았다. 로리가 어마어마한 힘을 가해 잡고 있는 내 손목, 꽉 다문 입, 가늘게 뜬 눈이 그의 기분이 어떤지 알려주었다. 내가 가볍게 책망한 말이 나중에 어떤 대가를 치를지도.

친구들 몇 명이 디제이 테이블 근처에 앉아 있었다. 나는 우리를 지켜보는 대학 시절 룸메이트와 눈이 마주쳤다. 그 친구에게 괜한 걱정을 끼치기 싫어 환하게 웃어 보였다. 내가 결혼한 남자는 결코 나에게 폭력적이지 않다고.

로리는 리셉션이 끝날 때까지 내가 옆에서 떨어지지 못하게 했다. 하객들에게 밝게 인사하며 농담을 건넸지만 나에게는 한마디 말도 하지 않았다. 엘리베이터를 타고 스위트룸으로 올라갈 때 로리가 차가운 눈빛으로 나를 바라보며 말했다.

"다시는 그런 식으로 나를 모욕하지 마."

잡지에 실린 내 사진을 본다. 내가 모르는 여자다. 손끝으로 그 여자의 얼굴을 살며시 훑는다. 그 여자에게 이제 곧 모든 게 괜찮아질 거라고 말해주었으면 좋겠다. 이제 곧 마무리될 거라고. 좀 더 버티면 된다고.

∞

피넛 버터와 젤리 샌드위치를 먹고 나서 다시 컴퓨터 앞에 앉아 로리의 구글독스를 확인한다. 로리가 내 추도사 원고를 작성하고 있다가 잠시 멈춘 모양이다. 나는 추도사 파일을 열고 읽기 시작한다.

클레어는 온통 봉사와 헌신으로 점철된 삶을 살다 간 여성입니다.

첫 문장부터 몸이 오그라든다. 로리가 쓴 추도사보다는 차라리 잡지의 발췌문이 설득력이 커 보인다. 로리의 글을 보면 마치 내가 팔십 대까지 살다가 편안하게 눈을 감은 노인이 된 기분이다. 나는 생기 넘치는 사람이었고, 지금도 그렇다.

저는 클레어를 많이 힘들게 했습니다. 때로는 클레어의 마음을 다치게도 했습니다. 클레어를 사랑하는 제 마음이 올바르지 못하고 일그러져 있었기 때문에 우리는 온전히 행복할 수 없었습니다. 하지만 클레어는 지혜롭고 현명한 여자라서 저의 잘못을 조금도 책망하지 않았습니다.

나는 또다시 몸이 오그라드는 기분을 느끼며 고개를 젓는다. 로리에게 그런 말을 해주길 바란 적이 없다.

정말 미안해, 클레어. 내 잘못을 모두 용서하고 편안하게 영면하길 빌게.

로리의 추도사에서 진심으로 나에게 사과하는 내용은 전혀 없다. 펜실베이니아에서 보낸 내 어린 시절과 내가 펼친 자선 활동에 대한 이야기만이 있을 뿐이다. 내가 펼친 자선 활동의 수혜를 받아 삶이 바뀐 사람들이나 내가 남겨두고 떠나야 하는 사람들에 대해 언급하는 대목에서도 진정한 슬픔이나 회한이 느껴지지는 않는다.

추도사에서 언급한 내용이 로리가 아는 나의 전부였을지도 모른다. 가난한 집 출신의 클레어, 비극적인 사고로 엄마와 동생을 잃은 클레어, 자선 활동을 펼치기 전까지 미술계에서 성공적인 길을 걸었던 클레어, 너무 일찍 사고로 목숨을 잃은 클레어.

로리가 적어놓은 내 경력 사항은 진정한 내 삶이 아니라 어느 소설에 등장하는 인물의 경력을 적어놓은 듯하다.

크리스티 경매소에서 함께 일한 동료들이 내 장례식에 조문객으로 와서 교회 뒤쪽 구석에 앉아 있는 모습을 상상해본다. 로리의 성화에 못 이겨 몇 년 동안 그들과 대화 한마디 나눠보지 못했다. 실제로 내 장례식에 몇 명이나 조문객으로 올까? 두 명? 네 명?

마치 내가 오래전에 죽은 사람이 된 기분이다. 내 자취는 그 어디에도 남지 않았다. 로리가 추도사에서 언급한 클레어는 내가 아니다.

이메일이 도착했다는 효과음이 울려 받은 편지함을 연다. NTSB의 위원이 로리에게 보낸 이메일이다. 미리보기를 보는 것만으로도 등줄기에 찌릿찌릿한 전율이 인다.

나는 의자에서 일어나 방 안을 서성이지만 컴퓨터 화면에서 눈을 뗄 수 없다. 로리가 이메일을 확인해야 나도 읽을 수 있다.

마침내 이메일이 '읽음'으로 바뀐다.

　친애하는 로리 쿡 씨

　부인의 유해 회수와 관련해 새로운 소식을 전해드리고자 합니다. 대서양에 추락한 477편 항공기는 비교적 기체가 멀쩡한 상태로 발견되었습니다. 기체 회수 담당 직원들이 부인의 좌석을 회수해 확인해본 결과 비어 있었다고 보고받았습니다. NTSB는 부인의 유해를 회수할 때까지 최선을 다해 수색 작업을 진행하기로 했습니다. 부인의 유해 회수와 관련해 새로운 소식이 접수되는 대로 연락드리겠습니다.

　내가 확정적이라고 믿은 결론이 점차 다른 쪽으로 변하고 있다. 이메일 밑에 로리의 답변이 뜬다.

　좌석을 회수했는데 시신이 없다면 클레어의 유해는 어디에 있다는 겁니까?

　나는 의자에 기대앉는다. 로리의 질문이 내 머릿속을 휘젓고 다닌다. 이바가 477편 항공기에 탑승하지 않았을지도 모른다는 의문은 점점 팩트가 되어가고 있다.
　그렇다면 이바는 어디로 사라졌을까?
　한편으로 나는 그리 놀라지 않는다. 존재하지도 않았던 남편이야기를 그처럼 실감 나게 지어낼 정도면 무슨 일이든 척척해낼 수 있을 거라는 생각이 든다.

몇 분 후 NTSB의 답신이 도착한다.

블랙박스를 회수해 추락 원인을 상세하게 밝혀내기 전까지 확정적으로 드릴 말씀은 없습니다. 부인이 타고 있던 좌석에서 유해가 발견되지 않은 이유에 대해서는 다양한 추측이 가능하지만 섣부른 예단은 금물인 만큼 부디 인내심을 갖고 조사 결과를 지켜봐 주시길 바랍니다. NTSB는 존 F. 케네디 공항을 이륙한 477편 항공기가 추락하기까지 전 과정을 재구성하는 작업을 수행할 겁니다. NTSB가 확정적인 답변을 드릴 수 있을 때까지 많은 시간이 소요될 거라 추측됩니다. 현재로서는 그때까지 기다려달라는 말씀을 전할 수밖에 없는 점 널리 양해 바랍니다.

기자회견장을 비추던 텔레비전 화면이 다시 떠오른다. 흐릿하게 뭉개진 핑크빛 픽셀. 나는 이제 이바가 탑승권을 스캔하고 나서 항공기에 탑승하지 않았을 가능성을 진지하게 생각한다.

캘리포니아주 버클리

9월

추락 5개월 전

계획을 바꿔서 차베스 공원에서 봐.

이바는 자신이 보낸 메시지가 덱스의 눈에 단단히 겁을 집어
먹고 안절부절못하는 인상을 주길 바랐다. 세자르 차베스 공원
은 샌프란시스코만 근처에 위치한 넓은 잔디밭 공원으로 바다를
보며 산책을 즐길 수 있는 보행로가 있다. 주말이 되면 연을 날
리는 사람들, 달리기를 하는 사람들, 개를 데리고 나와 산책하
는 사람들로 붐빈다. 하지만 평일인 화요일 오후 2시에는 오가
는 인적이 드물다.

이바가 공원에 도착해보니 덱스는 이미 먼저 와 벤치에 앉아 있었다. 양손을 주머니에 집어넣고 넓은 바다를 등지고 앉아 있던 덱스가 이바를 발견하고 그 자리에서 일어섰다.

"우리, 좀 걸을까?" 이바가 제안했다.

이바는 핸드백을 어깨에 메고 공원을 걷는 동안 덱스는 그저 평범한 사람일 뿐이라고 생각하며 애써 마음을 다독였다. 덱스가 예리한 감각의 소유자이긴 하지만 타인의 머릿속을 들여다보거나 어깨에 멘 핸드백 안에 무엇이 들어있는지 알아맞히는 투시력이 있어 보이지는 않았다. 따라서 덱스가 핸드백 안에 몰래 넣어온 음성작동 녹음기를 알아볼 거라고 염려할 필요는 없을 듯했다. 덱스는 늘 그랬듯이 잔뜩 긴장해 겁먹은 표정을 짓고 있는 그녀를 보게 될 것이다. 이바의 입장에서 보자면 매우 유리한 점이다. 늘 그랬으니까.

이바는 마치 사람들이 자연재해에 대비하듯 차분하게 탈출 준비를 해나가고 있었다. 비상식량과 식수를 준비하고, 가장 안전하고 성공 확률이 높은 탈출 방법을 모색했다. 카스트로가 돌아오면 이바는 준비해둔 그물을 던질 예정이었다. 카스트로에게 이미 알고 있는 정보와 이제부터 알아낼 정보를 제공하는 조건으로 새로운 삶을 시작할 기회를 만들어볼 작정이었다. 마야중독자 엄마를 둔 불우한 환경, 위탁가정을 전전하다 세인트 조지프 수녀원에서 성장기를 보내고, 열심히 공부해 버클리 대학에 입학했지만 퇴학당한 이바의 삶은 깨끗이 지워버리고 싶었다. 카스트로라면 그 일을 해줄 수 있을 거라 믿었다. 하지만 지금은 살얼음판을 건널 때처럼 조심조심 발걸음을 떼어놓으며 얼음이 깨져 물에 빠지지 않길 빌어야만 했다.

그들은 나란히 서서 공원을 걸었다. 웃자란 풀이 빼곡한 언덕이 시야를 가려 버클리 일대와 바닷가 풍경이 눈에 들어오지 않았다.

"나에게 할 얘기란 게 뭐야?" 덱스가 물었다.

"카스트로의 미행 건은 완벽하게 마무리되었다고 믿어도 되는 거야?"

"이미 말했잖아. 피시가 그 일을 처리했다고."

이바는 짐짓 미심쩍은 표정을 지어 보이며 말했다. "내가 안심하고 일할 수 있는 환경이 필요해. 마약단속국 요원이 나를 표적으로 삼고 미행했어. 내가 사는 집이 어딘지도 알아." 이바는 점점 흥분해 언성을 높였다. "피시가 문제없도록 잘 처리했으니까 무조건 믿으라는 거야? 빌어먹을! 그러다가 마약단속국 요원들에게 잡혀가면 누가 책임질 건데?"

세인트 조지프 수녀원에서 보낸 어린 시절에 이바는 격한 감정 표현이 사람들을 몹시 불편하게 만든다는 사실을 알게 되었고, 격정적인 분노와 슬픔을 첨가할 경우 부담감을 극도로 가중시킨다는 사실도 알았다. 그런 경우 사람들은 폭발하기 직전의 부글부글 끓는 감정을 누그러뜨릴 수만 있다면 무엇이든 기꺼이 하려 들기 마련이었다.

이바는 좀 더 구체적이고 신뢰할 수 있는 근거가 있어야 안심하고 일할 수 있다는 사실을 덱스에게 납득시키고자 했고, 뜻을 관철시킬 수단으로 격한 감정을 이용했다.

맞은편에서 두 여자가 대화를 나누며 다가오고 있었다.

이바는 말을 이었다. "지금도 어딘가에 갈 때마다 미행당하고 있을까봐 초조해서 미치겠어. 마트 계산대에서도 내 뒤에 줄 선 남자가 혹시 마약반 요원은 아닌지, 근처에서 은근히 주변을 살피며 누군가와 통화하는 여자가 혹시 나를 미행하고 있는 건 아닌지 의심하게 돼." 이바는 가까이 다가온 맞은편의 두 여자를 몸짓으로 가리켰다. "저 여자들이 마약반 요원이 아니라는 사실을 내가 어떻게 알 수 있지?"

덱스가 이바의 팔을 잡고 끌어당기며 욕설을 내뱉었다. "씨발, 내가 알아듣도록 설명해줄 테니까 진정하란 말이야."

두 사람은 여자들이 지나갈 수 있도록 옆으로 비켜서서 길을 터주었다. 여자들이 멀어지자 이바가 말했다. "피시가 알아서 처리했다는 게 무슨 뜻이야? 마약단속국에서 미행 중지 결정을 내리는 것과 수사를 종료하는 건 전혀 별개의 문제잖아."

마약단속국에 피시가 매수해놓은 요원들이 있다는 건 이미 알고 있었다. 이바가 알아내려고 하는 건 정보가 아니었다. 덱스의 입을 열게 만들기 위해서였다. 벽에 생긴 자그마한 틈새가 시간이 갈수록 점점 더 넓어지듯이.

덱스가 낮은 목소리로 말했다. "네가 틸던 파크에서 만난 브리태니는 마약반 끄나풀이었어." 덱스가 말했다. "네 직감이 옳았던 거야. 브리태니는 마약중독자였고, 오로지 형을 감경받을 목적으로 마약단속국에 협조했던 거야. 피시가 매수해둔 요원들이 그 여자가 마약단속국 끄나풀이라는 사실을 알려주었지. 다행히 넌 브리태니와 마약을 거래하지 않았고, 돈이 오가지도 않았어. 마약단속국에서 너를 물고 늘어질 수 있는 혐의가 전혀 없다는 뜻이야."

두 사람은 어깨를 맞대고 산책을 이어갔다. 그들의 등 뒤에서 시원한 바람이 불어왔다. 멀리 버클리 힐즈와 새더 타워가 보였다. 이바는 새더 타워와 버클리 스타디움, 클레어몬트 호텔을 바라보며 덱스의 말을 다시 한번 되새겨보았다. "브리태니는 어떻게 됐어?"

"그 여자가 어떻게 되었는지는 나도 몰라." 덱스가 말했다. "아마도 감옥이나 재활원에 갔겠지."

이바는 옆으로 돌아서서 덱스의 팔에 손을 얹었다. "네가 나에 대해서 가장 잘 알 거야. 내가 이전에 히스테리를 부린 적이 있었나? 난 정말 매사에 조심하고 있어. 상황이 명료하게 정리될 때까지 훤히 트인 곳에서 약을 넘겨주는 거래는 절대로 하고 싶지 않아."

덱스가 눈을 가늘게 떴다. "계약 조건은 우리가 정해. 넌 정해진 계약대로 따르면 되고."

"이제부터는 내가 정할 거야." 이바가 날카롭게 대꾸했다. "약을 제조하는 기술을 가진 사람은 나니까."

덱스의 눈에서 분노가 이글거렸다. "씨발, 지금 뭐 하자는 거야? 네 말대로 브리태니 건은 무사히 처리할 수 있었지만 모든 문제가 완벽하게 해결된 건 아니야. 마약단속국 수사에 협조하는 배신자들을 찾아내 제거할 필요가 있어. 나는 누가 배신자인지, 그가 우리에 대해 어디까지 알고 있는지, 언제부터 마약단속국과 공조했는지 알아내야 해. 가뜩이나 심란해 죽겠는데 너까지 속을 썩이면 어쩌자는 거야?"

두 사람은 한동안 말없이 걸었다. 바다에서 불어온 거센 바람에 이바가 입고 있는 외투 자락이 흩날렸다.

이바가 다시 질문을 던졌다. "내가 합류하기 전에 피시와 일했던 제조업자는 어떻게 됐어?" 덱스는 깜짝 놀란 얼굴로 이바를 바라보았다. "넌 그가 업계를 떠났다고 했지만 아마 아니었을 거야, 안 그래?"

"그 남자는 우리의 지시를 거부했어. 그가 어떻게 됐는지는 상상에 맡길게." 덱스가 말을 이었다. "너는 그 남자와 똑같은 실수를 저지르지 않길 바라."

오소소한 소름이 돋을 만큼 공포를 느낀 이바는 거품을 좀 더

첨가해 더욱 과장되게 놀란 표정을 지었다. 그녀가 잔뜩 겁을 집어먹은 모습을 보고 덱스가 안심하길 바랐다. "지난번 네가 나를 모텔 앞으로 데려가 보여준 시신이 있었잖아. 내가 그때 본 시신의 주인공이 그 남자였어?"

덱스가 고개를 저었다. "그 시신은 다른 사람이었어. 제조업자는 네가 우리와 일을 시작하기도 전에 처리했지." 덱스가 목소리를 낮추었고, 이바는 그 뒤에 이어질 말을 들으려고 그에게로 다가섰다. "넌 이제부터 정신을 바짝 차려야 해. 우리는 한 팀이니까 나를 위해서라도 그래야 해. 마음이 심란할 때 실수가 나오는 법이니까."

이바는 그 말에 기꺼이 동의한다는 뜻으로 고개를 끄덕였다. 두 사람은 공원 주차장에 세워둔 차를 향해 걸어갔다. 이바는 주머니에 손을 넣어 봉투를 꺼내 들었다. "이번 주 토요일에 리바이스 스타디움에서 샌프란시스코 포티나이너스의 풋볼 경기가 열려." 이바가 설명했다. "당분간 내근으로 돌릴 거야."

'내근'이란 이바가 공원이나 식당에서 덱스에게 물건을 전달하기에는 위험하다고 판단될 때 둘이 쓰기로 약속한 말이었다. 몇 년 전부터 이바는 NFL(미국풋볼리그)과 NBA(미국프로농구) 시즌 티켓을 구입해왔다. 비록 프로 스포츠 경기를 관람하지는 못하더라도 스타디움에 입장해 VIP용 대기실을 이용할 수 있었다. 마약단속국 요원이 쉽게 따라올 수 없는 장소였다.

이바는 당분간만이라도 약을 계속 제조할 수밖에 없었다. 카스트로와 거래를 성사시키려면 굵직한 정보를 빼낼 필요가 있었기에 적어도 그때까지는 덱스와 보조를 맞춰야 했다.

덱스는 외투에 티켓을 집어넣고 나서 이바의 어깨를 끌어당겼다.

"나는 너를 믿어. 앞으로도 나를 실망시키지 마."

클레어

2월 25일 금요일

기체 회수 담당 직원들이 부인의 좌석을 확인해본 결과 비어 있었다고 보고받았습니다.

나는 NTSB에서 로리에게 보낸 메일의 그 대목을 뚫어지게 바라보며 무슨 뜻인지 이해하려고 애쓴다. 두 가지 질문이 내 머릿속에서 떠오른다.

첫 번째, 이바는 어떻게 항공기에서 내릴 수 있었을까?

두 번째, 기체 회수 담당 직원들이 끝내 내 유해를 찾아내지 못했다고 전할 경우 로리는 어떻게 대처할까?

구글에서 '추락한 항공기 잔해 회수'를 검색한다. 477편 항공기 추락 관련 기사가 스무 개쯤 뜬다. 지난 나흘 동안 작성된 기사들이다.

NTSB 477편 항공기 잔해와 탑승자 유해 회수!*

477편 비스타 항공기 플로리다 해안에 추락!

비스타 항공사의 안전 불감증을 비판하는 기사들은 많은데 정작 내가 궁금해하는 건 아무도 알려주지 않는다.

나는 무엇보다 세 가지가 궁금하다.

첫째, 내가 477편 항공기에 탑승하지 않은 사실을 명확하게 확인할 수 있을까?

둘째, 탑승객의 유해를 끝내 회수하지 못한 사례가 있을까?

셋째, 이바는 어떻게 항공기에서 내릴 수 있었을까?

어딘가에 살아 있을 이바의 모습을 상상해보려고 하지만 쉽지 않다. 이바가 내 이름을 사용하고, 호텔에 체크인할 때 내 운전면허증을 보여주는 모습이 상상이 안 된다. 어쩌면 목표한 곳에 내리자마자 내 신분증을 팔았을 수도 있다. 나는 니코에게 1만 달러를 지불하고 어맨다 번스라는 이름으로 된 신분증을 구입했다. 운전면허증이 통상 어느 정도의 가격에 거래되는지 감이 잡히지 않는다. 어쩌면 그녀의 부업이 신분증을 만들어주는 일인지도 모른다. 이바는 버클리의 땅콩집을 현금으로 구입했다.

구글 검색에 '보안 검색대를 통과하고 나서도 항공기에 오르

243

지 않고 밖으로 빠져나올 방법'이라고 쓴다. 항공사 회원 등급을 올리는 데 필요한 마일리지를 얻으려고 이 방법을 쓸 수 있는지를 묻고 답하는 토론방이 화면에 뜬다. 그 질문에 대한 답변이 나를 맥 빠지게 한다.

항공기 승무원이 마지막으로 탑승객 머릿수를 셀 때 회피할 방법이 없음. 만약 탑승객 숫자가 맞지 않을 경우 전원 항공기에서 내려 보안 검색대를 다시 한번 통과해야 함.

또 다른 댓글이다.

보안 검색대에서 항공권을 스캔한 다음 항공기에 오르지 않는 건 불가능함. 이동식 탑승교에서 1.8미터 떨어진 거리에서 항공권을 스캔함. 항공권을 스캔한 다음 밖으로 나가려는 탑승자를 항공사 직원이 그냥 보고 있지 않을 것임.

이바는 항공기에 탑승했을 가능성이 크다.

테이블에 올려둔 이바의 휴대폰이 윙윙대는 바람에 화들짝 놀란다. 휴대폰에 '발신 번호 표시 제한'이라고 뜬다. 벌써 네 번째 진동하고 있다. 이바인 척하고 전화를 받아 유도신문을 하면 진짜 이바가 누구인지 알아낼 수 있지 않을까 하는 생각이 든다.

라스트 플라이트

나는 이바가 무슨 일을 하며 살았는지, 남편이 오랜 투병 끝에 숨졌다는 거짓말을 지어내 나에게 접근한 이유가 무엇인지 궁금하다.

휴대폰 진동이 멎고 나자 깊은 침묵이 방 안을 채운다. 잠시 후 휴대폰 화면이 켜지더니 음성 메시지 한 건이 수신되었다고 알려준다. 나는 비밀번호를 넣고 음성 메시지를 듣는다. 여자 목소리다.

안녕, 나예요. 어떻게 됐는지 궁금해서 연락드려요. 지금쯤 소식이 올 거라고 생각했는데 아무런 연락이 없어서요. 음성 메시지를 듣는 즉시 연락해줘요.

누가 음성 메시지를 남겼는지 이름도 없고, 발신 번호도 없다. 나는 다시 상대가 누군지 자그마한 정보라도 찾아내려고 음성 메시지를 집중해 듣는다. 혹시 음성 메시지를 보낸 여자의 이름, 음성 메시지를 보낸 장소가 어딘지 추측해볼 수 있는 단서가 있는지 귀 기울여 들었지만 끝내 아무것도 알아내지 못한다.

예전에 엄마가 바이올렛과 나를 데리고 몬탁 해안가로 여행을 간 적이 있다. 엄마는 우리에게 아무것도 들어 있지 않은 플라스틱 빈 통을 하나씩 나누어주면서 그 안에 보물을 가득 채워 가져오라고 했다. 바이올렛과 나는 하루 종일 해변을 오가면서 보물을 찾아 헤맸다. 우리는 다양한 모양의 조개껍데기를 주워 빈 통에 넣었다. 동글동글하고 예쁜 돌을 주워 넣기도 했다. 우리는 조개껍데기와 작은 돌을 생김새와 색깔별로 정리해 엄마에게 보여주려고 민박집으로 돌아갔다.

이바가 어떻게 살았는지 알아내려는 건 엄마가 준 빈 통을 채우려는 행위와 비슷하다. 이바가 나에게 주고 간 선불 폰 말고는 사진이나 기념품이 아무것도 남아 있지 않았다. 이바가 전화해주길 기다리다가 음성 메시지를 남긴 여자는 발신 번호를 노출하지 않았다. 결과적으로 내가 이바에 대해 알고 있는 정보는 아무것도 없다.

가슴이 무겁게 내려앉는다. 내가 지나치게 순진했는지 모르지만 나는 다른 누군가와 삶을 바꿔치기했을 경우 따르는 문제들에 대해 깊이 생각해보지 않았다. 오로지 로리에게서 벗어나면 된다는 생각에 매달려 있었다.

나는 로리에게서 벗어났지만 아직 자유로운 삶을 찾지는 못했다.

∞

토요일, 나는 아침 일찍 일어나 바닐라 요거트를 먹으며 내 장례식을 마치고 나서 로리가 쓴 추도사를 지면에 발표할지 말지를 두고 로리와 브루스가 구글독스로 갑론을박을 벌이는 모습을 지켜본다.

브루스 코코란 : 발표해요.
로리 쿡 : 안 돼.

그리고 그 후

로리 쿡 : 찰리를 만났더니 뭐래?

나는 바닐라 요거트를 테이블에 올려놓고 자세를 고쳐 앉는다.

브루스 코코란 : 사장님이 지시하신 대로 했어요. 사장님은 얼마 전 항공기 사고로 클레어를 잃은 탓에 경황이 없어 직접 오시지 못했다고 둘러댔습니다. 찰리에게 지금 나타나 우리를 협박하는 건 대단히 기회주의적인 짓이라고 넌지시 말해두었고요. 의뢰인과의 기밀 유지 협약을 위반하는 행위이고, 만약 사장님의 비밀을 언론에 폭로하겠다는 협박을 철회하지 않을 경우 소송으로 갈 수밖에 없다고 말해주었습니다. 부디 돌아올 수 없는 다리를 건너는 실수를 저지르지 말아 달라는 협박도 했고요.
로리 쿡 : 그랬더니 뭐래?

브루스 코코란 : 사장님이 상원의원 선거 출마를 강행할 경우 유권자들의 알 권리 차원에서 그동안 저지른 위법 사실들을 세상에 알리는 기자회견을 열겠답니다. 특히 매기 모레티 사건은 반드시 공개하겠다고 하더군요. 매기를 사랑했던 사람들이라면 반드시 진실을 알 필요가 있다고 하면서요.

매기의 이름이 언급된 순간 아드레날린이 솟구치는 게 느껴진다.

브루스 코코란 : 이제 어떻게 할까요?

로리 쿡 : 빌어먹을! 자네의 능력을 최대한 발휘해 찰리가 입을 꾹 다물어버리게 해봐.

브루스 코코란 : 찰리가 문제를 야기할 수 없도록 하는 방법을 패키지로 마련해보겠습니다. 화가 나더라도 인내심을 갖고 기다리시면 제가 깨끗이 처리하겠습니다.

로리 쿡 : 나에게 인내심을 가져달라는 말 따위는 집어치워. 월급 값이나 제대로 하고 그런 소리를 해야 믿지나 않지.

로리와 브루스의 채팅은 그렇게 끝난다. 머리가 핑핑 돌 만큼 복잡한 가운데 찰리, 로리 그리고 매기가 서로 어떻게 연결되어 있는 사이인지 알아내야 한다는 생각이 든다.

라스트 플라이트

어린 시절에 자전거를 타고 시내를 가로질러 작은 숲에 간 적이 있다. 포장도로가 끊기고, 바닥이 우툴두툴한 흙길이 이어졌다. 가끔씩 자전거 바퀴가 바닥에 깔린 돌에 부딪쳐 튀어 오르긴 했지만 숲길을 달리는 기분이 상쾌하기 그지없었다. 흙길에 자전거 바퀴 자국이 파였고, 그늘진 땅을 휘감아도는 길 위로 따스한 햇빛이 드리워졌다. 자전거를 타고 내 비밀을 감춰주는 아름드리나무 아래를 달리는 기분이 너무나 근사했다. 울퉁불퉁한 숲길을 오랫동안 달리고 나서 다시 매끈한 아스팔트 길을 달릴 때의 기분도 상쾌했다. 나는 오랫동안 숲속의 거친 길을 달리다가 다시 아스팔트 길로 나왔고, 이제 앞으로 반듯하게 뻗은 길이 눈에 들어온다.

나는 USB 드라이브를 열고 M항목에서 '맥스'라고 되어있는 파일을 연다. 막상 열어보니 별 내용이 없다. 로리와 매기는 인터넷과 이메일이 본격적으로 활성화되기 이전에 사귀었다. 그러다보니 스캔한 이미지가 몇 개쯤 들어 있을 뿐이다. 사진들, 밑줄 친 종이쪽지들, 신용카드, 호텔 바의 냅킨 따위들이다. 각각 의미를 알 수 없는 번호가 매겨져 있다. 스캔한 이미지들을 하나씩 클릭해 넘기는 동안 으스스한 느낌이 등줄기를 타고 올라온다. 매기가 쓴 글씨가 마치 내 귀에 대고 억울한 사연을 풀어달라고 속삭이는 느낌이다.

로리가 스캔한 이미지를 지금까지 보관하고 있다는 사실이 그리 놀랍지는 않다. 로리가 매기를 나름 사랑했다는 걸 안다. 다만 로리의 방식으로 사랑했다. 순수하고 열정적인 관계로 시작한 그들의 사랑은 로리의 집착과 폭력이 일상화되면서 비극적인 관계로 변모했다. 마치 내 결혼 생활의 시즌1을 보는 느낌이 든다.

'맥스' 폴더에서 가장 아래쪽에 있는 파일을 연다. 파란 줄이 그어져 있고, 가장자리가 삐죽삐죽한 스프링 공책에서 찢어낸 페이지를 스캔한 사진이다. 날짜는 매기가 사망하기 며칠 전으로 되어 있다.

로리

당신은 북부로 가서 함께 시간을 보내면서 현명하고 바람직한 방향으로 우리 관계를 새롭게 정립해나가자고 했지. 당신이 제안한 우리의 휴가에 대해 곰곰이 생각해봤는데 그다지 좋아 보이지 않아. 나는 당신과 결혼 생활을 계속 이어갈 생각이 없어. 당신도 우리가 마지막으로 다툰 날을 기억할 거야. 그때 난 당신이 정말 무서웠어. 당신은 나를 심하게 때렸고, 그 일을 잊고 다시 예전으로 돌아갈 자신이 없어. 그동안 우리가 함께한 시간을 봐서라도 제발 내 뜻을 존중해주길 바랄게. 한동안 시간을 갖고 깊이 생각해보고 나서 어떤 선택을 할지 결정할 테니까 그때까지 기다려주었으면 해.

매기

매기가 쓴 편지를 읽는 동안 오래전 저녁 식사의 기억이 떠오른다.

'매기가 주말에 우리 둘만 있는 곳으로 떠나 진솔한 대화를 나누었으면 좋겠다고 하더군요. 반복되는 일상에서 벗어나 우리의 관계를 회복시킬 수 있는 자리를 만들어보자고요.'

매기가 보낸 편지를 보면 주말여행은 오히려 로리가 제안한 것으로 보인다. 매기는 두 사람이 화해해 예전 좋았던 시절로 돌아가는 대신 헤어지기를 바랐다. 매기가 헤어지려고 했을 때 로리가 어떤 반응을 보였을지는 보지 않아도 알 수 있다.

매기와 나는 로리에게서 벗어나 자유를 찾으려다가 결국 목숨을 잃게 되었다. 물론 나는 항공권을 바꿔치기해 겨우 살아남았지만 무서운 이야기다.

이바

캘리포니아주 버클리

10월

추락 4개월 전

오늘, 리즈가 뒤뜰에서 이상한 냄새가 난다고 했다. 이바는 밤에 리즈가 잠든 걸 확인하고 나서야 작업을 재개했다.

며칠 후 리즈가 물었다. "어디 아파요? 많이 피곤해 보여요."

사흘 동안 밤샘 작업을 한 날 리즈가 이바의 눈 아래에 잡힌 다크서클을 유심히 살피며 물었다. 이바는 부비강염증을 앓고 있어 많이 피곤한 상태라고 둘러댔다.

이바는 몇 주에 걸쳐 심야 작업을 강행했다. 오늘, 이바는 파란색과 금색이 어우러진 드레스를 입고 메모리얼 스타디움으로 가는 언덕을 오르고 있었다. 밤샘 작업을 한 탓에 눈이 침침하고 온몸이 지친 상태였다. 메모리얼 스타디움의 게이트 앞에 도착하자 보안요원들이 관람객들의 핸드백이나 가방을 열게 한 다음 안에 든 내용물을 확인했다. 이바는 이미 예상한 보안 검색이라 알약을 단단히 포장해 외투 안주머니에 넣어두었다.

이바는 제조 작업을 다시 시작한 사실을 직거래 고객들에게 알리지 않았다. 피시와 덱스의 지시로 약을 다시 제조하기 시작했지만 직거래를 해오던 고객들과는 당분간 계속 휴면 상태를 유지할 생각이었다. 지금은 피시에 대한 중요 정보를 빼내는 게 이바의 당면과제였다.

이바는 핸드백을 열고 내용물을 조사하는 보안요원을 지켜보았다. 그녀의 핸드백 안에는 지갑, 선글라스, 음성작동 녹음기 따위가 들어 있었다. 보안 검색이 끝나고 나서 이바는 게이트를 통과해 메모리얼 스타디움 안으로 들어섰다. 눈앞에 넓은 경기장이 펼쳐져 있었다. 이바는 건너편 스탠드를 바라보았다. 버클리에 다닐 때 딱 한 번 풋볼 경기를 관람한 적이 있었다. 웨이드가 선수로 뛴 경기였다.

"경기가 끝나면 북쪽 게이트로 와." 웨이드는 그렇게 말했다.

북쪽 게이트로 가보니 경기를 마치고 나오는 선수들을 기다리는 사람들이 정말 많았다. 좋아하는 선수에게 주려고 꽃다발을 들고 있는 여학생들, 머리카락을 펄럭이며 급히 립글로스를 바르는 여학생들. 이바는 관객들과 멀찍이 떨어져 웨이드가 나오길 기다렸다. 마침내 나타난 웨이드가 이바에게로 걸어왔다. 웨이드가 경기를 마치고 샤워할 때 사용한 샴푸 냄새가 미국삼나무 냄새와 뒤섞였다. 여학생들이 웨이드의 선택을 받은 이바를 부러움과 질시가 교차하는 눈으로 바라보았다.

이바는 조교로 일하던 화학 실험실에서 웨이드를 처음 만났다. 웨이드가 쳐다볼 때마다 이바는 온몸에 찌르르한 전기가 흘렀다. 학기 초에 이바가 학생들에게 기본적인 화학 반응 몇 가지를 설명하고있을 때 웨이드가 물었다.

"우리가 그런 화학 반응에 대해 안다고 인생에 무슨 도움이 되죠?"

이바는 허튼소리 집어치우고 수업에 열중하라고 호통을 쳐야 마땅한데 뜻밖의 말이 튀어나왔다.

"혹시 사탕 좋아해요?"

그런 다음 학생들에게 딸기 맛 결정을 만드는 방법을 알려주었다. 인터넷을 검색해보면 쉽게 찾을 수 있는 방법인데 웨이드를 비롯한 학생들은 몹시 신기하다는 듯이 이바의 설명을 경청했다. 웨이드와의 만남은 그렇게 시작되었다. 데이트를 시작한 지 얼마 되지 않아 웨이드는 이바에게 마약을 만들어달라고 했다. 처음에는 단호하게 거절했지만 그는 포기하지 않고 자꾸만 졸라댔다. 제조 과정이 간단한 마약이라 이바는 딱 한 번만 그의 부탁을 들어주기로 했다. 아무런 사전 예고도 없이 겨우 두 살인 딸을 수녀원에 맡긴 이바의 가족들과 달리 화학은 공식대로 재료를 섞기만 하면 바라는 물건이 만들어졌다. 화학은 절대로 속이지 않았다. 이바는 버클리 여학생들이 다들 좋아하는 웨이드의 공식 연인이 되었다. 그는 또다시 마약을 만들어달라고 했고, 이바는 여학생들의 선망의 대상인 그의 연인으로 계속 머물고 싶었기에 거절할 수 없었다.

메모리얼 스타디움이 많은 관객들로 북적거렸다. 이바는 시계를 힐끗 보고 나서 핸드백에 손을 집어넣어 음성작동 녹음기를 켰다. 밴드가 음악을 연주했다. 오래전 메모리얼 스타디움을 처음 방문했을 때에도 들은 적이 있는 음악이었다. 수많은 관람객들 속에서 이바는 질식할 것 같은 기분을 느꼈다.

"오래 기다렸어?" 덱스가 옆자리에 앉으며 물었다.

"5분쯤 됐어." 맞은편 스탠드 꼭대기에서 펄럭이고 있는 흰색 캘리포니아 깃발이 눈에 들어왔다. 타이트워드 힐에 올라가 흙바닥에 앉아 경기를 보는 사람들도 더러 눈에 띄었다.

"얼른 물건을 넘겨줘. 밖으로 나가게." 덱스는 주변의 관람객들을 둘러본 후 다시 정면을 응시했다.

덱스의 말에 따르면 카스트로가 더는 미행하지 못하도록 조치를 취했다고 했지만 이바는 그 말을 곧이곧대로 믿기 힘들었다. 카스트로가 어딘가에서 물건을 건네는 모습을 지켜보다가 불쑥 나타날 수도 있었다.

"내가 안심할 수 있도록 좀 더 확실하게 설명해줘." 이바가 말했다. "카스트로는 어떤 일을 하는 사람이야? 그가 왜 나를 미행했고, 다시는 그러지 않으리라는 걸 어떻게 믿을 수 있지?"

덱스의 눈동자가 이리저리 바삐 움직였다. "마약단속국과 이 지역 경찰이 공조해 피시를 잡으려고 태스크포스를 조직했어. 몇 년 동안 가동된 태스크포스인데 피시가 힘을 써서 2주 전에 전격 해산되었대."

"피시가 어떻게 태스크포스를 해산시켰다는 거야? 나는 도저히 납득이 되지 않아." 이바가 물었다.

덱스는 눈살을 찡그리며 건너편 스탠드를 바라보았다. 밴드가 〈펑키 콜드 메디나(Funky Cold Medina)〉를 연주하기 시작했다.

"태스크포스를 가동하려면 생각보다 자금이 많이 필요해. 태스크포스가 변변한 실적도 없이 막대한 예산만 축내니까 마약단속국과 경찰도 골치가 많이 아팠나봐. 경찰 내부에 심어둔 피시의 친구들이 변변한 실적도 내지 못하는 태스크포스의 '자금 낭비'가 심하다며 문제를 제기하는 한편 예산 집행이 투명하게 집행되는지 의심스럽다며 트집을 잡기 시작했나봐. 결국 마약단속국과 경찰 상층부에서는 태스크포스를 해산하기로 결정했대."

"마약단속국 요원이니 태스크포스니 실컷 겁을 줘놓고 나에게는 안심해도 된다니, 말이 안 되잖아."

"왜 말이 안 돼? 카스트로가 일하던 태스크포스가 해산되었으니까 안심해도 된다는 뜻이야."

이바는 고개를 돌려 덱스의 옆모습을 바라보았다. 처음 만났을 때보다 턱선이 부드러워졌고, 눈가와 입가에 잔주름이 많이 잡혔다. 덱스와 12년째 일하고 있는 만큼 얼굴 표정만 봐도 무슨 생각을 하는지 알 수 있었다. 오늘은 뭔가 감추고 있다는 느낌이 들었다.

바로 그때, 캘리포니아 팀이 북쪽 게이트를 통해 경기장 안으로 들어서자 축포가 발사됐다. 이바 옆에 앉은 덱스가 축포 소리에 놀라며 몸을 움찔했다.

"많이 놀랐나봐? 괜찮아?" 이바가 물었다.

"갑자기 축포를 쏘는 바람에 조금 놀랐을 뿐이야. 괜찮으니까 걱정 마." 덱스가 주머니에 손을 찔러 넣으며 말했다.

"왠지 많이 불안해 보여."

덱스가 고개를 저었다. "피시가 브리태니를 추천한 내 친구의 뒤를 캐고 있어."

"너도 위험한 상황이야?"

덱스는 공허하게 웃고 나서 이바를 바라보았다. 덱스의 눈이 오늘 따라 무척이나 슬퍼 보였다. "우리가 하는 일은 늘 위험이 따르지."

하프타임 때 많은 관람객들이 화장실이나 구내매점에 다녀

오려고 자리에서 일어섰을 때 이바는 '스타디움 클럽'으로 텍스를 데려갔다. 출입문을 지키는 경비원에게 배지를 보여주자 군말 없이 안으로 들여보내주었다. 그들은 계단을 올라가 샌프란시스코만과 골든게이트 브리지가 내다보이는 방으로 들어섰다. 방음장치가 되어 있어 메모리얼 스타디움에서 울리는 소음이 거의 들리지 않았다.

"음료를 가져올 테니까 잠시 기다려." 텍스는 창밖 풍경을 넋을 잃고 바라보는 이바를 두고 방을 나갔다. 이 방과 전망이 비슷한 학장실에서 겪은 일이 떠올랐다. 웨이드의 망령은 여전히 사라지지 않고 그녀를 괴롭히고 있었다.

∞

언덕 위에 자리 잡은 학장실 창문으로 샌프란시스코만과 골든게이트 브리지가 내다보였다. 학장실 벽에 걸린 시계가 똑딱거리는 소리를 발해 긴장감을 더했다. 학장은 서류를 넘겨보고 있었고, 이바는 증언해주기로 약속한 웨이드를 초조하게 기다리며 출입문 쪽을 바라보았다.

"입학 성적이 우수해 전액 장학금을 받는 학생이 왜 그런 짓을 저질렀나?" 학장이 파일을 향해 있던 고개를 들고 이바에게 물었다. 이바는 대답 대신 새의 부리를 닮은 학장의 날카로운 코를 보았다. 이바가 아무런 대답도 하지 않자 학장이 다시 물었다. "세인트 조지프 수녀원에서 자랐다고?"

사람들은 이바가 세인트 조지프 수녀원에서 성장기를 보낸 사실을 알게 되면 한걸음 뒤로 물러서거나 한걸음 가까이 다가왔다. 어느 쪽이든 이바를 대하는 눈길이 달라져 있기 마련이었다. 이바는 어깨를 으쓱하고 나서 습관처럼 출입문 쪽을 바라보며 말했다.

"서류에 있는 그대로입니다."

의도한 이상으로 퉁명스러운 말투가 흘러나왔다. 이바는 방금 전 내뱉은 말을 다시 주워 담고 싶었다. 그녀는 버클리에 다니면서 자신의 잠재력을 발견하게 되었고, 학교생활에도 각별한 애정을 느끼고 있었고, 전공으로 선택한 화학 과목에도 대체로 만족하고 있었다. 하지만 지금껏 어디에서든 당당하게 자신의 생각을 밝힌 적이 없었다.

"자네는 왜 화학 실험실에서 마약을 만들 생각을 했나?"

그때 출입문이 열리더니 학장실 조교가 웨이드를 데리고 들어서는 바람에 이바는 대답을 회피할 수 있었다. 이바는 그제야 참고 있던 숨을 내쉬었다. 웨이드는 마약을 만들어달라고 부탁한 사실을 학장에게 털어놓고 선처를 바란다고 했다. 버클리 대학 풋볼팀의 주전 쿼터백인 웨이드가 스스로 잘못을 뉘우치고 용서를 구할 경우 게임 1회 출장 정지 정도의 가벼운 처벌로 끝날 수도 있는 사건이었다. 하지만 뒤따라 들어온 개리슨 코치를 본 순간 이바는 일이 엉뚱한 방향으로 흘러갈 것 같은 느낌을 받았다. 이바는 신문에 실린 사진을 통해 개리슨 코치를 본 적이 있었다. 웨이드가 꼭 와주길 간절히 원해 한 번 가본 적이 있는 메모리얼 스타디움에서 사이드라인을 오가며 선수들을 독려하는 그를 보았다.

'이번 주에 메모리얼 스타디움에서 풋볼 경기가 열리는데 보러 와줄래? 여자 친구가 응원하러 와주면 더욱 힘을 내서 뛰게 될 거야.'

'여자 친구'라는 말이 이바의 마음을 움직였다. 이바는 어느 누구에게도 각별한 존재가 된 적이 없었다. 이바는 그때까지 누구의 딸, 친구, 여자 친구가 아니었다. 결국 웨이드에게 배신당했고, 큰 충격을 받았다. 웨이드는 다를 거라고 믿은 자신이 어리석게 느껴졌다.

∞

덱스가 화이트와인이 담긴 잔을 이바에게 건넸다. 여전히 창밖을 내다보며 생각에 잠겨 있던 이바는 비로소 덱스와 눈의 초점을 맞추었다. 이바는 그동안 좌절을 딛고 다시 일어섰고, 비로소 새로운 인생을 찾게 되었다고 믿었지만 환상에 불과했다.

예전과 달라진 게 전혀 없었다. 웨이드가 떠난 자리를 덱스가 대신하고 있을 뿐이었다.

"너는 피시를 만나봤지? 어떻게 생긴 사람이야?"

덱스가 어깨를 으쓱했다. "그냥 생김새는 평범한데 화나면 정말 무서운 사람이 되지. 그런데 피시에 대해 왜 물었어?"

이바는 화이트와인을 한 모금 마시고 나서 말했다. "네가 내 앞에서 말조심한다는 걸 잘 알지만 나는 늘 피시가 어떤 사람인지 궁금했어. 내가 약을 제조해 너에게 넘기고 나면 그 다음 과정이 어떻게 되는지도 궁금해. 마약단속국이 설령 마약 구매자를 현장에서 체포하더라도 설마 나에게까지 파장이 미칠 거라 생각하지 않아 안심했는데 내가 잘못 알고 있었나봐. 요즘은 법의학이 발전해 아주 작은 단서라도 찾게 되면 우린 다 잡혀갈 수밖에 없을 거야."

"네가 걱정하는 문제가 그런 거라면 넌 어느 지역에 있든 마약단속국의 추적을 피할 수 없어."

"새크라멘토나 로스앤젤레스라면 네 말이 맞겠지만 만약 더 멀리 떠난다면 안전하지 않을까?"

덱스가 와인 잔을 비우고 나서 말했다. "그거야 나도 모르지. 한번도 겪어본 적 없는 일이니까. 우리 이제 여길 벗어날까?"

그들은 젠더 뉴트럴 표시가 되어있는 화장실로 자리를 옮겼고, 아이와 함께 있는 엄마 뒤에 줄을 섰다. 방금 전 나이 지긋한 남자가 화장실에서 나왔고, 엄마와 아이가 뒤이어 들어갔다. 메모리얼 스타디움의 직원 하나가 두 사람을 지나치며 말했다. "모퉁이에 더 큰 화장실이 있어요. 거기로 가면 기다리지 않아도 됩니다."

5분쯤 지나고 나서 마침내 이바의 차례가 되었다. 이바는 화장실로 들어가 문을 잠그고, 가방에서 녹음기를 꺼내 무엇이 녹음되어있는지 확인했다. 덱스의 말을 녹음했지만 그다지 가치있어 보이는 정보가 없어 실망스러웠다. 벽에 몸을 기대자 타일의 냉기가 느껴졌다. 덱스를 통해 중요한 정보를 알아내려면 어떤 질문을 해야 할지 생각해보았다. 카스트로와 거래를 제안하려면 피시와 관련된 정보를 최대한 많이 확보해둘 필요가 있었다. 이바는 변기 물을 내리고 나서 손을 씻고 포장지에 싸인 약을 꺼냈다. 그런 다음 타월 디스펜서 위에 약을 올려두고 화장실을 나왔다.

뒤이어 화장실에 들어간 덱스가 다시 나오더니 말했다. "후반전은 보고 싶지 않으니까 이만 돌아갈래."

"나도 그래."

그들은 층계를 내려가 메모리얼 스타디움을 벗어났다.

덱스가 메모리얼 스타디움 북쪽 게이트 앞에서 잠시 걸음을 멈추더니 말했다. "위험한 일을 겪은 만큼 매사 조심하려는 네 태도는 바람직해." 그런 다음 메모리얼 스타디움을 돌아보며 말을 이었다. "당분간 우리 둘 다 마음이 편해질 때까지 일을 쉬자."

필요한 약을 얻어낸 덱스의 표정은 한결 편안해 보였다. 이바의 입장에서 보자면 덱스는 동료이자 감시원이었다. 보호자인 동시에 간수였다. 아무리 우호적으로 보아주려고 해도 친구는 아니었다. 그나마 덱스와 원만한 관계가 유지되는 건 서로 상대에게 필요한 일을 해주기 때문이었다.

이바는 미소를 지어 보이며 말했다. "그래, 무슨 말인지 이해했어, 덱스."

덱스가 여전히 그녀를 마음먹은 대로 컨트롤할 수 있다고 믿게 할 필요가 있었다. 그래야만 덱스 몰래 일을 꾸밀 수 있을 테니까.

∞

그날 밤, 이바는 컴퓨터 앞에 앉아 검색 창을 바라보며 오늘 메모리얼 스타디움에 갔던 일을 다시 한번 떠올렸다. 아무리 생각해봐도 그녀를 위해 대신 싸워주거나 '이바는 믿을 만해요. 한번 더 기회를 주어야 해요'라고 말해줄 사람은 없을 듯했다. 메모리얼 스타디움에 혼자 앉아 있던 시간이 떠올랐다. 과연 다시 인생을 바꿀 기회가 주어질지 의문이었다.

이바는 그동안 보호벽을 쌓고 살아왔는데 리즈가 옆집으로 오면서 너무 쉽게 허물어졌다. 지금 모색하는 일이 벽을 다시 쌓도록 도와줄지 아니면 완전히 무너뜨릴지 알 수 없었다.

이바는 우선 오래도록 설왕설래해온 일을 추진하기로 했다. 엄마가 마약중독자 신세에서 벗어나 지금은 가족이나 친구들과 행복한 삶을 영위하고 있는지 알아볼 작정이었다.

구글 검색에 엄마의 성과 이름을 입력했다. 컴퓨터 화면에서 나온 푸른빛이 방 안을 희미하게 비추었다. 거리를 지나는 차 소리와 멀리서 들려오는 귀뚜라미 울음소리가 밤의 적막을 깨트리며 울려 퍼졌다.

이바는 엔터를 눌렀다. 검색 결과 목록이 기다랗게 떴다. 페이스북의 레이철 앤 제임스, 네브래스카주의 어느 대학 학생인 레이철 앤 제임스와 관련된 기사들이 대다수를 이루었다.

이바는 스크롤을 내리고 사람 찾기 링크를 눌렀다. 그러자 열여덟 개의 검색 결과물이 화면에 떠올랐다. 이바의 엄마와는 나이가 맞지 않았다. 만약 이바의 엄마가 생존해 있다면 나이가 오십대 초반일 텐데 한쪽은 너무 젊고, 다른 쪽은 너무 늙어 보였다.

검색 창에 '레이철 앤 제임스 부고, 캘리포니아'를 입력했다.

이번에는 검색 결과 버클리에서 북쪽으로 고작 몇 킬로미터 떨어진 리치먼드의 지역 신문에 난 짧은 기사가 맨 윗줄에 있었다. 레이철 앤 제임스가 어쩌다가 고인이 되었는지 알려주는 내용은 전혀 없었다. 그저 고인이 사망한 연도와 나이가 27세라는 간단한 정보만이 나와 있었다.

   레이철의 유족은 엄마 낸시와 아버지 어빈 제임스 그리고 오빠 맥스
웰이 있다. 유족들은 현재 캘리포니아 리치먼드에 살고 있다.

   그들 노부부가 키우기를 원하지 않았던 손녀 이바 제임스에
대한 기록은 전혀 없었다. 이바는 화면을 응시하며 머릿속에서
울려 퍼지는 소리에 귀를 기울였다. 리치먼드에서 사망한 레이
철이 엄마라면 이바가 여덟 살 때 벌어진 일이었다. 이바는 새롭
게 찾아낸 정보와 자신의 기억을 일치시켜보려고 애썼다. 카르
멘과 마크와 보낸 위탁가정에서의 시간, 세인트 조지프 수녀원
으로 복귀와 맞물려 있던 시기였다. 버나뎃 수녀님이 이바의 가
족과 다시 연락을 취했을 때도 바로 그 무렵이었다. 엄마는 그
사이 언젠가 세상을 떠났다. 조부모인 낸시와 어빈은 마약중독
자 딸을 보살펴야 하는 악몽의 시간에서 벗어났지만 이바를 받
아들이길 거부했다. 마치 천 개의 작은 칼날이 살갗을 베는 느
낌이 들었다. 이바는 검색 결과를 지우고 컴퓨터를 껐다. 그녀
는 새롭게 알아낸 가족 정보의 파장이 너무나 커 한동안 넋을 잃
고 그 자리에 우두커니 앉아 있었다.

<u>2월 26일 토요일</u>

로리가 매기와 함께한 마지막 주말과 관련해 거짓말했다는 건 매우 흥미로운 발견이지만 법적인 범죄 증거는 아니었다. 물론 로리는 나에게 그 이야기를 들려줄 때 자신이 몹시 불쌍해 보이도록 연기했고, 나는 매기가 마음을 바꿔 함께 떠난 이유를 알 수 없었다. 하지만 로리와 벌인 말다툼에 대한 매기의 말은 나를 소름 끼치게 했다. 로리에 대해 익히 잘 알기 때문이다. 매기가 어쩌다 계단 밑으로 떨어졌을지 직접 보진 않았지만 누구 짓인지 미루어 짐작할 수 있었다.

다만 그 쪽지는 로리와 매기가 다투었다는 사실 말고는 아무것도 입증해주지 못한다. 그 사건은 당시 언론에도 크게 보도되었다. 지금 이 시점에서 내 신경을 몹시 예민하게 하는 건 찰리

플래너건이 1992년 주말에 벌어진 그 일과 무슨 관련이 있는가이다. 바로 그 부분이 모든 비밀을 밝혀줄 열쇠가 되어줄 수도 있다. 어쩌면 찰리는 메리 고모가 말했던 그 뇌물 처리를 맡은 사람일지도 모른다. 재단의 공금을 불법적으로 횡령한 사건. 시계를 보니 켈리와 만나기로 약속한 시간이 다가오고 있다. 이제 30분만 지나면 약속 시간이다.

냉장고에서 다이어트 콜라를 꺼내 한 모금 마시고 나서 창을 통해 뒤뜰을 내다본다. 찰리가 만약 자신이 습득한 정보를 언론에 유포하면 어떤 일이 벌어질지 상상해본다. 《뉴요커》, 《베니티 페어》, 《뉴욕타임스》의 대형 폭로기사가 로리를 무력하게 만들 경우 나에게는 어떤 영향을 미치게 될지 가늠해본다. 아무리 생각해봐도 나에게는 득이 되는 일이다. 실현 가능성이 크지 않지만 내 힘을 북돋우는 상상이다.

캔을 조리대에 내려놓고 위층으로 올라가 검은색 바지와 흰 블라우스를 찾아 입는다.

∞

커피숍에 도착해보니 켈리가 먼저 와서 기다리고 있다. 나는 문을 열고 차에 오른다.

"준비됐어요?" 켈리가 묻는다.

"네, 준비됐습니다."

차를 타고 행사장으로 이동하고 있을 때 켈리의 휴대폰이 울린다. 켈리가 전화기에 대고 말한다. "저신타, 엄마 지금 일하러 가는 길이라서 바빠." 잠시 딸의 말을 듣고 있던 켈리가 욕설을 내뱉는다. "젠장맞을! 알았어, 5분 후에 도착할 테니까 기다려."

통화를 마친 켈리가 차를 돌리며 내게 미안하다고 말한다. "저신타가 예술사 수업을 듣는데 내 차 트렁크에 준비물을 놔두었대요."

"그럼 당연히 차를 돌려야죠." 나는 켈리에게 말한다.

"다른 때라면 적당히 넘기라고 했을 텐데 짝이 필요한 공동 과제물이랍니다. 저신타의 실수로 친구까지 불이익을 당하게 할 수는 없잖아요." 켈리가 한숨을 내쉰다. "첫날부터 과제가 마음에 안 든다고 불만을 토로하더니 이런 일이 생기네요."

"무슨 과제인데 그래요?"

"20세기 화가 두 명을 선정해 작품을 비교 평가해오는 과제랍니다. 시각 자료를 만들어 두 화가의 작품에서 공통점과 차이점을 찾아내 동료 학생들 앞에서 프레젠테이션을 해야 한답니다." 켈리의 눈이 바쁘게 돌아갔다. "버클리는 미술 교육에 진심이죠."

"딸의 나이가 몇 살인데요?" 켈리는 많아야 이십 대 후반으로 보인다.

"열두 살이에요."

나는 깜짝 놀란 표정을 짓는다.

"열일곱 살에 딸을 낳았어요."

"많이 힘들었겠네요."

켈리는 어깨를 으쓱한다. "임신 사실을 알게 된 엄마는 나를 죽일 듯이 노려보다가 곧바로 문제 해결에 착수했죠." 신호에 걸려 차를 세운 켈리가 나를 보며 말한다. "엄마가 없었더라면 나는 임신한 몸으로 계속 학교에 다니거나 취직할 엄두를 내지 못했을 거예요. 저신타는 엄마랑 가깝게 지내고 있죠. 나에게는 눈을 부라리며 반항하기 일쑤인데 엄마랑 있을 때면 뭐가 그리 좋은지 늘 웃음이 끊이질 않아요."

"일을 두 가지나 하면서 학교에 다니려면 무척이나 바쁘겠어요."

신호가 녹색으로 바뀐다. "늘 해온 일이라 익숙해요. 커피숍에서 아침 일을 하고, 낮에는 학교에서 수업을 듣고, 밤에는 출장 연회장에 나가 서빙을 하죠. 저신타와 둘이서 살 집을 구하려면 돈을 모아야 하거든요. 지금은 엄마 집에 얹혀살고 있는데 너무 좁아서요."

나는 서둘러 독립할 필요가 없다고 말해주려다가 입을 다문다.

∞

켈리의 집은 펜실베이니아의 우리 엄마 집과 비슷한 형태다. 똑같은 집들이 나란히 정렬되어 있어 마치 고향에 다시 돌아온 느낌이 든다. 차가 진입로로 들어섰을 때 켈리가 나에게 말한다.

"잠깐 안으로 들어와서 우리 가족들과 인사해요."

거절하면 어색해지는 상황이다. 많은 날들을 혼자 지내서인지 켈리의 가족을 만나 이야기를 나누고 싶기도 하다.

"예술사에 관해서라면 내가 좀 알아요." 나는 웃으며 말한다. "어쩌면 저신타와 대화가 잘 통할 수도 있겠네요."

"아, 그래요? 그렇다면 내 딸과 좋은 대화 상대가 될 수 있겠네요." 켈리가 말한다.

켈리의 집은 내가 상상한 그대로다. 넓은 거실에 소파 하나, 리클라이닝 체어 하나 그리고 텔레비전 한 대가 전부다. 출입구를 지나자 주방과 식당이 나온다. 여자아이 둘이 식탁 앞에 앉아 있다. 거실에서 침실과 욕실로 곧바로 이어지는 복도가 있다. 우리 엄마의 집도 비슷한 구조였다. 나는 켈리의 가족들이 저녁에 오순도순 모여 앉아 있는 모습을 상상한다. 켈리의 엄마는 소파 가운데에 켈리와 저신타는 소파 양 끝에 앉을 듯하다.

켈리와 저신타는 바이올렛과 내가 텔레비전을 볼 때처럼 서로 다리를 걸고 있겠지?

나이 지긋한 여자가 조리대 앞에서 채소를 썰고 있고, 가스레인지에 올려놓은 냄비에서 뭔가 끓고 있다. 집 안에 로즈마리 향과

샐비어 향이 가득하다.

우리가 주방으로 들어서자 여자아이들이 고개를 들고 바라본다.

"미안해요, 엄마." 한 아이가 말한다.

"저신타, 인사해. 이분은 엄마와 함께 일하는 이바야."

"만나서 반가워." 내가 말한다.

저신타의 갈색 눈과 날카로운 광대뼈가 켈리를 빼닮았다. "저도 만나서 반가워요."

"이쪽은 저신타의 친구인 멜이에요."

멜이 손을 들어 흔들고 나서 켈리를 돌아보며 말한다. "고마워요, 많이 번거로울 텐데 차를 돌려 와주셨네요."

켈리가 아이의 어깨를 잡고 말한다. "너만 아니었다면 오지 않았을 거야."

켈리가 조리대 앞에 있는 나이 지긋한 여자에게로 다가가며 말한다. "이분이 우리 엄마 메릴린이에요."

메릴린은 젖은 손을 타월로 닦고 나서 나에게 악수를 청한다. "만나서 반가워요."

켈리와 메릴린, 저신타와 멜은 아무런 의심도 하지 않고 나를 이바라고 믿고 있다. 나는 세 사람을 둘러본다. 자주 애용하는 외투처럼 너무나 친숙한 가족들이다. 나는 잠시 식탁에 앉아 있는 동안 나에게도 친숙한 가족이 있었으면 좋겠다는 생각이 든다.

"예술사 과제로 무얼 하기로 했니?" 나는 아이들에게 묻는다.

저신타가 노트북 화면에 나란히 띄워놓은 두 개의 그림을 볼 수 있도록 내가 있는 쪽으로 돌린다. 재스퍼 존스의 〈폴스 스타트〉와 장 미셸 바스키아의 〈조니펌프의 소년과 개〉다.

"바스키아는 뉴욕 길거리에서 그라피티 아티스트로 커리어를 시작했어. 그가 직접 겪은 경험을 바탕으로 사회 비판적인 성향이 강한 작품을 그렸지. 오늘날 그라피티가 예술의 한 형태로 인정받게 된 건 바스키아 덕분이라고 할 수 있단다."

"그나마 두 그림에서 차이점을 찾기는 쉬워요. 하지만 공통점을 찾는 건 정말이지 애매해요. 내가 보기에는 비슷한 점이 전혀 안 보이거든요." 저신타가 말했다.

나는 아이들 옆 의자에 앉아 팔꿈치로 턱을 고인다. "내가 한 가지 힌트를 줄게. 사람들마다 예술 작품을 감상하고 나서 받은 느낌은 똑같지 않아. 학교 선생님들은 너희들이 그림을 얼마나 정확하게 이해하고 있는지 보려는 게 아니라 어떤 느낌을 받았는지가 궁금한 거야. 예술의 핵심은 감정이니까. 그 다음은 너희들이 그림을 보고 나서 무엇을 얻게 되었고, 앞으로의 삶에 어떻게 적용할지 알고 싶어 한단다. 그러니까 무엇을 말할지 고민하지 말고 주관적으로 느낀 감정을 솔직하게 털어놓으면 되는 거야."

창문을 통해 들어온 햇살과 메릴린이 만드는 요리 냄새가 방 안을 가득 채운다. 메릴린이 냉장고 문을 여닫고, 개수대와 가스레인지 사이를 오가는 소리가 내 마음을 차분하게 가라앉힌다.

나는 5분쯤 더 아이들과 이야기를 나누면서 예술사 과제 준비를 돕는다. 두 화가의 생애, 그들의 성장기에 결정적인 영향을 미친 일들에 대해서도 이야기해주었다. 내가 말하는 동안 아이들은 열심히 메모까지 해가며 경청한다.

마침내 켈리가 가봐야겠다며 자리에서 일어난다.

"부러운 가족이에요." 나는 차가 진입로를 빠져나가는 동안 켈리에게 말한다.

"늘 좋은 일만 있진 않아요. 일일이 엄마의 지시를 받으며 저신타를 키우자니 더욱 힘들어요. 내가 너무 어린 나이에 저신타를 낳아서인지 엄마는 가끔 내가 엄마라는 걸 깜빡해요. 물론 엄마가 도와주는 건 고맙지만 집이 비좁아서 문제죠."

나는 가족들끼리 서로 부대끼며 사는 것이야말로 짐이 아니라 위안과 축복이라고 말해주고 싶다. 나는 삶을 바꾸고 싶은 마음에 너무 일찍 가족들을 떠났다. 가족들이 늘 그 자리에서 나를 기다리고 있을 줄 알았다. 가끔 나는 엄마와 바이올렛이 아직 우리가 살던 집에 그대로 있고, 내가 돌아오길 간절히 기다리는 모습을 그려본다.

∞

나는 차를 타고 이동하는 동안 가족들을 생각하느라 한참 동안 침묵을 유지한다.

"화가들에 대해 어쩜 그리 잘 알아요?" 켈리가 묻는다. 내 마음은 아직 켈리의 집 식탁에 남아 있다.

"대학에서 예술사를 전공했어요." 그 정도는 말해도 상관없을 듯하다. 그나마 진실을 말하니 기분이 좋다.

켈리가 감탄한 얼굴로 나를 돌아본다. "당신은 서빙보다는 박물관이나 미술관에 취직해야 하겠네요."

"개인적으로 복잡한 문제가 많아요. 그 문제들을 해결하고 나서 새로운 진로를 모색해보려고요. 켈리와 계속 이야기를 나누다가는 나도 모르게 비밀을 다 털어놓게 될까봐 더럭 겁이 난다.

켈리가 웃는다. "어느 누구에게나 인생은 복잡해요." 켈리가 말한다. "당신 마음을 다 이해하지는 못하지만 부분적으로는 공감해요."

"잘못된 결혼 생활에서 벗어나려고 애쓰고 있어요." 나는 진실을 털어놓고 나서 곧장 거짓말을 덧붙인다. "집을 나와 장기 여행을 떠난 친구 집에 숨어서 지내고 있죠. 남편이 나를 찾고 있어서 내 전문 분야 일자리를 구할 수 없는 형편이죠."

우린 오클랜드를 향해 달리고 있다. 나는 바로 옆에서 달리는 차에 탄 사람들을 내다본다. 그들의 머릿속에도 수많은 비밀들이 펼쳐져 있을 거라는 생각이 든다. 아무도 내 마음을 자세히 들여다보려고 하지 않는다. 아마도 켈리에게 내 이야기는 흔하디흔한 이야기일 수도 있다.

"새로운 출발을 하려면 무엇보다 용기가 필요하죠." 켈리가 말한다.

나는 그리 대담하거나 용감하지 않다. 켈리가 내 손을 쥔다. "당신이 나랑 함께 일해주어서 정말 좋아요."

∞

우리가 서빙을 맡은 파티는 대규모 행사이다. 오클랜드 시내의 거대한 창고를 임대해 행사장으로 꾸몄고, 열두 명이 행사 진행을 위해 고용되었다. 여덟 명이 앉을 수 있는 식탁 마흔 개가 행사장에 비치된다. 켈리가 보스인 톰에게 나를 소개한다. 그 순간 누군가가 주방에서 톰을 부르는 바람에 그의 관심은 온통 그쪽으로 쏠린다. "일을 할 수 있게 해줘서 고마워요." 나는 서둘러 자리를 뜨는 톰에게 말한다.

"일손이 많이 필요한 행사장이라 내가 오히려 고맙죠." 톰은 그렇게 말하고 나서 즉시 주방으로 사라진다. "무슨 일을 하게 될지는 켈리가 알려줄 겁니다."

우리는 리넨이 깔린 식탁을 꽃으로 치장하느라 여념이 없다. "몇 달 전부터 기다려온 행사죠." 켈리가 말한다.

"왜요?"

켈리의 눈이 반짝인다. "오클랜드 애슬레틱스팀을 위해 마련한 행사거든요." 켈리가 방 안을 둘러보며 말한다. "몇 시간 후 이 행사장은 유명한 야구 선수들의 차지가 될 거예요. 적어도 사인을 받을 수는 있겠죠." 그런 다음 내게 한쪽 눈을 찡긋하며 덧붙인다. "어쩌면 전화번호도요."

켈리가 자리를 뜨고 나서 나는 혼자 남아 냅킨을 갠다. 갑자기 손가락이 마비된 듯 움직이지 않는다. 내 시선이 출구로 향했다가 다시 내 앞의 리넨 더미로 돌아온다. 나는 자주 이런 행사를 조직한 경험이 있다. 유명 인사들이 몰려드는 행사로 내가 가장 먼저 연락을 취하는 곳은 언론이다. 카메라 기자들이 많이 올수록 좋았다.

나는 냅킨을 개고 나서 식탁을 차리기 시작한다. 검은색 바지와 흰 셔츠 차림인 나는 수많은 사람 가운데 하나일 뿐이다. 우리는 눈에 띄지 않는 곳에서 열심히 일한 대가로 돈을 받는다.

∞

파티가 시작되고 나서 한 시간쯤 지나자 마음이 좀 더 느긋해진다. 카메라 기자들이 행사장 입구에서 진을 치고 있다가 유명 선수들이 도착할 때마다 셔터를 눌러댄다. 실내에 있는 카메라

기자는 두 사람뿐이고, 나는 주로 그들의 카메라 렌즈 영역을 벗어난 곳에서 서빙을 한다. 나는 부지런히 행사장을 오가며 파티 참석자들에게 와인과 애피타이저, 냅킨 따위를 제공한다. 대부분의 사람들은 밝게 웃으며 나에게 감사를 표하는 반면 대화를 멈추지도 않고 내가 건네는 와인이나 애피타이저를 건성으로 받아드는 사람들도 더러 있다.

서빙은 체력 소모가 심한 육체노동이다.

"정말 힘든 일인데 잘 견뎌내시네요." 텅 빈 와인 잔이 가득 담긴 쟁반을 들고 주방으로 향하던 켈리가 나를 보더니 말한다.

난 뭉친 어깨를 마사지하며 대꾸한다. "테이블에서 음식이 떨어지기 무섭게 가져다놓고, 와인 잔을 나르기만 하면 되는데 체력적으로 많이 힘드네요."

나는 뉴욕에서 줄곧 이용하던 출장 업체 대표 마시를 생각한다. 마시는 재키 케네디처럼 우아한 매력이 돋보이는 자그마한 체구의 여성이지만 불도저처럼 저돌적인 면도 있었다. 마시는 직원들에게 존경받았고, 모든 행사를 빛나게 만드는 재능이 있었다. 그녀의 회사 직원들은 언제나 흠잡을 데 없이 일을 깔끔하게 해주었다. 나는 오늘에서야 그들이 얼마나 힘들게 일했는지 깨닫게 되었다.

내가 항공기 사고로 사망했다는 말을 들으면 마시는 어떤 생각을 할지 궁금하다. 로리는 내 장례식 때 마시의 출장 업체에 일을 맡길 수도 있다.

∞

베이컨에 싼 가리비 요리를 테이블로 옮기다가 딱 붙는 파란 드레스 차림의 아름다운 여자 옆을 지나친다. 여자는 체격 좋은 야구 선수와 목소리를 낮춰 말다툼하고 있다.

"이제 그만해, 도니." 여자가 안타깝다는 듯이 말한다.

"나에게 이래라저래라 지시하지 마."

그 남자가 나에게 한 말은 아니었지만 나는 반사적으로 긴장한다. 남자가 거칠게 말을 내뱉는 방식, 목소리에 밴 독기가 로리를 닮아 나에게 눈을 내리깔고 서둘러 그 자리를 벗어나게 한다. 난데없이 공포가 밀려들며 신경이 곤두서고, 머리끝이 쭈뼛해진다. 파란 드레스 차림의 여자가 그런 말을 들었을 때 어떤 느낌을 받았을지 짐작이 된다. 그 여자를 어떤 식으로든 돕고 싶다. 행사장에 모인 사람들 가운데 프로 야구 선수가 파란 드레스 차림의 여자를 어떻게 대할지 아는 사람이 과연 있을지 의문이다. 행사장에 있는 모든 여자들이 프로 야구 선수가 하는 말을 엿듣게 되었을 때 나처럼 공포심을 느낄까? 파란 드레스 여자에게 도움을 베풀어야겠다는 생각을 품게 될까?

사람들은 다른 사람의 일에 끼어들지 않고 무심하게 등을 돌린다. 나 역시 다르지 않다. 여자에게 도움을 주고 싶지만 한편으로 주제넘게 끼어들었다가 무슨 봉변을 당할지 몰라 주저하게 된다.

다시 그들을 보니 남자의 손이 여자의 허리 아래를 감싸 쥐고 있다. 그런 다정한 모습은 순식간에 여자를 밀어버리는 폭력으로 바뀔 수도 있다.

∞

어떤 남자가 행사장 앞에 설치해둔 마이크 앞에 서자 참가자들이 박수를 친다. 나는 남자가 연설하는 동안 쟁반을 든 상태로 벽에 붙어 선다. 마치 아나운서처럼 매력적인 목소리의 소유자인 남자는 야구 해설가로 살아온 세월에 대해 이야기한다. 하지만 내 관심은 이내 다시 파란 드레스 여자에게로 향한다. 프로야구 선수와 여자는 이제 내 바로 앞에 있다. 남자는 속이 들여다보이는 거짓말로 여자를 다독거리려고 한다. 여자에게 남자의 거짓말은 전혀 통하지 않는다. 여자의 분노가 점차 고조되면서 나는 남자의 반응을 주시한다.

'그를 화나게 하지 말아요.' 나는 마음속으로 여자를 향해 애원한다. '당신은 문제를 추스를 수 있는 시간이 있어요.'

내 손에 땀이 배고 호흡이 가빠진다. 어느 커플이나 자주 다투기 마련이다. 내 남편이 나를 때렸다고 해서 다른 남자들도 똑같을 거라고 생각해서는 안 된다. 그럼에도 내 몸은 잔뜩 긴장한다.

마이크를 쥔 남자가 다시 참석자들의 웃음을 이끌어냈고, 두 사람의 말다툼 소리가 묻혀버린다. 웃음소리가 잦아들자 다시 그들이 다투는 소리가 내 귀에 들려온다.

사람들이 그들을 돌아본다. 여자는 자리를 뜨려고 하지만 남자가 팔을 잡고 우악스럽게 끌어당긴다. 그들 가까이에 있는 사람들의 눈이 휘둥그레진다.

여자의 눈에 공포가 어려 있다. 짐작일 뿐이지만 나는 이전에도 비슷한 일이 있었다는 걸 알 수 있다. 여자는 다음 순서가 뭔지 알고 있다.

나는 쟁반을 테이블에 놓아두고 두 사람 사이로 다가간다. 지금 나는 아무도 나를 위해 해주지 않았던 일을 하고자 한다. 손바닥으로 남자의 어깨를 밀치며 말한다. "어서 손을 놔줘요."

남자가 깜짝 놀라 손에서 힘을 빼는 순간 여자가 재빨리 팔을 빼낸다. 여자는 내 어깨 너머로 남자를 죽일 듯이 노려보며 말한다.

"넌 거짓말쟁이야, 도니."

연설을 듣고 있던 사람들이 고개를 돌려 우리 셋을 바라본다.

"미안해, 크레시다. 거짓말할 마음은 없었어."

"이제부터 나에게 연락하지도 말고, 만나려고 하지도 마. 우린 이제 끝이야." 여자는 나를 지나쳐 행사장 입구를 향해 걸어 간다. 나는 다시 뒤로 물러서서 내려놓은 쟁반을 집어 든다.

　나는 그때야 비로소 휴대폰 카메라를 의식한다. 싸움 구경에 나선 사람들이 세 개의 휴대폰을 나에게 고정시킨 상태로 촬영에 열중하고 있다.

이바

캘리포니아주 버클리

12월

추락 2개월 전

이바는 녹음기를 처음으로 되돌려 덱스의 목소리를 듣는다.

'그 남자는 우리의 지시를 거부했어. 그가 어떻게 됐는지는 상상에 맡길게. 너는 그 남자와 똑같은 실수를 저지르지 않길 바라.'

아직은 정보가 부족해 이바는 기록을 만들기 시작했다. 이바는 우선 알약을 만들어 덱스에게 건넨 날짜를 모두 기록했다. 덱스를 만날 때마다 녹음하다가는 꼬리를 잡힐 수 있었다. 마치 눈을 가리고 운전하는 기분이었다. 본능과 직관에 의지해 일을 찾아내고 끈질기게 밀어붙일 수밖에 없었다.

피시와 덱스가 이미 그녀의 계획을 다 알고 있다고 생각하면 공포감이 밀려들었다. 이바는 그럴 때마다 공포를 이용해 더 많은 일을 해내도록 자신을 다그쳤다. 카스트로의 복귀를 기다리는 동안 불면의 밤은 점점 더 잦아졌다. 최근에는 카스트로를 본 적이 없었지만 어두운 골목에서 때를 기다리며 숨어 있을 그의 존재감이 뚜렷이 느껴졌다. 이바는 다시 카스트로가 나타났을 때 자신이 완벽하게 준비되어 있길 바랄 뿐이었다.

이바는 오늘 리즈가 인터넷에서 찾아낸 농장으로 크리스마스트리를 사러 가기로 했다. 이바는 이런저런 이유를 늘어놓으며 한사코 거절했지만 리즈에게는 통하지 않았다. 리즈는 끈질기게 졸랐고, 결국 함께 가기로 약속했다. 리즈는 한 달만 더 버클리에 머물다가 봄 학기부터는 프린스턴으로 떠나기로 되어 있었다. 리즈가 떠난 이후의 적막하기 그지없는 날들을 떠올릴 때마다 마음이 울적했지만 계획대로 일이 잘 풀릴 경우 그녀 역시 어디론가 훌쩍 떠나야 할 수도 있었다.

이바는 초인종 소리를 듣고 서둘러 문을 열었다. 예상과 달리 문 앞에 서 있는 사람은 리즈가 아니라 덱스였다.

"아무런 연락도 없이 웬일이야?" 이바가 물었다.

덱스는 인사치레를 하느라 시간을 낭비하지 않았다. 덱스는 집으로 성큼 들어와 발로 문을 닫았다. 그의 표정이 잔뜩 굳어 있었다.

"무슨 꿍꿍이속이야?"

"꿍꿍이속이라니, 도대체 무슨 소리야?"

"지난주 건네받은 약을 세어봤는데 백 알이 모자랐어."

"정말이야? 내 실수였어."

"씨발, 우리가 한두 번 거래하는 초보도 아니고 어쩌다가 그런 실수를 저질렀어? 너, 죽고 싶어?"

이바는 고개를 저으며 덱스를 달래려고 안간힘을 썼다. 리즈가 나타나기 전에 덱스를 어서 집에서 내보내야 했다.

"주로 심야에 일하다보니 몹시 피곤해서 실수했나봐." 이바는 그동안 지킬과 하이드 씨처럼 이중생활을 해왔다. 낮에는 리즈와 어울려 시간을 보냈고, 밤에는 고약한 냄새를 풍기며 약을 만드는 기술자로 살았다. 두 가지 캐릭터를 동시에 소화한다는 게 얼마나 피곤한 일인지 절감했다.

"당장 해결해."

"그럴게."

"오늘 밤에 작업해."

리즈가 계단을 내려오는 소리가 들려왔다.

"오늘은 안 돼."

덱스가 어이없어하는 표정을 지었다. "무슨 일 있어?"

"옆집에 사는 리즈랑 크리스마스트리를 사러 가기로 했어."

덱스의 회색 눈동자가 이바를 뚫어지게 노려보았다. "내가 단단히 화난 피시를 달래느라 얼마나 힘들었는지 알아? 만약 피시였다면 무슨 일이 있는지 묻지도 않았을 거야. 크리스마스트리를 사러 간다는 말을 감히 꺼내기도 전에 넌 끝났을 거라고." 덱스의 언성이 높아졌고, 이바는 그 소리가 멀리 퍼져 나갈까봐 걱정스러웠다.

"그만 나가봐야 해. 알약 부족분은 내가 책임지고 만들어놓을 테니까 걱정 마."

덱스는 혹시 속임수를 쓰는 건 아닌지 알아내려는 듯 미심쩍은 눈길로 이바를 노려보았다. "두 번 다시 똑같은 말 안 해. 내일까지 부족한 양을 채워놔." 덱스가 말했다.

"그래, 약속할게." 이바가 선뜻 동의했다.

덱스는 문을 벌컥 열었고, 리즈와 곧장 마주쳤다. 리즈는 문을 노크하려고 손을 들어 올린 상태였다.

"안녕하세요." 밝게 인사를 건넨 리즈는 호기심 어린 표정으로 덱스와 이바를 번갈아 둘러보았다.

덱스가 그제야 잔뜩 굳어 있던 인상을 풀고 미소를 지었다. "두 분이 크리스마스트리를 사러 간다고요? 즐거운 시간 보내시길 바랍니다." 덱스는 두 사람에게 윙크하고 나서 계단을 성큼성큼 내려갔다.

"저 남자 누구예요?" 리즈가 물었다. "잘생겼네요."

지금 이 마당에 크리스마스트리를 사러 가는 건 포기하는 게 마땅했지만 리즈의 질문을 회피할 방법이 없었다.

"이름이 덱스인데 오래전부터 알고 지낸 사람이에요."

"둘이 혹시?"

"연애하는 사이는 아니고요. 말하자면 사연이 좀 복잡해요."

이바는 산타 로사를 향해 차를 달리는 동안 알약의 수량을 맞추지 못할 정도로 넋이 나갔던 자신에게 화가 났다. 그처럼 터무니없는 실수를 저지른 건 처음이었다. 당분간 피시와 덱스를 안심시켜놓아야 계획을 추진할 때 도움이 될 텐데 스스로 눈총받을 짓을 저지른 셈이었다. 크리스마스트리를 사러 농장에 들렀다가 버클리로 돌아온 후 밤새워 일해야 할 생각을 하니 벌써부터 피곤했다.

마침내 두 사람은 크리스마스트리를 파는 농장에 도착했다. 리즈는 트리를 사서 몇 주 동안 물에 담가두는 대신 집에 심어두자고 했다.

리즈는 크리스마스트리를 하나씩 자세히 살펴보았고, 가지가 사방으로 풍성하게 뻗어있는지 확인해보았다. 그다음 트리도 똑같은 과정을 거쳐 품질을 점검했다.

리즈가 낮은 목소리로 말했다. "어렸을 때 아빠랑 크리스마스트리를 사러 갈 때마다 내가 직접 골랐어요. 이사 갈 때마다 우리 가족들과 잘 어울리는 새로운 트리를 찾곤 했죠." 리즈는 지나가는 길에 있는 트리로 손을 뻗어 손끝으로 전나무 잎을 어루만졌다. "아빠 덕분에 늘 마법 같은 크리스마스를 보냈죠."

세인트 조지프 수녀원에서 지내던 어린 시절에 가족들이 다시 데려갈 기회가 있었다. 이바는 가족들이 자신을 집으로 데려가 다 함께 크리스마스 휴가를 보내는 모습을 상상한 적이 많았다. 엄마가 마약중독자가 아니라 산타가 실제로 존재한다고 우기며 선물로 줄 스타킹을 채우는 모습을 보고 싶었다. 그런 엄마였다면 이바는 일찍 잠에서 깨자마자 곧장 크리스마스트리로 달려가 아래에 놓아둔 선물을 받아 들고 몹시 기뻐했을 것이다. 어쩌면 이바의 조부모와 친척들 그리고 사촌들이 함께 크리스마스를 즐기러 와 가족에 대한 환상을 충족시켜주었을지도 모른다고 생각했다. 하지만 기대는 이내 큰 실망으로 바뀌었다. 이제는 아예 기대를 접었다. 엄마가 리치먼드에서 오래전에 세상을 떠난 사실을 알게 되었으니까. 이제는 마음대로 그려볼 환상도 존재하지 않았고, 그 빈자리는 영원히 어두운 그림자로 남게 되었다.

"크리스마스에 따님이 여기로 오세요?" 이바가 물었다. 리즈의 딸 엘리를 직접 만난다면 어떤 감정을 느끼게 될지 전혀 알 수 없었다.

"딸은 출근한대요." 리즈가 말했다. 딱 잘라 말하는 걸 보니 더는 언급하고 싶지 않은 듯했다.

리즈는 양쪽에 크리스마스트리가 늘어선 사이로 들어가더니 이내 다른 줄로 이동했다. 뒤따라간 이바는 그야말로 완벽한 크리스마스트리 앞에 서 있는 리즈를 발견했다. 세로 2.5미터, 가로 1.5미터 크기에 모양도 완벽했다.

"마음에 들긴 하는데 이 트리를 어떻게 집으로 가져가죠?"

이바는 이 거대한 트리를 차 지붕에 매달고 고속도로를 달리는 모습을 상상했다.

"걱정 말아요. 농장에서 배달해줄 테니까." 리즈는 그렇게 말하고는 크리스마스트리를 요모조모 살펴보았다. "마당에 트리를 심어두고 반짝거리는 장식물을 다는 거예요. 잔뜩 옷을 껴입고 포치에 나가 핫초코를 마시며 크리스마스트리를 감상하는 기분이 정말이지 근사하겠네요. 일 년 내내 크리스마스트리를 볼 수 있으니 더욱 좋잖아요." 리즈가 말했다.

"비가 오는 날에도 반짝이는 조명을 감상할 수 있을까요?"

리즈가 어깨를 으쓱했다. "비가 오는 날에도 장식물에 조명이 들어오게 할 수 있어요. 뉴저지 집에서 장식물이 든 상자를 가져왔으니까 우리 함께 트리를 예쁘게 꾸며보기로 해요."

해가 뉘엿뉘엿 지고 있었다. 두 사람은 집을 향해 출발했다. 이바는 등받이에 몸을 기대고 창밖 풍경을 바라보았다. 머릿속으로는 밤새 일할 생각에 몰두해 있었다.

∞

이틀 후 크리스마스트리가 배달되었다. 마당에 크리스마스트리를 심을 구덩이를 파는 데 필요한 장비도 실려 있었다. 리즈가 트리를 심는 공사를 감독했다. 트리를 마당에 심은 일꾼들이 일당과 팁을 받고 나서 돌아간 후 리즈가 장식물이 든 상자를 가져왔다.

두 사람은 크리스마스캐럴을 들으며 작업에 착수했다. 먼저 반짝이는 조명을 걸고 나서 장식품들을 걸었다. 리즈에게는 사연이 깊은 장식물들이었다. 동료 교수들과 대학원생들에게 받은 선물이었고, 그 당시 기억이 상세하게 남아 있었다. 엘리가 어렸을 때 선물로 준 도자기 장식품도 있었다. "고작 한 학기 동안 머물다가 돌아갈 예정인데 크리스마스트리 장식품을 바리바리 챙겨온 초빙 교수는 내가 유일할 거예요." 리즈가 말했다. "하지만 나는 지금껏 단 한 번도 크리스마스트리 없이 크리스마스를 보낸 적이 없어요."

리즈는 찰흙으로 만든 화환을 트리 옆에 놓았다. 뒤편에 '엘리'라는 이름이 적혀 있었다. 그 순간 이바는 리즈의 얼굴을 스쳐 지나간 슬픔을 보았지만 애써 못 본 체했다.

크리스마스트리를 장식하는 동안 이바는 시간이 느리게 흐르기를 갈망했다. 가급적 저녁 시간이 오래 지속되길 바랐다. 이바는 잠시 내년 크리스마스 무렵을 상상해보았다. 이바는 어딘가 먼 곳으로 떠나지 않았다면 아마도 목숨을 잃었을 가능성이 컸다. 리즈는 이미 오래전에 뉴저지로 떠났을 테고, 이바는 그녀가 크리스마스카드를 보내줄 명단에 적힌 이름 가운데 하나가 되어 있으리라.

크리스마스트리 장식을 끝내고 나서 리즈는 집 안으로 들어가더니 휴지에 싸인 뭔가를 들고 나왔다.

"나는 당신에게 최초로 크리스마스 장식품을 주는 사람이 되고 싶었어요. 이제부터 당신이 어디에 있든 그 장식품을 볼 때마다 나를 떠올리게 될 거예요."

이바가 휴지를 풀어헤치자 유리로 만든 파랑새가 나타났다.

"그 파랑새가 당신에게 행복을 선물할 거예요." 리즈가 말했다. "내가 크리스마스에 당신을 위해 빌어주는 소원이에요."

이바는 행운을 가져다준다는 파랑새를 손끝으로 어루만졌다. 깊이 소용돌이치는 파란색과 보라색이 교차하는 지점은 마치 얼음 같은 백색이었다.

이바가 나지막이 속삭였다. "정말 고마워요. 영원히 잊지 못할 귀한 선물이에요." 이바가 팔을 뻗어 리즈를 포옹했다.

리즈도 덩달아 이바를 힘껏 끌어안았다. 이바가 늘 상상해 마지않았던 엄마와의 포옹 같았다. 이바는 무너지기 직전이었고, 자신의 모든 걸 리즈에게 보여주고 싶다는 욕망이 끓어올랐다. 언제나 계산된 말과 행동으로 일관하는 게 아니라 본연의 자기 모습을 드러내 보여주고 싶었다. 그 모든 중압감을 혼자 감당하기에는 너무 무겁게 느껴졌다. 리즈는 어두운 길을 가는 이바가 고통에서 벗어날 수 있도록 힘껏 도울 사람이었다. 이바의 입가가 파르르 떨렸다. 하지만 이바는 끝내 입을 다물어버렸다.

"나는 선물을 준비하지 못했는데 어쩌죠?"

"이바가 나에게 보여준 우정만으로도 아주 좋은 선물이죠." 리즈가 말했다. "우리 이제 크리스마스트리의 조명을 켜고 핫초코를 한 잔씩 마셔요."

크리스마스트리가 주변의 어둠을 밀쳐내고 환하게 반짝였다. 그 빛을 빼고는 모두가 어둠에 잠겨 있었다.

"엄마가 이미 오래전에 사망한 사실을 알아냈어요." 이바가 말했다. "제가 여덟 살 때 돌아가셨더군요."

리즈는 몸을 옆으로 돌려 이바를 바라보았다. "마음이 많이 아프겠네요." 리즈가 말했다.

이바는 어깨를 으쓱했다. "엄마가 사망했다는 사실을 알게 된 후 뭉쳐있던 마음의 매듭을 풀 수 있었어요. 적어도 엄마가 저를 찾아오지 않은 이유가 뭔지 증명되었으니까요."

리즈가 다시 트리를 향해 몸을 돌리며 말했다. "조부모님을 찾아가 만나볼 건가요?"

"지금은 그럴 생각이 없어요. 차라리 서로 계속 모르고 지내는 편이 나을 듯해요."

"적어도 지금은 그렇다는 거죠? 언젠가는 그분들을 만나보고 싶다는 생각이 들 거예요. 그때 찾아가서 만나뵙는 것도 괜찮을 거예요."

멀리서 종탑이 현재 시각을 알려주었다. 종탑 소리가 멈추자 리즈가 말했다. "트리를 사러 가기 전에 우연히 마주친 남자에 대해 좀 더 말해줘요."

"그냥 친구예요."

리즈는 묵묵히 있다가 다시 물었다. "그 남자와 관련해 당신의 안위를 걱정하지 않아도 괜찮겠어요?"

이바는 깜짝 놀라며 리즈를 바라보았다. "당연하죠. 왜 저에게 그런 질문을 하게 되었는데요?"

리즈가 어깨를 으쓱했다. "그 남자가 당신에게 윽박지르는 소리를 들었거든요. 아주 잠깐 보았을 뿐이지만 그 남자의 얼굴은……." 리즈가 말끝을 흐렸다. "이혼한 남편도 그랬어요. 벌컥 화를 냈다가 이내 부드러운 태도를 취할 때마다 마치 다른 사람의 가면을 쓴 듯했죠." 리즈는 고개를 저었다. "그냥 내 느낌일 뿐이지만 그 남자랑 마주쳤을 때 내 안에서 경계심이 일었어요."

이바는 이왕 이야기가 나왔으니 리즈에게 모든 사실을 털어놓을지 말지 망설였다.

'덱스는 함께 일하는 동료인데 제가 일터에서 실수를 저지르는 바람에 그가 대신 상사의 눈총을 받게 되었어요.'

리즈는 의자에서 일어나 이바를 마주 보았다. 어서 설명해주길 기다리는 눈빛이었다.

"덱스를 만나 점심 식사를 하기로 약속했었는데 깜박 잊은 거예요." 이바가 말했다. "덱스가 벌컥 화를 내긴 했지만 난 괜찮아요."

리즈는 그 말의 진위를 가늠하듯 이바를 잠시 바라보고 나서 계속 이야기가 이어지길 기다렸다. 이바는 침묵을 유지했고, 리즈의 호기심과 걱정이 이내 실망감으로 바뀌었다는 걸 느낄 수 있었다. 이바가 자신을 신뢰하지 않아 진실을 말하지 않는 거라 느끼는 듯했다.

"그렇다면 다행이네요." 리즈가 말했다.

크리스마스트리를 바라보는 동안 이바의 내면에서 뭔가 꿈틀거렸다. 리즈의 사랑을 받으려면 좀 더 솔직해져야 한다는 생각이 들었다.

∞

리즈가 집으로 돌아가고 난 이후에도 이바는 한참 동안 크리스마스트리의 조명을 끄고 안으로 들어가고 싶지 않아 한동안 그 자리에 앉아 주위의 집들이 하나둘씩 어둠에 잠기는 모습을 지켜보았다.

'아직은 아니야.'

바깥 어딘가에서 발소리가 들려와 이바는 자세를 똑바로 고쳐 앉았다. 집 앞에 어떤 남자가 나타났다. 크리스마스트리에서 흘러나온 조명이 남자의 모습을 희미하게 비추었다. 이바는 점점 가까이 다가오는 남자를 주시했다. 가까이 다가온 모습을 보니 카스트로 요원이었다. 그는 크리스마스트리가 드리운 둥근 빛 속으로 들어와 포치 난간에 몸을 기댔다.

이바는 몇 주 전부터 이 순간이 찾아오길 기다리며 정보를 모으고, 카스트로를 만나게 되면 어떤 협상을 벌일지 계획했다.

이바는 리즈의 집 불 꺼진 창을 바라보며 말했다. "당신은 이 순간이 오길 얼마나 오래 기다렸죠?"

"제법 오래되었죠." 카스트로가 말했다. "적어도 몇 년은 되었겠네요."

이바는 피로한 기색이 역력한 카스트로의 얼굴을 바라보았다. 자신도 눈앞의 남자와 그리 다르지 않다는 느낌이 들었다. 둘 다 자신의 본모습이 아니라 다른 누군가를 연기하느라 지쳤다.

카스트로가 나지막한 목소리로 말했다. "필릭스 아지로스에 대해 아는 대로 말해주세요."

이바는 그 말을 듣고도 크리스마스트리에서 한동안 눈길을 떼지 않았다. "처음 듣는 이름인데요."

"아마 당신은 피시로 알고 있을 겁니다."

이바는 즉답을 회피했다. 아무 말도 하지 않는 한 피시를 배신하지도, 마약단속국 요원에게 거짓말을 하지도 않은 중립적 위치를 유지할 수 있으니까.

카스트로가 말을 이었다. "나를 도와주면 내가 당신을 안전하게 보호해주겠다고 약속할게요."

이바는 허탈하게 웃었다. 카스트로가 조금 전 이바에게 했던 말이 피시의 귀에 들어간다면 살아남을 가능성은 제로였다.

"당신은 지금 매우 중요한 선택의 기로에 놓여 있습니다." 카스트로가 말했다.

"당신이 소속되어 일하던 태스크포스가 해산된 줄 알았는데요." 이바가 그런 사실을 알고 있어 놀랄 거라고 생각했는데 카스트로는 전혀 티를 내지 않았다.

"정확하게 말하면 해산된 게 아니라 축소되었죠."

비록 카스트로에게 모든 신경이 쏠려 있었지만 이바는 크리스마스트리에서 눈을 떼지 않았다. 카스트로의 자세를 눈여겨보고, 특징적인 몸짓이 무엇인지 살펴보고, 즐겨 사용하는 언어가 무엇인지 귀 기울여 들어보았다.

카스트로는 아직 이바에 대해 별로 아는 게 없어 보였다.

"당신이 누구인지 솔직하게 털어놔봐요."

"저는 풋볼과 농구를 좋아하는 식당 서빙 직원일 뿐입니다." 이바가 대꾸했다.

"내가 생각하기에 당신은 지금 이곳에서 벗어나고 싶어 하는 것 같아요." 나직한 목소리였지만 카스트로의 말은 이바의 속마음을 날카롭게 관통했다.

이바가 쏘아보자 카스트로는 마치 방금 뭔가가 확정되었다는 듯이 호기롭게 웃었다.

"시간이 얼마 남지 않았습니다." 카스트로가 난간에 올려놓고 있던 다리를 똑바로 세우며 말했다. "나는 우리가 나눈 대화를 비밀에 붙일 수도 있고, 동료들에게 슬쩍 흘릴 수도 있습니다. 피시가 우리가 무슨 대화를 나누었는지 알게 되면 무슨 일이 벌어질지도 잘 알고 있습니다." 카스트로는 고개를 저으며 말했다. "당신이 먼저 나를 만난 사실을 털어놓는다고 해도 피시의 의심을 불식시킬 수는 없을 겁니다. 의심은 언제나 심각한 문제를 야기하죠."

"왜 하필 나를 선택했죠?" 이바가 물었다.

카스트로가 이바의 눈을 주시하며 말했다. "당신이야말로 내가 진심으로 돕고 싶은 유일한 사람이니까요."

카스트로는 명함을 건네고 나서 재빨리 사라졌다.

클레어

<u>2월 26일 토요일</u>

오클랜드 애슬레틱스를 위해 마련한 행사장에서 집으로 차를 타고 오는 길에 켈리와 나는 오래도록 침묵을 지켰다. 내 머릿속은 내가 행사장에서 저지른 행위를 다양한 각도에서 따져보느라 여념이 없었다. 나는 그들이 찍은 동영상과 사진으로 무엇을 하게 될지 모른다. 우선 페이스북이나 트위터에 올릴 테고, 결국 텔레비전에까지 등장하게 될 가능성이 컸다. 내가 지금 궁금한 건 얼마나 빨리 동영상과 사진이 유포될 것인가다.

누군가 분명 나를 알아볼 거야.

나는 창밖으로 고속도로 너머의 아파트들을 바라본다. 차가 고속도로의 진입 차선으로 들어갈 때 켈리가 묻는다.

"아까 행사장에서 무슨 일이 있었던 거예요?"

나는 켈리에게 지난 며칠 동안 벌어진 모든 이야기를 털어놓을 경우 그녀가 어떤 반응을 보일지 상상해본다. 내가 남편 곁에서 영원히 사라지기 위해 무슨 일을 벌였는지 알게 되었을 때 그녀의 눈동자 속에 깃들어 있던 유대감이 공포로 바뀌는 모습을 보게 될 수도 있다.

"무슨 뜻이죠?" 내가 묻는다.

"당신이 몹시 흥분한 도니와 여자 친구가 다툼을 벌일 때 갑자기 둘 사이에 끼어들었잖아요. 과거에 무슨 일이 있었기에 자제심을 잃고 끼어들 수밖에 없었는지 궁금해서 물었어요."

밤늦은 시간이라 도로는 한산했고, 차는 중간 차선에서 달리고 있다. "설명하자면 복잡해요. 차라리 모르는 게 낫겠네요."

켈리는 도로에서 눈을 떼지 않는다. 반대 방향에서 달리는 차량의 전조등 불빛이 켈리의 얼굴을 밝아지게 했다가 이내 사라진다.

"남편이 당신을 때렸어요?"

나는 그 질문이 잠시 허공에서 맴돌게 내버려둔다. 과연 나에게 그 질문에 대답할 용기가 있는지 모르겠다.

"여러 번 때렸죠."

"이제 당신 남편이 동영상을 보고 당신을 찾아낼까봐 걱정하고 있죠?"

"내가 왜 그리 멍청한 짓을 저질렀는지 몹시 후회하고 있어요." 나는 허탈하게 말한다.

우리는 고속도로를 빠져나와 버클리 시내로 들어선다. 이바의 집 앞에 차를 세운 켈리가 나를 돌아보며 말한다. "내가 당신을 도와줄게요."

남몰래 혼자 비밀을 간직하고 있는 사람은 세상으로부터 고립된다. 엄밀히 말해 페트라를 제외하면 뉴욕에 내 친구는 단 한 명도 없었다. 숨겨야 할 비밀이 많았던 탓이다. 이제 남편의 곁에서 도망치게 되었지만 바뀐 건 아무것도 없다. 나는 비밀을 지키려면 켈리와 거리를 두어야 한다. 내가 숨겨야 할 비밀만이 달라졌을 뿐이다.

켈리와 친구가 될 수 있다면 바랄 나위 없겠지만 나는 그저 희미한 미소를 지어 보일 뿐이다.

"고마워요." 나는 말한다. "하지만 너무 늦은 건 아닌지 모르겠어요."

∞

나는 컴퓨터를 켜고 《TMZ》의 웹 주소를 입력한다. 도니와 크레시다가 싸우는 모습을 찍은 동영상이 맨 위에 올라 있다. 겨우 45분 전에 올린 동영상인데 조회 수가 놀라울 정도로 많다.

동영상 제목은 이렇게 되어 있다. '유명 야구 선수 도니 로드

리게스와 여자 친구의 물리적인 충돌.'

소리는 없고 영상만 있지만 화질이 너무 깨끗하다. 도니와 크레시다가 다툼을 벌이고 있다. 도니가 크레시다의 팔을 우악스럽게 끌어당겼을 때 내가 끼어드는 모습이 보인다.

이미 이백 개가 넘는 댓글이 달려 있다. 내가 그토록 우려하던 댓글이 눈에 들어온다.

NY전문가 : 나중에 끼어든 여자는 477편 항공기 추락 사고로 사망한 로리 쿡의 부인 클레어 쿡과 닮아 보이지 않아?

나는 재빨리 로리의 메일함으로 넘어가 알림 폴더를 연다. 읽지 않은 알림들의 목록 맨 위에 문제의 메일이 도착해 있다. 본능적으로 메일을 지워버리려다가 그만둔다. 메일을 지워봐야 소용없다. 어차피 불가피한 결과를 잠깐 늦출 뿐이다.

다니엘은 알림을 보고 나서 동영상 링크를 클릭할 것이다. 아마도 동영상을 몇 번쯤 반복적으로 보고 나서 브루스에게 알릴 것이다. 그런 다음 두 사람은 로리에게 어떤 방법으로 알려주어야 가장 큰 칭찬을 들을지 궁리할 것이다.

항공기 추락 사고로 사망한 클레어 쿡이 여전히 생존해 있고, 오클랜드에서 열린 출장 연회에서 서빙을 보았다는 사실을 가장 극적으로 알려줄 수 있는 방법을 찾아내려고 할 것이다.

나는 그 메시지와 몇몇 메시지들을 삭제한 후 휴지통을 비운다.

∞

일요일 아침까지 동영상 조회 수는 무려 10만이 넘었다. 댓글도 일백 개나 달려 있다. 대부분 NY 전문가를 향한 비난이다.

'당신 같은 음모론자들이 들끓는 게 이 나라의 심각한 문제야. 컴퓨터 뒤에 숨어 근거 없는 낭설이나 퍼뜨리는 키보드워리어들.'

비난이 쏟아져도 NY 전문가는 쉽게 포기하지 않는다. 그는 동영상에서 캡처한 내 사진과 《스타 라이크 어스》에 실린 내 사진을 나란히 올려놓고 자신 있게 답글을 단다.

이 사진을 보면 아니라고 말 못 할 텐데?

NY 전문가의 답글에 수긍하는 댓글이 달렸다.

확실히 닮긴 했네.
머리 모양만 다를 뿐 놀라울 정도로 똑같은 얼굴이야.

아무리 머리를 짧게 자르고 금발로 염색했어도 로리는 동영상을 보는 즉시 나라고 확신하게 되어 있다. 내 특유의 몸짓과 도니와 크레시다 사이에 끼어드는 내 얼굴 표정을 보고도 몰라본다면 도저히 말이 안 된다. 로리가 동영상을 보고 나서 내가 지금 어디에 있는 지 알아내기까지 그리 오랜 시간이 걸리지 않을 것이다. 나는 로리가 알아낸 버클리에서 가능한 한 멀리 떨어진 곳에 있어야 한다. 하지만 오늘 아침까지 구글독스는 비어 있다. 내가 두려워하는 대화는 아직 보이지 않는다.

영상 봤어요? 정말 클레어라고 생각해요?

∞

마침내 걱정했던 글이 올라왔는데 로리와 비서들은 내가 등장하는 동영상 이야기를 나누고 있지 않다.

브루스 코코란 : 찰리가 언론 배포 기사 초안과 진술서를 보내왔습니다.
로리 쿡 : 뭐라고 썼어?
브루스 코코란 : 우리가 우려하던 내용이 전부 다 실렸습니다.

나는 그들이 주고받는 말들을 통해 사태의 심각성을 느낄 수 있다. 브루스는 계속 키보드를 치고 있다. 그가 로리를 달래는 듯한 어조가 실제로 귀에 들리는 듯하다.

브루스 코코란 : 우린 기사가 실리도록 구경만 하고 있지 않을 겁니다. 사람들을 시켜 찰리를 뒷조사하고 있으니까 사건의 결과를 뒤집을 단서를 찾아낼 수 있을 겁니다.

로리 쿡 : 아마 찰리가 구린 짓을 많이 했을 거야. 계속 알아봐.

브루스 코코란 : 네, 사장님. 잘 알겠습니다.

∞

아래층에서 노크 소리가 들려 나는 화들짝 놀란다. 계단을 내려가 보니 켈리가 커피 두 잔을 들고 포치 앞에 서 있다. 나는 그냥 집에 없는 척하고 싶다는 유혹을 받는다. 위층으로 다시 올라가 〈쿡재단〉의 선임 회계사인 찰리가 매기 모레티와 로리가 함께한 마지막 주말과 관련해 무엇을 알고 있는지 서둘러 알아내고 싶다.

나는 어떻게 할지 몰라 우물쭈물하다가 켈리에게 들키고 만다. "오늘 아침에 카페인이 좀 필요할 것 같아 커피를 가져왔어요." 켈리가 닫힌 문 너머에서 소리친다. "어제 저신타가 예술사 숙제를 잘 해낼 수 있도록 도와줘서 고마웠대요. 저신타가 당신 덕분에 예술사 숙제를 완벽하게 해낼 수 있었다고 좋아했어요."

우리는 탁자를 사이에 두고 마주 앉는다. 켈리는 커피를 홀짝이고, 나는 와인 잔을 기울인다.

"내 영상이 《TMZ》에 떴어요." 나는 허탈하게 말한다.

"나도 봤어요." 켈리가 말한다. "아직 온라인에만 등장했을 뿐 텔레비전에는 나오지 않았어요. 당신의 전남편이 유명한 가십 사이트의 악플러가 아니라면 아무 일도 없을 겁니다."

켈리가 NY 전문가의 댓글을 볼 만큼 깊이 파고들었을 것 같지는 않았다. 나는 양손으로 움켜쥔 와인 잔을 빙글빙글 돌리며 이 일이 그리 간단하게 마무리되지 않는 이유를 설명할 수 있다면 얼마나 좋을지 생각한다.

"나를 만나러 일부러 이렇게 찾아와줘서 고마워요. 커피도 감사해요." 나는 커피 잔을 들어 올린다. "하지만 나는 오늘 오후에 짐을 꾸려 떠나야 합니다." 나는 지난 며칠 동안 은신처 역할을 톡톡히 해준 공간을 둘러본다. 의자 등받이에 던져놓은 외투, 소파 옆 바닥에 쌓인 신문들, 이 집이 이렇게 빨리 내 집처럼 느껴지게 될 줄은 미처 몰랐다.

"아직은 당신의 전남편이 동영상을 보지 못했을 가능성이 있지 않을까요?"

"동영상 건 말고도 매우 복잡한 일들이 벌어지고 있어요."

"혹시 돈이 필요하면 내가 빌려줄 수도 있어요. 다른 은신처가 필요하면 내 친구에게 부탁해 찾아봐줄 수도 있습니다."

지금 이 순간 엄마의 생전 모습이 떠오른다. 엄마는 도움이 필요한 사람에게 손을 내밀길 주저하지 않았다. 켈리의 도움을 받아들일 수 있으면 좋겠지만 위험이 크다. 이토록 위험한 일에 켈리를 끌어들일 수는 없다.

"고마워요." 나는 말한다. "당신이 나에게 해준 모든 일들이 다 도움이 되었습니다. 내가 얼마나 고마워하는지 모를 거예요."

"떠나기 전에 돈을 좀 더 벌어보는 건 어때요? 오늘 오후에 파티가 있어요. 언론은 안 와요. 전망이 기막힌 언덕배기에서 열리는 행사입니다. 내가 오후 2시에 데리러 와서 행사장에 갔다가 밤 9시까지 데려다줄 수 있어요." 켈리는 서글픈 미소를 지어 보이며 말을 맺는다. "당신은 오늘 떠난다고 했지만 아직은 시간이 많이 남았잖아요."

차고에는 이바의 차가 세워져 있고, 나는 당장 떠나고 싶어 조바심이 난다. 일 분도 더 낭비하고 싶지 않다. 지난 며칠 동안의 흔적을 지우고, 내 소지품을 모두 이바의 차 안에 던져 넣은 다음 곧장 출발하고 싶다.

지금은 충동적으로 행동할 때가 아니다. 거듭 나 자신을 위기로 몰아넣는 실수를 저지를 수는 없다. 어디로 갈지 차분하게 따져 보아야 한다. 혹시 필요할지도 모를 서류들을 챙기고 침착하게 짐을 꾸려야 한다. 로리가 지금 당장 영상을 본다고 해도 여기까지 오려면 많은 시간이 걸린다. 나는 200달러를 더 챙긴 다음 밤에 떠나도 늦지 않다. 켈리의 제안을 거절할 형편이 아니다.

"그럼 오후 2시에 봐요."

켈리가 돌아간 후 나는 다시 컴퓨터 앞으로 돌아온다. 찰리에 관해 더욱 심도 깊은 대화가 오갔기를 바라면서. 내 기대와 달리 구글독스는 비어 있다.

∞

나는 필요한 서류를 찾아내기 위해 이바의 책상을 뒤지기 시작한다. 가장 최근의 은행 입출금 내역서를 찾아내 한쪽에 따로 둔다. 서류 상자에서 이바의 자동차등록증, 사회보장카드, 출생증명서를 꺼내고 나서 여권을 다시 찾아보지만 보이지 않는다.

새크라멘토나 포틀랜드, 시애틀 같은 대도시에 있는 내 모습을 상상해본다. 싸구려 모텔에 체크인하고 나서 일자리를 찾고, 이바의 신상 서류를 이용해 W-2 양식을 작성한다.

이바가 〈듀프리〉 식당에서 일하고 받은 급여 명세서를 서류 파일에 추가한다. 어쩌면 그 경력을 일자리를 구하는 데 이용할 수 있을지도 모른다. 손을 들어 내 짧은 금발을 만져본다. 버클리 이외의 모든 지역에서 나는 이바 제임스로 살아갈 작정이다. 이바의 자동차등록증과 사회보장카드, 출생증명서가 내 신원을 입증해줄 수 있다.

나는 어느 부분이 나이고, 어디서부터 이바인지 잘 모르겠다.

내가 일자리를 구하러 찾아간 식당의 매니저가 〈듀프리〉에 전화해 나에 대해 시시콜콜하게 묻는 걸 상상한다.

'이바 제임스요? 네, 여기서 일한 적이 있어요.'

컴퓨터를 둘러보며 내가 어디로 가야 할지 궁리해본다. 북쪽으로 가는 게 가장 바람직할 것 같다. 여기서 캐나다까지 가려면 중간중간에 수많은 대도시가 자리 잡고 있다. 캐나다로 이동하다가 중도에 마음이 바뀌어 시카고나 인디애나폴리스에 정착할 수도 있다. 나는 크레이그리스트를 이용해 일자리가 많고, 물가가 비싸지 않은 도시를 찾아본다.

한 시간 후 나는 구글독스를 다시 확인해보았으나 여전히 비어 있다. 그 텅 빈 자리가 내게 주는 느낌은 스트레스와 공포뿐이다. 나를 예전의 삶에 붙잡아두는 유일한 연결고리다. 나는 그만 로그아웃하고 그 모든 걸 버려두고 떠나고 싶은 유혹을 느낀다. 나는 새로운 삶을 찾아야 한다. 매기 모레티 사건이 나를 간접적으로 돕고 있지만 전적으로 의존해서는 안 된다. 매기 모레티는 이미 오래전에 죽었다. 나 또한 비슷한 결말을 맞을 수 있다.

로리가 영상을 보게 되면 반드시 나를 잡으러 버클리로 오게 될 것이다. 오클랜드로 날아와 톰을 찾아낸 다음 내가 어디로 사라졌는지 당장 털어놓으라고 협박을 가할 것이다. 톰이 말해줄 수 있는 건 고작 이바라는 이름뿐이다. 심지어 이바가 어디에 사는지 알려줄 직원 명부조차 없다.

켈리만이 이바를 안다. 로리의 모습이 눈앞에 아른거린다. 로리가 돌처럼 단단한 심장을 가진 사람조차 후원금 수표를 쓰게 만들 수 있는 그 미소를 켈리 앞에서도 지어 보일 수 있다. 로리가 나에 대해 뭐라고 얘기할지 훤히 보인다. 내 정신이 온전하지 않다고, 거짓말을 밥 먹듯이 한다고. 나는 켈리가 그런 말에 쉽사리 넘어가지 않으리라 생각한다. 내가 백 퍼센트 확신할 만큼 켈리를 잘 알지는 못한다는 게 현실이다. 내가 오늘 밤에 떠나야만 하는 이유다.

∞

켈리가 나를 데려간 행사장은 버클리 힐스에 위치해 있다. 켈리와 나는 오후 2시가 지난 직후에 행사장에 도착한다. 우리는 먼저 리넨 식탁보를 테이블에 깔기 시작한다. 행사장에서 샌프란시스코만의 전경이 모두 내려다보인다.

"어디로 떠나려고요?" 켈리가 낮은 목소리로 묻는다. 톰이 고용한 대학원생이 귀에 이어버드를 꽂은 상태로 술잔을 닦고 있다.

나는 식탁보를 펴면서 창밖 풍경을 바라본다.

"피닉스로 갈까 해요." 거짓말이다. "아니면 라스베이거스나 동부 도시로."

나는 이미 북부로 떠나기로 마음먹었다.

새크라멘토를 경유해 포틀랜드로 갈 계획이었다. 차에 가스를 채우는 건 이바의 현금카드를 이용하기로 했다. 이바의 돈이 다 떨어지기 전에 가능한 한 멀리 가야 한다. 나는 작은 가방에 꼭 필요한 물건들을 챙겨두었다. 길 위에서 적어도 일주일은 버틸 수 있도록 만반의 준비가 되었다.

켈리가 내게 몸을 기울이고 말한다. "카지노에서 일하는 사람들은 선호하지 않아요. 카지노에서는 지문을 찍거든요."

나는 깜짝 놀라 한 걸음 뒤로 물러선다. 켈리가 나를 그렇게까지 잘 알고 있다는 사실이 놀랍다.

내가 너무 일찍 많은 걸 드러냈나?

"별 뜻이 있어서 한 말은 아니니까 염두에 두지 말아요, 그냥 톰이 당신을 찾는 경찰의 협조 요청을 받을 수도 있기에 노파심에서 해본 말입니다."

흰 가운을 입은 톰이 우리를 부른다. 켈리와 나는 하던 일을 멈추고 톰의 작업 지시를 들으러 간다. 톰이 작업 지시를 마치고 나서 내 또래의 젊은 여자를 우리와 함께 일하게 한다.

∞

켈리와 나는 무거운 쟁반을 들고 사람들 사이를 바삐 오간다. 유리창이 활짝 열려 있어서 손님들은 실내와 샌프란시스코만이 내다보이는 작은 풀밭을 자유롭게 오갈 수 있다. 태양이 머리 위로 솟아오르는 동안 삭막하던 풍경이 풍요로운 녹색과 금색으로 물들어 있다. 사적인 행사라서 사진을 찍는 사람이 없어 다행이다.

나는 잔디밭 테이블 위에 놓인 유리잔과 빈 접시를 치우려고 쟁반을 내려놓는다. 해가 뉘엿뉘엿 지면서 샌프란시스코는 푸른색과 보라색으로 물들어 있다. 베이 브리지의 조명들이 어두워지는 하늘을 배경으로 밝게 빛난다.

술잔과 식기 부딪치는 소리가 클래식 음악과 섞이며 이질적인 느낌을 자아낸다. 나는 쟁반을 어깨에 얹고 조심조심 실내로 향한다. 그때 놀라움이 담긴 여자 목소리가 나를 부른다. "세상에! 너 혹시 클레어 아니니?"

나는 나를 알아본 사람이 누군지 확인해보기도 전에 도망칠 곳을 살피느라 눈을 두리번거린다. 시끌벅적한 파티장의 모습이 내 눈에서 소용돌이친다. 나는 앞쪽과 뒤쪽 출구 가운데 어디가 좋을지 가늠해본다.

기회가 주어졌을 때 떠났어야 했다. 지금은 너무 늦었다.

이바

캘리포니아주 버클리

1월

추락 7주 전

이바는 샌프란시스코에서 남쪽으로 한 시간 반 거리에 있는 산타크루즈의 해안 주차장에서 카스트로를 만나기로 약속했다. 피시의 감시망이 그렇게 멀리까지 뻗어있지 않기를 바랄 뿐이었다.

이바는 혹시 미행이 따라붙지는 않는지 자주 백미러를 살피며 천천히 차를 운전했다. 아무도 그녀에 대해 신경 쓰지 않았다. 해안 주차장에 차를 세우면서 이바는 미행당하지 않았다는 확신이 들었다.

두 사람은 말없이 해변으로 이어지는 계단을 내려갔다. 바닷바람에 이바의 머리카락이 흩날렸다.

"바람직한 결정을 내린 겁니다." 카스트로가 말했다.

이바는 '결정'이라는 말을 그다지 좋아하지 않았다.

"나는 아무것도 결정하지 않았어요. 하지만 당신이 나에게 해줄 말이 있다면 기꺼이 들을 생각입니다."

"우리는 오래전부터 피시를 추적해왔습니다. 베이 에어리어에서 피시의 영향력은 절대적입니다. 우린 피시와 연관 있어 보이는 세 건의 살인 사건을 조사하고 있습니다."

이바는 카스트로를 날카롭게 쏘아보았다. "내가 배신할 경우 피시가 나에게 무슨 짓을 저지를지 알아요. 당신이 나를 안전하게 보호해주겠다고 약속하기 전까지 나는 아무것도 털어놓지 않을 겁니다."

카스트로 요원의 갈색 눈이 이바의 얼굴을 뜯어보았다. 이바는 그의 날카로운 시선을 고스란히 받아냈다. 이런 경우 의지가 얼마나 단단한지 상대에게 보여줄 필요가 있었다.

"물론 우리는 최선을 다해 당신을 보호해줄 겁니다. 당신이 우리 앞에서 증언할 때까지 24시간 내내 안전하게 경호해줄 수 있습니다."

이바는 웃음을 터뜨리고 나서 해변을 내려다보았다. 멀리서 젊은 여자 하나가 바다에 나뭇가지를 던지고 골든 리트리버에게 물어 오게 하는 훈련을 시키고 있었다.

"'사면'은 저에게 아무런 의미도 없습니다. 저는 어떻게 증인 보호를 해줄 수 있는지 궁금할 따름입니다. 저에게 새로운 신분증을 만들어주고 아무도 모르는 곳으로 이주해 살 수 있게 해주세요. 다른 약속은 무의미합니다."

"그럼 일단 저의 상사들과 상의해 당신의 제안을 수용할 수 있는지 여부를 알아보겠습니다." 카스트로가 말했다. "그리 흔한 제안은 아니라서요."

마약단속국 사람들은 간단하고 비용이 덜 드는 방향으로 회유할 가능성이 컸다. "피시 같은 거물급 마약범에게 유죄 선고를 내리기는 쉽지 않습니다. 증거 불충분으로 풀려날 가능성이 높다는 뜻이죠. 만약 그렇게 된다면 나는 어떻게 될까요? 그 경우 사면은 나에게 전혀 도움이 되지 않습니다."

"무슨 뜻인지 충분히 이해합니다." 카스트로가 말했다. "나는 이런 일에 경험이 많고 능숙합니다. 당신이 원하는 방향으로 결정이 내려지도록 애써보겠습니다."

"브리태니 건은 능숙하지 않았습니다."

"그 건은 실수였다는 걸 인정합니다. 결과적으로 실패는 아니었네요. 그 일이 나를 당신에게로 이끌어주었으니까요." 카스트로가 바다를 등진 채 이바를 마주 보며 말했다. 그의 외투 자락이 낙하산처럼 펄럭였다. "당신은 나를 믿어야만 합니다."

이바는 하마터면 피식 웃을 뻔했다. 누군가를 철석같이 믿을 때마다 언제나 결과가 좋지 못했다. "당신이 나에게 증인 보호 프로그램을 마련해줄 수 없다면 나도 당신을 도울 수 없습니다."

카스트로가 씁쓸하게 웃었고, 눈가에 잔주름이 잡혔다. 누군가는 카스트로가 행복할 때 어떤 표정을 짓는지 알고 있을 것이다. 이바는 카스트로를 가장 잘 이해하는 사람이 누군지 궁금했다. 매일이다시피 누군가의 그림자를 쫓아다니는 남자를 사랑한다는 게 과연 어떤 심정일지 알 수 없었다.

카스트로가 말했다. "오랫동안 이 분야에서 일을 해오다보니 많은 사람을 만났습니다. 당신은 내가 만나본 사람들 중에서 이 분야와 가장 어울리지 않습니다."

이바는 소용돌이치는 파도 너머로 수평선을 바라보았다.

"당신은 나에 대해 아무것도 모르잖아요?"

"당신이 수녀원에서 자랐고, 버클리에서 무슨 일을 당했는지 알고 있습니다. 당신은 억울하게 처벌받았습니다."

이바는 그가 자신의 비밀을 모두 알고 있어 화가 났다. 몇 년 전만 해도 그녀가 억울한 피해자라고 두둔해줄 사람이 절실히 필요했다. 하지만 지금은 돌이킬 수 없는 일이 되어버렸고, 방금 전 그가 한 말은 아무런 위로도 되어주지 못했다.

카스트로가 말을 이었다. "나는 당신이 억울한 피해자이고, 좋은 사람이라고 생각합니다. 내가 당신을 도울 수 있게 해주세요."

두 사람 사이에서 한동안 침묵이 흘렀다. 풋볼 선수나 피시를 위해 마약을 만들든, 마약단속국에 중요한 정보를 넘기든 그녀가 해줄 수 있는 역할이 끝나는 순간 상대의 관심은 사라지리라는 걸 알고 있었다.

카스트로 요원이 말을 이었다. "당신이 우리 일에 협조하지 않을 경우 부득이 기소할 수밖에 없습니다. 사면 기회가 날아가는 건 물론이고, 내가 당신을 위해 해줄 수 있는 일이 아무것도 없게 됩니다."

이바는 자신이 확보하고 있는 정보들이 충분히 가치 있다고 생각했다. 다만 그 정보를 넘기는 순간 상대는 그녀가 필요 없어지게 되어 있었다.

"내가 제안한 증인 보호 요청을 들어주면 우리는 협의에 도달할 수 있습니다." 이바가 말했다.

"최선을 다해보겠습니다."

"아마 당신은 나를 계속 미행해야 하겠네요. 피시가 우리가 만나 대화했다는 사실을 알아내면 나는 감쪽같이 살해당할 테고, 당신은 아무것도 얻어내지 못하게 될 테니까요."

∞

버클리까지 어떻게 운전해왔는지 알 수 없을 만큼 머릿속이 온통 여러 가지 생각들로 가득 차 있었다. 카스트로가 증인 보호 요청을 수용해줄 수 있든 없든 미리 떠날 준비를 갖추고 있어야 했다.

집에 도착했을 때는 이미 날이 어둑어둑했다. 리즈의 집에서 따스한 불빛이 흘러나왔다. 이바는 포치에 서서 크리스마스트리의 가지를 어루만졌다. 크리스마스트리는 장식물이 걷힌 상태로 다음 크리스마스가 다가오길 기다리고 있었다.

이바가 마치 마법을 부리기라도 한 듯 리즈가 눈앞에 나타났다. 리즈는 웃음을 가득 머금은 얼굴로 크리스마스트리 옆에 서 있는 이바를 바라보았다. "거기서 뭐 해요?"

이바는 아무 말 없이 환한 불빛을 등지고 서 있는 리즈를 가만히 응시했다.

리즈가 포치로 한 걸음 다가와 이바의 표정을 보더니 얼굴 가득 머금고 있던 미소가 흐려졌다. "속상한 일이 있었어요?"

"그냥 피곤해서 그런가봐요."

리즈는 할 말이 있는 듯 망설이다가 마침내 입을 열었다. "당신에게 뭔가 대단히 중요한 일이 일어나고 있는 게 분명한데 나에게는 언제쯤 말해줄 거예요? 내가 물을 때마다 아무 일 없다거나 피곤해서 그렇다고 둘러대지만 내가 보기에는 분명 무슨일이 있어 보여요. 나에게는 결코 말해줄 수 없는 일인가요?"

"정말 아무 일 없으니까 걱정 말아요."

리즈는 고개를 저었다. "당신은 이미 결정된 일들에 대해서만 나에게 털어놓아요. 난 당신이 하루하루 무엇을 하며 시간을 보내는지 아는 게 전혀 없어요. 당신이 무슨 일 때문에 힘들어하는지, 왜 얼굴이 핼쑥해지도록 걱정하는지, 왜 잠이 부족해 늘 피곤한지 나에게는 아무런 말도 해주지 않죠. 처음 보는 남자가 난데없이 나타나 당신과 다투는 모습을 본 이후로 더욱 걱정이 많아 보여요. 그날 이후 그 남자는 한 번도 모습을 보이지 않았고, 당신도 그에 대해 아무 말도 하지 않았죠." 리즈는 숨을 깊이 들이쉬었다. "당신은 나를 믿지 못해 아무것도 말해주지 않는 건가요?"

리즈의 품에 안겨 제발 이 고통스러운 날들에서 벗어나게 해달라고 애원하고 싶은 마음이 간절했지만 차마 그럴 수는 없는 일이었다. 리즈에게 부탁해 간단히 해결할 수 있는 문제였다면 지금껏 입을 꾹 다물고 있지도 않았을 것이다.

리즈가 나지막한 목소리로 말했다. "나는 우리가 친구라고 생각했어요. 하지만 당신은 늘 나에게 거짓말을 둘러대기 바빠요. 평소 어딜 가는지, 무얼 하는지, 누구랑 시간을 보내는지 한 번도 얘기해준 적이 없잖아요. 나는 당신을 친구라고 생각하기에 늘 신경을 써요. 가끔 밤에 당신이 전화 통화를 하며 다투는 소리를 들어요. 그때 여기에 왔던 남자인가요?" 리즈가 애써 웃으며 말을 이었다. "어려우면 굳이 대답하지 않아도 괜찮아요. 지금껏 당신은 진실을 털어놓은 적이 없으니까."

이바는 차라리 리즈에게 모든 사실을 털어놓고 싶은 유혹을 느꼈다. 그동안 애써 억눌러온 말들을 속 시원히 털어놓고 그녀가 솔직히 말해주기만 한다면 모든 걸 해결해줄 수 있다는 듯이 말하는 리즈의 자만심을 박살내주고 싶었다. 문득 카스트로가 한 말이 떠올랐다.

'당신은 내가 만나본 사람들 중에서 이 분야와 가장 어울리지 않습니다.'

마침내 이바가 말했다. "나는 당신이 이해하기 힘든 세계에 속해 있어요."

리즈가 한 발 더 가까이 다가오자 이바는 뒤로 물러섰다. 거리를 유지할 필요가 있었다.

"무슨 뜻이죠?" 리즈가 물었다. "이바가 지금껏 해낸 일들은 결코 경시할 수 없어요. 그토록 힘든 상황에서 지금까지 잘 살아왔잖아요."

"그것 봐요. 당신은 나에 대해 잘못 알고 있잖아요." 이바가 낮은 소리로 내뱉었다. 이바는 평생 어두운 환경에서 벗어나려고 몸부림치며 살아왔다. 세상 사람들 모두, 심지어 그동안 마음이 잘 통한다고 믿어온 리즈조차 동정심이라는 렌즈를 통해 이바를 저울질하고 있었다는 생각이 들어 가슴이 답답했다.

이바는 손가락으로 관자놀이를 누르고 문 쪽으로 걸어갔다. 어서 리즈의 시야에서 벗어나고 싶었다. "난 이야기해줄 수 없어요. 미안해요."

리즈가 손을 뻗어 이바의 팔에 얹었다. "무엇이 당신을 힘들게 하는지 모르지만 이런 식으로 계속 도망치며 살아갈 수는 없어요. 진실을 마주할 필요가 있어요. 나를 똑바로 보고 모든 걸 털어놓아요."

"현실을 직시하라느니 자기성찰이 필요하다느니 같은 어쭙잖은 충고로 해결될 문제가 아니니까 이제 그만하세요."

리즈는 움찔했지만 눈빛은 여전히 강렬했다. "내 짐작대로 당신을 힘들게 만드는 문제가 있는 건 분명하네요. 당신이야말로 요모조모 재지 말고 있는 그대로 말해봐요. 당신이 미리 안 된다고 결론을 내리지 말고 속 시원하게 털어놔봐요."

이바는 여전히 묵묵부답이었다. 솔직하게 털어놓자니 엄청나게 큰 부담이 되는 말이었다. 이바는 거실을 들여다보며 거기에 처음 앉았던 때를 떠올렸다. 그 당시 이바는 자신이 만들어온 세상이 카스트로의 미행 때문에 무너져 내릴까봐 두려웠다.

이바가 끝내 입을 열지 않자 리즈는 뒤로 물러나 그녀가 문을 열고 안으로 들어갈 수 있게 해주었다. 거실 안으로 들어간 이바의 귀에 리즈의 목소리가 들려왔다. "말할 준비가 되면 여기로 와요. 나는 한동안 여기에 앉아 있을 테니까."

이바는 소파에 누워 차라리 자신이 종적도 없이 사라져버렸으면 좋겠다고 생각했다.

2월 27일 일요일

나는 그 자리에 얼어붙은 상태로 목소리의 주인공이 나에게 가까이 다가와 반갑게 아는 체를 하는 순간을 기다린다. 내가 클레어 쿡이라는 사실을 세상 사람들에게 알려 그나마 조금 누리고 있는 자유마저 강탈당하게 되는 건 아닌지 우려스럽다.

켈리가 나를 보며 입 모양으로 '괜찮아요?'하고 묻는다. 나는 고개를 끄덕이고 나서 겨우 몸을 움직인다. 나는 쟁반을 턱 근처로 높이 들어 올린 상태로 손님들 사이를 빠져나간다.

그때 방 건너편에서 다른 누군가가 외친다. "클레어, 여기예요. 폴라가 벨리제 여행에 관해 당신과 이야기를 나누고 싶대요."

나는 비로소 우리와 함께 일하게 된 젊은 여자 이름이 클레어라는 사실을 깨닫는다. 나는 켈리에게로 다가가 들고 있던 쟁반을 건넨다. "잠시 화장실에 다녀올게요."

"안색이 안 좋아요." 켈리가 말한다. "무슨 일 있어요?"

나는 고개를 젓는다. "정신없이 서빙에 열중했더니 머리가 약간 멍해요. 조금 쉬면 괜찮아질 거예요."

"그럼 잠시 쉬다가 와요."

아래층 파우더 룸에서 얼굴에 물을 축이고 거울 속 내 모습을 바라본다. 성형수술을 하면 얼굴은 얼마든지 바꿀 수 있다. 이름을 바꾸고 다른 도시로 떠나 살 수도 있다. 하지만 진실은 바뀌지 않는다. 아무리 조심하고 경계해도 작은 실수 하나로 발각될 수밖에 없다.

행사장으로 슬그머니 돌아와 쟁반을 다시 집어 든다. 켈리에게 살짝 고개를 끄덕여 보이고 나서 얼굴에 미소를 머금는다. 모두들 저마다 대화에 열중하느라 나를 조금도 의식하지 않는다. 하지만 클레어라는 이름이 몇 번이나 내 귓전을 울리고, 사람들이 나를 부른 게 아니라는 사실을 알면서도 클레어라고 부르는 소리를 들을 때마다 움찔움찔 놀란다. 파티가 끝날 무렵 나는 녹초가 되었고, 어서 이바의 차에 올라 이곳을 떠나고 싶다.

∞

집으로 돌아오는 길에 피로감은 절정으로 치닫는다. 서빙을 한 대가로 받은 200달러가 살갗을 쑤신다. 이제 내 수중에 있는 돈은 800달러에 가깝다. 이바의 차와 현금카드를 이용할 경우 나를 아는 사람이 아무도 없는 곳으로 도망칠 수 있다.

"떠날 준비는 다 됐어요?" 켈리의 말이 침묵을 깨뜨린다. 우리는 이바의 집에서 겨우 몇 블록 떨어진 거리에 있다.

"네."

켈리가 내게 종이쪽지를 건넨다. "내 휴대폰 번호니까 뭐든 필요한 게 있으면 전화해요."

"그럴게요." 켈리의 차가 집 앞에 멈춰 선다.

켈리가 서글픈 미소를 지어 보인다. "도착해서 꼭 전화해요."

나는 잠시 망설이다 켈리를 꼭 끌어안는다. "친구가 되어줘서 고마워요."

켈리가 내 눈을 가만히 들여다본다. 흔들림 없는 갈색 눈동자가 내 눈동자 위에 머문다. "천만에요. 내가 고맙죠."

∞

이바의 집으로 들어와 위층으로 올라간다. 먼 여행길에 오르려면 샤워를 해 졸음을 떨쳐내야 한다. 샤워를 마치고 욕실을 나와 재빨리 옷을 입고 침실을 정리한다. 내 발길이 이바의 서랍장 앞에서 머뭇거린다. 처음에 발견한 쪽지가 여전히 거울에 끼워져 있다.

'당신이 원하는 모든 건 두려움의 뒷면에 있어요.'

나는 뜻을 알 길이 없어, 이바에게 그 말이 무슨 뜻인지 물어보고 싶다. 나는 거울에서 쪽지를 빼내 주머니에 집어넣는다.

이바의 사무실로 자리를 옮겨 한곳에 모아둔 서류들을 핸드백에 넣는다. 그런 다음 구글독스를 확인한다. 아침에 나눈 대화이후로 아무런 흔적이 없다. 로리와 브루스는 늘 한 몸처럼 붙어 다닌다. 급히 전할 말이 있을 경우 직접 대화를 나누면 그만이다. 매기 모레티가 사망한 주말에 대해 찰리가 무엇을 알고 있든 나와는 아무런 상관도 없는 일이다.

로리와의 연결고리를 모두 끊어버리고 싶지만 내 머릿속의 가냘픈 목소리가 아직 끝나지 않았다는 경고를 보낸다. 내가 등장하는 동영상이 있고, 항공기 잔해 수색과 탑승자 시신 회수 작업이 진행되고 있다.

"언제쯤 완벽한 자유를 찾을 수 있을까?" 나는 혼잣말을 하고 나서 누군가 대신 대답해주길 기다린다. 그런 다음 노트북을 끄고 뒤이어 전등도 꺼버린다. 방이 어둠 속에 잠긴다. 일단 내 계획이 얼마나 허술한지는 생각하지 않기로 했다.

아래층으로 내려와 가방을 소파 옆에 놓아두고 나서 주방으로 이동해 설거지해둔 접시들을 정리한다. 냉장고 안에 다이어트콜라 캔 하나가 덩그러니 남아 있다. 나는 콜라 캔을 꺼내 든다.

개수대 위 창문이 정사각형 거울이 되어 방 안 모습을 그대로 비춘다. 나는 커튼을 치고 콜라를 길게 한 모금 마신다. 등 뒤에서 이바의 휴대폰이 메시지 수신을 알린다.

나는 휴대폰을 집어 들고 화면을 본다. 화면에 '비공개 번호'라는 글자가 깜빡인다. 여자는 여전히 이바가 전화받길 기다리고 있다. 나는 그 여자가 앞으로 몇 번이나 더 전화를 하고 나서야 포기할 수 있을지 생각해본다. 모르긴 해도 이바와 깊은 우정을 나눈 사이 같아 정말 안됐다는 생각이 든다. 그녀가 아무리 전화해봐야 이바는 이제 받을 수 없다.

몇 초 후 휴대폰 화면이 밝아지더니 음성 메시지 수신을 알린다. 나는 귀찮은 생각이 들어 음성 메시지를 들어보지도 않고 삭제해버리고 싶다. 하지만 호기심이 나를 가만 내버려두지 않는다. 마음 한구석에서 여자의 목소리를 다시 들어보고 싶은 충동이 인다. 나는 잠시 망설이다가 재생 버튼을 누른다.

이바를 찾던 예전의 여자가 아니다. 내가 잘 아는 목소리다. 수백 번은 들었던 목소리가 내 귓전에 울려 퍼지고 있다.

'사모님, 다니엘입니다. 항공기에 탑승하지 않은 걸 알고 있습니다. 저에게 급히 전화해주시기 바랍니다.'

가슴이 철렁 내려앉는 소리가 들린다. 쿵쾅거리는 심장이 가슴을 들이받는다.

'이제 그들이 모든 비밀을 알고 있어.'

어찌나 놀랐는지 다이어트 콜라 캔이 손가락 사이에서 **빠져나**가 바닥으로 떨어진다.

나는 숨을 멈추고 휴대폰 화면을 바라본다.

다니엘이 보낸 음성 메시지가 나를 곧장 과거로 날려 보낸다. 숨이 막힐 것 같은 공포가 가슴을 짓누른다.

'다니엘입니다.'

나를 추궁하는 목소리.

'다니엘입니다.'

나를 압박하고 지켜보는 목소리.

'다니엘입니다.'

로리가 나를 찾아냈고, 내 발치에는 콜라 캔이 뒹굴고 있다. 흑갈색 액체가 바닥으로 번지고 있다.

캘리포니아주 버클리

1월

추락 5주 전

리즈가 이사 가던 날, 이바는 위층 사무실에서 그녀가 사용하던 가구가 트럭에 실리는 모습을 지켜보고 있었다. 며칠 전 리즈는 이바의 우편물 투입구에 종이쪽지 하나를 밀어 넣었다.

'당신이 원하는 모든 건 두려움의 뒷면에 있어요.'

이바는 쪽지를 구겨 쓰레기통에 던져버렸다. 트럭이 짐을 싣고 떠날 준비를 마치면 리즈가 작별 인사를 하러 들를 거라고 생각했다. 리즈와 2주 동안 거의 말 한마디하지 않고 지냈다. 이제라도 리즈에게 진정성 있는 사과를 하고 싶었다.

이바는 싱가포르의 은행 계좌를 확인했다. 현재까지 모아둔 피시 관련 자료들을 정리했다. 혹시나 해서 전부 공증을 받아두었다. 아까부터 자꾸만 무언가가 이바의 머리를 쿡쿡 찌르고 있었다. 마지막으로 한 번만 봐달라며 졸라대고 있었다.

새로운 이름과 신분증을 확보하게 되면 이바는 사라질 것이다. 다시는 돌아올 수 없는 곳으로 떠날 작정이었다. 가족을 만나볼 기회가 영영 사라지겠지만 어쩔 수 없었다.

구글 검색에 조부모의 이름을 입력하고, 검색 결과를 확인해보았다. 전화번호와 주소를 제공하는 프리미엄 옵션을 선택하고 나서 재빨리 신용카드 번호를 입력했다.

이바의 가족들에 대한 정보는 줄곧 거기 있었다. 낸시와 어빈 제임스 그리고 이곳에서 불과 몇 킬로미터밖에 떨어져 있지 않은 리치먼드의 주소.

리즈가 이삿짐을 나르는 일꾼들에게 대접할 샌드위치를 사러 간 사이 이바는 집을 빠져나왔다. 아무래도 작별 인사는 어색할 듯했다. 아무렇지 않은 척하기에는 둘이서 쌓아온 추억이 너무 많았다.

∞

이바는 리치먼드로 이동하는 동안 그동안 그들 가족이 이리 가까운 곳에서 살아왔다는 사실이 경이로웠다. 그들이 과연 그녀를 단 한 번이라도 생각해본 적은 있는지 궁금했다.

이바가 그랬듯이 집 주소를 알아내려고 돈을 내지는 않았더라도 구글 검색 정도는 해봤을지도 모른다.

'이바 제임스'를 구글 검색에 입력하면 수많은 검색 결과가 뜰 것이다. 상세 검색으로 들어가 '32세, 캘리포니아주 버클리'라고 치면 비로소 원하는 소식을 들을 수 있었을 것이다.

고속도로를 빠져나가 몇 블록을 더 달리자 마침내 황폐한 집들로 가득한 동네가 나왔다. 이바는 내비게이션이 안내하는 대로 녹색 집 앞에 차를 세웠다.

이바는 잡초가 무성한 갈색 정원을 바라보았다. 거기서 놀던 어린 시절의 모습을 떠올려보려고 애썼지만 전혀 연결되지 않았다.

할머니가 정성껏 관리하던 화단은 어디에 있지? 진입로에 서 있던 차는? 다림질한 커튼은? 할아버지가 세차를 즐겨하던 진입로는 어디일까?

이바의 눈에 들어온 풍경은 예상을 많이 벗어났다. 마치 조율이 되지 않아 건반을 누를 때마다 엉뚱한 소리를 내는 피아노처럼 눈에 거슬리는 풍경이었다.

그늘진 포치에 서자 닫힌 문틈으로 담배 냄새가 새어 나왔다. 이바가 노크하자 안에서 다가오는 발소리가 들려왔다. 이바는 차라리 곧장 뒤돌아 떠나고 싶었다. 이바가 이러지도 저러지도 못하고 망설이는 사이 문이 열렸다. 청바지에 낡은 티셔츠를 입은 남자가 문 앞에 서 있었다. 문신으로 뒤덮인 팔이 보였다.

"무슨 일이죠?"

남자는 정원에 주차해둔 이바의 차를 보며 물었다. 남자의 눈을 본 이바는 큰 충격을 받았다. 그녀의 눈과 모양과 색이 똑같았다. 그 순간 이바는 숨이 턱 막혔다. 퍼즐의 가운데 조각이 제자리로 딱 하고 맞아떨어지며 그림을 완성하는 순간이었다.

"누구야?" 안에서 목소리가 들려왔다.

남자의 어깨 너머로 의자에 앉은 누군가의 실루엣이 보였다. 담배 냄새가 심했지만 씻지 않은 몸 냄새와 너무 오래 방치한 음식 냄새도 만만치 않았다.

이바는 다시 계단을 내려갔다. "죄송합니다. 집을 잘못 찾아왔네요."

남자의 눈이 이바를 훑어보았다. 이바는 숨을 멈추고 남자의 눈동자에 찬란한 빛이 떠오르길 기다렸다. 어쩌면 남자는 이바의 엄마이자 자기 여동생의 망령이 눈앞에 서 있다는 걸 깨달을지도 모른다. 하지만 남자는 어깨를 으쓱하고 나서 문을 닫아버렸다. 이바는 곧장 몸을 돌려 차를 세워둔 곳으로 걸어갔다. 팔다리가 제멋대로 덜거덕거리고 몸이 휘청거렸다. 차의 시동을 걸면서 허황된 기대를 품었던 자신을 책망했다. 최악의 가능성을 믿지 않은 자신에게 화가 났다.

이바는 다시 고속도로를 타고 버클리를 향해 가는 동안 자신이 절대 이루지 못할 헛된 소망을 간직해왔다는 걸 깨달았다. 이바에게 사랑하는 가족들이 있었더라면 버클리에서 일어난 불행한 일들을 피해갈 수 있었으리라 믿었다. 버클리에서 무사히 학위를 마치고 혼자 힘으로 그럴듯한 삶을 꾸려갈 수 있었을 거라고. 하지만 이제는 알 수 있었다. 만약 이 집에서 자랐더라면 버클리에 입학조차 하지 못했을 거라고.

이바는 이제 아무런 후회 없이 떠날 수 있었다. 사라진 꿈이 사람을 자유롭게 해줄 수도 있다는 걸 깨달았다.

∞

집에 도착해보니 이삿짐 트럭은 이미 떠났고, 리즈의 아파트는 텅 비어 있었다. 리즈를 다시는 만날 수 없을 거라 생각하자 슬픔이 밀려들었다.

이바는 현관문을 열고 앞을 바라보았다. 리즈가 그토록 세심하게 보살피던 화분들을 남기고 간 걸 보고 싶지 않았다. 지난 크리스마스 때 심은 트리가 보였다. 리즈와의 우정을 간직한 트리는 그 자리에 계속 남아 있게 될 것이다.

캘리포니아주 버클리

2월

추락 일주일 전

덱스를 만나러 농구장으로 떠나기 15분 전, 제러미가 보낸 문자가 이바의 휴대폰에 도착했다.

약이 없으면 낙제할 것 같아요. 화요일에 논문 평가가 있는데 A를 받으려면 약의 도움이 필요해요.

제러미는 몇 주째 알약이 필요하다고 이바를 졸라댔다. 이바가 다른 사람을 연결해주겠다고 제안했지만 제러미는 단호하게 거부했다. 제러미는 오로지 이바가 약을 구해주길 원했다. 과거의 이바라면 제러미의 충성심이 고마웠겠지만 지금은 아니었다. 제러미가 그처럼 조심스러운 태도를 보이는 건 영리하기 때문이었다.

이바는 어쩔 수 없이 제러미에게 문자메시지를 보냈다.

오늘, 하스에서 농구 경기가 있어. 하프타임 때 10구역 입구에서 만나.

클럽 룸에서 덱스에게 물건을 전달하고 나서 제러미를 만나보면 될 듯했다. 이바는 모양이 이상하거나 테두리에 흠집이 있는 약 중에서 네 개를 골라 흰 봉투에 집어넣었다.

이틀 전, 이바가 마트의 냉동식품 코너에 있을 때 카스트로가 옆으로 슬며시 다가왔다. 카스트로는 만날 위치와 시간을 정해주고 나서 증인 보호 제안에 대한 답을 듣게 될 거라 말하고 떠났다.

이바는 시간이 손가락 틈새로 빠져나가며 알지 못할 결과를 향해 자신을 데려가는 것 같은 느낌이 들었다. 집 안을 둘러보다가 과연 이 집이 그리워질지 생각해보았다.

이바의 눈길이 거실 벽면을 훑어보았다. 텔레비전을 보거나 책을 읽느라 수백 번은 앉았던 의자, 전반적으로 어두웠던 삶을 밝게 채색해주고 싶어 벽에 걸어둔 그림들, 그녀가 어떤 분야에 흥미를 느꼈는지 알게 해주는 대학 시절 교과서들이 차례로 눈에 들어왔다. 결국 원하던 삶을 이루지 못한 증거물들이었다. 이바는 이미 이 집을 떠난 느낌이 들었고, 중요한 건 아무것도 없었다. 이 집에 사는 동안 유일하게 마음을 나누었던 리즈도 떠나고 없었다.

약을 외투 안주머니에 집어넣고 나서 제러미에게 줄 봉투는 다른 주머니에 넣었다. 그런 다음 녹음기를 핸드백에 집어넣고 현관문을 나섰다. 포치를 지날 때 이바의 귀에 자신의 발소리가 크게 울렸다.

이바는 곧 버클리 캠퍼스에 도착했고, 도서관으로 이어지는 넓은 잔디밭을 가로질러 새더 게이트로 나오는 어둡고 굽이진 통로를 따라 걸었다. 학생들과 농구 팬들의 물결이 하스 파빌리온으로 향했고, 이바는 그들과 함께 경기장으로 들어가 예약된 좌석으로 걸어갔다.

이바는 주위에 앉은 사람들을 향해 미소를 지어 보였다. 그동안 모든 홈 게임을 직관했기에 친숙해진 얼굴들이었다. 하지만 그들 가운데 어느 누구와도 이야기를 나눈 적은 없었다.

선수들이 몸을 풀고 있는 경기장을 내려다보았다. 마치 조수에 떠밀려온 배처럼 이바는 자신이 길을 벗어나 너무 멀리까지 왔다고 느꼈다. 처음 출발한 지점과 현재 와 있는 여기는 전혀 다른 세계였다. 육지로 돌아갈 희망은 전혀 없이 바다 위를 표류하는 배에 올라 있는 기분이었다.

∞

덱스는 2쿼터가 끝나갈 무렵 나타났다.

"늦어서 미안, 뭔가 좋은 걸 놓쳤어?"

이바는 못 들은 척하고 학생들이 모여 있는 구역을 내려다보았다. 학생들은 주로 입석을 끊었고, 일어선 상태로 농구를 관람했다. 학생들은 경기장에서 뛰는 선수들과 마치 한 몸처럼 뛰며 상대 팀 선수들에게 야유를 퍼부어댔다.

"학교에 다닐 때는 농구 경기장에 간 적이 별로 없어." 이바가 말했다. "오로지 교실과 도서관을 오가며 책을 읽거나 공부에 열중했지. 웨이드랑 농구 경기를 관람한 적이 딱 한 번 있었지."

덱스는 고개를 끄덕일 뿐 아무 말도 하지 않았다.

"나는 학부를 마치고 나서도 버클리에 남아 있을 생각이었어. 학생들을 가르치거나 실험실에서 일하거나. 나에게는 이 학교가 유일하게 집처럼 느껴지는 장소였지." 이바가 말하는 동안 리바운드를 잡아낸 선수가 상대 팀 바스켓을 향해 속공을 펼쳤고, 관람객들은 몹시 흥분해 괴성을 질러댔다. "나는 내가 원했던 삶이 아니라 전혀 원하지 않은 삶을 살고 있어. 나는 여기 버클리에 있어. 집도 있고, 돈도 어느 정도 모아두었지. 어찌 보면 사는 데 필요한 걸 다 갖추고 있는데 뭔가 잘못되었다는 생각이 들어."

"다른 사람들은 너보다 더 나을 거라 생각해?" 텍스는 농구 경기에 심취해 있는 중년 남자를 몸짓으로 가리켰다. 남자의 운동복 상의는 소매가 낡아 보였고, 눈두덩은 아래로 축 처져 있었다.

"내가 알기로 저 남자는 직업이 회계사일 거야. 동틀 무렵에 일어나 바트를 타고 출근하지. 사무실 책상에서 아침을 먹고, 상사에게 알랑방귀를 뀌고, 여름이 되면 2주 휴가를 받고, 농구 시즌 표를 겨우 살 수 있는 돈을 벌지. 너도 그런 삶을 원해? 차라리 우리 삶이 더 나아 보이지 않아?"

이바는 순간적으로 화가 치밀어 텍스의 목을 조르고 싶었다.

'우리 삶이 더 낫다고?'

언제나 쫓기듯이 눈치를 살펴야 하고, 지속적으로 불법을 저질러야 하고, 누군가를 마약중독자로 만드는 삶이 더 낫다고? 이 경기장에 모인 사람들 중 사소한 실수를 저지를 경우 즉각 경찰에 체포되거나 살해당할까봐 두려움 속에서 살아가야 하는 사람이 얼마나 될까?

이바는 시간이 길어질수록 신분을 세탁하고 평생 살아갈 수 있을지 확신이 서지 않았다. 신분 세탁 말고 다른 대안을 갖고 싶었다. 만약 사라져야 할 경우 다른 사람에게 부탁하지 말고 스스로 해낼 수 있는 방법이 필요했다.

경기장의 열기가 점점 뜨거워지고 있을 때 이바는 덱스에게로 몸을 기울이고 말했다. "가짜 신분증을 사고 싶어 하는 학부 고객이 있어." 이바는 목소리가 떨리는 걸 덱스가 파악하지 못하길 바라며 말을 이었다. "열아홉 살인데 클럽에 가고 싶어 해. 가짜 신분증을 만들어줄 사람이 없을까?"

이바의 거짓말을 이미 간파했을지도 모르지만 덱스는 전혀 티를 내지 않았다. 덱스는 팔꿈치를 무릎에 괴고 고개를 돌려 이바를 바라보았다. "오클랜드에서 가짜 신분증을 만들어주는 사람을 알고 있었는데 벌써 몇 년 전이라 아직도 그 일을 하고 있는지 모르겠네. 신분증에서 사진을 빼고 다른 사진을 대체해 넣으면 되었던 시절이었지." 덱스는 고개를 저었다. "그 학생을 닮은 사람을 찾아내 신분증을 빌려달라고 하는 게 가장 빠르겠어. 운전면허증을 돈 주고 사고, 도난 신고해서 다시 받으라고 하는 거지. 자주 있는 일이야."

이바는 자신의 눈에 드리워진 실망감을 덱스가 보지 못하도록 경기장만 주시하고 있었다.

"사실은 나도 그렇게 말해주었어. 하지만 대학 시절이 어떤지 잘 알잖아. 열아홉 살 때는 2년이 영원처럼 길게 느껴지기 마련이야."

심판이 타임아웃을 선언했고, 요란한 음악이 음향 장치에서 쾅쾅거리며 흘러나왔다.

이바의 목소리가 다시 커졌다. "네 친구는 어떻게 됐어? 브리태니를 소개해준 친구 말이야."

덱스는 관객들의 응원을 독려하는 치어리더들을 보며 말했다. "조용히 처리했어. 내가 결정한 건 아니지만."

"그 사람이 경찰 끄나풀 역할을 한 게 분명해?"

덱스가 고개를 저으며 대꾸했다. "확실하지는 않지만 결과적으로 그렇게 되었잖아."

"브리태니와 연락을 취하던 남자를 제거했으니 경찰이 행방을 찾아 나서지 않을까?"

"경찰은 절대로 찾아내지 못할 거야."

이바는 내심 깜짝 놀라며 덱스가 다음 말을 잇기를 기다렸다.

"오클랜드에 피시의 창고가 있어. 창고 지하에 시체를 처리하는 소각로가 있지."

이바는 눈빛이 흔들리는 모습을 덱스에게 보이지 않으려고 안간힘을 쓰며 침을 꿀꺽 삼켰다. 그런 한편 고개를 끄덕이며 핸드백의 녹음기가 덱스의 말을 차질 없이 녹음해두었기를 간절히 바랐다. 치어리더들이 열을 지어 경기장을 돌고 있었다. 치어리더들의 머리카락이 흩날리고, 팔다리는 빨라지는 음악에 맞춰 현란하게 움직였다.

이바는 전광판의 시계를 보았다. "경기가 끝나면 사람들로 북적거릴 텐데 우리 먼저 나갈까?" 이바가 말했다. "갑자기 두통이 일어 집에 가서 쉬어야 할 것 같아."

"나에게는 굳이 집으로 돌아가야 할 이유를 설명하지 않아도 돼."

덱스가 자리에서 먼저 일어섰고, 이바가 뒤따랐다.

∞

화장실에서 물건을 주고받기까지 30초도 안 걸렸다.

"그럼 다음 주에 볼까?" 덱스가 외투를 여미면서 물었다.

이바는 클럽하우스 창문을 통해 저 아래로 보이는 야구 경기장을 내려다보았다. 몇 달 뒤 봄이 되면 야구 선수들이 시즌 준비에 박차를 가할 것이다. 그때쯤에는 이곳에서 사라져 있길 바랐다.

이바는 너무나 오래도록 보아와 친숙하기 그지없는 덱스의 옆모습을 바라보았다. 덱스는 험난한 세상에서 살아가는 방법을 가르쳐주었고, 그녀는 열심히 따라 배웠다. 그 덕분에 의식주 문제를 해결할 수 있었다. 이제는 과거를 청산하고 떠나야 할 차례였다.

"당연하지." 이바가 말했다. "잘 지내고, 그때 만나."

"나야 늘 잘 지내지." 덱스가 한쪽 눈을 찡긋했다.

경기장을 나가 제러미를 만나기로 약속한 장소로 이동할 생각이었다. 덱스에게 두통을 핑계 삼았지만 마냥 거짓말은 아니었다.

관자놀이가 지끈거렸고, 밤이 되면 편두통으로 이어질 듯했다.

이바는 휴대폰을 꺼내 제러미에게 다시 문자를 보냈다.

거기 말고 2구역 입구에서 만나.

이바는 클럽하우스 문을 밀고 나가 군중 속으로 섞여 들었다. 이바는 제러미를 기다리는 동안 앉아 있을 만한 장소를 찾아보았다. 혹시 제러미가 먼저 와서 기다릴 수도 있다고 생각하며 10구역 쪽을 살펴보았다. 제러미는 아니지만 눈에 익은 누군가의 모습이 이바의 시야에 들어왔다.

짧은 갈색 머리에 권총집을 숨기기에 적당한 스포츠코트 차림의 남자가 가끔 휴대폰을 들여다보며 걸어오는 모습이 이바의 눈앞에서 슬로모션처럼 펼쳐졌다. 이바는 손에 든 휴대폰 화면을 열고 지난 몇 주간 보낸 문자메시지를 살펴보았다. 제러미와 만날 약속을 잡았을 때는 정확히 언제 어디서 만날지를 정해주었다. 바로 그 자리에 카스트로가 있었다.

이바는 고개를 푹 숙이고 출입문을 향해 걸어갔다. 누구와도 눈을 마주치지 않았다. 카스트로의 손이 당장이라도 목덜미를 낚아채 주머니에 든 소지품들을 모두 꺼내놓으라고 일갈할 것 같았다. 왜 아직도 마약을 거래하고 있는지 설명하라고 윽박지르며 거래는 끝났다고 통보할 것 같았다.

경기장을 나온 이바는 계단을 향해 달렸다. 마약단속국 요원에게 감청당한 휴대폰을 쓰레기통에 버리고 싶은 충동이 느껴졌다. 이바는 가능한 한 휴대폰을 빨리 없애버려야 한다고 생각하면서도 손으로 꼭 움켜쥐었다. 휴대폰을 바꾸면 카스트로의 의심이 더욱 깊어질 테니까.

이바는 잰걸음으로 스프롤 플라자를 지나쳐 제러미에게 보낸 마지막 문자를 지워버리고 다시 문자를 보냈다.

그건 그렇고 오늘 너희 엄마랑 마주쳤어. 좋아 보이시더라.

이바가 모든 고객들과 사전에 약속해놓은 경고 메시지였다. 위험한 상황이 발생했으니 만남을 취소해야 한다는 뜻이었다. 제러미가 메시지를 보는 즉시 학교로 돌아가길 바랐다.

이바는 뱅크로프트로 올라가 알약을 담아온 흰 봉투를 학생회관 앞 쓰레기통에 버리고 집을 향해 걸어갔다.

<u>2월 27일 일요일</u>

'사모님, 다니엘입니다. 항공기에 탑승하지 않은 걸 알고 있습니다. 저에게 급히 전화해주시기 바랍니다.'

휴대폰을 내려놓고 뒷걸음질 치는데 공포가 온몸을 관통한다. 마치 그 자리에서 다니엘의 손이 뻗어 나와 내 몸을 낚아챈 다음 로리가 기다리는 뉴욕으로 끌고 가기라도 할 듯이.

나는 엄청난 충격을 받고 머릿속이 흐릿해진다.

나를 어떻게 이리 빨리 찾아냈지? 영상이 올라간 지 미처 24시간도 안 지났는데.

그다음 순간 전혀 색다른 의심이 내 머릿속으로 스며들었다.

설마 이 모든 일들이 예정된 함정이었을까? 그렇지 않다면 다니엘이 어떻게 나에게 연락할 방법을 알 수 있단 말인가?

만약 로리와 이바가 연결되어 있다면?

내 생각이 옳다는 전제하에 두 사람이 어떻게 만났고, 나를 푸에르토리코로 보내기로 해놓고 무슨 이유로 마지막 순간에 항공권을 바꿔 버클리로 보낼 계획을 세웠을지 따져보았다.

나를 완벽하게 고립된 외톨이로 만들려고 한 것일까? 그래야 내 신변에 무슨 일이 일어나더라도 아무도 모를 테니까.

그럴듯한 추론 같지만 여전히 앞뒤가 맞지 않았다. 항공기 추락 사고는 예정에 없었다. 나는 처음에는 이바의 집에 올 생각이 전혀 없었다. 페트라에게 전화해 다른 대책을 마련할 생각이었다. 내가 이바의 집에 머물게 되리라는 걸 로리는 전혀 예상할 수 없었다.

그렇다면 로리가 이 일을 꾸몄을 거라는 추론은 성립되지 않았다.

평정심을 되찾은 나는 지금까지 벌어진 사건들을 있는 그대로 파악해보려고 애쓴다. 존재하지도 않는 위험을 느끼는 렌즈는 벗어버려야 한다. 어딘가에 분명 연결고리가 있을 것이다. 나는 다시 휴대폰을 집어 들고 손끝으로 가장자리를 훑으며 화면을 응시한다. 내 얼굴이 휴대폰 화면에 비친다.

브루스는 추락 당일 내가 통화한 휴대폰 번호를 살펴보고 있다고 했다. 내가 이바의 휴대폰 비번을 풀고 페트라와 통화하길 간절히 바랐던 그날 저녁을 돌이켜본다. 만약 로리가 나와 페트라의 통화 기록을 확보했다면 또 다른 누가 페트라와 통화한 사실을 알아냈을지도 모른다.

다니엘이 나에게 문자메시지를 보내도록 한 건 나 자신이다.

그들이 이바의 휴대폰 번호를 안다면 그 외에 무엇을 더 알고 있을까? 어떤 수단을 이용해 그 휴대폰으로 나를 추적할 수 있을까?

나는 주방 창밖을 내다본다. 뒷문을 열고 휴대폰을 풀숲에 던져버리고 싶은 충동이 인다.

나는 지금 텔레비전 드라마나 형편없는 영화를 보고 있는 게아니다. 로리는 돈이 많고, 브루스는 정보를 알아낼 수 있는 인맥이 있다. 하지만 나는 그들이 휴대폰을 추적할 능력이 있다고는 믿지 않는다. 경찰이나 정보기관과 비슷한 방식으로 나를 추적할 가능성은 없었다.

나는 지금 이 상황에서 가장 중요한 질문을 표면으로 올려 보낸다.

로리는 왜 직접 전화하지 않고 다니엘을 시켰을까?

로리가 좋아하는 방식이 아니다. 내가 어디에 있는지 알았다면 로리는 굳이 전화를 하기보다는 불쑥 찾아왔을 공산이 컸다. 내가 전혀 감을 잡지 못하고 있을 때 불쑥 나타나야 충격 효과기 클 테니까.

'사모님, 다니엘입니다.'

나는 떨리는 손가락으로 다시 다니엘의 음성 메시지를 재생한다. 이번에는 미리 대비하고 있었는데도 다니엘의 목소리를 듣는 순간 여전히 가슴이 덜컥 내려앉는다.

'사모님, 다니엘입니다. 항공기에 탑승하지 않은 걸 알고 있습니다. 저에게 급히 전화주시기 바랍니다.'

이번에는 다니엘의 목소리에 초점을 맞춘다. 낮고 다급한 목소리다. 위협이라기보다는 어쩐지 제보에 가깝게 들린다.

한 가지는 확실하다. 나는 떠나야 한다. 이제 막 밤 10시를 지났다. 교통량이 그리 많지 않아 어느 누구의 눈에도 띄지 않고 타운을 빠져나갈 수 있는 시간이다. 나는 미리 짐을 싸둔 가방들을 현관문 앞으로 옮겨두고 나서 이바의 열쇠 꾸러미를 집어 들고 차고로 향한다. 이바의 차가 잘 굴러가는지 확인해볼 수 있는 기회가 왔다.

∞

차고 문은 자물쇠로 굳게 잠겨 있다. 나는 어둠 속에서 눈을 잔뜩 찡그리고 열쇠들을 하나씩 맞춰본다. 마침내 자물쇠가 딸깍 소리를 내며 열린다. 나는 차의 시동이 걸리길 빈다. 나를 여기서 멀리 데려다주기에 충분할 만큼 연료가 들어 있을지 의문이다.

기름칠 잘된 스프링이 문을 가볍게 위로 들어 올린다. 나는 한

층 어두운 차고로 들어선 다음 눈이 어둠에 익숙해지길 기다린다. 먼지 덮인 선반, 벽에 기대놓은 사다리가 눈에 들어온다. 하지만 내가 그토록 기대했던 차는 없다.

차고를 나온 나는 어두운 거리를 바라보며 어떻게든 새로운 계획을 세우려고 머리를 쥐어짠다. 이바의 집에서 하루 더 머물기로 한다. 이른 새벽에 일어나 바트를 타고 샌프란시스코로 간 다음 북부로 가는 버스표를 산다. 해가 떠오르기 전에 이곳을 떠날 수 있다. 나는 차고 문을 잠그고 다시 집으로 향한다. 현관문이 시야에 들어왔을 때 나는 황급히 멈춰 선다. 하마터면 이바의 열쇠 꾸러미를 바닥에 떨어뜨릴 뻔했다. 리즈가 살던 옆집 아파트의 창문을 눈이 빠지도록 들여다보고 있는 남자가 있다. 얼마 전, 우연히 몸을 부딪친 바로 그 남자다. 커피숍 창밖에서 나를 지켜보던 남자. 몰래 도망쳐야 하는지 당당하게 나서야 하는지 판단하기 힘들다. 하지만 아까 현관문을 잠그지 않고 나왔다는 생각이 떠오른다. 가방과 노트북, 핸드백이 현관문 안쪽에 있다.

나는 숨을 깊이 들이쉬고 나서 남자에게 다가간다.

"무슨 일이죠?"

남자는 나를 돌아보더니 마치 오랫동안 알고 지내는 친구라도 만난 듯이 미소를 지어 보인다.

"여기서 또 뵙게 되네요."

거실에서 흘러나온 불빛에 남자의 눈빛이 드러나 보인다. 폭풍우 치는 바다를 연상시키는 회색이다.

"이 아파트를 빌리려면 누구에게 알아봐야 하죠?"

나는 포치로 다가가 남자와 현관문 사이를 가로막고 서서 말한다.

"집을 보러 다니기에는 너무 늦은 시간 아닌가요?"

"그냥 지나가던 길에 빈집이 눈에 보이기에 들여다봤습니다."

"저는 친구가 여행하는 동안 잠시 이 집을 빌려 쓰고 있는 형편이라 알고 있는 게 없네요."

"여행을 떠난 친구는 언제 돌아오기로 했는데요?" 남자는 돌아갈 생각이 없는 듯 그 자리에서 미적거리고 있다. 남자의 얼굴을 보고 있자니 마치 가면을 보는 것처럼 표정 변화가 전혀 없다.

"그 친구는 해외여행을 갔어요." 나는 이바와 이 수상한 남자의 거리를 가능한 한 멀리 떼어놓고 싶다.

남자가 고개를 끄덕이다가 입꼬리가 위로 올라간다. 내게로 다가온 남자가 손을 뻗어 내 어깨에서 뭔가를 집어 올린다.

"거미줄이 옷에 붙었네요." 남자가 말한다.

남자의 체온이 내 몸에 와닿는다. 담배 냄새와 뒤섞인 향수 냄새가 난다. 나는 현관문을 향해 뒷걸음친다.

남자는 현관문을 몸짓으로 가리키며 말한다. "밤에는 잠깐이라도 문을 열어두면 안 됩니다. 버클리는 보기보다 안전하지 않으니까요."

나는 아무런 대꾸도 하지 않고 현관문 손잡이를 돌린 다음 집 안으로 들어선다. 밖에서 남자의 목소리가 들려온다. "친절하게 대해줘서 감사합니다." 곧이어 계단을 내려가는 소리가 들린다. 나는 혹시 남자가 집 안으로 들어왔던 흔적이 있는지 살핀다. 내가 나가기 전과 달라진 게 없다. 현관 앞에 놓아둔 가방들도 남자의 손이 닿은 흔적이 보이지 않는다. 내가 차고에 가 있었던 시간은 채 5분도 안 된다. 나는 마음을 진정시키려고 애쓴다.

주방으로 가다가 바닥에 쏟아진 콜라를 밟을 뻔했다. 캔에서 흘러나온 콜라가 선반 아래까지 번져 있다. 나는 몸을 좀 더 숙이고 선반 아래를 엿본다. 콜라가 선반 아래 가장자리에 고여 있다. 나는 선반을 앞으로 밀어본다. 최대한 끝까지 밀자 자물쇠가 달린 문이 나타난다.

"젠장맞을! 이 지하 창고는 도대체 뭐람?"

나는 이바의 열쇠 꾸러미에서 맞는 열쇠를 찾아낸다. 열쇠를 끼우고 돌리자 문이 활짝 열린다. 나는 벽면을 더듬어 전등 스위치를 찾아내 불을 켠다. 지하 공간에서 환풍기가 돌아가기 시작한다. 나는 지하로 이어지는 계단을 내려간다. 처음에는 세탁실로 사용했던 공간 같은데 지금은 다른 용도로 쓰이고 있다. 나로서는 쓰임새를 알 수 없는 기계들이 벽을 따라 늘어서 있다. 구석에는 작은 개수대와 휴대용 식기세척기가 있다. 기계 위 선반에는 뭔지 알 수 없는 재료들이 배열되어 있다. 염화칼슘이 든 용기, 감기 및 기침약 라벨이 붙은 병들, 휴대용 가스레인지 따위다. 개수대 옆에 알약 제조틀이 뒤집힌 상태로 놓여 있다. 벽에는 판자로 막아놓은 창문이 있고, 환풍기가 돌아가고 있다. 계단 왼쪽에 놓인 기계 위에 문서들이 흩어져 있고, 그 옆에 녹음기가 있다. 나는 허리를 굽혀 내용을 살펴본다. 이바가 카스트로 요원 앞으로 보내는 편지다.

제 이름은 이바 제임스이고, 이 문서는 12년 전 시작돼 올해 1월 15일 현재까지 지속되어온 사건들에 대한 진술서입니다.

나는 문서를 급히 읽어 내려간다. 이 문서는 그저 이 세상에서 자기에게 가장 잘 어울리는 자리를 찾고 싶었던 어느 대학생 이야기다. 그 당시 이바는 남자 친구에게 마약을 제조해주었다가 퇴학당해 기숙사를 나오게 되었고, 기다리는 곳도 갈 곳도 없는 암담한 상황이었다. 바로 그때 텍스라는 남자가 나타나 마약을 제조해달라고 했다. 이바는 선택의 여지가 없는 상황이었고, 그의 요구를 수용할 수밖에 없었다.

이 문서는 미처 고민할 새도 없이 마약의 세계로 휩쓸려 들어갔다가 막다른 골목에 봉착한 한 여자의 기록이다. 막다른 골목에서 빠져나올 수만 있다면 모든 걸 버릴 준비가 되어있는 여자의 하소연이다.

이바는 범죄를 저지르고 타인의 신원을 도용한 여자가 아니었다. 세상으로부터 억울한 대접을 받은 여자, 세상이 냉정하게 등을 돌린 여자였다. 잘못되어가는 삶을 바로잡으려고 안간힘을 다한 여자였다.

나는 녹음기의 재생 버튼을 누른다. 스포츠 경기장의 소음이 지하 실험실을 가득 채운다. 환호하는 관객들, 장내 아나운서의 열띤 목소리, 밴드의 연주 소리가 뒤섞여 들려온다.

"브리태니와 연락을 취하던 남자를 제거했으니 경찰이 행방을 찾아 나서지 않을까?" 내가 기억하는 이바의 목소리 그대로다.

내가 불과 10분 전에 들었던 남자의 목소리가 대답한다. "경찰은 절대로 찾아내지 못할 거야. 오클랜드에 피시의 창고가 있어. 창고 지하에 시체를 처리하는 소각로가 있지."

나는 더 이상 듣고 있기 거북해 재생을 중단한다. 공항에서 본 이바의 절박한 모습이 떠오른다. 마지막으로 한번 살펴보지도 못하고 내 옆구리에 밀어 넣은 핸드백, 내 휴대폰을 가져간 대신 남겨둔 검은색 휴대폰. 이바가 내게 진실을 말해주지 않은 건 무리가 아니다. 이제야 이바가 버클리로 돌아올 수 없는 이유가 뭔지 알게 되었다. 내가 당장 여기를 벗어나야 하는 이유와 일맥상통한다.

나는 이바의 작업실에서 그녀가 작성한 문서와 녹음기를 챙겨들고 계단을 뛰어오른다.

캘리포니아주 버클리

2월

추락 이틀 전

이바는 골든게이트 브리지 입구에 있는 음식점 〈라운드 하우스〉에서 카스트로 요원을 만나기로 약속했다. 크리시 필드 옆에 차를 세운 이바는 음식점까지 걸어서 올라가기로 했다. 짙은 그림자가 드리워진 프레시디오의 통로를 걸으며 이바는 몇 번이나 어깨 너머를 돌아보았다. 베이 브리지를 건너는 대신 샌라파엘과 밀 밸리를 거쳐 우회하는 먼 길을 선택해 이동했다. 미행이 붙지 않길 바라면서.

리즈가 보낸 편지를 받았다. 이바는 주머니 속에 든 편지를 마치 부적처럼 어루만지다가 다시 꺼내 읽었다.

이바

 변변한 작별 인사도 하지 못하고 떠나와 정말이지 너무 속상하네
요. 버클리를 떠나기 전 당신과 만나 미처 다하지 못한 이야기를 나눌
수 있기를 바랐어요. 내가 당신에게 풀기 힘든 문제가 있으면 혼자 끙끙
앓지 말고 속 시원히 털어놓으라고 몰아붙인 건 내 의도와 달리 과한 측
면이 있었다는 생각이 들어요. 이제라도 나의 실수에 대해 사과할게
요. 내 멋대로 넘겨짚어서 미안해요. 우리 사이에 더는 오해가 없길 바
라요. 내 우정에는 아무런 조건이 없어요. 나는 당신이 다른 누군가가 되
어주길 바라지 않아요. 당신의 과거에 어떤 허물이 있든 있는 그대로 받
아들여야 한다고 생각해요. 내가 현재 당신을 좋은 친구로 여기듯이 당
신의 과거도 조건 없이 이해하려고 애쓸 거예요.

 우리는 친구니까 해결하기 힘든 문제를 허심탄회하게 털어놓고 공유
하면 그만큼 짐이 가벼워질 거라고 생각했어요. 나는 지금 뉴저지의 프
린스턴에 와 있어요. 아직 당신을 괴롭히는 문제가 있고, 나에게 기꺼이
털어놓고 싶어지면 언제든 나를 찾아오든지 전화해요. 내가 이제 당신
의 옆집에 살지 않는다고 해서 이야기 상대가 되어줄 수 없을 거라 단정
하지 말길 바라요. 당신이 필요할 때 나는 항상 그 자리에 있을 테니까.

 리즈가 편지 아래에 휘갈겨 써놓은 휴대폰 번호가 눈에 들어
왔다. 이바는 편지를 다시 주머니에 집어넣었다. 어제 처음 읽
고 나서 계속 주머니에 넣어두었다.

내가 끔찍이 힘들었을 때 덱스가 아니라 리즈를 만났더라면 얼마나 좋았을까? 내가 잘못을 고백해야 할 일들이 화학 실험실에서 벌어진 단 한 번의 실수뿐이었다면 삶은 어떻게 달라졌을까? 리즈라면 그 정도는 너그럽게 용서할 수 있었으리라.

그 당시 이바는 나이도 어렸고, 세상 물정을 너무 몰랐으니까. 이제 와서 후회해봐야 소용없는 일이었다. 리즈는 떠났고, 이바는 이제 곧 자신도 떠나야 한다고 생각했다.

∞

이바는 주방 가까이에 앉아 있는 카스트로를 발견했다. 다리가 내다보이는 거대한 창과는 멀찍이 떨어진 자리였다.

"당신 몫으로 버거와 프렌치프라이를 주문했는데 괜찮아요?" 카스트로가 인사 대신 물었다.

이바는 가방을 내려놓고 그의 맞은편 의자에 앉았다. 거리에서 휴대폰을 들고 셀카를 찍는 관광객들이 눈에 들어왔다. 관광버스에서 쏟아져 나온 사람들이 우르르 몰려다니는 모습도 보였다.

이바는 불안감이 밀려와 자기도 모르게 탁자를 초조하게 두드리며 다리를 꼼지락거렸다.

"정말 감사합니다. 하지만 지금은 마음 편히 식사할 수 있는 기분이 아니군요. 널리 양해해주길 바랍니다."

카스트로 요원이 고개를 끄덕이고는 말했다. "좋지 않은 소식을 전하게 되어 유감입니다. 내 상관과 상의해봤는데 당신이 제안한 증인 보호 프로그램을 받아들일 수 없습니다."

이바는 폐에서 공기가 모두 빠져나가는 느낌이 들었다. 주변에서 들려오는 갖가지 소음들이 예민해진 감정을 더욱 자극했다. 음식을 먹느라 접시를 달그락거리는 소리, 사람들이 소곤소곤 이야기를 나누는 소리.

인생의 전부를 걸었던 계획이 좌초되었다.

"이유를 알 수 있을까요?" 이바는 겨우 그렇게 물었다. "당신 입으로 몇 년 전부터 피시를 추적해왔다고 했잖아요."

카스트로 요원이 이바의 시선을 피하며 말했다. "우리가 피시를 오랫동안 추적해온 건 분명한 사실입니다. 하지만 증인 보호 프로그램을 실행하려면 비용이 많이 들뿐더러 적법한 일도 아니어서 그다지 선호하지 않습니다. 물론 예외적인 경우가 있긴 합니다. 매우 특별한 경우죠."

"가령 어떤 경우인데요?"

카스트로가 진심으로 유감스러워하는 눈빛으로 이바를 바라보았다. "대규모 마약 조직을 일망타진할 수 있는 결정적 기회를 제공해준다면 매우 특별한 경우겠죠. 마약단속국이 노리던 거물급 보스를 체포할 수 있도록 결정적인 제보를 해주는 경우도 특별한 경우에 해당될 겁니다. 당신이 생각하기에는 피시도

거물처럼 느껴질 겁니다. 나 역시 그렇게 생각하고 있으니까요. 나는 그동안 피시를 추적해왔고, 그때마다 놈은 증거를 전혀 남기지 않고 잘도 빠져나갔죠. 내가 활용하던 정보원들은 연락이 끊겼고요. 모르긴 해도 피시가 정보원들을 제거했을 겁니다. 그럴 때마다 나는 다시 출발점으로 돌아와야 했습니다."

"그렇다면 더욱 저의 제안을 받아들였어야 마땅하지 않나요?" 이바는 언성을 높이지 않기 위해 안간힘을 써야만 했다. 거래를 해야 할 상대에게 초조하고 절박한 모습을 보이는 건 금물이라는 걸 잘 알고 있었으니까.

"우리가 당신에게 새로운 신분증을 만들어주고, 해외로 도피시키는 건 쉬운 일이 아니지만 24시간 증인 보호 프로그램을 제공하는 건 가능합니다. 우리는 재판이 진행되는 동안 당신에게 계속 증인 보호 프로그램을 제공할 수 있습니다."

이바는 카스트로의 말을 하나의 그림으로 만들어보았다. 호텔방에 숨어 있는 자신과 문 앞에서 삼엄한 경비를 펼치는 경찰, 무장 경찰의 경호를 받으며 법원을 드나드는 모습.

재판이 끝나면 자유의 몸이 되어 집으로 돌아갈 수 있을까? 어디에 숨든 피시가 찾아내지 않을까? 마약 조직에서 밀고자는 끝까지 추적해 제거하는 게 철칙이었다. 피시는 목적을 이룰 때까지 추적을 멈추지 않을 것이다.

이바가 어렸을 때 세인트 조지프 수녀원의 아이들은 문제가 생기면 버나뎃 수녀님을 찾아가 조언을 구했다. 친구와 싸우거나 선생님이 특정한 아이를 편애한다고 생각하거나 위탁가정에서 문제가 생겼을 때 버나뎃 수녀님은 아이들에게 유효적절한 조언을 해주었다. 하지만 이바는 단 한 번도 버나뎃 수녀님을 찾아간 적이 없었다. 다만 늘 버나뎃 수녀님이 해주는 말을 귀담아들었고, 지혜롭게 사고하는 방법을 배우려고 애썼다. 수녀님은 종종 아이들에게 말했다.

'힘든 상황이 밀어닥쳤을 때 우리가 취할 수 있는 유일한 방법은 정면 돌파뿐이란다. 아무리 힘든 상황이더라도 한 걸음 떼어놓으면 다음 걸음이 이어지게 마련이니까. 그러면 그다음 걸음도 계속 이어지게 되어 있단다.'

이바는 생각 끝에 카스트로 요원의 역제안을 받아들여 현재 상황을 정면 돌파하기로 마음먹었다.

언젠가 덱스가 해준 말이 떠올랐다.

'끝까지 가는 거야.'

버나뎃 수녀님과 덱스가 비슷한 조언을 해주었다는 게 아이러니하게 느껴졌다.

"저로서는 이제 선택의 여지가 없네요. 최선의 결과가 나오길 바라면서 계속 가는 수밖에." 이바가 말했다. "이제부터 제가 뭘 해야 할까요?"

식당 종업원이 버거와 프렌치프라이를 가져와 테이블에 내려놓았다.

"당신이 도청기를 지참하고 피시를 만난다면 수사에 큰 도움이 될 겁니다."

"지금껏 저는 한 번도 피시를 직접 만난 적이 없습니다. 이제와 새삼 피시를 만나겠다고 하면 덱스의 경계심이 부쩍 커질 텐데요."

카스트로의 눈이 가늘어졌다. "당신이 거짓말하기 시작하면 우리는 당장 거래를 중단할 수밖에 없습니다." 카스트로의 얼굴에서 이바를 돕지 못해 안타까워하던 기색이 모두 사라져버렸다.

"거짓말이 아닙니다. 저도 피시에 대해 더 많은 정보를 알아내려고 나름 많이 애썼습니다. 내가 제조한 마약이 어떻게 유통되는지, 피시는 주로 어디에 머물고, 누구를 만나고, 무슨 일을 하는지 알아내고 싶었지만 결국 실패했습니다. 내가 주로 만나는 사람은 덱스가 유일했고, 하는 일도 마약 제조에 국한되어 있다 보니 한계가 명확했습니다."

카스트로는 좌석 등받이에 몸을 기대고 여유 있게 말했다. "우린 이미 당신이 피시를 여러 번 만났다는 증거를 갖고 있습니다. 당신이 피시와 함께 있는 모습을 촬영한 사진들도 확보하고 있습니다."

이바는 어리둥절한 표정으로 고개를 저었다. "뭔가 착오가 있을 겁니다." 이바가 말했다. "저는 피시를 한 번도 만난 적이 없다고 맹세할 수 있습니다."

　카스트로는 외투에 손을 집어넣어 휴대폰을 꺼냈다. 그는 찾는 사진이 나올 때까지 화면을 주시했다. 마침내 사진을 찾아낸 그가 휴대폰 화면을 이바 쪽으로 돌렸다.

　이바가 제러미와 만나기로 약속한 날 찍힌 사진이었다. 이바는 덱스와 서로 얼굴을 맞대고 대화에 열중해 있었다.

　이바는 왜 덱스와 찍힌 사진을 보여주면서 피시라고 주장하는지 이해할 수 없어 고개를 저었다. "이 사람은 피시가 아니라 덱스입니다."

　카스트로는 휴대폰을 다시 주머니에 넣으며 이바를 바라보았다. 그가 믿을 수 없다는 듯이 눈을 가늘게 뜨고 말했다. "나는 덱스가 누군지 모릅니다. 하지만 이 남자라면 내가 누군지 잘 알고 있죠. 이 빌어먹을 놈이 바로 필릭스 아지로스, 피시입니다.

<u>2월 27일 일요일</u>

나는 층계를 뛰어 올라가 주방을 지난다. 거실 바닥에 내 신발에서 묻은 다이어트 콜라 자국이 남는다. 나는 이바의 진술서와 녹음기를 가방에 집어넣는다. 지금 당장은 어디에 필요할지 알수 없지만 반드시 챙겨가야 한다는 본능적인 판단을 무시할 수 없다. 포치에서 만났던 남자가 떠오른다. 그에게서 나던 담배 냄새와 향수 냄새도 기억난다. 아마도 그는 이바가 남긴 문서와 녹음기를 찾으려고 이 집에 왔을지도 모른다. 그 순간 주방 식탁에 놓아둔 이바의 휴대폰이 떠오른다. 다니엘이 보낸 음성 메시지가 그 휴대폰에 들어 있다. 나는 휴대폰을 찾아내 주머니에 집어넣는다. 누군가 어둠 속에서 나를 은밀히 지켜보고 있을지도 모른다는 생각에 커튼 틈새로 밖을 내다본다. 다행히도 수상

한 동향은 보이지 않는다. 나는 문을 열고 포치로 나선다. 내 본능은 과연 떠나는 게 위험한지 남아 있는 게 위험한지 판단을 내리지 못하고 갈팡질팡하고 있다. 하지만 이바의 집 지하 실험실에 설비되어 있던 마약 제조 시설이 머릿속에 떠오른다. 마약단속국에 보내는 이바의 진술서와 녹음기, 마약단속국 요원일 리없는 그 남자가 뒤이어 뇌리를 스쳐 지나간다. 그 남자는 이 집을 방문한 목적을 이루지 못한 만큼 다시 찾아올 게 분명하다.

나는 재빨리 잔디밭을 가로질러 버클리 캠퍼스로 향한다. 당장이라도 누군가 내 어깨를 잡고 멈춰 세울 것 같아 가슴이 조마조마하다. 멀리서 고양이 울음소리가 들려온다.

∞

나는 버클리 캠퍼스에서 1.5킬로미터 떨어진 번화가의 작은 모텔로 들어선다. 어깨가 결리고, 발도 아프고, 몸이 얼어붙을 만큼 춥다. 전등이 켜져 있는 프런트에서 중년 여자가 담배를 피우며 벽걸이 텔레비전을 보고 있다가 잔뜩 찌푸린 눈으로 나를 쳐다본다.

"빈방 있습니까?"

"하룻밤에 85달러에 세금 별도입니다." 여자가 말한다.

생각보다 숙박비가 비싸지만 나는 일일이 따질 여력이 없다.

여자는 나를 쓱 훑어보고 나서 말한다. "손님의 운전면허증과 신용카드가 필요합니다."

"현금을 내면 안 되나요?"

"현금으로 숙박비를 지불하더라도 신원 확인을 하려면 운전면허증과 신용카드가 필요합니다. 체크아웃할 때까지 신용카드를 긁지 않고 두었다가 현금으로 내면 그대로 돌려드리니까 걱정 마세요."

나는 도무지 무슨 말을 하는지 이해할 수 없어 따져 물으려다가 여자의 기억에 내 인상착의를 새겨 넣고 싶지 않아 그만두었다. 나는 이바의 운전면허증과 신용카드를 건네고 나서 여자가 컴퓨터로 숙박부를 작성하는 모습을 불안한 눈길로 지켜본다. 여자가 만약 수상한 짓을 저지르고 있다면 숙박부를 작성하면서 내 얼굴을 힐끗 살필지도 모른다. 하지만 여자는 따분한 얼굴로 숙박부를 작성하고 있을 뿐이다.

"며칠 동안 묵을 거죠?" 여자가 묻는다.

내 머릿속에는 지금 이 순간의 계획만이 들어 있을 뿐이다. 앞으로 무엇을 해야 할지는 공백 상태로 남겨두었다.

"아직은 모르겠어요. 일단 하룻밤으로 적어놓으세요."

내일 숙박비로 85달러를 지불하고 나면 나는 빈털터리가 된다.

"프런트 왼쪽 복도에 있는 5번 방입니다. 체크아웃은 오전 11시이고, 시간을 초과해 머무르면 숙박비를 추가합니다."

방은 작고 바닥에는 낡은 카펫이 깔려 있다. 폴리에스테르 스프레드가 깔린 더블베드가 서랍장을 마주 보고 있다. 욕실 옆 구석에는 작은 책상과 램프가 놓여 있다. 나는 마침내 긴장을 풀고 침대에 걸터앉는다.

침대 옆 보조 탁자의 시계를 보니 밤 11시 30분이다. 마치 버클리 힐스의 행사장에서 서빙을 한 게 몇 시간 전이 아니라 한 달쯤 지난 일처럼 느껴진다. 나도 모르게 흐느낌이 새어 나와 얼굴을 양손에 묻는다. 나는 지금 이름도 없고, 계획도 없고, 돈도 없는 처량한 신세다. 이틀 동안 제대로 눈을 붙이지 못했다. 나는 미처 옷을 벗지도 않은 상태로 침대에 쓰러지듯 눕는다.

∞

어찌나 깊이 잠들었던지 꿈조차 꾸지 않았다. 나는 아침 햇살이 방 안 가득 들어차는 모습을 지켜보면서 침대에서 일어나 앉는다. 이틀 연속 연회에 나가 서빙을 해서인지 근육이 비명을 지른다.

켈리는 이미 커피숍에 출근해 바리스타 업무를 하고 있겠지? 내가 사막을 향해 차를 달리고 있을 거라고 생각하겠지? 지금 켈리와 함께 커피숍에 앉아 있다면 얼마나 좋을까? 푹신한 의자에 앉아 카운터 뒤에 있는 켈리와 한가로운 대화를 나누고 있다면?

단순한 일상이 너무나 그립다. 지금은 이 세상 어디에도 내가 속해 있는 곳이 없다. 어젯밤부터 아무것도 먹은 게 없어 배에서 꼬르륵 소리가 난다.

NYU 야구 모자를 푹 눌러 쓴 나는 얼마 안 되는 현금을 쥐고 모텔 가까이에 있는 마트로 가서 큰 컵에 든 커피와 눅눅한 시나몬 번을 사 들고 돌아온다. 이제부터 내가 할 일은 USB 드라이브에서 뭔가를 찾아내는 것뿐이다. 로리를 상대로 자유를 얻어내기 위한 협상을 시작하려면 나에게도 강력한 무기가 필요하다. 무슨 수를 쓰더라도 로리를 꼼짝 못 하게 옭아맬 수 있는 메가톤급 비밀을 입수해야 한다.

∞

노트북을 켜고 USB를 꽂은 다음 와이파이를 연결한다. 로리의 이메일을 훑어보았지만 새로운 건 없다. 구글독스로 넘어간 순간 나는 마치 번개에 맞은 듯 움찔한다.

로리가 블루스와 내 이야기를 하고 있다.

로리 쿡 : 젠장맞을! 클레어가 도대체 무슨 수작을 부린 거야?

브루스 코코란 : 항공사에서는 분명 탑승 기록이 남아 있었다고 했습니다.

로리 쿡 : NTSB에서 항공기 좌석의 잔해를 확인해본 결과 클레어의 자리가 비어 있었다면서?

　브루스 코코란 : 항공사 측에서 보기에 사모님이 항공기에 탑승하지 않았을 가능성이 조금이라도 있다고 생각했다면 곧장 연락해주었을 겁니다. 도대체 어떻게 된 일인지 항공사에 연락해 알아볼까요?

　로리 쿡 : 그건 안 돼. 나는 이 일을 최대한 조용히 처리할 거야. NTSB에서는 클레어가 사망했다고 생각하고 있도록 그냥 내버려둬. 나는 오늘 밤 조용히 오클랜드로 날아갈 거야. 벌써 항공기를 예약해두었어.

　글자들이 화면에 뜰 때만큼이나 빨리 화면에서 사라진다. 이윽고 나는 텅 빈 화면을 보고 있다.

　'나는 이 일을 최대한 조용히 처리할 거야'라고 한 로리의 말이 무슨 뜻인지 안다. 문제가 원천적으로 사라지게, 그러니까 내가 대중들의 눈에 띄어 구설수를 만들어내지 않도록 조용히 제거하겠다는 뜻이다. 나는 비록 의도하지 않았지만 로리가 나를 제거해도 아무런 문제가 되지 않도록 완벽한 조건을 만들어준 셈이었다. 세상 사람들 모두가 이미 클레어 쿡은 고인이 되었다고 알고 있으니까.

　사방에서 벽이 점점 좁혀져 오고 있다. 다니엘, 로리 그리고 브루스가 나를 좁은 벽 안에 가두고 있다. 턱을 괴고 있던 팔꿈치가 앞으로 미끄러지면서 컵을 친다. 나는 커피가 엎질러지기 전에 낚아채려고 했지만 이미 늦었다. 컵을 잡으려는 마음이 급해 키보드를 누른 나는 크게 놀란다.

"젠장! 젠장! 젠장!" 나는 화면에 찍힌 글자를 재빨리 지운다. 브루스가 로그오프했을 때 제발 로리도 로그오프했기를 바라면서 화면을 뚫어지게 바라본다. 숨 막히는 순간이다. 새 텍스트가 나타나지 않긴 하는데 화면 맨 위쪽에 '로리 쿡이 2분 전 마지막으로 수정했습니다'라는 알림이 떠 있다. 나는 로리와 브루스가 구글독스의 내용을 언제 마지막으로 지웠는지 기억하지 못하길 바랄 뿐이다.

욕실로 들어가 찬물을 얼굴에 끼얹는다. 얼굴에서 습기가 모두 빠져버린 듯 피부가 거칠거칠하다. 나는 양팔로 개수대를 잡고 심호흡을 몇 번 거듭하고 나서 다시 노트북 앞으로 돌아가 앉는다.

USB 드라이브를 넣고 더블클릭하려는데 구글독스 꼭대기에 있는 알림이 내 눈길을 낚아챘다.

'로리 쿡이 2분 전 마지막으로 수정했습니다.'

재빨리 시간을 확인해보니 적어도 10분은 지났다. 새로고침 버튼을 누른다. 시간 업데이트가 떠야 하는데, 이메일 로그인 페이지로 안내된다.

"안 돼!"

나는 텅 빈 방 안에서 혼자 속삭인다.

이바의 지갑에서 로리의 비번이 적힌 포스트잇을 꺼내 다시 한 번 입력해본다. 패스워드가 일치하지 않는다는 경고창이 뜬다.

로리는 컴퓨터 화면을 들여다보고 있다가 자기 이름이 딸린 글자가 나타났다가 금세 지워진 걸 본 게 분명하다. 이상하다고 생각한 로리는 즉시 브루스를 불러 어떻게 다른 사람이 자기 계정에 접속할 수 있는지 물어보았을 것이다. 로리는 몰래 비번을 알아낼 수 있는 유일한 사람이자 메일과 구글독스를 훔쳐볼 경우 크게 이득이 될 사람이 누군지 곰곰이 따져보았을 테고, 금세 나라는 결론을 내렸을 것이다.

나는 침대에서 일어나 손바닥으로 눈을 꾹꾹 누른다.

우중충한 방의 모습이 다시 내 눈 안으로 들어온다. 포기하는 건 내게 사치다. 로리는 내가 이메일과 구글독스를 지켜보고 있었다는 걸 안다. 내가 그들의 은밀한 대화를 엿듣고 있었다는 사실을 로리가 알고 있다면 오히려 무기가 될 수도 있다는 생각이 내 머리를 스친다.

나는 매기 모레티 건으로 찰리가 소동을 벌이고 있다는 걸 안다. 매기 모레티 건을 잘만 활용하면 반전을 만들어낼 수도 있을지 모른다.

텔레비전에서 들려오는 케이트 레인의 목소리가 내 시선을 잡아끈다.

"477편 항공기가 플로리다 해안에서 추락했고, 96명의 탑승객이 전원 사망했습니다. NTSB의 조사관들은 블랙박스를 회수해 사고 원인을 밝히는 데 한 걸음 다가섰습니다." 화면은 항공기 추락 사고 관련 영상으로 넘어간다. 항공기 잔해와 탑승객의 시신을 찾느라 수색작업을 벌이는 해안 경비대 보트들, 수면 위를 떠다니는 항공기 파편들은 매번 단골로 등장하는 영상이다.

"비스타 항공사 관계자들은 항공기 승무원들이 탑승객들이 정확하게 몇 명인지 확인하지 못했다는 소문이 나돌고 있는 것에 대해 터무니없는 억측이라고 일축했습니다. 하지만 비스타 항공사 내부 사정에 정통한 익명의 제보자에 따르면 항공기가 연착되었을 경우 그런 일이 종종 발생한다고 합니다. 비스타 항공사 관계자들은 NTSB에 제출한 탑승객 명단에 전혀 하자가 없다고 자신하고 있습니다."

내 머릿속에서 사고 직후 읽은 댓글이 다시 떠오른다. 탑승객 스캔을 마치고 나서 항공기에 타지 않는 건 절대 불가능하다는 댓글이 주류를 이루었던 기억이 난다. 하지만 나는 이바가 항공기에 탑승하지 않았을 수도 있다고 생각한다.

나는 이바가 어떤 방법으로 항공기를 타지 않고 몰래 사라졌는지 알 수 없지만 지금쯤 어딘가의 호텔방에서 이 뉴스를 시청하고 있는 그녀의 모습을 떠올려본다. 한편 이바가 마약 조직의 정보를 입수하기 위해 감수한 위험을 생각해본다. 이바가 입수한 자료들은 대부분 그녀의 집 포치에서 마주친 남자와 그녀의 범죄 사실을 밝히는 증거물들이다.

왜 이바는 어렵사리 확보한 정보를 마약단속국에 제출하지 않고 도망쳐야 했을까?

나는 손끝으로 USB 드라이브의 가장자리를 훑는다. 나는 로리가 숨기고 싶어 하는 비밀 파일이 USB에 들어 있다고 확신한다. 다만 해당 파일이 무엇인지 모를 뿐이다.

마치 이바가 내 귀에 대고 속삭이듯이 그럴 듯한 계획이 구체적인 형태를 이루어가기 시작한다. 자칫 터무니없는 도전으로 보일 수도 있겠지만 자유롭길 원하는 내 뜻이 실현되려면 숨지 말고 로리와 정면으로 맞서야 한다. 로리에게 전화해 내가 어떤 비밀을 알고 있는지 당당하게 밝혀야 한다. 내가 실제로 알고 있는 사실보다 더 뻥튀기를 해 윤색하고 날조하더라도 로리가 잔뜩 겁을 집어먹게 해야 한다. 내 말을 듣고 나서 로리가 질겁하고 놀랄 수 있도록 완벽한 시나리오를 준비해야 한다. 매기 모레티 건뿐만이 아니라 USB에 담아온 모든 파일도 적극적으로 활용해야 한다. 가령 내가 원하는 대로 해주지 않을 경우 USB를 언론사에 통째로 넘기겠다고 하면 로리가 어떻게 나올지 궁금했다.

나는 이바의 휴대폰을 집어 든다. 내 위치를 정확하게 노출시키지 않고 로리와 통화할 수 있는 휴대폰이다. 다니엘이 어떻게 이바의 휴대폰 번호를 알아냈는지 아직 모른다는 게 거슬린다.

로리는 무엇을 더 알고 있을까? 혹시 다니엘이 저 바깥 어딘가에 숨어 내가 또 다른 실수를 저지르길 기다리고 있는 건 아닐까?

나는 심호흡을 크게 하고 나서 휴대폰을 켠다. 새롭게 접수된 음성 메시지와 문자메시지가 있다는 알림이 뜬다. 나는 잠시 망설이다가 우선 음성 메시지를 연다.

'사모님, 다니엘입니다. 저를 믿지 않으시는 건 너무나 당연하십니다. 하지만 제가 이제는 사모님을 도우려 한다는 걸 믿어주셔야 합니다. 사장님은 지금 캘리포니아로 이동 중인데 사모님이 거기에 계신다는 걸 알기 때문입니다. 어제 사장님을 만났을 때 녹음해둔 파일이 있는데 문자로 보내드렸습니다. 잘 활용하실 수 있길 바랍니다. 녹음 파일과 관련해 추가적인 설명이 필요할 경우 제가 따로 말씀드릴 기회가 있을 겁니다.'

나는 휴대폰 화면을 멍하니 바라본다. 머릿속에서 여러 가지 생각이 동시다발로 떠오른다. 다니엘이 음성 메시지를 보내 한 말을 한 마디씩 끊어 분석하며 숨은 의도가 뭔지 파악해보려고 하지만 쉽지 않다.

다니엘이 바라는 게 뭘까?

지금껏 나를 도울 수 있는 기회가 수없이 많았지만 다니엘은 매번 내 고통을 외면하고 침묵을 지켜왔다. 그런 다니엘이 이제 와서 나를 돕겠다고 하니 도무지 믿을 수가 없다.

내가 당신 말을 무슨 수로 믿지?

나는 문자메시지를 연다. '녹음 파일1'이라는 제목이 붙은 파일이 있다.

비록 무슨 말을 하는지 정확하게 알아들을 수 없지만 분명 로리와 브루스가 말다툼을 벌이고 있다. 문을 노크하는 소리에 이어 로리가 외친다. "들어와요."

다니엘의 목소리가 들린다. "방해해서 죄송합니다. 이 서류에 사장님의 서명이 필요합니다."

"당연히 서명해야죠. 고마워요, 다니엘. NTSB를 상대로 번잡한 일을 처리하느라 수고 많았어요. 당신이 클레어를 얼마나 많이 생각해주었는지는 내가 잘 알아요."

"제가 사모님에게 더 잘해드렸어야 하는데 후회하는 부분이 많습니다." 다니엘이 말한다.

서류를 넘기느라 종이가 부스럭대는 소리에 이어 다시 로리의 목소리가 들린다. "이제 다 되었네요. 나가는 길에 문을 꼭 닫아주세요."

"네 알겠습니다, 사장님. 감사합니다." 뒤이어 문을 여닫는 소리가 들린다.

녹음이 거기서 끝날 줄 알았는데 그렇지 않다. 로리의 목소리가 다시 이어진다. 더욱 차가워진 목소리다. "추가로 알아낸 사항이 뭔지 말해봐."

브루스가 잠시 뜸을 들였다가 말한다. "1996년에……." 브루스가 문서를 보며 읽고 있는 목소리다. "지금은 샬럿이라 불리는 찰리 프라이스는 마약을 판매할 의도로 소지하고 있다가 체포됐지만 혐의가 입증되지 않아 불기소 처분되었습니다." 문서를 넘기는 소리가 들려온다. "그 후 샬럿은 시카고로 이주했고, 식당 서빙 일을 하며 살아왔습니다. 그 이후로는 마약과 관련해 아무런 문제도 일으키지 않고 있고요. 아직 시카고에 거주하고 있습니다."

샬럿이라고? 찰리가 여자였어?

"다른 건 없어?" 로리가 묻는다.

"샬럿은 남편도 없고, 친구도 없습니다. 당연히 아이도 없고요. 가족들은 모두 사망했거나 연락이 끊긴 듯합니다. 우리가 샬럿과 협상할 때 이용할 가치가 있는 정보는 전혀 없습니다." 브루스의 목소리가 잦아든다. "지금껏 우리는 샬럿을 회유하기 위해 수많은 제안을 해봤지만 번번이 실패했습니다. 큰 액수의 뇌물을 제시하기도 하고, 은근히 협박을 가해보기도 했지만 그럴 때마다 샬럿은 들은 척도 하지 않고 오로지 진실만 말하겠다고 했습니다."

낮고 음험하게 변한 로리의 목소리를 듣고 있자니 온몸에 소름이 돋는다. "그 여자가 알고 있는 진실이 도대체 뭐래?"

"샬럿의 말에 따르면 사장님과 자신이 매기 몰래 바람을 피우는 사이였다고 합니다. 매기가 죽을 당시 사장님이 현장에 있었고, 사장님이 떠나고 나서 화재가 발생하도록 미리 발화장치를 해두었다고 주장하고 있습니다. 사장님이 샬럿의 아파트에 찾아왔을 때 몸을 사시나무처럼 떨었고, 제정신이 아니었다는 주장도 하고 있습니다." 잠시 침묵. 브루스의 말이 계속 이어지고 있지만 내 귀에는 들리지 않는다. "샬럿은 비밀 유지 각서에 서명한 것을 전혀 신경 쓰지 않고 있습니다. 우리가 어떻게 대응하든지 관심 없다는 태도입니다."

"그 여자가 제멋대로 떠들어대도록 내버려두지 않을 거야."

로리의 화난 목소리에 나도 모르게 몸이 움츠러든다. 마치 로리가 이 방에서 나를 향해 일갈하는 느낌이 든다. "앞으로 이틀 시간을 줄 테니까 그 여자가 일을 망쳐버리기 전에 문제를 말끔히 해결해."

"알겠습니다."

브루스가 문서를 서류 가방에 다시 집어넣고 딸깍 채우는 소리가 들려온다. 뒤이어 발소리와 문을 여닫는 소리가 들리더니 이내 고요해진다. 정지 버튼을 누르려던 나는 다시 문을 노크하는 소리가 들려와 동작을 멈춘다.

"들어오세요." 로리가 말한다.

다시 다니엘의 목소리가 들린다. "방해해서 죄송합니다. 제가 휴대폰을 두고 간 것 같아서요. 혹시 안으로 들어가서 찾아봐도 될까요?"

로리가 끙 소리를 낸다.

"아, 여기 있네요. 주머니에서 떨어졌나봐요."

거기서 녹음이 끝난다.

나는 충격이 가시지 않은 상태로 침대에 앉아 있다. *'제가 사모님에게 더 잘해드렸어야 하는데 후회되는 부분이 많습니다.'*

다니엘이 큰 위험을 감수하면서 나를 위해 녹음 파일을 확보했다는 사실이 믿기지 않는다. 그 오랜 시간 동안 잰걸음으로 내 뒤를 쫓아다니면서 내 스케줄을 치밀하게 챙기던 다니엘의 모습이 눈에 선하다. 나는 다니엘이 로리의 충성스러운 비서이고, 나를 감시하려고 채용되었다고 생각해왔다. 어쩌면 내가 다니엘을 서둘러 규정해 아예 상대하지 않고 꺼렸을지도 모른다. 내가 다니엘의 진심을 제대로 알아보았다면 아마도 전혀 다른 면을 발견하게 되었을 수도 있다. 내 일거수일투족을 감시하는 여자가 아니라 번번이 나를 도우려고 애쓰는 여자를.

나는 다니엘이 보낸 음성 메시지를 다시 듣는다. 급한 마음에 갈라지는 목소리, 목소리에 살짝 깃든 두려움.

'녹음 파일을 잘 활용하실 수 있길 바랍니다. 녹음 파일과 관련해 추가적인 설명이 필요할 경우 제가 따로 말씀드릴 기회가 있을 겁니다.'

이바

캘리포니아주 버클리
2월
추락 이틀 전

덱스가 피시였다는 사실이 이바에게는 대단한 충격을 주었다. 이바는 비로소 퍼즐 조각들이 제자리를 찾아가는 느낌이 들었다. 덱스의 정체가 밝혀지면서 처음과는 전혀 다른 그림이 되어가고 있었다.

"당신은 지금껏 피시를 한 번도 만난 적이 없고, 왜 덱스만 계속 상대하게 되었는지 궁금하지 않았습니까?" 카스트로가 물었다.

"덱스가 처음 찾아와 같이 일하자고 했을 때부터 피시를 앞세웠던 기억이 납니다. 덱스가 오더를 주면서 피시 얘기를 많이 했지만 내가 반드시 만나야 할 필요성을 느끼지 못했습니다."

이바는 여전히 충격이 가시지 않은 얼굴로 고개를 절레절레 저었다.

"덱스는 존재하지도 않는 피시의 지시를 받들어 당신에게 일을 시켜왔습니다. 당신은 덱스를 연락을 맡은 중간 간부쯤으로 알고 일해 왔고요. 덱스는 잔혹한 보복에 대한 책임을 존재하지도 않는 보스에게 떠넘기려고 피시를 앞세운 것으로 보입니다. 덱스가 피시라는 사실을 알았다면 당신도 반감이 컸겠죠. 덱스도 피시의 지시를 따르는 존재라는 점이 반감을 완화해주는 역할을 했다고 봅니다."

"혹시 전에도 이런 경우를 보셨습니까?" 이바가 물었다. "사람들은 누구나 보스 자리에 오르고 싶어 합니다. 보스 자리에 올라 권력을 과시하고 싶어 하죠."

카스트로는 어깨를 으쓱하고 나서 말했다. "사람의 스타일에 따라 선호하는 방식이 다릅니다. 보스가 전면에 나서면 우리는 체포하기가 더 쉽습니다. 그런 보스들은 자의식이 대단히 강해 자기가 얼마나 막강한 사람인지 힘을 과시하면서 모두 두려워하길 바랍니다. 피시, 아니 덱스는 우리가 흔히 '장수 형 보스'라고 부르는 스타일입니다. 그런 보스들은 웬만해서는 전면에 나타나지 않고 장기간 보스의 지위를 누리는 타입입니다. 부하들 앞에서 힘을 과시하기보다는 조직 관리와 보안 유지에 힘써 장기간 안정적인 이윤을 추구하는 스타일이죠. 장수 형 보스들은 대개 두뇌 회전이 빠르고, 웬만해서는 실수하지 않고 용의주도해 체포하기 힘듭니다." 카스트로는 커피를 한 모금 마시고 나서 말을 이었다. "오래전 실제로 겪은 일인데 엘 세리토에서 활동한 마약 조직 보스가 있었습니다. 여성 보스였는데 존재하지도 않는 남편을 최종 의사 결정권자로 앞세워 조직을 통솔했죠. 그 덕분에 보안이 철저히 유지되고, 모든 일들이 일사불란하게 돌아가게 되었습니다. 마약단속국에서는 어디서부터 손을 대야 할지 알 수 없어 난감했죠. 조직원들은 그 여자 남편이 자기들을 안전하게 지켜줄 거라고 철석같이 믿고 있었습니다."

이바는 그동안 덱스가 해온 역할을 돌이켜보았다. 덱스는 때로 이바를 독려해주기도 하고, 정신력이 해이해졌다고 판단되는 경우 쓴소리를 가하기도 했다. 덱스는 언제나 그녀의 편인 척했고, 보스가 아니라 운명을 걸고 함께 일하는 동료라는 믿음을 주었다. 지난가을 메모리얼 스타디움에서 덱스가 보였던 행태가 떠올랐다. 그때 덱스는 짐짓 피시가 몹시 화낼까봐 잔뜩 겁을 집어먹은 표정을 짓고 있었다. 그 모든 게 덱스의 연기였다는 사실이 믿기지 않았다.

어느 날 덱스는 아침 일찍 이바를 찾아와 끔찍하게 살해된 남자의 시신을 보여주었던 일이 떠올랐다. 이제보니 덱스는 그 남자를 직접 살해하고 나서 이바의 집에 찾아와 문을 두드렸고, 그녀에게 본보기를 보여주려고 살해 현장으로 데려간 게 분명했다.

이바는 자신이 지나치게 순진해 덱스의 연기에 사사건건 속아 넘어갔다는 사실이 마음에 들지 않았다.

"저는 이제 어떻게 해야 하죠?" 이바가 물었다.

"우선 변호사를 선임해 소송에 대비하길 바랍니다. 우린 당신이 도청기를 달고 계속 덱스를 만나길 바라고, 어떤 결실을 얻어낼지 두고 볼 겁니다."

"그 대가로 저는 무엇을 얻게 되죠?" 이바가 물었다. "제가 제안했던 증인보호 프로그램은 완전히 물 건너간 건가요?"

"일이 성공적으로 마무리되면 당신은 불기소처분을 받게 될 겁니다. 감옥에 가지 않아도 된다는 뜻입니다."

이바의 휴대폰이 윙윙 울렸다. 덱스가 보낸 문자메시지였다. 혹시 카스트로에게도 알림이 가지 않았을까 생각해 그의 휴대폰을 힐끔 쳐다보았다. 그의 휴대폰은 여전히 화면이 꺼진 상태였다.

우리 6시에 만나. 장소는 어디가 좋을까?

이바는 카스트로 요원에게 덱스가 보낸 문자를 보여주었다.

"내가 심어둔 사람들이 자연스럽게 섞여 들 수 있도록 공공장소로 정하는 게 좋겠네요." 카스트로가 말했다. "이제부터 덱스와 단둘이 만나거나 우리 요원들이 접근하기 쉽지 않은 장소는 피해야 합니다. 사람들로 북적거리는 대규모 스타디움이나 오가는 사람들이 적은 야외 주차장도 바람직하지 않은 장소입니다. 도청기가 준비되기 전까지 당분간 우리 요원들이 당신을 따라다니게 될 겁니다. 이틀 뒤에는 도청기가 준비되니까 신경 쓰이더라도 그때까지만 참아주세요."

이바는 휴대폰에 문자를 입력했다.

오브라이언스가 좋겠어. 나 지금 배고프니까 빨리 식사할 수 있는 곳으로 하자.

카스트로가 말했다. "그냥 평소에 하던 대로 하시면 됩니다. 덱스와 자연스럽게 만나세요. 무엇보다 덱스가 경계심을 느끼게 해서는 안 됩니다."

창밖으로 물안개가 피어오르는 모습이 보였다. 골든게이트 브리지의 오렌지색이 안개에 가려 흐려지고 있었다. 이바는 자신의 존재감이 점점 희미해져가고 있는 건 아닌지 우려스러웠다.

주위에서 사람들이 소곤거리는 말소리, 식기를 달그락거리는 소리가 귓전에 울렸다.

"저는 선택의 여지가 없는 결정이네요, 그렇죠?"

카스트로가 눈에 연민을 담아 대답했다. "안타깝지만 그러네요."

∞

베이 브리지를 반쯤 지났을 때 앞뒤를 가로막은 차들이 찔끔 찔끔 앞으로 움직이면서 이바를 어디론가 밀어가고 있었다. 이 바는 차를 몰고 북쪽을 향해 달리는 모습을 상상했다. 버클리를 지나, 새크라멘토, 포틀랜드 그리고 시애틀······.

이바는 룸미러로 뒤쪽 차에 탄 사람들을 살펴보았다.

누가 카스트로의 부하들일까?

카스트로는 내가 북부로 사라지도록 관망하지는 않겠지?

∞

이바는 집으로 돌아오자마자 짐을 꾸리기 시작했다. 최소한 의 짐을 꾸려 떠날 생각이었다. 혹시 누군가가 찾아와 집을 둘 러보더라도 잠깐 외출한 듯이 보일 필요가 있었다.

지하 실험실에 있는 기계와 재료들, 카스트로가 제안을 받아 들일 경우 제출하려고 모아둔 문서와 자료들은 그냥 놔두기로 했다. 이바는 자신이 사라지면 카스트로가 이 집을 수색해 필요 한 자료들을 챙겨갈 거라고 생각했다.

이바는 이제부터 어느 누구의 지시도 따르지 않기로 했다. 차 는 오브라이언 근처에 세워둘 작정이었다. 덱스를 만나러 가는 척하며 집을 빠져나온 다음 바트역으로 이동해 첫 번째로 들어오는 열차를 타고 샌프란시스코로 돌아가 새크라멘토로 가는 버스표를 구입해 떠나기로 했다. 북부에 도착하면 캐나다 국경을 넘어 영원히 사라질 작정이었다.

그때 리즈가 준 파랑새가 이바의 눈에 들어왔다. 이바는 파랑새를 집어 들고 파란색 소용돌이와 섬세한 부리 그리고 날개를 손끝으로 어루만졌다. 진정한 우정이 무엇인지 알게 해준 유일한 친구 리즈가 준 선물이었다.

이바는 모든 책임을 지겠다고 약속해놓고 정작 학장 앞에서는 엉뚱한 증언을 한 웨이드, 그녀를 마음껏 이용해놓고 끝까지 정체를 속인 덱스를 생각했다. 그녀를 위험한 상황으로 내몰면서 증인 보호 제안을 받아들이지 않은 카스트로도 떠올려보았다. 하나같이 지킬 마음이 전혀 없었던 약속을 내세워 그녀를 어렵게 만든 남자들이었다.

이바는 아직 주머니에 들어 있는 리즈의 편지를 만지작거렸다.

'문제가 있을 때 다른 사람과 공유하면 그만큼 짐이 더 가벼워져요.'

미로에 갇힌 생쥐처럼 선택의 폭이 점점 좁아지고 있었다. 이바는 세상에서 유일하게 믿을 수 있는 리즈에게 자꾸만 마음이 끌렸다. 이바는 비상금 5천 달러와 노트북을 챙겼다. 해킹당한 휴대폰은 조리대에 놓아두었다. 그런 다음 행운을 가져오는 파랑새를 손에 꼭 쥐고 집을 나섰다.

∞

이바는 문이 닫히는 순간 열차 안으로 뛰어들었다. 혹시 미행하는 사람이 있는지 플랫폼을 살펴보았다. 카스트로가 보낸 마약단속국 요원들이 그녀가 어디로 사라졌는지, 무슨 일이 일어났는지 궁금해하며 섀턱의 유료 주차장에 세워둔 차를 살피는 모습이 떠올랐다.

열차에 오른 이바는 주변 사람들의 얼굴을 훑어보았다. 구석자리에서 잠든 남자와 아이패드 화면에 깊이 몰입해 있는 커플은 일단 제외 대상이었다. 맞은편에서 잡지를 펼쳐 들고 앉은 여자가 조금 의심스러웠다. 이바는 열차가 오클랜드로 출발하기 전 그 여자의 동태를 유심히 살펴보았다. 여자는 잡지를 펼치고 있었지만 페이지를 언제 넘기는지 보려고 한참을 기다려도 끝내 넘기지 않았다.

열차가 다음 역에 멈춰 섰을 때 이바는 마지막 순간까지 기다렸다가 출발 직전에 재빨리 내린 다음 아직 그대로 타고 있는 여자를 바라보았다. 여자는 여전히 꼼짝도 하지 않고 잡지를 보고 있었다. 이바는 열차에 앉은 상태로 터널로 들어가는 여자의 모습을 한동안 지켜보았다. 그제야 안심한 이바는 플랫폼에 서서 열차를 타고 내리는 사람들을 둘러보다가 재빨리 샌프란시스코 행 열차에 올랐다. 그 후 한 시간 동안 이바는 미행하는 사람이 없다는 확신이 들 때까지 계속 열차를 갈아타며 공항으로 이동한 끝에 뉴어크행 항공권을 구입했다.

"편도인가요, 왕복인가요?" 항공권 판매원이 물었다.

"편도로 주세요." 이바는 즉시 대답했다. 이제는 돌이킬 수 없는 길로 접어들었다는 생각이 들며 온몸에 전율이 일었다.

∞

항공기가 이륙한 지 한참 지났지만 이바는 여전히 긴장을 풀 수 없었다. 주위의 탑승객들은 잠들었거나 책을 읽고 있었고, 이바는 창밖을 내다보며 핼러윈 파티가 끝난 어느 날 저녁을 생각했다.

금빛으로 물들어가는 황혼 속에서 리즈는 포치에 나와 앉아 하염없이 서쪽 하늘을 바라보고 있었다.

"여기서 뭐 하세요?"

리즈가 고개를 돌려 이바를 보더니 빙그레 웃었다. "나는 서쪽 하늘이 황금빛으로 물드는 지금 이 시간이 정말 좋아요. 태양이 지고, 대지가 서서히 식기 시작하는 때죠. 오래도록 보아온 풍경이지만 전혀 변하지 않고 그대로라서 마음에 들어요." 리즈는 반쯤 눈을 감고 말을 이었다. "전남편과 사이가 제법 괜찮았을 때 우린 자주 바깥에 나와 낮과 밤이 바뀌는 풍경을 바라보며 앉아 있었죠."

"전남편은 지금 어디에 계세요?"

리즈는 어깨를 으쓱하고 나서 콘크리트 계단의 가장자리를 손끝으로 쓸었다. "내슈빌에 산다고 들었어요. 하지만 그 말을 들은 지도 벌써 20년이 넘었네요."

리즈는 아내와 어린 딸을 두고 사라진 이후 한 번도 뒤돌아보지 않은 전남편 이야기를 어쩜 그리 편안하게 할 수 있는지 궁금했다.

"엘리는 가끔 아빠 소식을 듣고 있을까요?"

"그야 모르죠. 우린 단둘이 있을 때 그 사람 얘기를 꺼내지 않은 지 오래되었어요. 그 사람은 엘리의 생일에 한동안 카드를 보내주었는데 어느 해부터 아무런 설명도 없이 끊어버리더군요." 리즈는 뒤뜰 너머로 시선을 옮겨 나무들을 바라보았다.

"엘리는 한동안 나 때문에 아빠가 카드를 보내지 않는다고 푸념했어요. 내가 그 사람과 잘 지냈다면 자기를 더 예뻐했을 거라고 생각했나봐요. 하지만 점점 어른이 되어가면서 아빠가 어떤 사람인지 깨닫게 되었죠. 아빠 없이 지낸 게 차라리 나았다는 걸 알게 된 거예요."

리즈는 고통스러웠던 시절 이야기를 하는 동안에도 부드럽고 침착한 태도를 유지했다.

"당신은 어떻게 고통을 준 사람을 미워하지 않을 수 있어요?"

리즈는 내 질문이 재미있다는 듯 피식 웃었다. "누군가를 미워해 생긴 상처는 안으로부터 곪아요. 그 사람을 미워하고 비난하느라 아까운 시간을 헛되이 쓰고 싶지 않아요. 그는 어딘가에서 자기 삶을 살고 있지만 더러 우리 생각이 나기도 하겠죠. 나는 이미 오래전에 그를 용서하기로 마음먹었어요. 알고 보니 그를 미워하는 것보다 용서해주는 게 훨씬 쉽고 마음 편하더군요."

이바는 누군가를 용서하려면 얼마나 큰 용기가 필요할지 헤아려보았다. 혼자 딸을 키우며 눈물짓던 시절의 고통을 잊고 전남편을 용서한 리즈의 배포와 용기가 부러울 따름이었다.

"당신은 언제나 사람의 단점보다는 그 너머를 보려고 한다는 걸 알아요."

리즈가 또다시 빙그레 웃었다. "내 전남편은 나랑 엘리에게 상처를 주려고 우리 곁을 떠난 건 아니었어요. 그저 본인의 욕망에 충실했을 뿐이죠. 눈치 보지 않고 그가 원한 인생을 살았던 거예요. 그를 미워하며 화를 키우기보다는 내가 먼저 용서하고 싶었어요."

이바는 뒤뜰 너머 숲에 우거진 나무들을 바라보았다. 날이 점점 저물면서 나무들도 하나둘씩 자취를 감추고 있었다.

"저는 용서에 인색한가봐요."

리즈가 고개를 끄덕였다. "사실은 누구나 그래요. 진심으로 용서하려면 먼저 내가 품었던 기대부터 접어야 해요. 매우 힘든 과정일 수도 있겠지만 기대를 접어야 해방감을 맛보게 되죠."

　"혹시 저를 수녀원에 맡긴 가족들을 용서하라고 돌려서 말씀하시는 건 아니죠?"

　리즈는 자못 놀란 얼굴로 이바를 보았다. "당신은 무엇보다 자신을 용서할 수 있는 방법을 찾아야 해요. 여전히 당신의 뒤꽁무니를 쫓아다니는 망령을 떨쳐버려야 하고요."

　이바는 검은 네모 칸으로 변한 창문을 바라보았다. 이제 버클리에서의 삶은 정리되었다. 결코 바라지 않은 삶이었다. 이바는 지금 이 순간 왜 자신이 리즈를 만나러 가고 있는지 알 수 없었다.

클레어

2월 28일 월요일

나는 케이트 레인에게서 답신이 오길 기다리며 이바의 집 지하 실험실에서 가져온 문서들을 넘겨본다. 이바가 기록해둔 화학 영재 이야기, 학교에서 추방된 사연, 마약을 제조해 거래하게 된 이야기가 나를 사로잡는다. 이바가 쓴 글을 다 읽고 난 후 나는 커튼이 내려진 창을 바라본다. 저 멀리서 차들이 오가는 소리가 아스라이 들려오고, 이바의 모습이 떠오른다. 이바가 양손을 녹색 외투 주머니에 찔러 넣고, 고개를 가슴 가까이 붙이고, 어깨를 잔뜩 움츠리고 학생들 사이에 섞여 걸어가는 모습이 떠오른다. 힘겹고 고독했던 이바의 삶은 그녀를 다른 사람들과 유리시켰다. 그 누구도 경험해보지 못한 위험하고 불안한 날들이 언제나 이바의 가까이 있었다.

나는 차갑게 식은 커피를 마시며 시나몬 번을 먹는다. 로리의 이메일과 구글독스를 확인하지 못하게 되어 아쉬움이 크다. 바로 그때, 케이트 레인의 비서가 작성한 답신이 받은 편지함에 들어온다.

케이트 레인 씨는 귀하의 이야기에 관심이 큽니다. 다만 귀하의 주장이 과연 틀림없는 사실인지 확인해야 하는 절차가 필요합니다. 연락 가능한 휴대폰 번호를 알려주시기 바랍니다. 귀하가 정말 클레어 쿡 부인이 맞는지 확인이 필요합니다.

나는 이바의 휴대폰 번호를 이메일 답신에 입력한다. 10분 후, 휴대폰이 울려 즉시 받는다.

"여보세요?"

"이메일을 보내주신 클레어 쿡 부인이 맞으시죠? 저는 케이트 레인입니다."

"네 맞습니다. 이렇게 전화 주셔서 감사합니다."

"매우 충격적인 사연이라 많이 놀랐습니다. 부인은 477편 항공기 추락 사고로 목숨을 잃은 피해자 가운데 한 사람으로 알려져 있습니다. 그런데 어떻게 사망하지 않고 생존해 계신지 제가 이해할 수 있도록 설명을 부탁합니다. NTSB 관계자에게 문의해본 결과 항공기 탑승자 명단에 부인의 이름이 있었다고 거듭 확인해주었거든요."

나는 천천히 어떻게된 사연인지 설명한다. 결혼 생활을 해오는 동안 로리가 나에게 가한 지속적인 폭력, 몰래 사라지려고 치밀한 계획을 세웠으나 중도에 발각되어 실패로 돌아간 일.

"그때 존 F. 케네디 공항에서 어떤 여자를 만났어요. 이바 제임스라는 여자인데 즉석에서 항공권을 바꿔치기하기로 했죠." 나는 담담하게 말을 잇는다. "나는 오클랜드행 항공기를 타고 캘리포니아에 왔고, 이바는 내가 가기로 되어있는 푸에르토리코 산후안행 항공기에 올랐죠. 얼마 안 있어 477편 항공기가 플로리다 상공에서 추락했다는 뉴스를 보게 되었습니다. 저는 그 일 이후로 줄곧 버클리에 있는 이바의 집에 머물러 있었습니다. 어디론가 떠나야 한다고 생각했지만 수중에 돈 한 푼 없고, 몰래 사라질 방법도 없었으니까요. 생각다 못해 출장 연회 회사에서 서빙 일자리를 구했어요." 나는 《TMZ》 영상에서 살아 있는 나를 본 로리가 캘리포니아로 오고 있다는 것까지 이야기한다.

"그럼 항공기 추락 사고로 부인 대신 이바 제임스가 목숨을 잃은 건가요?"

나는 눈을 감는다. 답변을 가려서 해야 할 대목이다. 내가 이바를 가장 잘 지켜줄 수 있는 방법은 그녀가 항공기 사고로 사망했다고 믿게 하는 것이다.

"네."

"맙소사!" 케이트는 한숨을 내쉬고 나서 잠시 침묵하다가 말한다. "그럼 이제부터 매기 모레티 이야기로 넘어가볼까요?"

"제 남편 로리와 비서 브루스가 대화를 나눌 때 녹음해둔 파일이 있습니다. 두 사람은 녹음 파일에서 샬럿이라는 여자에 대해 이야기하고 있죠. 샬럿은 제 남편 로리가 매기 모레티의 죽음에 깊이 관여했다고 주장하고 있습니다."

케이트가 내가 제시한 정보를 받아들이는 동안 잠시 침묵이 흐른다. "그 녹음 파일은 언제 녹음되었죠?"

"정확하지는 않지만 지난 며칠 사이입니다. 제 비서 다니엘이 두 사람의 대화를 녹음해 어젯밤 저에게 보내주었거든요."

케이트는 잠시 생각에 잠긴 듯 말이 없다가 드디어 제안한다. "우선 그 녹음 파일부터 들어봐야겠어요. 제 담당 피디에게 당장 그 녹음 파일을 보내줄 수 있습니까?"

케이트는 담당 피디의 휴대폰 번호를 불러주었고, 나는 즉시 파일을 보낸다.

휴대폰 저편에서 녹음 파일을 재생하는 소리가 들려온다. 노크 소리, 다니엘의 목소리 그리고 로리와 브루스의 목소리가 이어진다. 파일을 끝까지 듣고 난 케이트는 한숨을 푹 쉬고 나서 말한다. "대단히 유감이지만 매기 모레티 건은 방송에 내보내기 힘들겠네요."

"무슨 말씀이시죠?" 나는 이번이 마지막 기회라고 생각해 내가 가진 패를 다 꺼내놓았다. 내가 어디에 있고, 그동안 무엇을 했는지에 대해서도 다 공개했다.

그런데 결과는 방송 불가라니?

"로리 자신이 매기 모레티 건에 깊이 관여한 사실을 이미 인정한 것이나 다름없지 않나요?"

"녹음 파일로는 부족하고, 실체적인 증거가 더 필요합니다." 케이트가 말한다. "비서는 샬럿의 주장을 전달했고, 로리는 그 부분에 대해 부정도 인정도 하지 않았습니다."

"로리가 캘리포니아로 오고 있습니다." 나는 말한다. "저에게는 이 녹음 파일이 로리의 위험한 행동을 저지시킬 유일한 방편입니다."

"저도 부인을 돕고 싶습니다." 케이트가 말한다. "제가 부인을 방송에 출연시켜줄 테니까 아까 저에게 말씀하신 남편의 지속적인 폭력, 상원의원 선거에 출마하려는 남편의 위선적인 두 얼굴, 공항에서 처음 만난 여자와 항공권을 바꿔치기할 수밖에 없었던 절박한 사연에 대해 속 시원하게 털어놓으시면 됩니다."

나는 눈을 부릅뜨고 말한다. "막강한 힘을 가진 남자들과 일전을 불사했다가 사회적으로 외면당한 여자들처럼 저 역시 처량한 신세가 되고 말 텐데요? 제 남편은 아무 일도 없었다는 듯이 상원의원이 되어 워싱턴을 누빌 테고요."

"부인이 어떤 걱정을 하는지 잘 압니다. 어쩌면 그런 걱정을 하는 게 당연합니다." 케이트가 말한다. "부인이 제 프로그램에 나와 그 이야기를 하시는 동안 경찰은 매기 모레티 건을 재수사할 겁니다. 부인은 지금 당장 비서에게 그 녹음 파일을 뉴욕 지방 검사에게 보내라고 하세요. 우리는 우선 샬럿을 찾아보려고 합니다. 그분이 방송에 출연해 로리 쿡과 매기 모레티에 대해 알고 있는 사실들을 있는 그대로 증언할 생각이 있는지 확인해볼 겁니다." 휴대폰 저편에서 케이트가 서류를 뒤적거리는 소리에 이어 누군가 나에게 말하는 목소리가 들려온다. "부인을 샌프란시스코 스튜디오로 모시겠습니다. 어디 계신지 말해주시면 당장 차를 보내겠습니다."

나는 모텔 이름을 말해준다.

"한 시간 이내에 차가 도착할 겁니다. 미리 준비하고 계세요."

"그럴게요. 감사합니다."

나는 짐을 꾸린다. 내일 이 시간에 나는 다시 클레어 쿡이 되어 있어야 한다. 어딘가 살아있을 이바를 떠올려본다. 적어도 이바가 자유로워질 수 있길 빈다.

문을 노크하는 소리에 나는 소스라치게 놀란다. 커튼 틈새로 바깥을 내다보니 한 남자가 보인다. 외투 아래로 얼핏 총집의 윤곽이 드러나 있다.

나는 문 너머로 외친다. "누구세요?"

남자가 씩 웃고는 배지를 보여준다. "저는 마약단속국의 카스트로 요원입니다. 이바 제임스와 관련해 물어볼 게 있어서 찾아왔습니다."

이바

뉴저지

2월

추락 하루 전

   샌프란시스코 공항을 출발해 밤새 날아간 항공기는 시카고를 경유한 끝에 오후 2시에 뉴어크 공항에 도착했다. 이바는 일단 공항 가판대에서 선불 폰을 구입한 다음 리즈의 휴대폰 번호를 눌렀다.

   "이바예요." 리즈가 다행히 집에 있어 안도하며 이바가 말했다. "사실은 뉴저지에 와 있어요. 잠깐 들러도 될까요?"

   "뉴저지에 왔다고요?"

   "이야기하자면 길어요." 이바가 공항을 나오면서 말했다. "만나서 말해줄게요."

리즈는 문을 열자마자 이바를 꼭 끌어안았다.

"어서 와요. 갑작스러운 방문이라 많이 놀랐어요. 내 생각에는 제법 심각한 일이 생긴 것 같은데 아닌가요?"

리즈는 눈 덮인 뒤뜰이 내다보이는 주방을 지나 큰 방으로 이바를 데려갔다. 리즈는 토크쇼가 나오는 텔레비전을 끄고, 이바를 소파에 앉혔다.

"내가 당신을 얼마나 많이 보고 싶어 했는지 모를 거예요. 그동안 무슨 일이 있었는지 전부 다 자세히 털어놔봐요."

이바는 그 모든 이야기를 시작하기에 적절한 지점을 찾으려고 애썼다. 이바의 눈동자가 방 안을 이리저리 헤맸다. 책이 가득한 책장, 문서들을 쌓아둔 책상이 눈에 들어왔다.

이바는 심호흡을 하고 나서 리즈를 향해 불안한 미소를 지어 보였다. "어디서부터 시작해야 할지 감이 오지 않아요."

리즈가 손을 내밀어 이바의 손을 쥐었다. 따뜻하고 건조한 손이었다. 리즈의 에너지를 받아서인지 마음이 차분하게 가라앉고 빠르게 뛰던 심장이 안정을 찾아갔다.

"두서없어도 괜찮으니까 입에서 나오는 대로 시작해봐요."

이바는 먼저 버클리에서 웨이드를 만난 이야기부터 했다. "다른 사람과 같이 있는 동안 그토록 설레는 기분을 느낀 건 처음이었어요. 대다수 여학생들이 선망하는 버클리대의 쿼터백 웨이드가 내 남자 친구가 되어주겠다고 하니 그야말로 제정신이 아닐 정도였죠."

이바는 웨이드가 마약을 제조해달라고 한 일, 그 일이 한 번으로 끝나지 않고 계속 이어지게 된 이야기도 털어놓았다.

"웨이드를 남자 친구로 잡아두고 싶었던 마음이 강해 그의 요구를 차마 거절할 수 없었죠. 물론 저의 실수이고 불찰이었어요."

이바는 학장실로 불려온 웨이드가 약속과 달리 그녀를 위해서는 아무런 증언도 해주지 않고 정작 자기만 책임을 모면하려는 발언을 한 것에 대해서도 털어놓았다. "웨이드의 아버지는 돈이 많아 버클리에서 막강한 영향력을 행사하는 사람이었죠. 그 반면 저는 세인트 조지프 수녀원 출신의 보잘것없는 학생이었어요. 학장은 저를 퇴교시키는 것으로 문제를 간단하게 마무리 지었죠. 저는 제대로 항변 한번 해보지 못하고 학교에서 쫓겨났고요."

"학교에서 당신에게 변호사를 지정해주지 않았나요?"

그 당시는 변호사를 고용해 퇴교의 부당성을 따져볼 생각을 해본 적이 없었다.

리즈가 안타깝다는 표정을 지었다. "대학에서 학생에게 퇴교 조치를 내리려면 반드시 지켜야 하는 절차가 있어요." 리즈는 고개를 절레절레 저으며 말했다. "어린 학생이었던 당신이 그런 절차가 있다는 걸 어떻게 알았겠어요. 이제 와서 후회해본들 마음만 아플 뿐이죠."

이바는 그다음 이야기를 털어놓자니 마음이 착잡했다. 엄연한 범죄 행위였고, 리즈가 과연 이해해줄 수 있을지 의문이었다.

"언젠가 저랑 말다툼했던 남자 기억나세요?"

"기억나다마다요. 그런 일이 처음이라 뚜렷이 기억하고 있어요."

"그 남자가 바로 덱스였어요. 알고 보니 다른 이름이 있더군요." 이바는 버클리에서 퇴교당한 날 기숙사에서 짐을 챙겨 나오다가 덱스를 만난 이야기를 털어놓았다. 돈 한 푼 없고, 기다리는 사람도, 갈 곳도 없는 그녀에게 덱스의 제안은 구명 밧줄이 되어주었다.

리즈가 자리에서 일어나더니 냉장고에서 보드카 병과 잔 두 개를 가지고 돌아왔다.

"계속해요." 리즈가 말했다.

이바는 보드카 잔을 홀짝이며 이야기를 마무리했다. 카스트로가 증인 보호 프로그램을 거부한 이야기도 털어놓았다. 덱스를 중간 간부로 알았는데 조직의 보스인 피시였다는 이야기도 했다.

"지금쯤이면 덱스는 저에게 무슨 일이 일어났는지 알아챘을 거예요. 어제 만나기로 약속한 자리에 제가 나가지 않았거든요."

"경찰에 협력해야 해요." 이바가 모든 이야기를 마치자 리즈가 말했다. "현재 당신이 선택할 수 있는 유일한 방법이에요."

리즈는 보드카 잔을 단숨에 비우고 나서 한 잔 더 따랐다.

"저는 못 해요."

"반드시 해야만 해요." 리즈가 고집을 부렸다. "당신이 새로운 삶을 찾을 수 있는 유일한 방법이에요."

"드라마나 영화에 나오는 방식대로 되지는 않아요. 덱스가 감옥에 들어간다고 해도 저는 안전을 보장받을 수 없어요. 제가 어디에 숨든 덱스의 부하들이 찾아낼 거예요. 그래서 카스트로 요원에게 증인 보호 프로그램 지원을 요청했는데 받아들여지지 않더군요."

리즈는 팔을 내밀어 이바를 끌어안았다.

"이제부터 숨거나 도망치는 일은 그만둬야 해요." 리즈가 말했다. "거짓말을 또 다른 거짓말로 덮는 행위도 멈춰야 해요."

"그렇게 간단하지 않아요." 이바가 말했다. "카스트로는 나에게 평범한 삶을 찾으라고 하더군요. 덱스가 저를 가만 놔둘 리 없는데 어떻게 평범한 삶을 찾죠? 그나마 제가 선택할 수 있는 유일한 길은 여길 떠나는 거예요. 카스트로가 덱스를 체포해 잡아넣을 수 있게 한 다음 나는 멀리 사라지려고 해요."

"당신이 말한 대로 할 경우 어떤 결론이 나오는지 지켜보기로 해요. 그나저나 어디로 갈지 정해두었어요?"

이바는 어깨를 으쓱했다. "일단 뉴욕에 잠시 머물면서 위조 여권을 만드는 방법을 찾아보려고요."

리즈는 고개를 끄덕였다. "여권이 준비되면 외국으로 떠나려고요?"

"네, 그래야죠."

"외국으로 떠나면 당신은 다른 사람이 될 거예요. 과거가 없는 사람. 외국에 가면 무슨 일을 하려고요? 당장 당신이 살 집을 마련해야 할 텐데 돈은 준비돼 있어요?"

"집을 빌릴 정도는 있어요."

"외국에 있는 동안 당신은 끊임없이 두려워하겠죠." 리즈의 조용한 목소리가 이바의 귀에 내려앉았다. 리즈는 보드카 잔을 내려놓고 이바의 턱을 들어 올려 자신을 똑바로 바라보게 했다. "지금껏 당신에게 일어난 일은 가혹할 정도로 불공평했어요. 그렇다고 당신이 저지른 행위들이 모두 정당화되지는 않아요. 당신은 자신이 저지른 잘못을 인정해야 해요. 아마도 텍스는 체포되어 감옥에 가게 될 거예요. 당신도 법정에 불려가 지은 죄를 따져봐야 하겠죠."

"텍스의 부하들에게 잡힐 경우 목숨이 사라질 텐데요?"

"카스트로 요원이 당신이 떠난 걸 알기 전에 항공기를 타고 버클리로 돌아가야 해요. 공항에 도착하는 즉시 카스트로 요원에게 전화하고 그 자리에서 기다려요. 그 요원이 당신을 데리러 올 때까지 그대로 있어야 해요."

"저는 그냥 이대로 사라지고 싶어요." 이바는 속삭였다. "그냥 제가 여기에 오지 않은 것으로 하면 안 될까요?”

“마약단속국 사람들이 나를 찾아와 당신이 어디로 떠났는지 캐물을 게 뻔해요. 만약 그런 일이 생기면 나는 당신을 위해 거짓말을 해줄 수 없어요.”

이바는 이제야 리즈를 찾아온 이유를 알 것 같았다. 리즈의 이야기는 처음부터 끝까지 일관되어 있었다. 잘못한 일이 있으면 도주하지 말고 벌을 받아야 한다는 것이다. 어차피 도망자의 인생을 사느니 죗값을 달게 받고 나와 새로운 인생을 시작하는 편이 낫다는 입장이었다.

이바는 비로소 안도감을 느꼈다.

“좋아요. 당신이 시키는 대로 할게요.”

두 사람은 그대로 앉아 똑딱거리는 시계 소리를 듣고 있었다.

아직 못다 한 말들이 많았지만 그들은 한동안 침묵을 지켰다.

이바는 평생 함께할 가족, 우정을 나눌 친구가 있었으면 좋겠다고 생각해왔다. 리즈가 아무런 대가도 요구하지 않고 소중한 사랑과 우정을 이바에게 나누어주었다.

이바는 내일 아침에 리즈의 집 출입문을 걸어 나가려면 엄청난 용기가 필요하리라는 걸 알고 있었다. 과연 그런 용기가 있을지 확신이 서지 않았다.

“우리가 처음 만난 날을 기억해요?”

“나는 계단을 내려오다 발을 다쳐 바닥에 널브러져 있었고, 당신이 다가와 나를 부축해주었어요. 당신이 누구인지, 어떤 사람인지 절대로 잊지 말아요. 당신은 세상을 밝게 만드는 빛 같은 존재, 이웃 사람의 고통을 외면하지 않는 친절하고 상냥한 사람이란 걸 명심하세요."

리즈는 이바의 어깨를 잡고 돌려세워 서로 마주 보게 했다.

"당신은 어디로 가든 무슨 일이 일어나든 내가 여기 있다는 걸 잊지 말아야 해요."

이바는 흐르는 눈물을 닦지 않고 그대로 내버려두었다. 그동안 견뎌온 고통, 고독, 후회, 실망, 가슴앓이가 도도한 물줄기를 이루어 몸 밖으로 빠져나간 느낌이었다. 가슴이 텅 비어버릴 때까지.

∞

이바가 오클랜드로 돌아가는 항공편을 예약하고 나서 두 사람은 다시 소파에 나란히 앉았다. 마지막까지 함께 있고 싶었다. 이 순간이 아무리 길어져도 결코 지루하지 않을 듯했다.

그때 현관문을 여닫는 소리가 들려왔다.

"엄마, 집에 계세요?"

"엘리, 엄마 여기 있어."

두 사람을 본 엘리가 그 자리에 우뚝 멈춰 섰다.

"손님이 계신지 몰랐어요."

"이바, 전에 말한 내 딸 엘리입니다."

엘리는 눈을 반짝이며 다가와 이바와 악수를 나누었다.

"지금은 다니엘이라고 해요. 엄마가 틈날 때마다 말씀하시던 분을 드디어 만나게 되었네요. 반가워요."

2월 28일 월요일

카스트로가 선글라스를 머리 위로 올리며 말한다. "이바를 모른다고요? 방금 전에 이바의 휴대폰으로 통화하셨죠?"

내 시선이 서랍장 위에 놓아둔 이바의 휴대폰으로 쏜살같이 날아간다.

어떻게 알았지?

"저는 카스트로 요원이고, 마약단속국 형사입니다." 당신에게 물어볼 말이 있습니다." 주차장에 정부 번호판을 단 세단이 보인다. "안으로 들어가 대화를 나눌 수 있을까요?"

나는 카스트로가 안으로 들어오도록 문을 더 넓게 열어준다.

우리는 창가의 작은 테이블을 사이에 두고 마주 앉는다. 카스트로가 커튼을 열자 작은 방 안으로 빛이 쏟아져 들어온다.

"이바와는 어떻게 알게 되었습니까?"

"저는 이바에 대해 아는 게 별로 없어요."

"어제까지 이바의 집에 머물렀잖아요." 카스트로는 손을 들어 의자에 걸쳐놓은 이바의 녹색 외투를 가리킨다. "보시다시피 이바의 옷을 입고 있고요." 그가 휴대폰 화면을 들여다보며 말을 잇는다. "우린 몇 달 전부터 이바를 감시해오고 있었습니다. 이바의 휴대폰을 복제해 가지고 있기도 하죠."

"휴대폰을 복제한다고요?" 나는 의아한 얼굴로 묻는다. "무슨 뜻이죠?"

카스트로는 의자에 기대앉아 나를 바라본다. 그의 무거운 시선이 나를 불편하게 한다. 마침내 그가 말한다. "부인이 이바의 휴대폰으로 통화할 경우 우리가 모든 내용을 알 수 있다는 뜻입니다. 휴대폰으로 문자메시지나 이메일을 보낼 경우에도 내용을 알 수 있죠. 이바의 휴대폰을 사용하면 우리에게 그대로 알려진다는 뜻입니다."

방금 전 케이트와 통화한 사실이 떠오른다. 다니엘이 보낸 메시지와 녹음 파일도.

나는 이바가 왜 휴대폰을 두고 갔는지 이제야 깨닫는다. "이바도 복제 휴대폰이 있다는 사실을 알고 있나요?"

카스트로는 고개를 가로젓는다. "이바는 우리 수사에 협력하고 있었는데 미리 약속한 미팅에 나오지 않아 걱정이 많았습니다.

그러다가 당신이 이바의 휴대폰을 들고 나타났고요."

케이트 레인이 차를 보내준다고 했던 말이 떠오른다.

카스트로 요원이 과연 나를 보내줄까? 아니면 로리가 도착하는 순간까지 나를 여기에 잡아두려고 할까?

"이바를 언제 어떻게 만나게 되었죠?" 카스트로가 되풀이해 묻는다.

"복제 휴대폰이 있으니 이미 아실 텐데요."

"네, 대략 알고 있지만 둘이서 무슨 대화를 나누었는지 알고 싶습니다. 서로 신분을 바꾸기로 한 건 누구 아이디어였습니까?"

내 역할을 어떻게 설명해야 할지 확신이 서지 않는다. 나는 피해자도 공모자도 아니다. 그저 수시로 폭력을 행사하는 남편에게서 영원히 벗어나고 싶었던 여자일 뿐이다.

"이바가 먼저 접근했어요."

카스트로가 고개를 끄덕인다.

"처음에 무슨 말을 하던가요?"

"이바가 내게 했던 말 중에서 진실은 없었습니다." 나는 술잔을 바라보던 이바의 모습이 떠오른다. 마치 두 어깨에 세상을 다 짊어진 것 같은 모습이었다. 그나마 이바의 공포는 진실이었다.

"이바는 잔뜩 겁먹은 상태였어요."

"혹시 이 집에 이바를 찾아온 사람이 있었습니까?"

나는 포치에서 집 안을 살피던 남자에 대해 이야기한다.

"그 남자의 인상착의를 말씀해보세요."

"검은 머리카락에 올리브색 피부, 성난 파도를 닮은 회색 눈이 기억나요. 긴 외투를 입고 있었고요."

"혹시 이바의 집에 머무는 동안 마약을 본 적이 있습니까?"

"아니, 전혀요." 나는 지하 실험실을 떠올리며 이바가 거기서 많은 시간을 보냈을 거라고 추측한다. 공증 받은 문서와 녹음 파일에 대해서도 생각한다.

이바가 작성한 문서들을 이 남자에게 건넨다면 내게 어떤 이득이 있을까?

나는 문서가 든 봉투와 녹음기를 카스트로에게 건넨다. "어제 지하 실험실을 처음 발견했는데 거기서 찾아낸 자료들입니다."

카스트로는 녹음기를 옆에 내려놓고 이바가 작성한 문서들을 넘겨본다.

"나는 이바가 왜 도망쳐야 했는지 전혀 몰랐어요. 나에게는 그냥 암으로 장기간 투병하던 남편을 잃었다고 했거든요. 남편이 고통스러운 항암치료를 더는 견딜 수 없다고 해 이바가 목숨을 끊도록 도와주었다고 하더군요. 어쩌면 그 일 때문에 경찰의 수사를 받게 될지도 모른다면서요."

이제 와서 이바의 입장을 내 입으로 설명하자니 신빙성이 더욱 떨어져 보인다. "그때 저는 지푸라기라도 잡아야 할 만큼 절박했어요. 이바가 내 상황을 미리 알고 접근했던 것 같아요."

"이바는 속임수에 능숙하죠. 오랫동안 우릴 잘도 속여왔고요." 카스트로는 탁자에 팔꿈치를 고인다. "저는 마약단속국 요원이고, 사기와 신분 도용은 제가 다루는 영역이 아닙니다. 따라서 저의 수사 대상도 아닙니다. 부인은 남편을 피해 숨어다니고 있죠?"

"네, 맞아요."

"이바는 저의 수사를 돕고 있었고, 저는 그녀가 지금 어디에 있는지 알아야만 합니다. 이바가 부인에게 무슨 말을 했는지도."

"저를 만난 시간은 극히 짧은 편이었습니다. 이바가 저에게 한 말들 중에서 진실은 전혀 없었다는 생각이 듭니다."

카스트로가 창밖을 내다본다. 검은색 타운카가 카스트로의 세단 옆으로 미끄러져 들어온다. "부인이 방송국까지 타고 갈 차가 왔네요."

우리는 누가 먼저랄 것 없이 거의 동시에 자리에서 일어선다.

이십 대 중반에 덩치가 크고, 검은 정장 차림의 운전자가 차에서 내려 두 사람을 향해 다가온다.

"클레어 쿡 부인을 모셔가려고 왔는데요."

내 짐을 트렁크에 싣던 운전자의 시선이 카스트로의 외투에 넣어둔 총에 머문다. 트렁크를 쾅 소리가 나도록 닫은 운전자가 멀찌감치 떨어져 우리가 대화를 마치길 기다린다.

카스트로가 나를 돌아본다. "행운을 빕니다. 이 도시를 떠나

시기 전에 한 번 더 만나 뵙고 싶군요. 다시 뉴욕으로 돌아가실 건가요?"

나는 차들이 쌩쌩 달리는 거리를 보며 말한다. "아직 상황이 어떻게 변할지 몰라 확답을 드릴 수가 없네요."

"로리 쿡이 매기 모레티 사망 사건에 연루되었다면 사람들이 부인의 말을 믿어줄지 말지는 그다지 중요하지 않을 겁니다. 증거가 알아서 판단해줄 테니까요."

나는 카스트로에게 말한다. "쿡 가문 사람들에 대해 잘 모르시죠? 이 세상에서 일반적으로 통용되는 법칙을 그대로 적용할 수 없는 사람들입니다."

카스트로는 침묵을 지킨다. 돈과 권력의 힘이 얼마나 막강한지 잘 알고 있다는 뜻이다.

마침내 카스트로가 말한다. "가능한 한 빨리 방송에 나가시는 게 유리하겠네요. 세상 사람들 모두가 부인의 생존 사실을 알게 된다면 아무리 로리 쿡이라도 감히 어쩌지 못할 겁니다."

∞

도심으로 가는 도로가 끔찍하게 막힌다. 앞뒤로 차들이 장사진을 치고 있다. 뒷자리에 앉은 나는 바다에 떠 있는 알카트라즈 섬을 바라본다. 바닷물은 푸르딩딩한 회색빛이다.

"라디오를 켜도 될까요?" 운전기사가 묻는다.

"그럼요."

운전기사는 재즈 음악 방송이 나올 때까지 채널을 돌린다. 나는 시간을 확인하려고 핸드백에서 이바의 휴대폰을 꺼낸다. 다니엘이 보낸 새로운 문자메시지가 있다.

사장님이 버클리로 사모님을 데려올 남자를 보냈다는 사실을 알아냈어요. 그 지역 사람으로 덩치가 크고 오른팔이 문신으로 뒤덮인 남자입니다. 부디 몸조심하세요.

이바

뉴저지

2월

추락 하루 전

다니엘은 예상했던 모습과 많이 달랐다. 비영리재단 직원답게 수수한 옷차림에 얌전한 여성일 거라 상상했는데 검은 머리카락을 동그랗게 말아 단정하게 묶었고, 진주 목걸이를 착용하고, 맞춤 정장을 입은 세련된 여성이었다. 자세히 보니 리즈와도 많이 닮았다는 걸 알 수 있었다. 다니엘 역시 리즈처럼 체구가 자그마하고, 이목구비는 마치 거울을 보듯 비슷했다. 하지만 리즈가 차분하고 침착한 성격이라면 다니엘은 조금 냉정한 편이었다.

리즈는 자리에서 일어나 딸과 키스했다. "이제 퇴근했니? 많이 늦었네."

다니엘은 엄마가 묻는 말에는 대답도 하지 않고 이바에게 말했다.

"우리 집에 오신다는 말은 못 들었는데요."

다니엘의 말투에 비난이 섞여 있어 이바는 살짝 긴장되었다. "네 그러네요. 갑자기 내린 결정이었어요." 이바가 말했다. "리즈를 잠깐 만나보고 싶었어요."

"왜요? 이유가 뭔데요?" 다니엘이 이바의 눈을 똑바로 들여다보며 물었다.

"그냥 나를 만나고 싶어서 왔다는데 무슨 이유가 더 필요하지?"

리즈가 딸에게 경고의 눈빛을 보냈다.

"사전에 연락하고 왔어야 하는데 갑자기 결정한 일이라 그러지 못했어요." 이바가 팽팽한 긴장감이 조금이나마 누그러지길 바라며 말했다. "내일 돌아갈 거예요."

다니엘은 잠시 침묵을 지키다가 리즈를 돌아보며 말했다. "엄마, 잠시 저랑 이야기 좀 해요."

리즈는 미안해하는 표정으로 이바를 돌아보았다. "금방 올 테니까 편안하게 있어요."

이바는 소파에서 일어나 냉장고에 붙어 있는 사진들을 구경하는 척하며 주방 쪽으로 걸어갔다.

"너, 도대체 왜 그러니?" 리즈가 따져 물었다.

"죄송해요, 엄마. 오늘따라 피곤하기도 하고, 스트레스도 심해요.

내일 디트로이트로 출장을 가야 하는데 아직 짐을 못 꾸렸어요." 다니엘이 말한다. "집에 손님이 와 있을 줄 미처 몰랐네요."

"디트로이트에는 무슨 일로 가는데?"

"〈쿡재단〉이 주관하는 행사가 열려요. 원래는 쿡 부인과 디트로이트까지 동행하기로 되어 있었는데 사장님이 갑자기 부인을 푸에르토리코로 보내기로 했대요. 디트로이트에는 사장님이 직접 가고요." 다니엘은 한숨을 푹 쉬었다. "우리 집에 오신 손님한테 따지듯이 물어서 죄송해요. 하지만 갑자기 일정이 변경된 사실이 신경 쓰여요. 뭔가 잘못됐다는 느낌이 들어요."

"잘못됐다니, 어떤 식으로?"

"쿡 부인은 몇 달 전부터 디트로이트 행사에 각별히 신경 쓰고 있는 눈치였어요. 전에는 한 번도 본 적이 없는 모습이라 이유가 궁금했죠."

"일을 열심히 하는 건 좋지만 과몰입하지는 마. 걱정을 만들어서 할 필요는 없다는 뜻이야."

"그동안 이상한 일들이 많았어요. 쿡 부인의 운전사에게 들은 말인데 지난달 부인이 직접 차를 몰고 혼자 롱아일랜드에 갔었대요. GPS 기록을 보니 동쪽 끝까지 갔던 게 확인되더랍니다. 내가 알기로 쿡 부인은 평소 롱아일랜드에 간 저도 없고, 아는 사람도 없거든요. 저는 몇 번인가 쿡 부인의 재정적 문제를 몰래 처리해줘야 했어요. 출금된 돈과 영수증 액수가 맞지 않는 일이

더러 있었거든요." 주방에서 두 사람의 대화를 듣고 있던 이바는 다니엘의 목소리에 담긴 불안감이 감지되었다.

"제가 생각하기에 쿡 부인은 사장님 몰래 어디론가 떠날 계획을 세우고 있는 게 분명해요."

"그럼 잘되었네. 로리 쿡이 부인을 몰래 괴롭히고 있다고 했잖아."

"다만 푸에르토리코 출장은 쿡 부인의 계획이 아니었어요. 쿡 부인은 분명 디트로이트 출장을 좋은 기회로 삼으려고 했는데 사장님이 갑자기 틀어버린 거예요."

"로리 쿡이 미리 눈치채고 그랬을까?"

"그건 아직 모르겠어요. 다만 혹시라도 쿡 부인이 세운 계획이 발각될 경우 파장이 만만치 않을 거예요." 다니엘이 걱정스런 눈빛으로 리즈를 바라보았다. "게다가 쿡 부인 혼자 푸에르토리코 출장을 간다니 마음이 편치 않아요. 저는 쿡 부인의 안위가 걱정되는데 동행하지도 못하고 디트로이트에 가야 해요. 저는 사장님이 쿡 부인을 얼마나 구속하는지 알거든요."

"쿡 부인이 푸에르토리코에서 돌아오지 않을 수도 있지 않을까?"

이바는 두 사람이 나누는 이야기를 계속 귀 기울여 듣고 있다가 소파로 갔다. 그녀는 두 사람의 대화를 계속 엿들을 수 있도록 노트북을 가져와 조리대 위에 올려놓았다. 이바는 구글에 '로리 쿡의 부인'을 넣고 검색했다. 화면에 뜬 사진을 보니 검은 머리를 풍성하게 기른 여자가 유명 메이커 옷을 입고 뉴욕 거리를 걷고 있었다. 사진에 달린 설명이 눈에 들어왔다.

'로리 쿡의 아내, 클레어 쿡 어퍼웨스트사이드의 〈앙투라지〉를 방문하다'라고 되어 있었다.

옆방에서 다니엘이 말했다. "쿡 부인이 푸에르토리코에 남을 것 같진 않아요. 쿡 부인 혼자 푸에르토리코에 가야 한다고 생각하니 너무 안됐어요. 부인이 하필 브루스에게서 계획 변경 소식을 들어야 한다는 사실이 마음에 들지 않아요. 브루스가 부인을 존 F. 케네디 공항까지 모시고 가기로 한 것도 기분이 별로예요." 다니엘이 한숨을 쉬고 나서 말을 이었다. "손님에게 무례하게 굴어서 죄송해요. 갑자기 엄마를 찾아온 진짜 이유가 뭐라고 해요?"

이바는 컴퓨터 화면에 보이는 클레어 쿡의 사진들을 보고 있었지만 머릿속으로는 엉뚱한 생각에 빠져 있었다. 리즈가 비밀을 지켜줄지, 아니면 폭로할지 온 신경을 기울였다.

맛있는 간식거리를 딸에게 전부 갖다 바치지는 않겠지?

"이바는 요즘 힘든 일이 많아." 리즈가 말했다. "하지만 괜찮을 거야. 이바는 언제나 역경을 딛고 살아 돌아온 생존자니까."

이바는 안도의 한숨을 내쉬었다.

"새벽에 떠나려면 짐을 꾸려놓아야 해요. 내 건은 울 코트기 어디 있는지 아세요?"

"위층 안 쓰는 방 벽장에서 본 것 같아. 내가 가서 찾아볼게."

"고마워요, 엄마."

이바는 눈물이 나올 만큼 리즈에게 감사한 마음이었다. 리즈는 늘 그녀의 입장을 이해해주고 용기를 북돋워 주는 사람이었다. 그런 사람이 있다는 건 정말이지 고마운 일이었다. 리즈 이전에 이바는 그런 사람을 만나본 적이 없었다. 하지만 리즈와 다니엘이 서로 깊이 신뢰하며 속내를 털어놓는 모습을 보았고, 가족과 친구는 차이가 있다는 걸 깨달았다. 다니엘이 만약 이바와 비슷한 처지였다면 리즈는 딸에게 어떤 조언을 해주었을지 생각해보았다.

다니엘에게도 자수를 권했을까? 아니면 도망치라고 했을까?

이바는 화면에 떠올라 있는 클레어 쿡이 내일 아침 잠에서 깨어났을 때 남편이 돌연 출장지를 바꾼 사실을 알게 되면 무슨 생각을 하게 될지 상상해보았다. 존 F. 케네디 공항에서 항공기를 타고 영하의 추운 날씨인 디트로이트가 아니라 카리브 연안으로 떠나게 되었다는 사실을 알게 된다면?

어쩌면 다니엘의 걱정은 노파심에서 비롯되었을 수도 있었다. 하지만 만약 다니엘의 추측이 옳다면, 클레어가 도주 계획을 세웠다면, 갑자기 틀어진 일을 바로 잡을 해결책이 절실히 필요할 듯했다. 클레어는 당장 또 다른 출구를 찾아내야 할 입장이었다.

이바는 자신의 머릿속에 해결책이 있을지도 모른다고 생각했다.

"여기서 뭐 하세요?"

다니엘이 가방을 들고 문간에 서 있었다. 이바는 급히 컴퓨터 화면을 닫고 나서 미소를 지어 보였다. "그냥 노트북을 보고 있었어요."

"거실로 자리를 옮겨 편하게 보시지 그래요."

다니엘은 그렇게 말하고 나서 출장 가방을 꾸리려고 계단을 올라갔다.

이바는 다시 노트북을 켜고 항공사 웹사이트를 열었다. 그녀는 '내 예약 변경하기'를 클릭하고 나서 드롭다운 메뉴에서 '뉴어크 공항'을 '존 F. 케네디 공항'으로 바꾸었다. 리즈의 말이 머릿속에서 메아리치고 있었다.

'이바는 언제나 역경을 딛고 살아 돌아온 생존자니까.'

이바는 그 말을 현실로 만들기로 결심했다.

클레어

<u>2월 28일 월요일</u>

　클레어는 다니엘이 보낸 문자와 운전대에 놓인 운전사의 오른 팔을 번갈아본다. '오른팔에 뒤덮인 문신'이라는 말이 너무나 유효적절한 표현으로 보인다.

　운전사가 《CNN》에서 보내서 왔다는 말을 한 번도 하지 않았다는 사실이 떠오른다.

　그런데도 아무런 의심도 하지 않고 차에 덥석 오르다니?

　다리 입구까지 차들이 밀려 있다. 가능한 한 빨리 방송국 스튜디오로 가야 한다던 카스트로의 말이 마치 나를 조롱하듯 귓전에 울린다. 로리가 보낸 남자라면 차는 방송국 스튜디오로 갈 리 없다. 인적이 드문 해안이나 으슥한 창고로 데려가 살해할지도 모른다.

　녹색 제타가 옆으로 다가온다. 운전대를 잡은 여자는 누군가와 통화하는지 입술을 달싹거리고 있다. 서로 차에 올라 있지만 여자와 떨어진 거리는 불과 2미터도 되지 않아 손톱에 칠한 분홍 매니큐어와 귀에 달린 은색 귀고리가 선명하게 보인다.

내가 비명을 지르면 저 여자가 들을 수 있을까?

차가 다시 정지 신호에 걸린다. 지금 바로 내 옆에 있는 차는 흰색 소형 밴이다. 나는 차와 차 사이의 비좁은 공간을 훑어본다. 차들이 앞으로 움직이자 빈 공간의 간격이 조금씩 변한다.

옆 차선의 차들이 다시 움직이기 시작한다. 녹색 제타가 다시 내 옆으로 온다. 짙게 선팅한 유리 너머로 몰래 지켜보는 내 존재를 알지 못한 여자는 고개를 뒤로 젖혀 크게 웃는다.

30미터 앞쪽에 터널이 보인다. 운전사가 룸미러를 통해 나와 눈을 맞추며 말한다. "터널을 지나면 정체가 풀릴 거예요."

차에서 뛰어내리려면 어두운 터널이 제격으로 보인다.

나는 팔을 창턱에 얹고 차 문에 기댄다. 기사를 계속 지켜보며 손으로 차 문의 잠금장치를 들어 올린다. 기사의 눈은 앞을 향해 있다.

지금이 뛰어내릴 기회야.

재즈 음악의 빠르고 불규칙적인 리듬이 내 맥박과 하나가 된다. 나는 핸드백이 어깨에 잘 매달려 있는지 확인한다. 안전벨트의 잠금장치에 손을 올려놓은 다음 다른 손으로는 문손잡이를 잡아당겨 문을 열고 뛰어내릴 준비를 한다.

차에서 뛰어내린 다음 도와달라고 비명을 지르면 누군가가 반응하겠지?

나는 차가 어두운 터널로 진입하기까지 남은 거리를 잰다.

300미터, 150미터.

운전사가 룸미러로 나를 보며 "괜찮습니까?"하고 묻는다. "안색이 창백해 보이십니다. 혹시 물이 필요하면 여기 있습니다. 다리를 지나 몇 블록만 더 가면《CNN》스튜디오가 있습니다. 이제 얼마 안 남았네요."

나는 몸에서 힘이 빠져나가는 걸 느끼며 좌석에 몸을 축 늘어뜨리고 떨리는 양손을 무릎 사이에 끼운다.

'《CNN》에서 보낸 차가 맞나? 로리가 보낸 차가 아니고?'

나는 뭐가 뭔지 모르겠다. 논리적으로는 로리가 나를 그리 쉽게 찾아내는 게 불가능하다는 걸 안다. 하지만 로리와 함께한 세월이 길다보니 그가 얼마나 뛰어난 정보 습득력을 보유하고 있는지 잘 알고 있다. 로리는 내가 어디에 숨었는지 알고 있고, 내가 어떤 생각을 하는지 꿰뚫고 있고, 내가 얼마나 공포심을 느끼는지 잘 알고 있어 언제나 적절히 이용해왔다.

마침내 차가 터널로 진입한다. 어두운 순간은 아주 잠깐이고, 눈 깜빡할 사이에 반대편으로 빠져나온다. 도시의 빌딩들이 오후의 햇빛을 받아 반짝반짝 빛을 발한다.

"쿡 부인, 물을 드릴까요?" 운전사가 작은 물병을 손에 든 채

다시 묻는다.

"아니, 괜찮아요."

∞

"속보입니다. 정규 방송을 중단하고 워싱턴DC에서 케이트 레인의 라이브 방송을 보내드립니다. 캘리포니아에서 방금 들어온 소식이 있습니다."

녹색 화면을 배경으로 등받이 없는 의자에 혼자 앉아 있는 내 귀에 다양한 목소리들이 들린다. 프로듀서와 조수들 몇 명이 한 대뿐인 카메라 앞에 모여 있다. 카메라가 나를 줌인하지만 방송 시작을 알리는 붉은 등은 아직 들어오지 않았다.

그 옆 대형화면에 워싱턴DC 스튜디오에 나와 있는 케이트 레인이 보인다. 케이트 레인과 스태프들이 이야기를 나누는 목소리가 내 이어피스로도 곧장 들어온다. 나는 심하게 긴장한 상태라 현기증이 나지만 시원한 에어컨 바람이 그나마 머리를 식혀준다. 스튜디오 맞은편 벽에 걸린 디지털시계를 보니 01:22로 되어 있다.

《CNN》 스튜디오에 도착한 직후 담당 프로듀서가 케이트 레인과 영상 채팅을 할 수 있도록 아이패드를 건넸다. 케이트 레인은 영상 채팅이 연결되자마자 다니엘이 뉴욕 주립 검사실에 녹음 파일을 보내기로 했다는 소식을 들려주었다. 샬럿 프라이스와도 연락이 닿았고, 담당 변호사가 오래전에 서명한 비밀 유지 각서 무효 신청을 하는 즉시 적극적인 활동에 나설 것이라고 했다.

"그럼 이제부터 부인의 이야기를 들려주시죠." 케이트가 말했다. "부인의 결혼 생활을 저희가 깊이 이해할 수 있도록 가능한 한 구체적으로 묘사해주세요. 로리 쿡이 부인을 어떻게 대했는지, 왜 남편으로부터 도망쳐야 했는지 자세히 말씀해주세요." 케이트 레인의 부드러운 표정이 조금이나마 긴장을 늦추게 했다. "저는 부인이 전면에 나선 이상 앞으로 어떤 파장이 예견되는지 미리 말씀드리겠습니다. 부인의 삶은 이제 대중들 사이에서 초미의 관심사로 떠오르게 됩니다. 부인과 관련해 확인되지 않은 소문을 마치 진실인 양 퍼뜨리는 인플루언서도 있을 테고, 아무런 이유 없이 비방하거나 혐오 발언을 쏟아내는 사람들도 생겨날 겁니다. 그런 사람들이 하는 말은 그리 중요하지 않으니까 너무 예민하게 받아들여서는 안 된다는 걸 미리 전해드립니다. 아무튼 이제부터 부인의 삶은 현미경 아래 놓이게 됩니다. 부인의 가족, 부인을 아는 모든 사람, 부인의 친구들까지도 언론의 주목을 받게 될 수도 있습니다. 제가 지금까지 말한 내용을 잘 새겨두었다가 지혜롭게 대처하시길 바랍니다."

케이트 레인의 말을 듣고 나니 내가 과연 온갖 구설수에도 흔들림 없이 잘 버텨낼 수 있을지 의문이었다. 하지만 계속 바위 뒤에 숨으려고 한다면 결코 자유를 찾지 못하리라는 걸 알고 있었다. 세상은 굳이 내 말이 필요하지 않을 수도 있지만 나는 그 이야기를 반드시 해야 한다.

"5초 후에 방송이 시작됩니다." 담당 프로듀서가 말한다.

"좋은 아침입니다." 케이트 레인의 목소리가 내 이어피스를 채운다. 마치 내 바로 옆에서 말하는 느낌이다. "한 시간 전부터 로리 쿡의 변호사들에게 매기 모레티의 사망과 관련해 문의가 잇따르고 있습니다. 매기 모레티는 27년 전, 쿡 가문 소유의 건물에서 화재가 발생해 사망했습니다. 하지만 더욱 특별한 케이스는 477편 항공기에 탑승했다가 사망했다고 알려진 로리 쿡의 부인 클레어 쿡을 통해 이 정보를 입수했다는 사실입니다. 《CNN》은 클레어 쿡 부인이 여전히 생존해 있고, 캘리포니아에 머물고 있다는 사실을 확인했습니다. 시청자 여러분, 우리는 오늘 위성 중계를 통해 클레어 쿡 부인을 이 자리에 모셨습니다. 로리 쿡과 오랫동안 결혼 생활을 이어온 쿡 부인이 집을 나와 몰래 도망쳐야 한다고 느끼게 만든 원인이 뭔지 이야기를 들어보도록 하겠습니다. 쿡 부인, 만나서 반갑습니다."

"고맙습니다, 케이트."

"쿡 부인, 지금껏 남편과의 사이에 무슨 일이 있었고, 그리고 오늘 어떻게 스튜디오까지 오시게 되었는지 허심탄회하게 말씀해주시죠."

방송국 스튜디오에 앉아 있다보니 당연한 귀결이라는 생각이 든다. 내 목소리 하나만으로는 충분하지 않으리라 생각했다. 그 누구도 내 진실을 알고 싶어 하거나 나서서 도와주지 않으리라 여겼다. 하지만 도움이 절실히 필요할 때 세 여자가 나서주었다. 처음에는 이바, 그다음은 다니엘 그리고 마지막으로 찰리가 나를 도우려고 나서주었다. 그 누구도 우리의 서사를 절대로 제어하지 못할 것이다.

나는 어깨를 쭉 펴고 카메라를 바라보며 지난 10년 동안 나를 괴롭혀온 공포가 내게서 물러나는 걸 느꼈다.

"여러분도 아시다시피 제 남편 로리 쿡은 저명한 상원의원 마조리 쿡의 아들이고, 〈쿡재단〉 대표이고, 막강한 재력을 바탕으로 사회 각 분야에서 왕성한 활동을 펼치는 셀럽입니다. 하지만 로리와 저의 결혼 생활은 단란하지도 평화롭지도 않았습니다. 제 남편 로리는 대중들 앞이나 언론사 카메라 앞에서는 언제나 선하고 활기 넘치는 사람으로 비치지만 집으로 돌아와 저랑 둘만 있게 되면 몰인정하고 폭력적인 사람으로 변했습니다. 다들 우리 부부를 너무나 잘 어울리는 환상의 커플로 봐주었지만 언제나 허울뿐인 겉모습일 뿐이었습니다. 사람들의 눈길이 미치지 않는 우리 집에서는 허구한 날 차마 말하기조차 부끄러운 폭력이 일상화되고 있었습니다. 한동안 저는 그런 일들이 벌어지는 원인을 저 자신에게서 찾으려고 했습니다. 제가 부족하고 미숙한 점이 많은 만큼 더 나은 사람이 되려고 노력했습니다. 남편의 기대에 부합하려고 안간힘을 썼습니다. 그렇지만 저에게는 언제나 질책, 폭언, 폭력이 수시로 자행되는 공포의 나날이 계속되어왔습니다. 저와 비슷한 처지의 수많은 여성들처럼 저는 오랫동안 학대의 사이클에 갇혀 지내면서도 벗어날 수 있는 방법을 찾기 힘들었습니다. 가끔 남편에게 저항해보기도 했지만 돌아오는 건 더욱 혹독하고 잔인한 폭력밖에 없었습니다. 그런 일이 있고 나서는 제 목소리를 내기 두려웠습니다. 그런 날들이 지속되다 보면 심신이 피폐해지고 무력감에 빠지게 됩니다. 남편은 저를 도울 만한 사람들과의 관계를 철저히 차단했습니다. 이미 오래전부터 몰래 남편 곁을 떠나려고 마음먹었습니다. 〈쿡재단〉에서 저와 함께 일하는 사람들에게 제 결혼 생활의 실상을 알리려고도 해보았습니다. 하지만 그 누구도 로리 쿡을 적으로 만들려고 하지 않았습니다. 제가 남편에게서 벗어날 수 있는 유일한 방법은 그저 사라지는 것뿐이라고 생각했습니다."

"477편 항공기 사고는 어떻게 된 일입니까?"

"저는 원래 푸에르토리코행 항공기를 탈 계획이 없었습니다. 로리가 무슨 이유인지 단 한마디 설명도 없이 갑자기 출장 계획을 바꾸는 바람에 저는 예정에 없던 푸에르토리코로 가게 되었죠. 사실은 그날 디트로이트 출장이 예정되어 있었고, 저는 캐나다로 사라질 계획이었습니다. 마지막 순간에 출장지가 바뀌는 바람에 모든 계획이 어그러지게 되었습니다. 하지만 우연히 존 F.

케네디 공항에서 저랑 표를 바꾸길 바라는 여성을 만나게 되었습니다. 불행히도 그분은 477편 항공기에 탑승하게 되었고, 저를 대신해 목숨을 잃었습니다. 그분의 죽음에 깊은 애도를 표합니다. 저는 그분께 평생 감사를 드려도 모자랄 만큼 큰 도움을 받았습니다. 그분은 저에게 도망칠 기회를 제공해 주셨으니까요."

나는 어딘가에서 텔레비전 화면을 눈이 빠지도록 바라보고 있는 로리를 생각한다. 그동안 온갖 수단을 다 동원해 관리해온 평판이 내가 생방송에 나와 쏟아내는 폭로 탓에 하염없이 추락해가는 모습을 무력하게 지켜보고 있을 그의 모습이 떠오른다.

"로리는 저를 큰 소리로 웃는다고, 많이 먹는다고, 때로는 너무 적게 먹는다고 질책했습니다. 전화를 안 받았다고, 어떤 행사에서 어떤 특정한 사람과 너무 오래 대화를 나누었다고, 또는 어떤 사람과 너무 대화를 나누지 않았다고 폭언을 퍼부었습니다. 그나마 운이 좋으면 한 번으로 끝난 적도 있지만 때로는 며칠 동안 얼음장처럼 차가운 눈길로 쏘아보며 고함과 욕설을 퍼붓기도 했습니다. 결혼한 지 2년이 지나면서 내 몸을 밀치거나 때리기 시작했습니다. 처음에는 손바닥으로 때렸는데 요즘에는 주먹으로 마구 때렸습니다."

사진 한 장이 내 뒤의 화면을 가득 채운다. 로리와 내가 햄프턴의 해변을 걷는 사진이다. 《피플》에 처음 실린 이후 다양한 매체들이 로리 관련 기사를 쓸 때마다 사용하는 사진이다.

"지금 화면에 나가고 있는 사진은 지난여름에 찍은 겁니다. 여러분은 다정하게 손을 맞잡고 해변을 걷고 있는 부부를 볼 수 있습니다. 저 사진 이면에는 우리 부부의 비극이 숨겨져 있습니다. 그날 로리는 단단히 화가 나 있었고, 제 손을 얼마나 세게 쥐었는지 반지가 손가락을 파고들어 상처를 낼 정도였습니다. 제가 입고 있는 긴 소매는 전날 밤 맞아서 생긴 팔의 멍 자국을 가리고 있습니다. 제가 로리의 오랜 친구 이름을 잊었다는 게 이유였죠. 저를 밀치는 바람에 벽에 부딪혀 생긴 머리의 상처나 쿵쿵 울리는 두통은 보이지 않을 겁니다. 여러분은 제가 얼마나 공포로 얼룩진 날들 속에서 고통에 신음하며 살아왔는지 헤아리기 쉽지 않으리라 생각됩니다."

나는 양손을 내려다본다. 사진이 찍힌 순간 느끼고 있던 공포와 절망이 떠오른다.

케이트의 목소리가 귓가에 울린다. "왜 지금 이 시점에서 카메라 앞에 나서기로 마음먹었는지요? 부인은 캘리포니아로 도주했으니 자유의 몸이 되신 게 아닌가요?"

"집을 떠나 캘리포니아에서 살고 있지만 저는 결코 자유롭지 못합니다. 신분증도 없고, 신용카드도 없고, 돈도 없습니다. 신분증이 없어 정규직 일자리를 구할 수도 없는 형편입니다. 출장 뷔페 회사에서 서빙 일을 맡아 했는데 그때 제가 등장하는 사진과 동영상이 《TMZ》에 나오게 되었습니다. 그런 일이 있고 나서는 서빙 일도 하기 쉽지 않았습니다."

나는 흔들리지 않는 시선으로 카메라를 들여다본다. 내가 하는 말이 이바에게도 곧장 전달되었으면 한다. 비록 짧은 시간이지만 우린 서로에 대해 많은 걸 알게 되었다. 나는 그 누구보다도 이바의 비밀에 대해 잘 알고 있다. 이바와 나는 보이지 않는 끈으로 연결되어 있다. 내가 어디 있든 이바는 함께 할 것이다. 나는 지금 이바가 여기서 아주 멀리 떨어진 곳에 있기를 희망해본다.

　"다시 한번 저를 대신해 목숨을 잃은 분에게 애도를 표합니다. 그분을 사랑했던 분들이 있을 겁니다. 아직 시신을 찾지 못한 만큼 그분이 어떻게 되었는지 몹시 궁금해하는 분들도 있겠지요. 그분들이 납득할 만한 조사 결과가 나올 수 있기를 진심으로 바랍니다." 나는 잠시 말을 멈추고 이바의 집에서 찾아낸 문서들을 생각한다. 그 문서들은 여전히 내 주머니에 들어 있다.

　"저는 공포를 넘어설 준비가 되어 있습니다." 나는 케이트에게 말한다. "저는 잃어버린 삶을 되찾고 싶습니다. 온전히 제가 계획하고 만들어가는 삶을 찾고자 합니다. 로리는 저에게서 많은 걸 빼앗아갔습니다. 제가 인간으로서 마땅히 누려야 할 권리를 빼앗아갔죠. 저는 그 누구도 남편에게 그런 짓을 저지를 권한을 부여하지 않았다고 생각합니다."

　스튜디오 맞은편의 디지털시계가 01:59에서 02:00으로 넘어간다.

　나는 이제 자유다.

클레어

<u>뉴욕</u>
<u>추락 한 달 후</u>

5번가의 타운하우스가 지금처럼 비어 있긴 처음이다. 늘 로리가 고용한 누군가가 요리를 만들거나 청소하거나 경비를 서거나 했다. 하지만 내가 《CNN》에 나가 온갖 비리를 폭로한 이후 비난 여론이 들끓고, 매기 모레티의 죽음과 관련해 검찰 조사를 받게 된 로리는 직원들을 전원 해고했다. 어찌나 고요한지 유령이 사는 집 같다.

로리의 변호사들이 비밀 유지 각서의 효력을 인정받으려고 애썼지만 법원이 기각해버리자 난리가 났다. 로리에 관한 범죄 정보가 언론에 홍수처럼 밀려들었다. 매기가 화재로 숨진 날 로리와 매기는 심하게 다투었다. 로리가 밀치는 바람에 매기는 계단에서 굴러떨어져 정신을 잃고 쓰러졌다. 로리가 범행에서 빠져나가려고 허둥대다가 웨스트사이드에 있는 찰리의 아파트로 도주한 사실이 드러났다. 그 이후 로리의 집에서 의문의 화재가 발생했고, 매기는 불에 타 사망했다.

그날 찰리는 밤늦게 찾아온 로리가 허둥대며 해준 말을 믿었다. 로리는 사슴이 갑자기 나타나는 바람에 차가 하천에 빠질 뻔했다고 둘러대며 큰 충격을 받아 온몸이 떨린다고 했다. 매기의 죽음에 관한 뉴스가 나오기 전까지 찰리는 로리가 한 말에 대해 전혀 의구심이 없었다. 그 당시 찰리와 로리는 서로 사랑하는 사이였다. 찰리는 한시바삐 로리가 매기를 떠나길 바라는 입장이었다. 하지만 매기 모레티가 화재 사고로 숨진 사실이 뉴스에 나오고 나서 로리가 밤늦게 찾아와 허둥대며 한 말에 의심이 들기 시작했다. 찰리가 진실을 캐묻기 시작하자 로리의 어머니 마조리 쿡 상원의원이 돈을 주어 입을 막았고, 그 후로도 거액을 주고 비밀 유지 각서에 서명하도록 만들었다.

찰리는 그 일을 잊으려고 했지만 로리가 상원의원 선거에 출사표를 던진다는 소문을 듣게 되었다. 로리가 막강한 재력과 권력을 믿고 책임을 회피하는 모습을 지켜보고 있자니 자괴감이 들었다.

로리는 자기가 저지른 잘못을 나 몰라라 했다.

난공불락인 로리의 배경이 그의 범죄 행위를 다 가려주고 있었다.

찰리가 마침내 매기 모레티 사건 관련 진실을 폭로하자 언론은 대대적으로 보도하며 입방아를 찧어댔다. 매기 모레티가 불에 타 숨진 집을 방문하기도 하고, 지난날 보도된 기사를 홈페이지에 다시 올리고, 매기의 친구들을 인터뷰했다. 사람들은 로리, 찰리, 매기의 삼각관계에 대해서도 관심을 보였다. 로리가 찰리를 사귀던 기간과 매기와 결혼 생활을 하던 기간이 몇 개월 겹친 탓이었다.

내가 《CNN》에 출연하고 나서 일주일 후 《피플》 표지에 45도 각도로 고개를 튼 내 옆모습 사진이 실렸다. 머리카락은 원래대로 돌아왔고, 기사 제목은 '부활'이었다.

로리가 어떤 식으로든 매기의 죽음에 개입했을 거라고 의심해온 사람들은 나에게 동정적이었지만 나를 집요하게 공격하면서 나의 폭로에 의문을 제기하고 골드디거라고 매도하는 사람들도 있었다. 쿡 가문이 쌓아 올린 명예와 재산을 노린 파렴치한 음모라고 주장하는 사람들도 있었다. 〈쿡재단〉이 자산 유용과 부적절한 사적 이용 혐의로 검찰 조사를 받게 되자 모두 나 때문에 빚어진 일이라고 주장하는 사람들도 더러 있었다.

내 변호사들이 〈쿡재단〉 문서들을 낱낱이 분석해 나의 무혐의를 밝혀준 덕분에 나는 이제 자유롭게 뉴욕을 떠날 수 있게 되었다. 나는 한시바삐 뉴욕을 떠나 캘리포니아로 돌아가고 싶었다.

벽에 걸린 엄마와 바이올렛의 사진에 내 눈길이 한참 동안 머문다. 나는 액자를 떼어 내가 가져갈 물품들 사이에 내려놓는다. 바이올렛의 미소가 잠시 내 눈길을 사로잡는다. 왼쪽 **뺨**에 파인 보조개와 바람에 흩날리는 머리카락이 그대로 카메라 렌즈에 포착되었다.

나는 작은 조각상을 집어 들고 살펴본다. 로리가 작년에 구입한 로댕의 작품이다.

이 조각상을 팔면 얼마나 받을 수 있을까?

하지만 이 조각상은 내 재산목록에 없다. 우리 부부의 공동 재산은 동결됐다. 내가 원하거나 필요한 재산은 없다.

켈리의 도움을 받아 앞으로 살아갈 아파트를 구했다. 《CNN》 방송에 나가고 나서 며칠 지났을 때 켈리의 전화를 받았다. 내가 출연한 방송은 여러 방송국의 뉴스에도 등장했고, 유력 신문의 머리기사로도 나갔다.

"이바, 너무나 감동적인 인터뷰였어요. 아, 이제는 클레어라고 불러야겠네요."

나는 호텔 객실의 침대에 털썩 앉았다. 몇 시간 동안 녹음기를 켜둔 상태로 변호사들과 질의응답 시간을 갖느라 크게 지쳤다. 버클리 어딘가에 있을 켈리를 상상했다. 버클리 캠퍼스의 지그재그로 뻗은 보행로에 멈춰 서서 나에게 전화하는 켈리의 모습이 눈에 선했다.

"이름을 헷갈리게 해서 미안해요."

"내가 소개한 일자리 때문에 곤욕을 치렀으니 오히려 내가 미안하죠."

"어차피 일어날 일이었어요." 나는 헛기침을 하고 나서 켈리에게 묻는다. "이 모든 일이 끝나고 나면 버클리에서 살고 싶어요. 집을 구해야 하는데 도와줄 수 있을까요?"

"내가 먼저 집을 알아보고 나서 연락할게요." 켈리가 말했다.

내가 앞으로 살아갈 아파트는 메모리얼 스타디움 뒤편 언덕에 자리하고 있다. 맨 위층에서 내다보면 스트로베리 캐니언의 키큰 나무들이 내다보인다. 집주인인 크레스피 부인은 켈리 어머니의 친구였다. 크레스피 부인은 나에게 풋볼 경기가 열리는 날에는 주차하기 힘들 수 있고, 터치다운 후 쏘는 대포 때문에 깜짝 놀랄 수도 있다고 미리 일러주었다. 마흔 개나 되는 나무 계단을 먼저 올라간 크레스피 부인은 문을 열고 옆으로 비켜서서 나를 먼저 집 안으로 들여보냈다. 마치 트리하우스 같은 집이었다. 켈리가 높은 계단을 걸어서 올라오느라 힘들었는지 숨을 헐떡이며 말했다. "먹을거리는 배달시켜야겠네요. 무거운 짐을 들고 계단을 올라올 수 있을 것 같지 않아요."

"이 아파트의 세입자는 모두 합해 세 명이고, 다들 당신처럼 전문직 여성들이에요." 그레스피 부인이 말했다. "집세가 한 달에 1,500달러인데 첫 달과 마지막 달 월세를 보증금으로 내야 해요. 가구는 옮기기 힘드니까 그냥 있는 걸 활용하는 게 좋을 거예요."

내 변호사들이 로리 측과 합의금 협상을 시작했다.

당분간 장신구를 팔아 살아가야 하고, 서둘러 일자리를 구해야 할 만큼 어려운 형편이지만 비로소 내가 바라던 삶을 찾게 되었다.

"이 집으로 할게요." 나는 거실 겸 주방을 둘러보며 말했다.

거실에 녹회색 소파가 놓여 있고, 작은 텔레비전도 있다. 주방에는 조리대와 가스레인지, 냉장고가 있다. 주방 오른쪽으로 욕실과 침실로 이어지는 복도가 있다.

창가로 걸어가 나무들이 푸른 물결을 이루는 언덕에 점점이 박힌 버클리 대학 건물들이 늦은 오후의 햇살을 받아 마치 보석처럼 반짝이고 있는 모습을 바라본다. 그 너머로 샌프란시스코만의 바닷물이 반짝인다. 도심의 스카이라인과 멀리 있는 다리도 눈에 들어온다.

"집에서 내다보는 전망이 정말 마음에 들어요." 나는 켈리와 크리스피 부인에게 말한다.

크리스피 부인이 들고 있던 파일에서 임대차계약서를 꺼내 나에게 건넨다. "준비되면 곧바로 들어와 살 수 있어요."

"준비는 이미 다 됐어요."

∞

"욕실에 있는 물품을 몽땅 챙겨 넣을까? 아니면 네가 선별할래?"

나는 정리하고 있던 상자를 내려놓고 페트라를 돌아본다. 페트라는 뉴욕으로 돌아오는 나를 만나려고 존 F. 케네디 공항으로 마중 나왔다.

"항공기 추락 사고 소식을 들었을 때 너를 다시는 못 보게 된 줄 알고 얼마나 슬펐는지 몰라. 그러다가 네가 《CNN》에 나와 그 개자식을 끝장내는 모습을 보고 있으려니까 정말 통쾌하더라."

알고 보니 내가 페트라의 휴대폰 번호를 잘못 적은 게 아니었다. 내가 왜 통화가 안 됐는지 묻자 페트라가 대답했다. "휴대폰 번호를 바꿀 수밖에 없었어. 로리가 공항에서 너랑 통화한 상대가 누군지 역추적해 알아낼까봐 걱정됐거든."

"욕실용품은 전부 넣어." 나는 페트라에게 말한다. "로션이랑 화장품은 대체로 비싼 제품이라 버리고 가기 아까워."

"난 솔직히 네가 여기 머무는 게 좋을 것 같아." 페트라가 로댕의 작품인 조각상을 보며 말을 잇는다. "그 빌어먹을 자식과 악착같이 싸워서 재산 분할을 받아냈으면 해."

"그러고 싶지 않아." 나는 욕실용품을 넣은 상자 뚜껑을 닫으며 말한다. "나에게 이렇게 넓은 공간은 필요 없어."

"네가 머물 공간뿐만 아니라 너에게 주어진 몫을 받아내야 한다는 뜻이야."

"그런 문제는 내 변호사들이 알아서 처리할 거야." 나는 다가가서 페트라를 끌어안는다. "네 말대로 뉴욕에 살아도 괜찮지만 나는 새로운 곳에서 새 출발을 하고 싶어. 차라리 네가 캘리포니아로 오는 건 어때? 따스한 햇볕과 맑은 공기를 대하면 너도 금세 홀딱 반할 거야."

페트라가 돌아가고 나서 나는 버릴 물건들을 상자에 담는다. 장신구를 팔아 마련한 돈은 캘리포니아에서 내가 자리를 잡을 때까지 유용한 살림 밑천이 되어줄 것이다. 어쩌면 당분간 켈리를 도와 행사 일을 계속하게 될지도 모른다. 아니면 학교로 돌아갈 수도 있다. 바트를 타고 샌프란시스코로 가는 내 모습을 상상한다. 어쩌면 샌프란시스코 박물관에서 일자리를 구할 수도 있을 것이다.

《CNN》인터뷰를 마치고 나서 카스트로 요원이 나를 이바의 집까지 데려다주었다. 나는 카스트로 요원에게 그 집에서 사는 동안 벌어진 일에 대해 설명해주었다. 내가 굳이 설명해주지 않아도 이미 알고 있을 가능성이 컸다. 그들은 이바의 DNA를 NTSB에 보내 477편 항공기 희생자와 일치하는 유전자가 있는지 조사 결과를 기다리고 있다.

"우리는 이바가 지정된 좌석에 앉지 않은 이유를 여러 가지로 추정해보고 있습니다. 가능성이 희박하지만 또 다른 사람과 항공권을 바꿔치기했을 수도 있을 겁니다. 아니면 항공기가 바다로 추락할 때 충격의 여파로 기체에서 멀리 튕겨 나가 해류를 따라 이동하는 바람에 유실되었을 수도 있겠지요. 그런 경우라면 이바의 유해를 영원히 회수하지 못할 겁니다."

"마약 조직 보스는 어떻게 되었나요?"

"필릭스 아지로스, 피시라고도 불리는 놈인데 우리는 새크라멘토에 있는 놈의 은신처를 찾고 있습니다."

마약단속국 요원 하나가 이바의 캠핑용 가스레인지를 증거 수집용 봉투에 넣어가며 말했다. "무척이나 절박한 상황이었나봐요. 마약을 만들어 파는 삶을 선택하다니?"

"이바가 그 말을 들었다면 고통의 삶이 자신을 선택했다고 반박할 수도 있을 겁니다." 카스트로 요원이 한숨을 쉬며 말했다. "이바는 피시를 기소하는 데 필요한 결정적인 증거물들을 두고 사라졌습니다. 분명 이바를 위해 좋은 일을 해줄 기회가 있었는데 제가 제대로 살리지 못해 정말 후회됩니다."

나는 카스트로 요원에게 이바는 누가 도와주지 않아도 뭐든 혼자 잘 해낼 수 있는 사람이라는 말을 해주려다가 단념했다.

∞

옷 가방을 캘리포니아로 가져갈 짐을 쌓아놓은 거실 바닥에 내려놓는나. 복도를 따리 로리의 사무신로 이동해 슬쩍 안을 들여다본다. 사무실 집기들이 모두 사라진 상태였다. 검찰이 수색영장을 들고 와 로리가 쓰던 책상과 컴퓨터를 모두 압수해갔다.

누군가 로리의 사무실 쪽으로 다가오는 발소리가 들린다. 다니엘이 나를 발견하고 멈춰 선다.

내가 이 집에 돌아왔을 때 다니엘이 나를 기다리고 있었다. 그때 나는 줄곧 궁금했던 질문을 했다. "이바의 휴대폰 번호는 어떻게 알아낸 거예요?"

다니엘은 희미한 미소를 지어 보였다. "이바는 엄마 친구였어요." 다니엘은 엄마와 이바의 우정에 대해 간단히 얘기해주었다.

"우리 엄마는 정말이지 이바에게 헌신적이었어요. 엄마가 말하길 이바는 정말 좋은 사람이고, 사랑받을 자격이 있다는 걸 알게 해주고 싶다고 하더군요."

"하지만 다니엘이 이바의 휴대폰으로 나에게 연락한 건 설명이 안 돼요."

"이바는 떠나기 전날 밤에 뉴저지의 우리 집에 왔었어요. 아마 그때 제가 엄마랑 나누는 대화를 엿들었나봐요. 나중에 이바가 사모님 사진을 구글로 검색하는 걸 봤거든요. 저는 이바가 사모님을 상대로 무슨 일을 꾸밀까봐 은근히 걱정됐어요. 시간이 흐르고 나서야 그때 이바가 무엇을 계획했는지 알게 되었죠."

"당신 엄마는 잘 지내세요?"

"그다지 잘 지내시지 못합니다." 다니엘이 대답했다. "이바가 목숨을 잃었다는 소식을 들은 후 무척이나 마음 아파하셨어요."

나는 뜨거운 카모마일 차를 한 모금 마시고 나서 입안 가득 번지는 향기를 음미한다. 내가 아는 이바의 결말은 다르지만 다니엘에게 털어놓을 수 없다.

"이바가 나에 대해 검색했더라도 당신이 이바의 휴대폰 번호를 알고 있는 건 다른 문제잖아요."

"사모님이 이바와 비슷한 헤어스타일을 한 동영상을 보고 나서 혹시나 해서 엄마 휴대폰을 몰래 뒤져 이바의 휴대폰 번호를 알아냈죠." 다니엘은 찻잔을 천천히 돌리며 말을 이었다. "저는 뭐든 하지 않을 수 없었죠. 사모님이 얼마나 큰 고통을 겪고 있는지 어느 정도 알고 있었지만 오랜 세월 침묵해왔으니까요. 더 빨리 도와드리지 못해 정말 죄송합니다." 다니엘이 한숨을 푹 내쉬었다. "처음에는 사모님이 주어진 일정을 차질 없이 수행할 수 있도록 뒷받침하는 게 저에게 주어진 책무라고 생각했어요. 제가 사모님을 열심히 뒷바라지하면 사장님에게 질책당할 일이 없을 줄 알았죠."

"내가 당신의 도움이 절실히 필요할 때 나를 도왔잖아요. 더 이상 무얼 더 바라겠어요."

∞

나는 다니엘이 로리와 브루스가 나누는 대화를 녹음했던 그날 상황을 상상해본다.

"하필이면 그날 로리와 브루스가 나누는 대화를 녹음할 생각을 하게 되었나요? 그들이 무슨 이야기를 나누는지 알지 못했을 텐데요."

다니엘은 손끝으로 의자 등받이를 어루만진다. "저는 오클랜드 애슬레틱스 행사에 갔다가 찍힌 영상을 본 직후였어요. 사장님은 저에게 그 동영상을 보았다는 말을 한 적이 없었지만 갑자기 오클랜드 출장 계획을 잡은 걸 보고 감을 잡았죠. 사장님의 계획을 녹음해 사모님에게 알려주면 큰 도움이 될 거라고 생각했어요. 결과적으로 기대 이상의 내용을 추가로 더 녹음하게 될 줄은 미처 몰랐죠."

"그러다가 로리에게 발각되면 어쩌려고 그랬어요? 아무튼 놀라울 만큼 용감했지만 정말 무모했어요."

다니엘이 씩 웃는다. "우리 엄마랑 똑같은 말씀을 하시네요." 그녀가 시계를 보며 말을 잇는다. "저는 이만 가봐야겠어요. 부디 캘리포니아에서 행복하시길 바랍니다."

나는 다니엘을 따라 거실로 간다. 짐 정리를 마무리해야 한다.

가방 지퍼를 올리는데 페트라가 문을 열고 들어온다.

"준비 다 됐어?"

나는 마지막으로 방 안을 둘러본다. 두꺼운 러그나 값비싼 가구들이 눈에 들어오지만 지금 내게는 필요 없다. 나는 싱긋 웃으며 말한다.

"모든 준비가 끝났어."

뉴욕 존 F. 케네디 국제공항

2월 22일 화요일

추락 당일

나는 이동식 탑승교 옆 바닥에 웅크리고 앉아 클레어의 핸드백에서 쏟아져 나온 물건들을 줍는다. 내 계획은 간단하다. 나는 어지러운 척하며 줄에서 벗어나 벽에 기댄다.

"괜찮으세요?"

게이트 담당 직원이 다가와 묻는다.

"실수로 핸드백을 떨어뜨렸어요." 나는 핸드백을 어깨에 걸치며 둘러댄다.

"탑승 스캔을 마치셨으니 어서 줄에 합류하세요." 직원이 말한다.

나는 아까 서 있던 자리로 돌아간다. 내 뒤 여자는 대기 시간이 너무 길다며 투덜댄다.

클레어와 나는 한 가지 공통점이 있었다. 우리 둘 다 기꺼이 위험을 감수해야 할 만큼 절박했다. 세상이 우리에게 강요하는 사람이 되지 않으려고 하다가 어딘가로 도망쳐야 할 처지가 되었다. 덱스나 클레어의 남편 때문만은 아니다. 여전히 여자는 무책임하고 믿을 수 없는 존재라고 치부하는 사회 시스템 탓이 크다. 여자들의 진실은 남자들의 진실과 일치하지 않을 때 철저히 무시된다.

내가 약속대로 전화하지 않으면 리즈는 걱정하겠지만 달리 선택의 여지가 없다. 카스트로가 나타나 나의 행방에 대해 물으면 리즈는 내가 옳은 일을 하러 떠났다고 자신 있게 말할 수 있을 것이다.

어쩌면 몇 달쯤 지나 리즈의 우편함에 작은 소포가 도착할지도 모른다. 이탈리아의 포도밭이나 뭄바이에서 보낸 크리스마스 장식품이 들어 있는 소포가.

보낸 사람의 주소는 없어도 리즈는 그제야 내가 잘 지내고 있다고 믿으며 얼굴에 미소를 떠올리겠지?

항공기에 오르면 세상을 내려다보고 싶다. 광활한 풍경이 내 아래에서 펼쳐지면 거기 있는 내 모습을 상상할 것이다. 리즈 덕분에 진정한 내 자신이 될 수 있었던 이바의 모습.

항공기가 이륙하면 태양을 향해 곧장 날아갔으면 좋겠다. 태양의 뜨거운 빛이 내가 두고 온 마지막 흔적을 모두 태워버리길 바란다. 내가 한 번도 가본 적 없는 높은 곳으로 날아 실수로 얼룩진 내 인생을 기록한 페이지들을 전부 태워버렸으면 좋겠다. 그리고 나는 그 자리에 오랜 기억의 조각들을 기워 만든 새 삶을 창조하고 싶다. 이 세상에서 한 번도 자기 자리를 찾지 못한 여자의 소망과 꿈을 섞어.

언젠가 나는 버클리에서의 삶을 다시 꿈꿀지도 모른다. 그동안 그랬듯이 어둡고 기만적인 삶이 아니라 오래 수녀원의 좁은 침대에서 꿈꾸었던 삶을 살고 싶다. 나는 메모리얼 스타디움을 굽어보는 스트로베리 캐니언의 얼룩덜룩한 흙길을 다시 찾아가고 싶다. 거기에 가면 샌프란시스코의 스카이라인을 한눈에 볼 수 있다. 상상 속에서 나는 미국삼나무 숲 사이를 지나는 캠퍼스 통행로를 걷고, 눅눅한 나무와 발밑에 밟히는 부드러운 이끼 냄새를 맡는다. 빠르게 흐르는 계곡물이 바위에 부딪혀 부서지는 소리를 듣는다.

앞에 줄을 선 사람들이 다시 움직이기 시작한다. 사람들 사이의 간격이 벌어지니 그나마 숨쉬기가 한결 편해진다. 사람들은 카리브해로 날아가는 네 시간의 비행 끝에 그들을 기다릴 꿈 같은 휴가를 기대하고 있다.

이동식 탑승교를 향해 한 걸음씩 옮길 때마다 마치 나의 허물을 조금씩 벗어버리는 느낌이다. 항공기에 가까워지면서 몸이 점점 더 가벼워진다. 이러다가 곧 깃털처럼 둥실 떠오를 것 같다. 지금 이 순간, 나는 평생 바라던 모든 걸 가진 느낌이다. 태어나서 처음으로 마음이 충만해진다. 나는 클레어의 핸드백을 어깨에 당겨 메고 항공기에 오른다. 그리고 뒤돌아보지 않는다.

〈끝〉